外国文学研究
丛 书

辛克莱·刘易斯小说的
文化叙事研究

以《大街》等四部小说为例

杨海鸥 著

中国社会科学出版社

图书在版编目（CIP）数据

辛克莱·刘易斯小说的文化叙事研究：以《大街》等四部小说为例/杨海鸥著 . —北京：中国社会科学出版社，2010.9

ISBN 978 - 7 - 5004 - 9071 - 5

Ⅰ . ①辛…　Ⅱ . ①杨…　Ⅲ . ①刘易斯，S. （1885—1951）—小说—文学研究　Ⅳ . ①I712.074

中国版本图书馆 CIP 数据核字（2010）第 169455 号

策划编辑　郭沂纹
责任编辑　刘志兵
责任校对　周　昊
封面设计　毛国宣
技术编辑　张汉林

出版发行　**中国社会科学出版社**
社　　址　北京鼓楼西大街甲 158 号　　邮　编　100720
电　　话　010—84029450（邮购）
网　　址　http://www.csspw.cn
经　　销　新华书店
印　　刷　北京新魏印刷厂　　　　　装　订　广增装订厂
版　　次　2010 年 9 月第 1 版　　　印　次　2010 年 9 月第 1 次印刷
开　　本　880 × 1230　1/32
印　　张　11　　　　　　　　　　　插　页　2
字　　数　276 千字
定　　价　28.00 元

前　言

几十年前，沅水河畔的一座小木房，冬天温暖的火箱里，不知是第几次了，我在缠着父亲追问人是从哪来的，第一只猴是从哪来的之类的问题。那时，我对毛茸茸的小鸡喜爱至极，但是有鸡妈妈护着，我终究没能亲自摸一摸可爱的小鸡。对凶巴巴的老母鸡的敬畏从她成天坐在一只竹篓里的稻草堆上就开始了。外婆总是把竹篓放在一个较高的地方，我一踮脚靠近竹篓，老母鸡凶巴巴的头就从竹篓上冒出来了。过了一段时间，可爱的小鸡出来了。我对竹篓里母鸡身下的世界充满了无限遐想，以至于有天晚上做了一个梦解答了我的疑惑和好奇：孵蛋的老母鸡出去觅食了，我揭开母鸡成天蹲在身下的稻草，啊，原来里面是一个非常美丽、祥和的世界：有山、有水，有田地，还有很多可爱的鸡、牛、羊在啄食、吃草、玩耍，有大人在田间劳动。原来小鸡是从那里来的。这大约是五岁时的趣事。后来上学了，学了陶渊明的《桃花源记》后，吃惊地发现《桃花源记》原来几乎是我幼时梦境的翻版。当我想在本书出版前写点什么的时候，不知为什么，又想起了儿时心中充满童真的好奇和问题。但仔细一想，成年的陶渊明、成年的我，以及其他千千万万的历代求索之人，终生在努力追索的不就是对童真时代问题的解答吗？只是从第一个人是从哪来的变成了人类的文明是怎样形成的之类的问题。换言之，也就是"我们祖辈的风格、脾气和习惯是怎样形成的，又是怎样决定我们自己的风格、脾气和习惯的"①。这些就是关于民族和民族性的最普通而又最重要的文化问题。

　　本书为湖南省社科基金项目成果，也是国内第一部较为深入系统研究刘易斯的专著。刘易斯作为美国的第一位诺贝尔文学奖获得者，他的获奖标志着美国文学开始成为世界文学的重要组成部分而走向真正的成熟和繁荣。刘易斯对 20 世纪早期的美国传统文化进行了犀利的批判，其批判揭示是如此深刻透彻，以至于作品中的书名"大街"和"巴比特"作为词条被编进了英语词典，成了美国民族文化意识的一部分。一个民族的强大，是与其文化发展特征密不可分的，美国也不例外。鉴于美国的国际角色、刘易斯在美国文学史上的特殊地位和其小说丰富的美国文化内涵，本研究无疑具有重要的学术价值和文化意义。本书力争做出以下几方面的努力：（1）综合借鉴不同学科之长，从跨学科的角度切入刘易斯作品。（2）不盲目跟着西方学术界对作品的一些研究定论走，力求通过敏锐的问题意识、跨学科的方法、深入细致的分析和中国人的独特视角，超越西方学者的研究。（3）通过对作品全面深入的考察，努力纠正学界，尤其是西方学界一些片面的观点和定论，力求还作品以"本来面目"。（4）在借鉴西方的新理论、新视角和新方法解读刘易斯作品时，不是生搬硬套地运用，而是根据作品不同的阐释语境，对所运用的理论进行修正和补充。（5）将内在研究与外在研究有机结合，既对作品进行严谨的分析，又关注作品的创作和阐释语境，并把作品所体现的观点和内

---

　　①　迈克尔·卡门：《自相矛盾的民族——美国文化的起源》，王晶译，江苏人民出版社 2006 年版，前言第 1 页。

容置于美国民族文化的大语境中进行判断辨析。①

　　本研究是在笔者的博士论文基础上修改成书的，论文完成后，在向专家学者请教修改完善的过程中，得到了不少专家的肯定和指正，他们认为：

　　——作者对所研究的问题作了深入的思考，广泛涉猎美国历史文化，认真阅读有关文学理论，扎实研读文本，因此该论文观点鲜明，问题意识明显，既有理论深度，又有精当的文本阐释，对问题的看法多有创新。

　　——作者从文化叙事的角度挖掘了以往研究中被忽略的成分，从作家对美国文化的深刻体验、细密观察和理性思考中，揭示出美国文化"集理想主义和实用主义于一体"的民族文化特征，也揭示了在艺术方面现实主义、现代主义和后现代主义三位一体的多元艺术手法，为我国的美国文学研究添加了它被忽略的一笔，为深入理解美国文化和社会提供了具有重要学术价值的文献和颇具实践功效的方法。

　　——这是一篇较为厚重的博士学位论文。作者选择20世纪30年代美国第一位诺贝尔文学奖获得者辛克莱·刘易斯的小说加以研究，专门探讨其文化叙事，既显示出作者有攻坚的勇气，也体现出作者有较为坚实的学科基础。当然，这样的选题其学术研究价值也是不言而喻的。

　　——辛克莱·刘易斯是美国第一位诺贝尔文学奖获得者，其作品蕴含着丰富的历史文化意义和艺术价值，然而由于种种原因，国内的刘易斯研究一直处于薄弱状态。该论文从文化叙事的角度，主要通过《大街》等四部代表作的细读分析，对刘易斯

　　① 申丹：《叙事、文体与潜文本——重读英美经典短篇小说》，北京大学出版社2009年版，第10页。

作品进行较为深入系统的研究，具有补缺填空的重要意义。

——论文结构逻辑明晰，思想内容丰富，论点清楚，论据充分，结论合理，文献史料翔实，使用规范，合乎学术要求，掌握资料系统全面。语言表述准确，是一篇优秀的博士论文。建议适当参照更大的文学语境，以更加准确地评价刘易斯的历史地位和独特价值。

感谢专家们的建议和鼓励。作为刘易斯小说的读者和本书的作者，我最想说的是希望自己，还有与我有过同样童真梦幻的读者能不时地回想儿时的天真、好奇和问题，它们能推动我们求索的脚步，促进我们生活的绚烂多姿，维护我们安宁祥和的美丽乐园。

目　录

前言 ……………………………………………………………… （1）

绪论 ……………………………………………………………… （1）

　　第一节　刘易斯研究的重要意义 ……………………………… （1）

　　第二节　刘易斯《大街》等四部小说的研究现状 ……… （5）

　　第三节　本书的研究内容、方法和目的 ……………… （21）

第一章　刘易斯小说文化叙事的历史语境 ……………… （29）

　　第一节　什么是文化叙事 ……………………………… （29）

　　第二节　20 世纪 20 年代的美国文化思潮 ……………… （34）

　　第三节　刘易斯小说反叛的文化叙事情结 …………… （49）

　　第四节　"集理想主义和实用主义于一体"的矛盾

　　　　　　文化特征 ……………………………………… （63）

　　小结 …………………………………………………… （67）

第二章　刘易斯小说反叛的文化叙事特征及其多元化

　　　　叙事策略 ……………………………………… （69）

　　第一节　反叛的文化叙事特征 ………………………… （69）

　　第二节　《大街》的异质化叙事策略 ………………… （76）

　　第三节　《巴比特》的肖像化叙事策略 ……………… （100）

　　第四节　《阿罗史密斯》的解辖域化叙事策略 ……… （121）

　　第五节　《埃尔默・甘特利》的自主化叙事策略 …… （139）

　　小结 ………………………………………………… （151）

第三章　刘易斯小说中主要人物所表现出的文化特征 …… （153）

　　第一节　卡萝尔的实用—理想主义 ………………… （159）

　　第二节　巴比特的理想—实用主义 ………………… （171）

　　第三节　阿罗史密斯的科学—理想主义 …………… （182）

　　第四节　埃尔默的物欲—实用主义 ………………… （192）

　　小结 ………………………………………………… （203）

第四章　刘易斯小说中社会群体的文化特征 …………… （205）

　　第一节　褊狭与实利的乡镇社会 …………………… （206）

　　第二节　标准与赢利的商业社会 …………………… （220）

　　第三节　科学与名利的医学社会 …………………… （239）

　　第四节　信仰与商业的宗教社会 …………………… （256）

　　小结 ………………………………………………… （269）

第五章　刘易斯小说中隐含作者的叙事伦理 …………… （271）

　　第一节　乡镇社会的叙事伦理 ……………………… （274）

　　第二节　商业社会的叙事伦理 ……………………… （283）

　　第三节　医学社会的叙事伦理 ……………………… （294）

　　第四节　宗教社会的叙事伦理 ……………………… （307）

　　小结 ………………………………………………… （317）

结语 ………………………………………………………… （319）

主要参考文献 ……………………………………………… （330）

后记 ………………………………………………………… （342）

绪　论

第一节　刘易斯研究的重要意义

众所周知，在 20 世纪 30 年代以前，美国文学在整个西方文学中的地位相当可怜。尽管美国文学中的爱伦·坡、惠特曼、爱默生、麦尔维尔、马克·吐温等作家的作品已传播到了欧洲文坛，颇令欧洲人刮目相看，但是，美国文学作为一个整体能否称得上是一种独立的文学的问题，却始终没有得到解决。① 美国文学常被视为英国乃至欧洲传统的衍生物，可以说，1930 年辛克莱·刘易斯（Sinclair Lewis，1885—1951）获得诺贝尔文学奖这一事实打破了这种尴尬局面，美国文学开始成为世界文学的重要组成部分而走向真正的成熟和繁荣。② 辛克莱·刘易斯成为美国现代文学发展史上一位里程碑式的作家。正如瑞典学院 1930 年诺贝尔文学奖授奖辞所说："辛克莱·刘易斯作为一亿两千万人的代表之一，开创

---

① 盛宁：《二十世纪美国文论》，北京大学出版社 1994 年版，第 116 页。

② 参见哈伦·海切尔《文学谬论》（波士顿，1944），第 136 页；坎比《美国文学史》（纽约，1948），第 1227 页。海切尔称刘易斯 20 年代的作品在美国文学中最有激励性，并说刘易斯"全靠他的心力促进了现代美国小说的成熟和得到承认"，而《美国文学史》称刘易斯是"美国小说在广度和艺术上大体成熟的那十年里最有影响的作家"（转引自 S. 格雷布斯坦《辛克莱·刘易斯》，张禹九译，春风文艺出版社 1994 年版，第 175 页）。

出了新的文风——美国式的风格。刘易斯要求我们体谅这个民族还不甚完美的或者还未融为一体的地方，这个民族仍处在青春期那躁动不安的岁月中。新型的伟大的美国文学，随着全国范围内的自我批判而开创起来，这是一种健康向上的象征。辛克莱·刘易斯具备了上帝恩赐的天赋，不仅用他稳健的笔，而且用他脸上的微笑和充满内心的青春活力，发挥出了他那开拓创新的作用。他具有新兴移民应有的气质特征，能不断开垦新的土地，并使之变成精耕细作的沃土。他是一名开路先锋。"①

　　刘易斯一生共创作了 22 部长篇小说，120 多部短篇小说，另外还有戏剧、诗歌和文学评论等。20 世纪 20 年代以前，刘易斯已发表了 5 部长篇小说，许多短篇小说、诗歌和文章，开始在美国文坛崭露头角。1920 年 10 月，刘易斯完成了酝酿 15 年之久的长篇小说《大街》（*Main Street*）。《大街》一出版就在整个美国引起轰动，被誉为"发现美国的一个里程碑"，就像斯托夫人的《汤姆叔叔的小屋》一样，成了当时一个重要的社会文化事件。② 小说精装本就售出 41.4 万册，平装本售出 200 多万册，一年内竟连印 28 次，创下了美国从 1900 年到 1925 年图书销售量的最高纪录。③《大街》被普利策评奖委员会评为 1921 年普利策获奖小说，但因其对美国社会的强烈批评性而没能获得普利策奖董事会的最后批准。接下来刘易斯佳作不断，《巴比特》

　　①　Erik Axel Karlfeldt, "1930 Nobel Prize in Literature Presentation Speech", in Richard Lingeman, *Dictionary of Literary Biography*, Volume 331: *Nobel Prize Laureates in Literature*, Part 3: *Lagerkvist-Pontoppidan*. A Bruccoli Clark Layman Book, Gale, 2007, pp. 66—91.

　　②　Richard Lingeman, *Dictionary of Literary Biography*, Volume 33: *Nobel Prize Laureates in Literature*, Part 3: *Lagerkvist-Pontoppidan*, A Bruccoli Clark Layman Book, Gale, 2007, pp. 66—91.

　　③　James M. Hutchisson, *The Rise of Sinclair Lewis: 1920—1930*, Pennsylvania: Pennsylvania State University Press, 1996, p. 41.

（*Babbitt*，1922）和《阿罗史密斯》（*Arrowsmith*，1925）又激起了社会和文学批评界的巨大反响。《阿罗史密斯》获 1926 年普利策奖，但遭刘易斯拒绝。此时的刘易斯成了社会公众人物，成了战后幻灭世界的发言人。但刘易斯并未就此止步，在此后的三年时间里，他再接再厉，又创作了《埃尔默·甘特利》（*Elmer Gantery*，1927）和《陶治沃斯》（*Dodsworth*，1929）两部巨著，特别是《埃尔默·甘特利》对美国宗教界阴暗面的犀利批判，更是把作者推向了美国社会批评的风口浪尖，他的作品成了文学具有巨大社会文化功效的最大佐证。《大街》和《巴比特》两书的书名已作为词条收进《美国传统词典》、《英汉大词典》、《韦氏新世界大学词典》和《简明牛津词典》，成为英语文化不可分割的一部分。

迄今为止，美国的 11 位诺贝尔文学奖得主中，除了刘易斯之外，在中国国内都有了研究专著或博士学位论文。中国学者对辛克莱·刘易斯的关注一直不够。从王建开的专著《五四以来我国英美文学作品译介史：1919—1949》的记载看，刘易斯虽是美国的第一位诺贝尔文学奖获得者，但在新中国成立前只有《巴比特》一部作品被译介到国内，以《白壁得》的译名在《世界文学》① 刊物上连载（1 卷 6 期）。而美国作家中厄普顿·辛克莱、赛珍珠、斯坦贝克、海明威和马克·吐温的作品却均有大量翻译，这几位作家被翻译的作品数量分别达 11、10、5、18、8 部之多（不包括重复译介，有的一部作品有 3—5 个译本）。之所以出现这种情况，是和我国英美文学译介实用倾向分不开的。抗战以前，致力于反封建的题材；抗战后，则多选择战争作品。

---

① 《世界文学》1934 年 10 月 1 日创刊于上海，1935 年 9 月停刊，伍蠡甫主编，黎明书局出版。

20世纪90年代以来，国外重新升温的刘易斯研究热逐步引起了一些学者的关注。从80年代初至2008年，笔者从CNKI上检索到了论述刘易斯作品的优秀硕士论文8篇，各种期刊论文16篇。其中，虞建华的《置于死地而后生——辛克莱·刘易斯研究和当代文学走向》一文对刘易斯及其作品给予了很高的评价。其2004年出版的国家重点学科研究项目《美国文学的第二次繁荣》，是一部专注于20世纪二三十年代美国文学断代史的论著。在这部专著里，虞建华论述刘易斯的篇幅也远远超过对其他美国作者的论述。此外，2002年，由刘海平、王守仁主编，杨金才主撰的《新编美国文学史》第三卷也对刘易斯的作品内容做了较为详细的介绍。这说明，中国学者也开始认识到了刘易斯在美国文学史上的重要地位及曾经受到的不公正待遇。

但就笔者所知，中国学术界至今没有一部系统研究刘易斯的学术专著或博士论文，这同美国国内对刘易斯的研究相比，无论是在研究的深度、广度还是系统性方面都有很大差距。据笔者从美国GALE公司的国际网站美国文学研究中心所查阅的数据显示，从20世纪80年代以来，以辛克莱·刘易斯为研究对象的博士论文已达11篇。因此，目前在我们国内对刘易斯及其作品进行系统深入的研究是非常必要且紧迫的。

美国文学是从刘易斯开始走向成熟，走向世界的。因此，对刘易斯进行深入系统的研究，从学术研究的角度看，可以弥补国内对刘易斯缺少深入研究的空白，帮助我们充分认识辛克莱·刘易斯在美国文学发展过程中的巨大贡献与深远影响，更充分地认识刘易斯小说高超的艺术技巧，更完整准确地把握美国文学的发展轨迹。从现实的角度看，刘易斯的文学创作与美国社会历史文化的发展密切相关。对刘易斯的研究可以帮助我们更深刻地了解美国人民的民族文化特性，进而更深刻地了解美国社会的真实面貌。由此，研究辛克莱·刘易斯具有重要的学术价值和现实意义。

第二节　刘易斯《大街》等四部小说的研究现状

一　国外的研究现状

著名的文学批评家 H. L. 门肯对刘易斯大加赞赏。1921 年，门肯在对《大街》的评论中说，刘易斯运用对话和细节的生动描述，把美国的小镇带到了人们的生活中。这部小说写得很好，充满了尖锐的喜剧意识，观察丰富，设计很有技巧。① 对于《巴比特》，门肯更是赞不绝口："《巴比特》设计精确，布局巧妙，写得很好。像《大街》一样，细节描写绝妙生动……就我所知，还没有哪部美国小说更准确地呈现了真实的美国，这是一部高度有序的社会文献。"并且敏锐地指出："最粗俗炫耀的不是巴比特个人，而是整个巴比特风尚、巴比特习气和巴比特主义（Babbittry，Babbittism，Babbittisms）。"② 门肯的看法很快获得了大家的认可，巴比特、巴比特风尚等系列词汇在社会中迅速流传开来，成为美国文化意识的一部分。罗伯特·M. 拉福特则把刘易斯当成了美国社会的发言人。他说道，刘易斯和门肯一样，撕破了美国人道德方面虚假的面纱，都是我们这一代美国生活的最好的阐释者。③

---

①　H. L. Mencken, "Consolation" (1921), *Sinclair Lewis: Collection of Critical Essays*, ed. Mark Schorer, Englewood Cliffs, N. J.: Prentice-Hall, Inc., 1962, pp. 17—19.

②　H. L. Mencken, "Portrait of an American Citizen" (1922), *Sinclair Lewis: Collection of Critical Essays*, ed. Mark Schorer, Englewood Cliffs, N. J.: Prentice-Hall, Inc., 1962, p. 22.

③　Robert Morss Lovett, "An Interpreter of American Life" (1925), *Sinclair Lewis: Collection of Critical Essays*, ed. Mark Schorer, Englewood Cliffs, N. J.: Prentice-Hall, Inc., 1962, p. 32.

1922 年，著名批评家斯图亚特·P. 谢尔门对《大街》给予了极高的评价，他把刘易斯的《大街》与福楼拜的《包法利夫人》进行了比较研究，认为刘易斯在揭示社会生活的广阔性方面比福楼拜更胜一筹。他论道："《大街》与《包法利夫人》都是对现代文明的尖锐批评，其批评聚焦的都是褊狭小镇的资产阶级社会……不同之处是，刘易斯展示了更多的人物类型，更多种类的活动，更多戈弗草原的社会网络的网眼。"①露德威格·刘易索恩则大为赞赏《巴比特》对中产阶级特性的揭示。他指出，刘易斯创造了一个"现实的幻想"，乔治·巴比特在房地产协会上的发言极具代表性，代表了他们那个阶层的一种梦想，这与他们死气沉沉的精神生活形成了尖锐的对比。②而美国作家、《民族》周刊编辑约瑟夫·伍德·克鲁契却更看好阿罗史密斯，在 1925 年有关《阿罗史密斯》的一篇文章中，赞扬刘易斯创造了一个在某些方面胜出卡萝尔和巴比特的人物。克鲁契评论道，刘易斯正在告诉我们，对于正直诚实的人来说，美国是块贫瘠的土壤。阿罗史密斯的长篇故事是有关美国对知识的恐惧的控告。③克鲁契的评论与五年后刘易斯在诺贝尔颁奖典礼上题为"美国人对文学的恐惧"的受奖词形成了呼应，这充分说明了 20 年代具有反抗思想的知识分子所面对的保守势力的强大。卡尔·范·多伦在《埃尔默·甘特利》的书评中声称，刘易斯在推翻了祥和欢乐的小镇景象和荣

---

① Stuart P. Sherman, *The Significance of Sinclair Lewis*, Harcourt Brace Jovanovich, 1922, p. 28. Source Database: Literature Resource Center.

② Ludwig Lewisohn, "A Review Of Babbitt", *The Nation*, New York, Vol. CXV, No. 2985, September 20, 1922, pp. 284—285. Reprinted In Twentieth-Century Literary Criticism, Vol. 39.

③ Joseph Wood Krutch, "A Genius On Main Street", *Nation*, Vol. 120, 1 April, 1925, p. 360.

耀的美国商人形象后，又推翻了一个美国人的偶像——牧师，这部研究深透的小说会由于揭示了甘特利令人发指的发迹途径而得罪所有宗教信徒的。① 多伦的评论既是对小说《埃尔默·甘特利》的肯定和赞美，也是对作者刘易斯勇敢的反叛精神的嘉许。

　　英国著名作家 E. M. 福斯特称赞刘易斯具有摄影师的精确性，能把美国的泥土、草木、庄稼、商店、旅馆、铁路等在其小说中像放电影似地生动地呈现出来，"刘易斯先生为我自己和成千上万的其他人已经做的事情是把一块大陆存放在我们的想象中"②。1922 年，著名的英国女作家丽贝卡·韦斯特对《巴比特》的艺术性给予了高度评价。她论道：《巴比特》是那种艺术品，它的每一行都显示着作者独特的个性，作品浸透着美国的活力，使得人们听从它舞蹈音乐的节奏。刘易斯先生有一种个人的幽默天赋，是一位热爱技巧的好奇的哲人，对他自己的新型国家有一种诗样的激情。③ 福斯特和韦斯特的评论，说明刘易斯的小说已跨出国门，获得了当时欧洲文学界的认同和赞许。刘易斯获得诺贝尔文学奖后，部分美国人备受鼓舞，康斯坦思·热拉克从刘易斯的身上看到了美国文学能与英国文学媲美的希望，他认为："有一种意识，刘易斯可能会被当作美国的第一小说家，他的不倦的细节的运用和对他周围生活的捕获能力，使人想起了笛福，他可能会像英国的笛福一样，打开了一条美

---

① Carl Van Doren, "St. George and the Parson", *Saturday Review of Literature*, Vol. 143, 9 April 1927, p. 639.

② E. M. Forster, "Our Photography: Sinclair Lewis" (1929), *Sinclair Lewis: Collection of Critical Essays*, ed. Mark Schorer, Englewood Cliffs, N. J.: Prentice-Hall, Inc., 1962, p. 95.

③ Rebecca West, "Babbitt" (1922), *Sinclair Lewis: Collection of Critical Essays*, ed. Mark Schorer, Englewood Cliffs, N. J.: Prentice-Hall, Inc., 1962, p. 23.

国小说的发展道路。"①

但并不是所有人都在赞扬刘易斯。1921 年，凯瑟琳·艾比（Catherine Eby）在纽约书评和杂志上发表文章，指责刘易斯为什么不选择描写美国小镇的美丽和优雅，她认为小说是以一种笨拙的文体，记载了过多琐碎的细节。② 而同为中西部乡镇反叛者的舍伍德·安德森也认为刘易斯对社会的反叛过于激烈，是对美视而不见的人。1922 年安德森撰文说："阅读辛克莱·刘易斯先生，人们会不可避免地得出如下结论：这是一个在写作的男人，他充满激情地想热爱其周围的生活却又没能做到的人，想看到美像彩虹样降临我们的生活，却又对我们身边微小的美视而不见。"③ 他断定《大街》忽略了美国小镇及日常生活中太多的肯定方面，《巴比特》的人物更生动，但闪光的地方不多。④

1928 年，T. K. 威皮尔撰文讽刺刘易斯的作品是"玻璃花、

---

① Constance Rourke, "Round Up" (1931), *Sinclair Lewis: Collection of Critical Essays*, ed. Mark Schorer, Englewood Cliffs, N. J. : Prentice-Hall, Inc. , 1962, p. 31.

② 转引自 Gerard Anthony, *Satire and Character Development in the Five Most Notable Novels of Sinclair Lewis*, diss. , St. John's University, 1986. University Microfilms International 300 N. Zeeb road, Ann Arbor. Ml 48106, p. 6.

③ Sherwood Anderson, "Sinclair Lewis", *Sinclair Lewis: Collection of Critical Essays*, ed. Mark Schorer, Englewood Cliffs, N. J. : Prentice-Hall, Inc. , 1962, p. 27.

④ 安德森并不欣赏刘易斯，德莱塞也是如此。而刘易斯在诺贝尔文学奖受奖词中赞扬了一大批美国作家，其中大加赞赏的就有安德森和德莱塞，这表明，刘易斯心胸是十分开阔的，并不像某些人所认为的气量狭窄。刘易斯对很多作家是大力推荐的，其中包括海明威，德莱赛。1944 年，作为全国文学艺术协会副主席的刘易斯催促把功勋奖授给德莱赛，还亲自写了一封有主席签名的信随同奖品一起发送。1944 年 4 月，刘易斯撰文回击比纳得·狄威特（Bernard De Voto）对他及其他 20 年代作家的攻击。不久，刘易斯获得了他儿子威尔士在前方阵亡的消息。但刘易斯是个不会把怨恨记在心里的人，在 11 月，他就支持狄威特为全国文学艺术协会会员的提名。（参见 Martin Bucco, *Sinclair Lewis as Reader and Critic*, NewYork: The Edwin Mellen Press, 2004, p. 25. ）

蜡像和粗俗的交响乐"①。他认为，刘易斯的兴趣"是在类型而不是作为人类的个体，只从表面处理人物，把自己极大地限制在社会的表面，稀少给予洞察力和同情，刘易斯只是一个标本的收集者"②。威皮尔非常反感地分析了刘易斯四部杰作中对美国社会的一些批评场景，认为所有这一切都是刘易斯"仇恨他的环境"所致，"一种热忱的、恶毒的仇恨，这种憎恨使他成为一个讽刺家，并使其嘲讽带上讥刺，再用毒液覆盖其尖端"③。威皮尔以这句看似文雅其实不无鄙视和恶毒的句子来结束他的论文："刘易斯是美国社会最成功的批评家，因为他自身就是他所指控对象的最好证明。"④后来，这句话常被不看好刘易斯的批评家引用。1927年，著名批判家弗农·帕灵顿宣称："在我们令人愉快的成员里不需要愤世嫉俗者，我们必须团结一致，驱动一个更强大、更富裕、更美好的美国，我们与辛克莱·刘易斯断绝往来。"⑤与康斯坦思·热拉克对刘易斯获奖的欣喜感受相反，刘易斯·芒福德对刘易斯的获奖表示了不满，断定刘易斯的成功在欧洲既有文学上的原因，也有政治上的原因，认为"作为一名讽刺家的刘易斯创造的美国人的画像适合了欧洲人头脑中美国人的天真的漫画形象"。他说，诺贝尔文学奖应该授予罗伯特·弗

---

① T. K. Wipple, "Glass Flowers, Waxworks, and Barnyard Symphonies of Sinclair Lewis" (1928), *Modern Critical Views: Sinclair Lewis*, ed. Harold Bloom, New York: Chelsea House Publishers, 1987, p. 9.

② Ibid. , p. 3.

③ Ibid. , p. 16.

④ Ibid. , p. 22.

⑤ Vernon L. Parrington, "Sinclair Lewis: Our Own Diogene" (1927), *Sinclair Lewis: Collection of Critical Essays*, ed. Mark Schorer, Englewood Cliffs, N. J. : Prentice-Hall, Inc. , 1962, p. 70.

罗斯特。[①]在 1942 年出版的有影响的现代美国文学史《祖国的土地上》中，作者的定论是：刘易斯早期略有成就，但已是明日黄花，说他"不是作为严肃的艺术家，只是因为在文化上的影响，才被人们提起"[②]。

1962 年福克纳去世，20 世纪上半叶的美国文学也因此告一段落，美国文学界开始重估那些具有影响力的作家，辛克莱·刘易斯也是受到关注者之一。马丁·赖特出版了关于刘易斯研究的专著，分析了刘易斯 20 年代的小说主题，赖特说刘易斯创造了一系列挑战美国习俗的人物，《大街》的卡萝尔相似于福楼拜的包法利夫人，这本书的张力可能是在敏感和愚笨、实用性和乏味性之间的不可能的选择。[③] 1962 年，谢尔登·诺曼·格雷布斯坦在其博士论文的基础上发表了专著《辛克莱·刘易斯》，这是比较全面地研究刘易斯的一部力作。格雷布斯坦对刘易斯作品艺术性的认识虽然仍有一定的局限性，但对刘易斯还是大为赞赏的，认为刘易斯作为人、作家、思想家与狄更斯是非常相似的，在美国文学中将最终占有与狄更斯在英国文学中大致相同的地位。[④]查尔斯·E. 罗森博格指出了《阿罗史密斯》在开创小说新派人物类型上的重要意义，他认为刘易斯在细菌学家保尔·D. 克瑞夫的协助下完成了美国小说史上第一次以一名研究科学家为主人

---

① Lewis Mumford, "The America of Sinclair Lewis" (1931), *Sinclair Lewis: Collection of Critical Essays*, ed. Mark Schorer, Englewood Cliffs, N. J. : Prentice-Hall, Inc. , 1962, p. 106.

② Alfred Kazin, *On Native Ground*, New York: Harcourt Brace Jovanovich, 1942, p. 173, 转引自虞建华等《美国文学的第二次繁荣》，上海外语教育出版社 2004 年版，第 130 页。

③ Martin Light, *The Quixotic Vision Of Sinclair Lewis*, Purdue University Press, 1975, pp. 60—72. Reprinted in Novels for Students, Vol. 15.

④ Sheldon Norman Grebstein, "Sinclair Lewis", in *Twayne's United States Authors Series*, Twayne Publishers, p. 16.

公的小说，阿罗史密斯是一种新型的适合 20 世纪的美国英雄。①
丹尼尔·R. 布郎重点分析了刘易斯的讽刺手法，并高度赞美刘
易斯对美国社会的敏锐洞察力，他认为讽刺描写的能力是刘易斯
的禀赋，把刘易斯的小说排除在充满趣味、魅力和诱人的小说之
外，是一个严肃的错误。② 史蒂芬·S. 康罗伊把刘易斯作品中作
为个体的人物对社会文化的反应分为三种：调整（adjustment）、
缺规（anomie）、自治（autonomy），从社会学的角度分析了刘
易斯的作品。③ 南·保尔·玛格玲从女性主义的视角出发研究
刘易斯的作品，认为刘易斯作品中女性主人公的生活方式及其
为自身权利斗争的不同情况真实地反映了当时社会的妇女运动
状况，为我们保存了 20 世纪初妇女们为解决一些社会问题而
进行斗争的历史文献，这些问题在今天的社会中仍然同样
存在。④

　　但 1960 年代以来的对刘易斯的赞美之声几乎都被马克·斯
高勒对刘易斯的否定之声掩盖了。1962 年，马克·斯高勒以其
800 多页的刘易斯的长篇传记《辛克莱·刘易斯：一个美国人的
生活》成为刘易斯研究的权威，也奠定了刘易斯作为失败作家

---

①　Charles E. Rosenberg, "Martin Arrowsmith: The Scientist as Hero" (1963),
Modern Critical Views: Sinclair Lewis, ed. Harold Bloom, New York: Chelsea House Pub-
lishers, 1987, p. 17.

②　Daniel R. Brown, "Lewis's Satire: A Negative Emphasis" (1966), *Modern Crit-
ical Views: Sinclair Lewis*, ed. Harold Bloom, New York: Chelsea House Publishers, 1987,
p. 52.

③　Stephen S. Conroy, "Sinclair Lewis's Sociological Imagination" (1970), *Mod-
ern Critical Views: Sinclair Lewis*, ed. Harold Bloom, New York: Chelsea House Publish-
ers, 1987, p. 72.

④　Nan Bauer Maglin, "Woman in Three Sinclair Lewis Novels" (1974), *Modern
Critical Views: Sinclair Lewis*, ed. Harold Bloom, New York: Chelsea House Publishers,
1987, p. 118.

的基调。马克·斯高勒一直强调刘易斯艺术技巧的失败，认为刘
易斯不值得一读，并在全书的最后做出充满矛盾的否定性的评
定，宣称"刘易斯是现代美国文学中最糟糕的作家之一，但没
有他的作品，现代美国文学也就不成为其现在的样子"①。D. J.
杜利的研究专著《辛克莱·刘易斯的艺术》，几乎对刘易斯小说
的艺术性进行了全盘否定。他认为，刘易斯的重点是自由，他的
自由的概念是如此宽泛和难以定义以至于几乎是自由的任何真实
思想的滑稽模仿。② 而马瑞林·M. 赫勒博格的《辛克莱·刘易
斯的阿罗史密斯纸娃娃人物》一文则充满了对刘易斯及其所创
造人物的嘲讽和蔑视。他把《阿罗史密斯》的人物分成黑白两
类"纸娃娃"，逐一列举了对刘易斯稍有肯定的批评家的部分话
语，然后对其完全否定，否定了刘易斯作为讽刺家的一面，甚至
否定了斯高勒认可的刘易斯的狭隘性导致的某种想象力。③ 1988
年，耶鲁大学教授著名学者哈罗德·布鲁姆在其现代批评阐释丛
书中主编了《辛克莱·刘易斯的阿罗史密斯》（Sinclair Lewis's
Arrowsmith）批评论文集，在其《现代批评观》丛书中主编了
《辛克莱·刘易斯》批评论文集，对刘易斯可说是非常重视。可
在这两本书的引言中，布鲁姆却再次呼应了斯高勒的结论，认定
刘易斯的文学声誉将继续下降，认为刘易斯基本上只是个采用纪
实手段写作的讽刺文学作家，在叙述和人物塑造方面都没有专
长。他认为刘易斯可能会因为《阿罗史密斯》而得以幸存，将

---

① Mark Schorer, *Sinclair Lewis*: *An American Life*, New York: McGraw-Hill Book Company Inc, 1961, p. 813.

② D. J. Dooley, *The Art of Sinclair Lewis*, Lincoln: The University of Nebraska Press, 1967, p. 254.

③ Marilyn Morgan Helleberg, " The Paper-Doll Characters of Sinclair Lewis's Arrowsmith" (1969), *Modern Critical Views*: *Sinclair Lewis*, ed. Harold Bloom, New York: Chelsea House Publishers, 1987, pp. 29—36.

其他作品的成就一笔勾销。①

　　而从 80 年代末 90 年代初开始，新的刘易斯研究热在美国出现。近几年的研究对刘易斯小说的创作思想和艺术质量都是十分肯定的。罗伯特·麦克拉夫林认为："不是由于有美学上的缺陷，而正是因为他艺术上的成就，刘易斯的小说才如此出名。"他认为，刘易斯的小说引起争议并不是因为小说嘲讽了美国生活，而是因为小说对意识形态信仰体系的认知结构的一些关于美国经验的根本表述提出了质疑，颠覆了人们认识世界、认识美国、认识宗教及他们自己的理智基础。② 对美国文学的走向产生深刻影响的当代作家汤姆·沃尔夫对刘易斯的评价很高，他说，狄更斯、陀思妥耶夫斯基、巴尔扎克、左拉和辛克莱·刘易斯认为，小说家必须跨出自己个人经验的圈子，投身到社会中去，成为报道者。他认为刘易斯正是坚持了这一点，才写出了《埃尔默·甘特利》这部具有震撼力的杰作，产生了巨大的社会意义。③

　　罗伯特·L. 柯阿德从叙事手法上分析刘易斯的作品，他认为，在《阿罗史密斯》这部小说中，刘易斯吸收了英国作家柯南道尔的很多福尔摩斯的侦探叙述手法，特别是戈特利布的外貌、动作，还有阿罗史密斯的一些行为，都有明显的表现。④

　　①　Harold Bloom, "Introduction", *Modern Critical Views: Sinclair Lewis*, ed. Harold Bloom, New York: Chelsea House Publishers, 1987, pp. 1—4.

　　②　Robert L. McLaughlin, " Mark Schorer, Dialogic Discourse and It Can't Happen Here", *Sinclair Lewis: New Essays in Criticism*, ed. James M. Hutchisson, New York: The Whitston Publishing Company, 1997, p. 28.

　　③　Tom Wolfe, "Stalking the Billion-Footed Beast", 转引自虞建华等《美国文学的第二次繁荣》，上海外语教育出版社 2004 年版，第 156 页。

　　④　Robert L. Coard, "Sinclair Lewis, Max Gottlieb, and Sherlock Holmes" (1985), *Modern Critical Views: Sinclair Lewis*, ed. Harold Bloom, New York: Chelsea House Publishers, 1987, pp. 81—86.

马丁·巴库的巨著《作为读者和批评家的辛克莱·刘易斯》详细研究了刘易斯小说、文学评论和演讲稿等中谈到的作家作品，显示了刘易斯这位杰出作家浩繁的阅读量，刘易斯"似乎阅读了所有的书，并且记住了所有的东西"①。这无疑是对刘易斯这位勤奋的天才极高的赞赏和评价。巴库认为刘易斯辛勤劳作，在使美国小说成为一种艺术描绘的同时，又成了对美国生活的一种严肃批评。② 莎莉·E. 范蕾主编了《辛克莱·刘易斯的明尼苏达故事》，刘易斯大约有 24 篇短篇小说是描写故乡明尼苏达的人或事的，该书选编了其中的 15 篇。从最早发表于 1906 年的《价值的理论》到 1946 年的《大街走向战争》，时间跨度达 30 年。这些故事很受欢迎，大都发表在当时著名的刊物上，如《星期六晚邮报》、《麦克卢尔》、《哈珀斯杂志》、《世界各地》和《民族》等。范蕾认为这些故事显示了作者对家乡的土地和人们持久的兴趣和感情，正如刘易斯为其高中母校 50 周年庆典上的一篇文章中所写的那样："一个人对其出生地和成长地产生的印象会如此深刻，记忆会如此持久，这真是一件非常奇特的事情。"③ 乔治·吉劳佛编辑出版了《辛克莱·刘易斯明尼苏达日记》，让读者看到了一个不同以往的公众形象的刘易斯，看到了内在一面的刘易斯，一个梭罗式的理想主义者，一个开朗的艺术家兼探索者，一个敏捷的不相信言语的乡村探索者，一个对自身根源进行反思的考察者。④

---

① Martin Bucco, *Sinclair Lewis as Reader and Critic*, New York: The Edwin Mellen Press, 2004, p. v.

② Ibid. , p. ii.

③ Sinclair Lewis, *The Minnesota Stories of Sinclair Lewis*, ed. Sally E. Parry, Minnesota: Minnesota Historical Society Press, 2005, p. xvii.

④ Sinclair Lewis, *Minnesota Diary: 1942—1946*, ed. George Killough, Idaho: the University of Idaho Press, 2000, p. 21.

詹姆斯·M. 赫切森于 1996 年推出了刘易斯研究的力作
《辛克莱·刘易斯的崛起：1920—1930》赫切森对保存在耶鲁大
学稀有书籍和手稿图书馆及得克萨斯大学人文研究中心的有关刘
易斯的原始资料做了精细的研究，发现刘易斯在写作前，常外出
调查，做了大量有关的笔记，并画出所要描写城市、街道、房子
甚至家具的平面地图，刘易斯的成就完全来自他的好学及勤奋。
赫切森认为刘易斯的小说教会第一次世界大战后的美国人以一种
新的方式看待自己，刘易斯对美国的民族特点具有惊人的洞察
力。他的一些作品几乎可以看做是预言性的。他对美国中产阶级
的分析可以在后来的许多作品中得到证实，如美国社会研究著作
《孤独的人群》和小说《穿着灰色法兰绒套装的男人》。[①] 另外，
赫切森主编了《辛克莱·刘易斯：批评新论》，本文集的批评家
们一致强调刘易斯作为美国文化的阐释者和批评家的持久价值，
认为，受到新批评熏染的斯高勒是没有资格解读好刘易斯的作品
的。斯高勒在刘易斯的小说里一味地寻找妥帖的文体，精巧的结
构，其结果是错失了小说深刻的文化内涵，特别是性别问题的出
色处理。其中罗伯特·麦克拉夫林（Robert L. Mclaughlin）的论
文使用巴赫金的理论分析了小说所具有的模仿各种话语形式的能
力，认为其小说为美国提供了要表达更多民主思想所需要的
"词汇、叙事和语言"[②]。

　　《民族》的资深主编里查德·林奇曼，是《西奥多·德莱
塞》、《美国人的旅程和小镇的美国》和《叙事历史：1607—现

---

① James M. Hutchisson, *The Rise of Sinclair Lewis: 1920—1930*, Pennsylvania: The
Pennsylvania State University Press, 1996, p. 2.

② William T. Hamilton, "Reviews", *Sinclair Lewis: New Essays in Criticism*, ed.
James M. Hutchisson, Troy, NY: Whitston Publishing Company, 1997, *Rocky Mountain
Review*, Fall 1999.

在》等书的作者。2002 年，林奇曼推出了长达 659 页的辛克
莱·刘易斯传记：《辛克莱·刘易斯：来自大街的反叛者》。林
奇曼以一种公正而严谨的态度，真实地记录和反映了美国人刘易
斯才华横溢、勤勉智慧且又充满生机和矛盾的一生。传记出版后
受到了美国学界的一致好评，可以说林奇曼的刘易斯传记使美国
学界的刘易斯研究真正从斯高勒的阴影中走了出来。林奇曼谈
道：菲茨杰拉德赞赏刘易斯对褊狭地方主义的拆毁；海明威在学
徒期模仿过刘易斯的巴比特；詹姆斯·T. 法雷尔声称对他及他
们这一代来说，刘易斯是远比海明威或福克纳更重要、影响更深
远的作家；约翰·马昆特说自己有关写作的一切知识都是从刘易
斯那里学到的；刘易斯的讽刺可以在冯尼格特的《第五号屠场》
找到回声；厄普代克在写《兔子富了》之前重读《巴比特》；汤
姆·沃尔夫认为《埃尔默·甘特利》是 20 世纪最伟大的美国小
说，等等。① 林奇曼认为刘易斯是以高标准来测量美国，发现
它不是足够好，再不会有其他作家会用那样才气横溢的、有趣
的讽刺且也是充满矛盾心理的、爱的讽刺来描写他的国家的
过错。②

　　布鲁克·安伦发表了长篇评论《辛克莱·刘易斯：不满足
的诗人》，安伦评论道，刘易斯就像他的文学偶像萧伯纳、威尔
士和易卜生一样，是这个世界上伟大的知识解放者之一。安伦认
为，林奇曼的刘易斯传记是一个巨大的成功，刘易斯是我们事务
的智性代表和对其不满意的一名伟大诗人，在这个领域还没能找
到与其匹配的同伴，林奇曼的传记有希望标志出对刘易斯的一种

---

　　① Richard Lingeman, *Sinclair Lewis: Rebel from Main Street*, New York: Random House, 2002, p. 553.

　　② Ibid. , p. 554.

新的尊重的开始。①

格伦·A. 洛佛的专著《巴比特：一个美国人的生活》分析了小说与时代、小说中所体现的多种文学手法，无疑是评论《巴比特》的最主要著作。洛佛认为《巴比特》并不属于完全的现实主义和讽刺小说类型，它又含有一种浪漫的又有一点悲剧色彩的成分，这部小说使用的多种多样的手法表达着难以捉摸的生活这部百科全书。② 戴维·凯利对《大街》的叙述模式进行了探讨，他认为："代替一种'编织'的情节，《大街》依赖的是重复和相似，这种重复的模式创造了它自己的叙事形式……对于卡箩尔，在戈弗草原的生活是萧瑟的和无望的，当读者发现那里的事物彼此相关的那种神秘方式时，他们会认识到这种叙事模式是最好的。"③

综观以上美国学界的刘易斯研究现状，我们看到有一个特殊的现象：即对刘易斯的赞美和批评一直如影相随，一直到 20 世纪 90 年代以后，对刘易斯的评价才渐趋统一，朝着肯定的方向发展。这些现象是有其深刻的历史原因的。20 年代对刘易斯的批评主要是与当时美国社会保守的政治文化倾向分不开的，刘易斯小说对美国的传统文化、对人们所珍视的一些价值观念毫不留情的揭示和批评，让有些人感情上难以接受，也得罪了当时不少保守的权威人物，《大街》被普利策奖董事会取消获奖资格就是最好的实例。30 年代的美国文坛风云突变，大萧条引发了文化

---

① Brooke Allen, "Sinclair Lewis: The Bard of Discontents", *Hudson Review*, Spring 2003.

② Glen A. Love, *Babbitt: An American Life*, New York: Twayne Publishers, 1993, p. 90.

③ David Kelly, *Critical Essay on Main Street*, Novels for Students, Vol. 15, Gale, 2002.

意识上的激进主义，政治主导文学，其他方面的关注都退居次要地位，在左翼作家和批评家眼中，刘易斯涉及的话题，已不适时宜，因而招致批评。[①] 40 年代以后，注重形式和技巧的新批评开始主导美国的文坛，新批评的追随者们对注重再现社会、历史、文化语境的刘易斯作品更加嗤之以鼻。马克·斯高勒在《作为发现的技巧》（*Technique as Discovery*，1947）一文中所提出的"当我们谈论技巧时，我们几乎就是在谈论一切"的观点被广为接受，他代表了美国批评界很长一段时期推崇现代主义，推崇文本中心论的主流倾向。[②] 这种批评途径一贯把作品作为一个封闭的自足体，以二元对立，以文本的内在结构规律及其发展逻辑作为存在方式，鲜活的世界被无情地拒之于门外。80 年代末 90 年代初以来，美国文学界出现了向现实主义回归的趋向，文化研究也日益兴盛，作家和批评家对文学中再现社会文化环境表现出了极大的兴趣，他们也能够以一种更客观公正的心态看待刘易斯小说对美国传统文化的批判，部分批评家还从这种批判中反思历史，反观现在的社会现象。因此，秉持着"小说比历史优越，因为小说密切关注日常细节"创作观的刘易斯小说终于得到了比较一致的赞美和肯定。[③]

二　国内的研究现状

1982 年，潘庆舲的《辛克莱·刘易斯和他的〈王孙梦〉》

---

① 虞建华等：《美国文学的第二次繁荣》，上海外语教育出版社 2004 年版，第 130 页。

② 华莱士·马丁：《当代叙事学》，伍晓明译，北京大学出版社 2005 年版，第 3 页。

③ Martin Bucco, *Sinclair Lewis as Reader and Critic*, New York: The Edwin Mellen Press, 2004, p. 24.

一文，向国内读者简介了刘易斯出版于 1947 年的长篇小说《王孙梦》的主要内容，赞扬刘易斯满怀极大的正义感，把美国战后最迫切的社会问题——种族歧视大胆地提了出来。此外，作为翻译家的潘庆舲还翻译了《大街》和《巴比特》两部小说。就笔者所掌握的资料看来，从 1980 年至 2008 年，评论小说《大街》的论文有 5 篇，分别是张德中的《幻想家和实干家——试谈〈大街〉男女主人公》，李美华的《20 年代美国的"乡村病毒"——评辛克莱·刘易斯的〈大街〉》和《从〈大街〉和〈巴比特〉看辛克莱·刘易斯的讽刺艺术》，阮美英的《辛克莱·刘易斯〈大街〉中的反叛精神之分析》，许文的《从〈大街〉的乡镇形象看其映射的美国问题》。评论小说《巴比特》的有 9 篇论文，分别是李美华的《从〈大街〉和〈巴比特〉看辛克莱·刘易斯的讽刺艺术》和《论辛克莱·刘易斯的〈巴比特〉对二十年代美国商业社会的抨击》，刘浩的《从巴比特的人性沉浮看辛克莱·刘易斯的艺术成就》，蔡玉辉的《凸现美国商业文化的哈哈镜——试论刘易斯〈巴比特〉的成就》，张海榕的《寻找梦中的仙女——从弗洛伊德"精神分析学说"解读〈巴比特〉》，徐英瑞的《彷徨的巴比特》，张远峰的《论巴比特的矛盾个性》，谢田芳的《现代商业社会中人性的彷徨——解读〈巴比特〉中主人公形象的现实意义》和关翠琼的《解读〈巴比特〉中的时代背景和现实意义》。研究作品《阿罗史密斯》的有 2篇，分别是彭灵芝的《阿罗史密斯：辛克莱·刘易斯笔下的理想主义医生形象》和萧孔铁的《一曲献身科学的战歌——读〈阿罗史密斯〉》。综合论述的有 3 篇，分别是虞建华的《置于死地而后生——辛克莱·刘易斯研究和当代文学走向》，宁的《辛克莱·刘易斯新传记问世》，张海榕的《辛克莱·刘易斯的创作历程》。另外有 2 篇译作，翻译美国作家约翰·黑塞回忆录中回忆年轻时给刘易斯当秘书的一段内容，分别以标题《黑塞回忆刘易斯》和《给辛克莱·刘易斯当秘书的日子》在《读书》和《译林》上发表。

综观以上研究论文，潘庆舲在翻译和介绍刘易斯，让中国读者了解刘易斯方面作出了较大贡献。李美华和张海榕对刘易斯表示了较大兴趣，张海榕以弗洛伊德"精神分析学说"对辛克莱·刘易斯《巴比特》的男主角巴比特进行了精神分析，旨在展示巴比特的心理发展过程。作者宁的论文无疑是把美国刘易斯研究重新升温的消息传给了国内文学界，起到了很好的让国内学界及时把握国外文学动态的桥梁作用。虞建华的论文概述了辛克莱·刘易斯文学上的巨大成就和影响，认为刘易斯的作品是有质量的，是值得作为文化遗产进行深入研究的。前几十年"非现实主义"潮流几乎将他淹没，因此重新发现和考察的任务更为必要，更为紧迫。文章也结合主题对刘易斯研究中意识形态和创作美学方面的几个焦点问题进行了分析。这是目前国内刘易斯研究最有分量的一篇论文，对笔者也颇有启发。

研究刘易斯的硕士论文出现在 2001 年以后，绝大部分为英语文学专业的论文，主要以《大街》、《巴比特》和《阿罗史密斯》为分析对象。夏雯韵的《永恒的斗争》以刘易斯三篇杰作《巴比特》、《大街》和《阿罗史密斯》为分析对象，认为"人与环境的冲突"这一主题在刘易斯的小说中占据绝对位置，既是作家个人写作风格的集中体现，也是作家对狭隘的乡镇、商业社会利益至上原则的有力控诉和揭露，以及对科学界重实利、轻科学理论现象的批判。马文英的《辛克莱·刘易斯——现实而又浪漫的乐观主义者》认为刘易斯的三部小说（《大街》、《巴比特》和《阿罗史密斯》）既表现了个人追求自由的愿望和社会及其文化对个人的束缚之间的矛盾，同时也是三部充满着乌托邦浪漫主义的小说。彭灵芝的论文《辛克莱·刘易斯与美国文学讽刺艺术》，主要试图通过分析辛克莱·刘易斯的代表作——小说《巴比特》的语言艺术特色，说明他作为现实主义流派的讽刺艺术大师，在美国文学史上占有着重要的地位。王笑玫的《一幅真实的讽刺画——辛克莱·刘易斯〈巴比特〉的结构及文体分析》通过对小说《巴比特》的结构和文体的分析来阐明其对主人公巴比特成功塑造所起的重要作用。孟辉的论文除了论述《大街》、《巴比特》和《阿罗史密斯》中的主人公形象外，还分析了刘易斯的另一部小说《多滋沃斯》的主人公形象特点，认为其是一个富有，宽容，体贴，勤奋，脚踏实地，热爱生活的汽车生产商。

第三节　　本书的研究内容、方法和目的

从以上对刘易斯的研究状况看，国内的研究尚处于起步阶段，除了美国文学史对辛克莱·刘易斯的文学历程和小说内容的述评外，其他为数不多的论文研究主要聚焦在刘易斯作品的内容介绍和批判现实主义、浪漫主义手法及讽刺艺术的研究上，涉及的作品主要是《大街》、《巴比特》和《阿罗史密斯》。此外，各有一篇论文涉及《多滋沃斯》和《王孙梦》的内容介绍和人物形象。而刘易斯的另一巨著《埃尔默·甘特利》至今无人问津。相比于国内刘易斯批评研究的情况，国外（主要是美国）的研究成果是较为丰富的，主要从社会批评、美国文化、语言艺术、讽刺文体、现实主义、理想主义、浪漫传奇、精神分析、比较研究、女性主义等多种视角对刘易斯的《大街》等作品进行了批评研究。刘易斯作品中传统和现实、现实主义和浪漫主义等多重矛盾的统一使人们得出了充满悖论的各种结论。其中，马克·斯高勒和格伦·

A. 洛佛的评论很具代表性。

斯高勒很认同 20 年代威皮尔的观点，认为是刘易斯的成长环境让他充满了对社会的恨，他需要把这种恨发泄出来。斯高勒断定"辛克莱·刘易斯不是不像埃尔默·甘特利"①。他说："在刘易斯的世界里没有灵魂，如果一个灵魂被引入这个世界，就将立即死亡。"② 他评论道："像刘易斯的大部分小说一样，《埃尔默·甘特利》是一种松散的片段编年史，显得缺少可确定的情景压力，没有所有的行为被有序组织的主要冲突。只有冲突，价值才能取得一种复杂的定义，或者将会带来冲突隐含的至少两种价值秩序的戏剧化。而刘易斯的编年史破碎成了三大部分，每一部分几乎是彼此独立的。"③ 而格伦·A. 洛佛在分析《巴比特》时虽然未能确定作品的艺术风格，但已认识到，刘易斯的小说除了人们通常所认为的充满了对社会的犀利批判之外，还具有高超的、非常丰富和复杂的艺术性。洛佛论道："《巴比特》有一种照相式的镜像的准确性，但却没有摄影对艺术的复制性的弊病；小说追索的似乎是一种传统的模仿的胜利，但模仿又岂能解释其多种偏离和转向；小说呈现的是社会现实主义类型，但作者又多次侵犯现实主义的文规；作者明显地创造性地攻击社会系统又使得读者考虑有把小说划为讽刺文体的必要性；讽刺要求一种激进的道德口吻和只涉及表面问题的意向，以免读者看到人物的内心，产生同情而减免了读者对讽刺对象的鄙视，而作为讽刺家的刘易斯又确实潜入到了巴比特循规蹈矩、自满得意的外表之下，

---

① Mark Schorer, "Sinclair Lewis and the Method of Half-Truths" (1956), *Modern Critical Views: Snclair Lewis*, ed. Harold Bloom, New York: Chelsea House Publishers, 1987, p. 39.

② Ibid., p. 26.

③ Ibid., p. 32.

显示出一种超出了人物自我能理解的范围之内的浪漫主义的渴求。"①

　　我们看到，斯高勒和洛佛的观点相差甚远，很难统一。实际上，越是内容繁复、艺术高超的作品，其风格就越驳杂，手法越多元，其包容性就越强，就越难以按照传统文论惯例对之加以明确界定。批评家们往往是从单一角度选取作品的某一方面进行分析，然后作出自己的判断，很少有人将作品的主题内容与其表现形式结合起来进行研究，忽略了作品中叙事伦理、叙事形式与叙事审美的互动关系，因此得出了诸多片面和矛盾的结论，而从现实主义和讽刺文学这两种概念来定义刘易斯的小说也显得力不从心。所有这些均给刘易斯小说的研究留下很多尚未触及的阐释空间，而国内的刘易斯研究只能说刚刚起步，作品的诸多深刻寓意和丰富艺术特色仍游离于批评之外，刘易斯力图展现的广博的思想内容和奇巧的叙事手法仍令人困惑不解。② 比如说，刘易斯作品表达的是对美国社会的强烈仇恨吗？或者说刘易斯的成长环境让他性格孤僻，充满了对社会的仇恨吗？刘易斯的作品只是现实主义和讽刺文学这两种手法的矛盾杂糅吗？刘易斯的作品真的结构松散、缺少冲突吗？刘易斯是一位艺术手法拙劣的作家吗？还有，刘易斯的作品已经成为美国人国民意识的一部分，那么，刘易斯到底呈现了什么样的美国民族特性？他是否充分地、正确地反映了美国的民族文化特性？他又是用什么样的叙事手法来展示这种民族文化特性的？

　　基于刘易斯小说丰富的美国文化内涵、独特的艺术表现形式

---

　　① 　Glen A. Love, *Babbitt: An American Life*, New York: Twayne Publishers, 1993, p. 89.

　　② 　程倩：《历史的叙述与叙述的历史：拜厄特〈占有〉之历史性的多维研究》，博士学位论文，北京大学，2005 年，第 7 页。

及刘易斯研究界所存在的诸多含混的问题，我们拟以《辛克莱·刘易斯小说的文化叙事研究》为题，采用叙事学、文化学、社会学、哲学、F. 詹姆逊的后现代主义理论、凡勃伦的经济学说等多种批评理论，对刘易斯的《大街》、《巴比特》、《阿罗史密斯》和《埃尔默·甘特利》这四部小说的内容和形式展开多维研究，以揭示刘易斯小说丰富的文化历史内涵和叙述手法之间的内在联系和交互作用，弥补以往有关刘易斯《大街》等小说的众多批评论著将主题研究和形式分析彼此割裂这一问题。

　　本书包括绪论、正文和结语。正文部分共有五章。第一章题为"刘易斯小说文化叙事的历史语境"。此章首先从文化学和叙事学的角度，定义了文化叙事的概念。然后分析了 20 世纪 20 年代刘易斯《大街》等四部小说所涉及的美国历史背景。接着，探讨了作者刘易斯独特的反叛文化叙事情结，认为刘易斯的成长经历收获的并非是孤僻的性格、对社会的仇恨，而是非凡的观察力、准确的表现力、渊博的知识储备及追求美好、揭示丑陋的顽强意志力，强烈的反叛精神和社会责任感。由此，本章最后一节从民族历史发展的角度，追溯美国文化发展的历程，提炼出刘易斯文化叙事的主题：对美国民族"集理想主义和实用主义于一体"的矛盾文化特征的深刻呈现。

　　对美国 20 年代文化思潮的探析可以进一步显示刘易斯作品对美国文化揭示的深刻性、准确性，便于更好地解读刘易斯作品的文化内涵；反叛的文化叙事情结的探讨有望纠正学界有关刘易斯个性孤僻、对社会抱有消极的仇恨心理的偏见，了解作者的成长背景对其文化叙事的影响因素，以便对刘易斯作品作出更加全面公正的评价；对"集理想主义和实用主义于一体"文化主题的揭示弥补了学界对这一重要研究视角的疏忽。总之，本章为刘易斯小说的文化叙事研究构建了一个三维一体的语境时空：作者的成长背景、20 世纪 20 年代特定的历史背景和整个美国民族文化意识的背景。把刘易斯的小说置于这种多层面的语境时空中的研究，弥补了以往学界或者脱离历史语境，或者从单一历史语境进行研究的不足，有助于更好地揭示刘易斯小说中所蕴涵的文化思想，更好地阐释刘易斯小说之所以在社会中产生如此大的文化影响的原因和刘易斯对重塑美国文化意识方面的历史贡献。同时，从文化叙事的角度研究刘易斯小说有助于我们把文学研究与文化研究有机地融合在一起，在进行文学研究的同时，获得更好地了解美国文化的途径，达到了解美国文化特质的目的。

　　第二章题为"刘易斯小说反叛的文化叙事特征及其多元化叙事策略"。此章结合叙事学理论和 F. 詹姆逊的后现代主义文化理论对刘易斯小说的文化叙事特征和叙事策略进行了分析。本书认为，刘易斯小说看似结构松散，缺少情节、冲突等小说基本要素，实则蕴含着丰富的超脱于同时代的文学创作艺术风格。其叙事呈现着一种多元的特质体现了 F. 詹姆逊的后现代理论思想，如"现代主义的现实主义"、"连接"、"解辖域化"和"自主化"；也体现了詹姆斯·费伦的后经典叙事艺术，如肖像叙事。在小说中，这种多元特质的叙事技巧与"集理想主义和实用主义于一体"的文化特征的"逃逸"的表现形式巧妙地嵌合在一起，融合了现实主义、现代主义和后现代主义的成分，形成了自己独特的"现代现实主义"的反叛的文化叙事特征。多元叙述线条是现代现实主义的基本特点，也是刘易斯《大街》等四部小说的共同特点，但是多元叙述线条在小说所呈现的不同社会语境中，又演绎出了各自独特的多元化的叙事策略：《大街》的"异质化"的叙事策略、《巴比特》的"肖像化"的叙事艺术、《阿罗史密斯》的"解辖域化"的叙事手法、《埃尔默·甘特利》的"自主化"的叙事艺术。这种多元化的叙事手法是刘易斯小说生动逼真地揭示美国文化特质、产生巨大影响的重要手段。这种叙事手法表明，刘易斯的小说创作把叙事手段与人物的思想意识融为一体，与人物的个性特征融为一体，与民族的文化特征融为一体，与时代的脉搏融为一体。这种叙事形式与叙事内容的紧密结合为读者对刘易斯小说艺术性的探讨布下了谜团，因而造成学界多年来对其叙事艺术含混不清的认识状况。

很多学者认为刘易斯的小说缺少艺术性或艺术性低劣，或者认为刘易斯小说是现实主义和讽刺文学这两种文体的矛盾杂糅，现代现实主义的叙事特征及其多元化的叙事策略的揭示弥补了人们对刘易斯小说艺术性认识的不足，表明刘易斯小说不是缺少艺术性，更不是艺术性低劣，而是极具前瞻性的高超的叙事艺术。由此，本书为刘易斯小说艺术的探索提供了一个崭新的视角，同时，刘易斯小说中反叛传统的叙事艺术技巧也是对小说叙事艺术的贡献。

第三章题为"刘易斯小说中主要人物所表现出的文化特征"。富兰克林和爱默生是美国民族文化精神的代表，《大街》等小说中主要人物身上不同程度地体现了这两位民族先知的精神特质。本章根据富兰克林的实用主义哲学观和爱默生的超验主义思想观，分析了"集理想主义和实用主义于一体"的文化特征在《大街》等小说中主要人物身上的表现特征。这种把小说人物的个性特征置于民族文化精神的大背景中的研究视野，是学界尚未具有的。这种研究视角有助于更深层次地揭示人物的个性品质和精神特质，显示小说中立体化的丰满的人物形象，说明学界所诟病的刘易斯在作品中对人物既同情又讽刺的矛盾态度并非作者的败笔，而是美国民族矛盾的文化特征于特定的时代在个体性人物身上的逼真体现，也是艺术家为展示这种特征所采用的一种贴切的叙事策略。此外，这一研究视角能更深刻地显示刘易斯小说的文化叙事能成为民族文化意识的一部分的原因：刘易斯的文化叙事是对美国民族典型的文化特征的深刻而且生动的呈现。

第四章题为"刘易斯小说中社会群体的文化特征"。刘易斯小说反映了麦克·费瑟斯通和让·鲍德里亚的消费文化思想。此章运用消费文化理论，探讨了美国民族"集理想主义和实用主义于一体"的文化特征在 20 年代社会群体中的表现。主要表现为以物质至上的实用主义和理想主义衍变成的维护既得利益、经济繁荣的极端保守主义的特征。社会群体的这种"保守实用主义"倾向在这个时期，一是打上了很深的消费主义的烙印：赚取更多的金钱以满足炫耀和享乐主义的生活方式，二是打上了20 年代新旧文化激烈冲突的烙印：表现了一种典型的消费文化中的等级、阶级和种族偏见。当下层群体对上层群体的品味提出挑战时，上层群体的反应不只是通过如费瑟斯通所说的采用新的品味来重新建立和维持原来的距离，而且还采取一种禁止、打击、威胁和违法的暴力手段来保持自己的优势地位。把消费文化理论与刘易斯小说社会群体的文化特征结合起来开展研究是学界尚未进行的。这一研究视角把社会群体的文化特征置于 20 年代特定的历史背景中，显示了美国民族文化特征在中产阶级这一社会群体中的本质表现，也让人们看到了 20 年代美国社会群体所表现出来的物质至上的实用主义和保守主义的成因。这一研究视角还显示，刘易斯揭示了如殷实公民的阶级结构图式、对精英文化的腌制、广告文化的符号意义、文化资本、文化资本化等与后现代主义思想契合的消费文化概念，在揭示社会文化的本质方面表现出一种超前的预见性和认知性。此外，这一研究视角也显示了现代现实主义的叙事特征对有效展示社会群体的多元文化特质的有力作用。

第五章题为"刘易斯小说中隐含作者的叙事伦理"。此章从叙事伦理的视角，探讨了刘易斯小说中对美国社会文化精神的肯定和赞美的一面。长期以来，学界主要聚焦于刘易斯《大街》等小说对美国文化的犀利批判这一伦理层面，本章对刘易斯小说中社会群体的文化精神肯定一面的探索，有助于更全面地了解刘易斯这位文化反叛者的叙事伦理态度、他对社会和人民的殷切希望和热爱、他对美国社会所抱有的一种知识分子强烈的社会责任感和荣辱感，也有助于从刘易斯小说中更全面深刻地了解美国的民族文化精神特质，有助于进一步认识刘易斯小说中隐含的、深刻展示美国文化特征的、高超的叙事艺术。

本书是国内第一部较为系统深入地研究辛克莱·刘易斯的专著，搜集的材料比较完备，也较为全面地把握了国际学术界对刘易斯的最新研究成果，并与美国刘易斯研究协会的负责人莎莉·E. 葩蕾博士通过电子邮件进行了沟通，在资料的来源上也获得了她的鼎力相助，研究视角也得到她的肯定。本书首次从文化叙事的角度探讨刘易斯小说的文化内涵，从"集理想主义和实用主义于一体"的美国民族文化特征的主题切入刘易斯文学创作中的反叛文化思想。通过将民族文化特征的表现形式与刘易斯文学创作的叙事手法结合起来探索刘易斯小说的叙事策略，揭示出刘易斯小说中的思想内涵和叙事艺术。此外，通过把刘易斯小说中主要人物的个体性文化特征和社会群体的文化特征置于美国民族文化特征的大背景中进行研究，更深刻地显示了刘易斯小说的文化叙事能成为民族文化意识的一部分的原因。另外，本书还从叙事伦理的角度探讨了通常为学界所忽略的刘易斯小说中社会群体的精神特质与作者本人的伦理趋向的关系。在一定意义上，本研究不仅处于国内刘易斯研究的前沿，还以一个中国研究者的"他者"视角，在国际上对刘易斯的研究作出了贡献。

第一章　刘易斯小说文化叙事的历史语境

第一节　什么是文化叙事

"文化"这个词在中国古代包括"天文"和"人文"两种含义。"天文"指的是天道自然规律，"人文"指的是人伦社会规律。战国末年儒生编辑的《易·贲卦·传》论道："刚柔交错，天文也。文明以止，人文也。观乎天文，以察时变；观乎人文，以化成天下。"显然，这里的文化就已包含物质文化和精神文化的意思，"以化成天下"就是要用自然规律的知识和社会规律的知识去教化、培育天下的成员。雷蒙特·威廉斯认为，在西方，拉丁文"culture"原有栽培、耕种，培养自然成长的意思，后来，文化一词逐渐具有了如下四种意义：（1）文化是心灵的普遍状态或习惯，与人类追求完美的思想观念有密切关系；（2）文化是整个社会里知识发展的普遍状态；（3）文化是各种艺术的普遍状态；（4）文化是一种物质、知识与精神构成的整个生活方式。① 迈克·费瑟斯通则归纳了三种文化的含义：（1）它可以是规范、观念、信仰、

---

① 雷蒙特·威廉斯：《文化与社会》，吴松江、张文定译，北京大学出版社1991年版，第18—19页。

价值、符号、语言及代码；（2）它还可以表明（文化领域内或高雅文化中）一个人、专家知识分子、独立艺术与实践等的精神与知识的发展过程；（3）甚至可以（在人类学的意义上）说是群体、人民、社会的整体性生存方式。① 综合以上文化的概念，我们认为，文化是由人类社会实践和意识活动中长期细缊化育出来的、体现在生活方式上的物质文明、价值观念、审美情趣、思维方式等的总和。人类各民族的社会实践不同，所导致的意识活动就会不同；反之，各民族不同的意识活动也会产生出不同的社会实践活动，所以人类也就孕育出了各民族对待生活方式的不同价值观念、审美趣味和思维方式。因而民族性、国度性成了文化的重要属性之一。在人类历史的舞台上，各民族和各国家分别在不同的"天文"—"人文"条件提供的活动中，辛勤地耕耘、培育，成就了自己情节有别、风格各异的民族文化。

克罗齐说过，不存在叙事的地方就没有历史。② 罗兰・巴特在其《叙事作品结构分析引论》中断言"有了人类历史本身，就有了叙事"。也就是说历史文化借助叙事得以传承。叙事是"表达一个或多个事件的话语"；是"叙述的产物，是一系列情境和事件的叙述或描述"；是"讲述的事情的呈现"；是"虚构的小说话语"。③ 这是 G. 普林斯所编撰的叙事学字典里对"叙事"的解释。传统的叙事一般是对文学作品特别是对故事的结构规律的研究，如受俄国形式主义者普洛普（V. Propp）影响的

---

① 迈克・费瑟斯通：《消费文化与后现代主义》，刘精明译，译林出版社 2006 年版，第 187 页。

② 转引自海登・怀特《形式的内容：叙事话语与历史再现》，董立河译，北京出版社 2005 年版，第 8 页。

③ Gerald Prince, *A Dictionary of Narratology*, Lincoln & London：University of Nebraska Press, 1987, p. 57.

叙述学家，他们主要关注的是故事事件的功能、结构规律、发展逻辑等；以 G. 热奈特（G. Genette）为代表的叙述学家着力探讨叙述者在"话语"层次上表达事件的各种方法，如倒述或预述、视角的运用等；以普林斯和 S. 查特曼（S. Chatman）为代表的叙述学家对事件的结构和叙述话语都很关注。① 申丹认为众多的叙事学家的研究成果深化了对小说的结构形态、运作规律、表达方式或审美特征的认识，提高了欣赏和评论小说艺术的水平，但作为以文本为中心的形式主义批评派别，叙事学也有其局限性，尤其是它在不同程度上隔断了作品与社会、历史、文化环境的关联，这种狭隘的批评立场无疑是不可取的。② 因此，目前叙事理论家越来越注重叙事学的跨学科研究，有意识地从其他派别吸取有益的理论概念、批评视角和分析模式。马克·柯里（Mark Currie）就把叙事和文化紧密地联系在一起。柯里认为，叙事在当今世界中已无所不在，普遍至极，以至于在考虑意识形态和文化形式的问题时不可能不碰到它。文化不仅包括了叙事作品，而且由叙事所包含，因为文化的概念——不管就其一般性还是特殊性来说，都是一种叙事。③ 霍米·巴巴则把叙事和民族联系在一起，认为国家就是民族进程的连续不断的叙事。④ 詹姆斯·费伦把叙事和文化结合在一起，得出了他的文化叙事的概念："一个经常地、广泛地流传在同一种文化成员中的故事，它的作者，不是一个被清晰验明的个体，而是一个更大的集合体，

---

① 申丹：《叙述学与小说文体学研究》，北京大学出版社 2005 年版，第 4—5 页。

② 马克·柯里：《后现代叙事理论》，宁一中译，北京大学出版社 2003 年版，总序第 1 页。

③ 同上书，第 106 页。

④ Homi K. Bhabha, "Introduction: narrating the nation", *Nation and Narration*, ed. Homi K. Bhabha, London and New York: Routledge, 1999, p. 1.

也许是整个社会，至少是有意义的某个亚社会群体。文化叙事典型地成为习俗，它构成了我们可以认同其作者的观点的特殊叙事的基础，这些叙事可以在一个很大的范围内变化，从完全地遵从符合这种习俗到完全地颠覆它。"①

　　文化是通过叙事来展示的，文化本身就是一种叙事，它是同一种文化成员中的共同的故事，也就是"一个共同整体的一系列共享的意义、信仰与价值"②。刘易斯从美国民族的乡镇、商业等文化群体中撷取一些最具代表性的故事，通过运用适合其文化形式的叙事策略在小说中把它展示出来。由于它所叙述的故事生动、真实地反映了这些文化群体共享的意义、信仰与价值，因此，其所体现的观点获得了广泛的认同。认同的成员既包括所述文化内的成员，也包括所述文化外的成员。刘易斯的文化叙事使得此前只能被人们体验和感觉到的无形的习俗成为有形的习俗，获得了英语世界各民族文化成员的广泛认同。如"大街"（Main Street）泛指以保守、狭隘等为特征的典型小城镇居民和以狭隘乡土观念和实利主义为特征的地方或环境。"巴比特"（Babbitt）成了自满、庸俗、短视、守旧的中产阶级实业家的代名词。如费伦所论，刘易斯的这些叙事也可在一个很大的范围内变化，它的文化成员可以从完全符合这些习俗的特点到完全颠覆这些习俗，而颠覆这些习俗正是刘易斯文化叙事的目的。

　　综上所述，从文化学和叙事学的视角出发，我们认为，"文化叙事"是某种文化运用适合其形式的叙事策略，以具体的形式进行的叙事呈现，源自艺术家主体的叙事行为对某种文化以某

---

①　James Phelan, *Living to Tell about It*: *A Rhetoric and Ethics of Character Narration*, Ithaca and London: Cornell University Press, 2005, p. 8.

②　迈克·费瑟斯通：《消费文化与后现代主义》，刘精明译，译林出版社 2006 年版，第 187 页。

种表现形式进行的艺术展现过程，小说艺术就是作家对某种文化以小说文本形式进行的艺术展现过程。这也意味着小说的文化分析和叙事特征分析应该建立在叙述了怎样的文化特征和如何叙述这种文化特征的互动阐释中。

文化是人类社会实践和意识活动中长期育化出的由物质、知识和精神构成的社会生活方式，是集体的产物，那么，对某种文化进行叙事所产生的观念也就不再是个人观念的呈现，而是那个文化集团共有的价值、理想的结构体现。吕西安·哥德曼认为，文学是作家所属的那个社会集团的"超个人的精神结构"的创造，愈是杰出的作品便愈能清楚地表达作家所属的社会集团的世界观；或者说，文学作品愈是具有与社会集体精神结构相对应的"有意义的结构"，它就愈具有艺术的生命力。[①]刘易斯正是通过对长期浸润其中的文化的深刻体验、精细观察和理性的思考，以一名斗士的勇气，勇敢地站了出来，一反当时流行的歌功颂德的叙事文风，对其中感受最深的民族文化特征所呈现的生活方式进行了叙事，用犀利的笔锋揭示了民族文化的沉疴。因为他认为，美利坚民族的这种生活方式出了问题，实用主义占了上风，人们变得自满愚昧，物质至上，追求享受，这种状态继续下去，就会削弱美国的强大。谢尔登·诺曼·格雷布斯坦也认为："刘易斯猛烈抨击美国是出于爱而不是恨，他的用意不是给我们脸上抹黑而是激励我们摆脱可怕的贪图舒适、自鸣得意的麻木不仁状态——仍然是我们达到最高度文明的主要障碍。"[②]《大街》等系列反叛作品引起读者如此大的反

---

① 马新国主编：《西方文论史》，高等教育出版社2002年版，第553页。
② 谢尔登·诺曼·格雷布斯坦：《辛克莱·刘易斯》，张禹九译，春风文艺出版社1994年版，前言第4页。

响，并能作为文化词汇在社会中迅速传播开来，也正在于刘易斯是对他所属的社会集体的精神结构所内含的生活方式生动逼真的叙事，因此其作品所建构的文化叙事也就是其所属的社会集团的世界观、价值观的体现，由此也就具有了经久不衰的艺术生命力。为了深刻地阐释刘易斯小说的文化叙事内涵，我们绝不能像以文本为中心的形式主义批评家那样隔断作品与社会、历史、文化语境的关联，因而我们在重点分析刘易斯小说文本之前，首先在本章下面的三个小节中逐一从三个层面探讨与刘易斯小说文化叙事密切相关的历史文化背景。

第二节　20 世纪 20 年代的美国文化思潮

20 世纪 20 年代，美国不断城市化的世俗社会同过去的传统价值不断发生着碰撞。第一次世界大战结束后不久，美国迎来了空前繁荣的时期，进入了历史上具有特殊重要意义的十年。美国著名的文化历史学者艾伦写道："第一次世界大战让整个欧洲受到了沉重的打击，可是美国却几乎没有受到一点儿破坏。当和平来临的时候，美国人发现自己成了整个世界的经济主宰。"① 通过技术革新和科学化管理，扩大生产规模，在欧洲老牌资本主义国家战后经济处于停滞或恢复状态时，美国经济高速发展，规模生产和标准化将企业资本主义推向全盛时期。当时最有代表意义最受推崇的就是"福特式生产方式"，即采用装配线作业或流水线作业技术。这种生产方式因为能大

---

① 弗雷德里克·刘易斯·艾伦：《浮华时代：美国 20 世纪 20 年代简史》，汪晓莉、袁玲丽译，上海财经大学出版社 2008 年版，第 122 页。

幅度提高生产效率，降低生产成本，被福特汽车公司采用后，迅速推广到美国的其他制造领域，劳动生产率的空前提高使美国的经济实现了飞跃。美国的汽车工业、电气工业、钢铁工业和建筑业的生产都出现空前高涨阶段。从 1919—1929 年，美国的汽车工业产量增长了 255%，钢铁工业产量增长了 75%，电力、电机和电器工业产值从 10 亿美元增长到 23 亿美元，建筑业产值从 120 亿美元增加到 175 亿美元。①

　　伴随着机器的轰鸣，巨大工厂的建立，20 年代美国人的生活方式发生了很大地变化，生活水平大幅度提高。机器的高效生产带来充足的物质商品，刺激着人们的消费欲望，为了消费人们必须挣钱，于是挣钱的能力成了人的能力体现，花钱成了生活。美国人逐渐忘了节俭自律的传统，开始重视当下的消费和享受。收音机已相当普及，电冰箱、洗衣机、吸尘器、电话开始进入富人家庭，汽车也从城市进入乡镇的农户家庭。越来越多的美国人开始享受机器作业所带来的批量生产和随后的批量消费和消费者信贷革新的好处。但是，"这一时期虽然达到了物质繁荣的高潮，同时却也标志了社会上、精神上的危机感，这种危机感随着新世纪的进展日渐加深。也许我们这样说不算过分：被大肆渲染的这一十年中的局促不安，主要不是充沛的健康精力的体现，而是一种经济饱和的症状，一种不理智地突然过量摄入生活中的营养而导致的浮肿"②。

　　物质的富足极易产生精神的空虚，而经济的繁荣又使得权贵们容易滋生自满和不思改变的态度。著名经济学家托斯丹·本

---

　　①　阿瑟·林克、威廉·卡顿：《1900 年以来的美国史》上，刘绪贻等译，中国社会科学出版社 1983 年版，第 296—297 页。

　　②　Rod W. Horton and Herbert W. Edwards, *Backgrounds of Amercan Literary Thought* (3rd ed.)，Englewood Cliffs, New Jersey：Prentice-Hall, Inc. , 1974, pp. 302—303.

德·凡勃伦论道："富裕阶级生来是保守的"①，"在社会进化过程中，有闲阶级的作用是对社会的动向从中阻挠，保留腐朽、落后的事物"②，"富裕阶级对改革的反感，大部分是出于对任何一种改革必然引起的重新调整时产生的那种骚乱、混乱的反感。属于任何一种文化或任何一个民族的制度系统总是一个整体，其间任何一项制度都不是孤立的；这一点格外加强了人们在思想习惯上对任何改革的本能的反抗，即使对于一些就其本身来看是属于次要的一些改革，情况也是如此"③。凡勃伦所说正是美国 20 年代时的写照。当时，俄罗斯的布尔什维克革命，导致美国人的"红色恐慌"，他们担心任何的改革都会引起骚动混乱的局面，任何的变动都有可能爆发社会主义革命。于是，美国政府当时就用带有明显保守色彩的政策来保护国家利益，"这一政策是基于如下的信念：政府如果尽力促进私营工商业的利益，那么繁荣就会蔓延到社会的其他大部分阶层"④。与这一政策相违背或者威胁了这一政策之既得利益者权利的都被视为异己，是无政府主义者，是要加以排除和清扫的对象。新来的移民，思想激进或具有忧患意识的青年，都成了要被"压制"的对象，因为他们认为这些人身上的"异己"思想会妨碍美国的利益，也就是富裕阶级的利益。为了保护自身的利益，政治上保守的当权者与思想激进或具有忧患意识的青年之间不可避免地产生了巨大冲突。

---

① 托斯丹·本德·凡勃伦：《有闲阶级论》，蔡受百译，商务印书馆 2007 年版，第 156 页。

② 同上书，第 155 页。

③ 同上书，第 159 页。

④ 美国新闻署编：《美国历史概况》下，杨俊峰等译，辽宁教育出版社 2003 年版，第 403 页。

一 新旧文化的碰撞

著名文学批评家马尔科姆·布莱德伯里对当时保守和进步的冲突作了深刻的分析和阐释。他论道，20 世纪 20 年代是一个由大街、禁酒运动、红色恐怖和 3K 党主宰的时代，一个倒行逆施、政治反动的时代，同时它又是一个美国人生活风格完全改变的时代，国家正从一个以生产为主体的社会向以消费为主体的社会转型。所有这一切都伴随着一种"现代性"的突然增强，以及道德观念方面的巨大改变。人们在现代历史加快的流速中，急切地对一切进行探索：新的行为举止、新的服装式样、新的品味和对个人身份的新的认识。也就是说，从人的意识和行为来看，这是非常激进的十年。① 那么，激进的原因是什么？我们看到，主要原因在于社会转型时文化上的新陈代谢过程中，现代化思潮与保守的传统之间产生的激烈冲突与对抗。凡勃伦论道，人们对于现有的思想习惯，除非是出于环境的压迫而不得不改变，一般总是要想无限期地坚持下去。② 对于代表富人利益的保守派正像凡勃伦所说的，想把一切现有的思想习惯、精神面貌、观点、特质等继续坚持下去，以维护和保持他们的既得利益，像刘易斯小说里的那些殷实商人们就激烈反对任何社会上的变革，他们明确的口号是支持一个"稳健有力的、会做生意的好政府"③！富人们的看法不能使那些激进分子们越轨一步，他们认为"美国的

① Malcolm Bradbury, "Style of Life, Style of Art and The American Novelist in the Nineteen Twenties", *The American Novel and the Nineteen Twenties*, ed. Malcolm Bradbury and David Palmer, London: Edward Arnold, 1971, p. 12. 刘易斯的"大街"作为一个新词已广为流传，布莱德伯里此处的"大街"指褊狭、保守的小地方主义的意思。

② 托斯丹·本德·凡勃伦：《有闲阶级论》，蔡受百译，商务印书馆 2007 年版，第 161 页。

③ Sinclair Lewis, *Babbitt*, New York: Penguin Books, 1985, p. 29.

民主并不意味着财富的平等，但确实要求在思想上、服装上、绘画上、道德上和词汇上完全相同"①。正是这种守卫财富、守卫能保证财富安全的传统道德和思想，让控制着国家权力的保守派对一切被认为有违传统文化的思想行为展开了打击和压制，出现了一系列带偏执狂色彩的"非寻常事件"。如重新组织起来的3K党发展迅速，他们鼓吹"百分之百的美国人"，他们打击的对象不仅包括非洲裔美国人，还有天主教徒、犹太人和移民。另外如萨科—凡泽蒂事件、禁酒令、斯哥普斯审判等，在当时影响深远，对 20 年代的社会、文化思潮起了决定性的作用，并直接影响到青年一代的身心及他们的文学创作方向。刘易斯、海明威、菲茨杰拉德等 20 年代知识分子无不受其影响，我们很有必要先了解这些历史事件的真相。

　　斯哥普斯事件也称"猴案"，是当时最轰动的事件之一。1920 年，原教旨主义者控制下的田纳西州立法会通过了一项法令，宣布说"该州学校老师讲授任何否定《圣经》所说的上帝创造人类的理论，并且讲授人是从低一级的动物进化而来的理论，就都是属于违法行为"②。1925 年，约翰·斯哥普斯等几位年轻的中学生物教师因在课堂上讲授进化论而在法庭上受审，在这次引起了民众极大关注的司法审判中，美国前国务卿、总统候选人威廉·杰宁斯·布莱恩代表该州，遭到了辩护律师克莱伦斯·达罗的几近摧枯拉朽的诘问。最后斯哥普斯被判处有罪，交了 100 美元的罚款后被释放了。在斯哥普斯案中，代表保守派和原教旨主义的宗教取得了法律意义上的胜利，虽然他们知道，现

---

①　Sinclair Lewis, *Babbitt*, New York: Penguin Books, 1985, p. 296.

②　弗雷德里克·刘易斯·艾伦：《浮华时代：美国 20 世纪 20 年代简史》，汪晓莉、袁玲丽译，上海财经大学出版社 2008 年版，第 148 页。

代科学的潮流不可逆转，但在这场审判案中，他们还是显示了权力的分量，达到了目的。他们可以继续通过反对进化论的法律，拒绝科学知识的进入。而被控方以及关注此事件的青年知识分子取得了实际意义上的胜利，他们让全美国，乃至全世界看到了当权者的荒唐表演。

斯科普斯事件具有重大的意义，它以一种近似于戏剧化的形式表现了当时那个时代最重要的对立之一——宗教与科学的冲突。"所有受过教育的人们都怀着惊讶和娱乐的心情看待这场审判，而原教旨主义者的确定性却逐渐被人们抛弃。"①

另一备受关注的轰动事件是萨科—凡泽蒂事件。如果说斯科普斯事件表现的是当时科学与宗教的冲突，那么，萨科—凡泽蒂事件则是专制与民主的较量了。当时的美国充斥着一股强烈的反移民情绪，并在1924年通过了带有严重种族歧视的新移民法案，因为中、上层阶级担心成批的移民会对美国的经济、文化和社会的安定带来威胁。萨科和凡泽蒂是来自意大利南部贫困地区的移民，是信奉无政府主义的激进青年，是麻省东部工业区意大利的劳工领袖，也是现代派诗人，他们正是正统的中产阶级所讨厌的那种人。②1920年5月5日，他俩因涉嫌一桩谋杀案而被逮捕。有很多人都能提供他俩当时不在场的证据，但陪审团却从他俩带头搞工人运动，是激进分子、无政府主义者，是英语也说不好的外乡移民等因素所显示的反美国之政治态度的角度出发，认为他们会对国家的安全造成威胁，在假想的"红色恐怖"达到最高潮时的气氛烘托下，宣判两人死刑。在随后关押的七年中，一次

---

① 弗雷德里克·刘易斯·艾伦：《浮华时代：美国20世纪20年代简史》，汪晓莉、袁玲丽译，上海财经大学出版社2008年版，第152页。

② 虞建华等：《美国文学的第二次繁荣》，上海外语教育出版社2004年版，第41页。

次申诉都被州法院驳回，美国知识界、工会、美国共产党等组织
发起的一次次营救行动也都无济于事，萨科和凡泽蒂在 1927 年
8 月 22 日被推上了电椅。

　　萨科—凡泽蒂案件是美国文化史上影响深远的大事件，它反
映了 20 世纪 20 年代政治与法律、专制与民主之间的激烈冲突，
在这一事件中，民主自由遭到严重践踏，"犯人"的政治倾向成
了法治的牺牲品。萨科—凡泽蒂事件直接导致了众多文学作品的
产生。《新共和》、《民族》和《新群众》等杂志，成版地刊登
充满愤怒的诗歌。萨科和凡泽蒂两人的诗作也被编辑成册，以
《提审美国》为书名出版。他们悲壮的故事被编成话剧在纽约的
舞台上成功上演。厄普顿·辛克莱以萨科—凡泽蒂事件为背景创
作了两卷本长篇小说《波士顿》（Boston），多斯·帕索斯的三部
曲《美国》（U. S. A.）中不少地方都涉及了这一事件。"萨科—
凡泽蒂事件"虽然发生在 20 年代，但直接影响了其后的文学走
向，确立了后一个十年激进思潮在文学界的主导地位，也确立了
30 年代左派在文艺界的领导地位。①

　　20 年代的禁酒令则充分显示了当时社会上道德与法律之间
的冲突，是几乎把每位美国公民都推到法律的对立面的事件。刘
易斯的小说中也曾多次出现与禁酒令有关的场面。1919 年，美
国颁布了宪法第 18 条修正案，俗称"禁酒令"，禁止制造、贩
卖和运输酒类。禁酒令颁布的目的是将酒馆和酗酒现象从美国社
会根除，但是它不但使数以千计的"非法酒店"涌现出来，同
时还助长了一种盈利性犯罪形式的出现，即非法运营酒类。② 其

---

①　虞建华等：《美国文学的第二次繁荣》，上海外语教育出版社 2004 年版，第
46 页。

②　美国新闻署编：《美国历史概况》下，杨俊峰等译，辽宁教育出版社 2003
年版，第 408 页。

实，从另一种角度来看，禁酒令在很大程度上也助长了年轻人对在法律遮盖下的传统的反叛。如果没有禁酒令，在一个社会迅速变迁的时代里，面对着更新道德观念的挑战，青年人饮酒还只是为逃避责任，为摆脱精神上的困惑和迷惘，从传统的道德规范中解放自己，使自己的行为不再受到传统文化的限制。实行禁酒令后，他们把饮酒不但看成是对传统的挑战，还看成了与法律相抗衡的勇敢行为，从中获得了一种难得的愉悦感和豪迈感。罗德·霍顿和赫伯特·爱德华兹论道："禁酒令为青年人闯入非法领域寻找刺激提供了额外的机会。知识分子涌入格林尼治村寻欢狂饮，表达对权威的公开蔑视。这样的行为又被大肆渲染，为他们的逃避提供了一种模式和哲学辩解。"[①]

艾伦记录了20年代禁酒令时一系列栩栩如生的却又是有伤风化的场景："在大型的橄榄球赛事上，扁平小酒瓶在观众席中的男人们和女人们的脸颊上方倾斜；配有常见的、老式吧台的地下酒吧里，也许是出自一帮西西里岛的酒精伪造者之手的、由杜松子酒调制而成的鸡尾酒被出售给客人（顾客75美分，警察免费）；出身名门的年轻女性一只脚搭在黄铜栏杆上，将手上的马提尼一饮而尽；由于'服务站'派出的年轻人会定期检查，桶装的葡萄酒汁只能在年轻夫妇卧室的壁橱内慢慢消减。"[②] 可见最初用法律手段对饮酒挥霍的社会风尚进行抑制的禁酒令，从开始时主要是青年人把饮酒酣畅作为自己对传统文化的一种反叛行为，最终演变成了一种几乎是全民化的对传统规范和政府法律的反叛和抵抗。长此以往，这种文化态势必将危及政府的威信和其

---

① Rod W. Horton and Herbert W. Edwards, *Backgrounds of American Literary Thoughts* (3rd ed.), Englewood Cliffs, New Jersey: Prentice-Hall, Inc., 1974, p. 325.

② 弗雷德里克·刘易斯·艾伦：《浮华时代：美国20世纪20年代简史》，汪晓莉、袁玲丽译，上海财经大学出版社2008年版，第188页。

他法律的尊严。最后，禁酒令在1933年被废除了，但禁酒令对20年代的整个文化思潮和社会风尚的影响是广泛的、深远的。执行禁酒令时期，禁酒支持者和禁酒反对者的辩论也从没停止，并且不断升级，无休无止，你来我往，为20年代的喧嚣增添了闹剧似的色彩。禁酒令的过程也让更多人的内心受到了触动：对偏执的、不合常理的传统道德与文化的反叛并不是那么令人讨厌和不可原谅，文化态势应是开放式的，不是靠压制就能解决问题的。

二　迷惘的一代

艾伦对美国20年代的知识分子的信条和主张作了如下总结：（1）他们认为，在性方面应该拥有比严厉的美国准则所允许的幅度更加开放的自由；（2）他们尤其蔑视通过立法对各种礼节的强制执行；（3）他们中的大多数人都对禁酒令表示激烈反对，同时他们也憎恨审查制度，并且对政治重生和社会重生充满了怀疑；（4）他们中的大部分人都是宗教怀疑论者；（5）他们意见统一地嘲笑中产阶级多数派，因为他们认为这些人应该为禁酒令、审查制度、原教旨主义以及其他各种对人性的压制负责；（6）他们尤其喜欢颠覆大多数人心目中的偶像；（7）他们害怕规模生产和生产机器对他们自身以及对美国文化所产生的影响，为此在进行着争取成为独立个体权力的战斗。[①]我们认为，这是对20年代美国知识分子思想和行为的比较全面的解剖，而通常被称为"迷惘的一代"作家，如欧内思特·海明威、司各特·费茨杰拉德、舍伍德·安德森、多斯·帕索斯、

---

① 弗雷德里克·刘易斯·艾伦：《浮华时代：美国20世纪20年代简史》，汪晓莉、袁玲丽译，上海财经大学出版社2008年版，第173—175页。

T. S. 艾略特、埃兹拉·庞德、威廉·卡洛斯·威廉斯、理查德·赖特、马尔科姆·考利、埃德蒙·威尔逊等人则是这群知识分子的典型代表。他们由于思想上与当时的传统文化格格不入而导致对周边社会文化氛围的诸多不满，或者还有其他各种相同或不同的原因而相继出走，自我流放到法国巴黎，成为20年代一道特殊的文学景观。

　　这批文化青年为什么迷惘？他们纷纷出走法国的动机是什么？由于这是一批在美国文学史上享有盛誉的作家和诗人，再加上20年代是美国文学史上最重要的十年，因而，历来的文史学家和批评家们都竭力想对这一流放现象作出尽可能精确的文化阐释，他们主要的说法归纳起来大致有两种，"战争幻灭说"和"文化朝圣说"。① 也就是说，一是由于战争所带来的精神打击所致，因为不少流放作家间接参加了第一次世界大战，这些知识分子被第一次世界大战中的屠杀所震惊，他们看到了正派、体面背后的丑恶现实，难以容忍老一辈野蛮、冷酷的行为。他们把这场胜利的战争看成失败，看成一场道德灾难，面对着自己的"崇高行为"所带来的精神后果，产生了幻灭感。二是这批流放作家去巴黎是由于对粗俗、平庸的本国文化的鄙视和对法国宽松、浪漫和优雅文化的向往。此外，《哥伦比亚美国文学史》提出了不同但也不乏真实性的阐释："这些文艺家们离乡背井来到欧洲，既不是为了勘查开发荒凉空旷的土地，也不是谋求回国后把美国建设成文明高雅的国家，他们之所以要离开美国，是因为他们生性好动，总想要干一番事业，或者因为他们希望去学习、希望找一个生活比较便宜的地方，想解决一些个

---

① 虞建华等:《美国文学的第二次繁荣》，上海外语教育出版社2004年版，第54页。

人或艺术上的难题。"① 虞建华总结了另外几种很有说服力的原因。他认为，从一定程度上来说，"流放"是对文学女性化的抗议，也可以说是男性作家们在女性文学攻势下的战略撤退；城市的"移民化"和贫民化是"迷惘的一代"作家出走的一个重要原因；格林尼治村在政府对赤色分子的清洗活动中，处于被严格监视的氛围中，狂欢浪漫的生活方式受到干扰，而巴黎左岸是流亡者之都，狂欢者之乡，因而继续以前的自由浪漫生活是自我流放的最主要原因。②

　　上面各种"流放"原因的说法都有各自的道理。但我们认为，流放的原因并不重要，最重要的应该是他们为什么"迷惘"，因为他们是由于"迷惘"而出走，由于"迷惘"而创作了独具特色的文学作品，形成了美国文学史上一道亮丽的风景。归根结底，他们的出走只是"迷惘"的一种表现方式。"迷惘"的另一种表现方式就是他们手中的笔杆。笔者认为上述艾伦所阐述的 20 年代知识分子的主张和信条代表了迷惘的一代作家在当时的思想和行为，由于这些思想与当时的传统文化格格不入，从而导致对身处的社会文化氛围的诸多不满，造成思想上、实际生活上的与当时社会传统文化的诸多冲突，而又找寻不到协调的途径和解决的办法来消除这种不满和冲突，于是用自我流放的方式作为一种解决办法。正如瑞奇蒙德·巴雷特刊登在《哈珀斯》上的一篇文章所描述的——年轻的美国人冲到巴黎去享受宝贵的自由，尽情去做一些在布法罗或者是爱荷华市所不允许的事情：他们对遇到的所有人都极度粗鲁，品尝了几段短暂并且索然无味的

----

① 埃默里·埃利奥特主编：《哥伦比亚美国文学史》，朱通伯等译，四川辞书出版社 1994 年版，第 611 页。

② 虞建华等：《美国文学的第二次繁荣》，上海外语教育出版社 2004 年版，第69—73 页。

风流韵事，畅饮了杜松子酒，可是最后却光着身子昏倒在了小餐馆的桌子底下。[①] 因而，流亡他国也并不能完全消解心中的迷惘和不畅，于是又拿起笔杆，用文学创作来宣泄和阐释心中的"迷惘"，寻找生活的信心和勇气，也寻找导致迷惘的原因和借口，以求得心理的平衡和人们的理解。

费茨杰拉德的《了不起的盖茨比》（*The Great Gatsby*，1925）和海明威的《太阳照样升起》（*The Sun Also Rise*，1926）就是这批流放作家所创作的表现"迷惘"之态的最优秀的文学作品，在《了不起的盖茨比》中，浪漫的理想和残酷的现实的冲突，中西部文化与东部地区文化的冲突，传统道德与现代生活理念的对抗，以及以追求金钱作为实现梦想的手段的荒诞性都得到了出色的呈现。《太阳照样升起》写的是战后一群美英青年流落在巴黎的迷惘中的生活状态。他们表面上嘻嘻哈哈，纸醉金迷：泡酒吧、去钓鱼、看斗牛，内心却咀嚼着莫名的悲哀。小说传达了这样的主题：战争导致传统的精神大厦倒塌，新的精神家园又不知在何方，青年一代陷入彷徨无主的心态，他们感到觉醒了而又无路可走的悲哀。[②] 于是，他们迷惘了。海明威就这样通过小说中塑造的人物替自己阐释了迷惘的理由。

三 乡镇神话

谢尔登·诺曼·格雷布斯坦认为，美国社会进入 20 世纪之后，尽管有埃兹拉·庞德、维切尔·林赛、埃德加·李·马斯特、卡尔·桑德堡、埃德温·阿林顿·罗宾逊以及罗伯特·弗罗

---

① 转引自弗雷德里克·刘易斯·艾伦《浮华时代：美国 20 世纪 20 年代简史》，汪晓莉、袁玲丽译，上海财经大学出版社 2008 年版，第 178 页。

② 刘海平、王守仁主编：《新编美国文学史》第 1 卷，上海外语教育出版社 2000 年版，第 280 页。

斯特的诗歌问世，尽管有杰克·伦敦、弗兰克·诺里斯、伊迪丝·瓦顿、西奥多·德莱塞以及其他一些作家的小说，尽管有了黑幕揭发者而且 H. L. 门肯的呼声在国内很高，但是大多数美国读者仍然喜爱形式传统，格调顺时、乐观、浪漫的作品。① 很多作家喜欢美化乡村生活，并把城市作为反衬，使乡村在美丑的对比中显示其幽雅纯真，乡村仿佛具有美国社会的一切优点，被看做是滋生邪恶的城市的对立面。虽然从物质上看小镇是衰败了，但在美国人的想象中小镇却依然昌盛，被普遍看做是民风淳朴、乡民友善和民主自由的乡村乐园。特别是中西部村镇，更被看做是美国勤奋进取、开拓精神的摇篮。而大都市是百弊交集、藏污纳垢的所在。这种对立的形象，经过几代美国作家的竭力渲染，便四处流传开来，受到美国人想当然的普遍接受，久而久之，竟幻化为美国乡村神话。尤其是面对日益繁荣的经济和工业化与城市化所造成的混乱局面，人们意识到对物质的盲目追求必将威胁到美国人的精神生活，人们更加向往受到工业化大潮冲击之前的淳朴的田园生活，人们把乡村当成了在城市中无止境的金钱角逐中而显得日益疲惫的身心的最后寄托地。

　　辛克莱·刘易斯在其诺贝尔文学奖的受奖演说中概述了 20 世纪 20 年代文坛的情况：

　　　　在美国，我们大多数人——不只是读者，甚至作家们——仍然害怕那些并非对美国的一切进行美化的文学作品，即并非对我们的优点还是我们的缺点一概进行美化的文学作品。我们的作品如果想要成为畅销书，并要受人爱戴的

---

　　① 谢尔登·诺曼·格雷布斯坦：《辛克莱·刘易斯》，张禹九译，春风文艺出版社 1994 年版，第 23 页。

话，小说家就必须断言，所有的美国人都是高大、漂亮、富
有、诚实，还具有高超的高尔夫球技巧；必须断言，所有的
乡镇都住满了整天除了尽力做到互相友善相处无所事事的乡
邻们；必须断言，美国的姑娘们可能粗野些，但总会变成贤
妻良母；必须断言，从地理学上来看，美国的组成只有纽约
一地，那里住的全是百万富翁，或者只包括西部地区，那里
还保留着1870年时的粗鲁的英雄主义风气，至今未变；要
么只有南部地区，在那里人人都住在长年阳光明媚、月光婆
娑、木兰花香的种植园里。①

　　刘易斯在演讲词中批评了豪威尔斯，认为豪威尔斯之流在费
尽心机地把美国变成英国大教堂式的城镇之苍白可怜的翻版。而
被誉为美国"现实主义文学的奠基人"的豪威尔斯对20世纪初的
美国文学仍然具有很大的影响力。豪威尔斯在其漫长的文学活动
生涯中创作了三十多部长篇小说、三十多部剧本、很多的短篇小
说和大量的文学评论。《一个现代的例证》、《塞拉斯·拉帕姆的发
迹》和《新财富的危机》被认为是其最成功的长篇小说。豪威尔
斯的作品追求道德的教化作用，如拉帕姆从贫困中发迹后，在腐
败风气的影响下逐渐没落，但最后在事业的破产后却获得了道德
的复苏，小说结尾时拉帕姆变得比以前更加谦卑、诚实和真诚。
豪威尔斯所欣赏的，是家族式工业和旧日美国梦里拥有的价值观，
即中产阶级的勤劳、节俭、诚实、坚韧、正直。"他一生坚持三个
观点：1. 相信人际间的相互信任和相互依赖，个人道德可以影响
社会的发展；2. 以理性消除毁灭性的激情；3. 通过艺术揭示人性

---

　　① James M. Hutchisson, *The Rise of Sinclair Lewis: 1920—1930*, Pennsylvania: The
Pennsylvania State University Press, 1996, p. 237.

中文明理性的一面，压制无知原始的一面。"① 豪威尔斯的笔下是温情脉脉的社会生活、家庭关系和中产阶级的价值观念，人们在火车、游轮或度假饭店相遇，蜜月中的情侣，宾朋欢宴，质朴的普通人的身世，如何治家发家，等等。豪威尔斯认为："小说家愈是描写生活的微笑的一面，就愈能表现美国。"② 豪威尔斯的"微笑的现实主义"在 20 世纪初受到了越来越多的反对，未及在美国形成潮流就被淘汰了，但对 20 世纪初美国文化和文学的歌功颂德的风气的形成是有很大影响的。

　　1918 年的麦里迪斯·尼柯尔森的《民主之谷》也许可以说是粉饰太平，营造乡镇幸福村落的极盛时期。这本书对中西部人们所显示的生命活力以及民主精神给予了竭力的赞美。认为在中西部没有什么阶级差别，有的只是锐气和前进的推动力，即使显得有点落后或存在某种缺点，那也不是什么大不了的问题，很快就会改变或改正的。尼柯尔森写道："民主之谷的人民……想得多也谈得多；他们以特有的强烈感情焦急地思考世界大事；无疑，他们交换意见比美国其他地方的同胞都自由得多。"又写道："人们为美国城镇和西部城市那奇异的个性所感动。"还写道："在西部更小的镇上，尤其是以美国血统为主的地方，社会的分界线往往模糊得根本不存在了。这里的学校和教堂是一种民主化的因素，'雇仆人'的女子很可能为此举而道歉。"③ 总之，无论世上别处有何问题，对中西部的小镇是用不着担心的。格雷

---

　　① 刘海平、王守仁主编：《新编美国文学史》第 2 卷，上海外语教育出版社 2002 年版，第 61 页。

　　② 盛宁：《二十世纪美国文论》，北京大学出版社 1994 年版，第 21 页。

　　③ 梅里迪斯·尼柯尔森：《民主之谷》，纽约，1918 年，第 8—9 页，转引自谢尔登·诺曼·格雷布斯坦《辛克莱·刘易斯》，张禹九译，春风文艺出版社 1994 年版，第 52—53 页。

布斯坦说："对此教条我们在 1920 年之前是臣服的"，"直至辛克莱·刘易斯的《大街》为止"①。

第三节 刘易斯小说反叛的文化叙事情结

作为美国著名的文化历史学者，艾伦在其关于 20 世纪 20 年代简史的书中写道："在 20 名知识分子共同撰写的《美国文明》中，他们对所在阶级数千人的意见进行了总结：'在今天，美国社会生活中最为可笑而可悲的事实是缺乏感情和美感。'但是，如果没有辛克莱·刘易斯 1920 年 10 月推出的《大街》与两年之后推出的《巴比特》这两本著作，知识分子对这种'缺乏感情和美感'的反抗以及由此而来的'对琐碎规章的狂热'的反抗，是不太可能立刻产生如此影响巨大的力量的。"② 也就是说，《大街》和《巴比特》的问世，甚至使得当时的文化反叛大军有了明确的反抗对象，那就是"大街"式的思想和"巴比特"式的人物和作风。

刘易斯的《大街》等四部小说一反 20 年代文坛温文尔雅、歌功颂德的文风，打破了 20 年代美国乡镇神话、商业神话、医学神话和宗教神话，横扫了美国文化领域中的陈规陋习和丑陋面貌。它们就像来自中西部大草原的一股股飓风，挟持着道道闪电划破了 20 年代的美国文学天空。由于其对美国主流文化的强烈批判性和故事叙事的生动逼真性，使人们忽略了小说叙事的虚构性的事实，无论是上百万的普通读者的口头相传之词还是众多批

---

① 谢尔登·诺曼·格雷布斯坦：《辛克莱·刘易斯》，张禹九译，春风文艺出版社 1994 年版，第 53 页。

② 弗雷德里克·刘易斯·艾伦：《浮华时代：美国 20 世纪 20 年代简史》，汪晓莉、袁玲丽译，上海财经大学出版社 2008 年版，第 170 页。

评家见诸报端的评论之文，几乎主要围绕小说所反映的美国人的社会价值判断标准的是与非而喧闹登场。从对各色读者反应的分析来看，坚信美国应保持开拓进取、自由、平等、民主、科学且勇于自我反思与批评的人们从小说的叙事中看出了刘易斯对美国的猛烈抨击是出于爱而不是恨；而本身就具有刘易斯所嘲讽的实用主义、故步自封、循规蹈矩、自鸣得意等全部或部分特征的人们在恼怒之余，则从叙事中看到了刘易斯是出于恨，由恨而作，认为刘易斯这个反叛者自己就是流氓埃尔默·甘特利，应该把刘易斯投进监狱，要把刘易斯绞死。这就像台下的观众要枪毙舞台上的"恶霸"一样，足见刘易斯小说叙事的强烈戏剧性效果。那么，在读者的价值体系和认知结构中产生如此激烈反应的刘易斯的强大文化叙事能量来自哪里，缘何有如此威力呢？他的《大街》等小说到底讲述了什么？使得那么多人欣喜，又有那么多人反感甚至仇视呢？刘易斯是否就像斯高勒所说是浸泡着仇恨长大的呢？在此我们有必要追索一下刘易斯这位来自大街的反叛者的文化叙事情结。

哈里·辛克莱·刘易斯于 1885 年出生于明尼苏达州的一个叫苏克中心的小镇，父亲是当地受人尊重的一名医生，刘易斯医生珍视辛勤工作的价值，节俭，注重实际，具有典型的新英格兰清教徒的美德，"显得高贵，尊严，颇有军人风度，绝对诚实"①。刘易斯有两个分别比他大九岁和七岁的哥哥，在刘易斯六岁的时候，慈祥的母亲因结核病而离开了人世，这在幼小的刘易斯内心深处留下了某种惊恐和不安，某种失意和空白。一年多以后，刘易斯医生为儿子们娶了一位继母伊莎贝尔。这位继母对刘

---

① Richard Lingeman, *Sinclair Lewis*: *Rebel from Main Street*, New York: Random House, 2002, p. 6.

易斯非常关心，倍加呵护，在最大限度上弥补了小男孩心灵上因生母过世而造成的创伤。刘易斯成年后离开家到东部求学求职的过程中一直与妈妈保持着通信联系，对妈妈很是尊重。伊莎贝尔是小镇上各种妇女社团的中坚分子，对新生事物很感兴趣，总是身体力行去做些实事促进小镇的发展，对美化苏克镇的项目更是走在前列：沿着苏克湖栽种树木，创建一个小公园取代被废弃的污染地，春天给各家小园子分发花种。她特地建立了一个苏克中心休息室，为来小镇贸易购物的那些劳累的农民们的妻子和孩子提供一个休息的地方，据说这是全国首批这类休息室之一。伊莎贝尔无论到哪总带着穿着漂亮的刘易斯，这一切让生活更美好的举措不会不启迪刘易斯幼小的心智——污染之地是需要和可以改造的，对大街的丑陋进行反叛的文化叙事从这里开始埋下了种子。

刘易斯从小表现出非凡的观察力，非常惊讶于他这种能力的一位高中老师回忆说："走过一个房间后，刘易斯就能事无巨细地描绘出房间里的每一样东西，比在这房间度过了一个周末的来客描绘的还要准确。"[1] 这一点与其父亲有意和无意的培养分不开。继母尽可能努力启发他的心智和个性天赋，外出活动、旅行时都带上他，在家时就常读书给他听，支持他的个人爱好。而父亲，则努力让刘易斯做一个标准的和顺从的男孩，像大部分其他男孩一样的行事和思考。他为人严谨，做事细密，一丝不苟。往来家庭账目，经济收入，病人交费欠费情况，记录得一清二楚。有时外出到周围的农户家出诊甚至做手术时也带上儿子，小刘易斯看到了父亲的辛劳、自信、稳健、精细和良好的医术，同时也

---

[1] Richard Lingeman, *Sinclair Lewis: Rebel from Main Street*, New York: Random House, 2002, p. 12.

看到了很多瑞典和德国裔农民的悲惨生活，看到了截肢手术的血淋淋的场面。母亲的死亡，手术中的血腥场面，这些孩童时的经历让他终生都厌恶杀生和流血，这也可解释刘易斯的小说很少涉及死亡等悲剧主题的缘由。这一切严谨、勤恳、实际的家庭生活方式的熏染也同样不会不影响到小男孩的性格的塑造——勤奋耕耘，对要改造之事物严密细致的观察记录；用锐利似手术刀的笔锋，落笔精确的细节描写毫不留情地解剖美国社会长有病瘤的肌体。这样的描写不涉及悲剧，无缘悲剧的震撼力，但这种方式产生的文化叙事的力量，是绝不亚于悲剧对观众的震撼力的深远影响力的。反叛的文化叙事在这里孕育了有力的表述手段。

　　生母的过早离世多少还是让刘易斯有点离群孤僻，但最主要的还是这位天才的不同于同龄人的近似饥渴的求知欲让他离开闹哄哄的伙伴，待在家里，通过贪婪的阅读来填满心灵，插上想象的翅膀。为家里劈柴是他的任务，他就把书打开放在院中的树杈上，看页书，劈会儿柴。他很快看完父亲丰富的藏书，又把目光扫向苏克镇的布瑞扬公共图书馆。镇里人都传说，刘易斯上大学前，已把镇图书馆的所有书都看完了。父亲反复要求在阅读中不认识的字要查字典，因此，他积累了惊人的词汇量，男孩们戏弄地说，"刘易斯把字典吞下去了"①。他阅读亚瑟王及其圆桌骑士的传奇故事，深受瓦特·斯考特和狄更斯的影响，在小镇的男孩们中讲故事是出了名的，并常一人在自家院中玩他精心编制的故事，用收集的钥匙片充当其他人物。父亲常责怪他不能跟别的孩子一样，其实是别的孩子心里没装着他儿子所知道的和能想象的丰富世界。

---

　　① Richard Lingeman, *Sinclair Lewis: Rebel from Main Street*, New York: Random House, 2002, p. 9.

后来，刘易斯回家乡时，做过义务演讲，为布瑞扬图书馆募集馆费。在30年代曾送给布瑞扬图书馆80本书，有些是他自己所写的书，有些是别的作家送给他写书评的书，上面还有这些作家的签名，他认为图书馆会喜欢这些书的。在他所送的小说《大街》的封套上写着充满感情的赠送词："图书馆的书曾是我儿时最大的冒险经历，伴随爱和爱的记忆，一起送给布瑞扬图书馆。"[1]在耶鲁上大学时，刘易斯仍然徜徉在书的海洋，他在大学的恩师之一布鲁斯特·廷克教授回忆说："他如饥似渴地求知，从耶鲁图书馆借书之多，我相信是在他之前和在他之后的大学生所不及的。"[2]

刘易斯的观察力惊人，求知欲惊人，记忆力也令人惊讶。C. F.克兰达尔在《纽约先驱论坛报书评》上发表的《辛克莱·刘易斯三分钟五十秒写一首十四行诗》一文中谈到，刘易斯谈话时的最大特色就是他那惊人的模仿能力，对语言的运用敏捷无比，只要听他谈话的人说出任何诗人的名字，他便能立即照此诗人的手法当场赋诗。[3]他晚年时，据一位跟他交往密切的明尼苏达的一位年轻作家说，不管你提到狄更斯的哪部作品的哪个地方，他都能倒背如流。而从马丁·巴库撰写的五百多页的刘易斯研究专著《作为读者和批评家的刘易斯》中，人们看到，刘易斯似乎阅读了一切并记住了一切。这从小就不同于一般男孩的学海泛舟的生活方式为刘易斯反叛的文化叙事插上了叙述的坚硬翅膀——渊博的知识储备库。

---

[1]　Dave Simpkins, *Lewis and Bryant Library*, from the Sauk Centre Herald, http://www. saukherald. com/ftp/lewis/stories. html#anchor1330147, 2009. 3. 19.

[2]　转引自谢尔登·诺曼·格雷布斯坦《辛克莱·刘易斯》，张禹九译，春风文艺出版社1994年版，第7页。

[3]　同上书，第12页。

刘易斯小学和初中阶段在校成绩非常一般，他对学校功课不感兴趣，对老师不感兴趣。13岁时，他偷偷离家想报名参加美西战争，被父亲在小镇的火车站抓了回来。这已显出这位一头红发的男孩倔强的反叛意识，他要凭自己的兴趣做事。高中时，刘易斯敬佩他的德语老师，有时一起散步，这位老师让他对学术产生了一种尊重感。刘易斯在镇上还有一位导师，是小镇的镇长朱利安·杜波斯博士。杜波斯博士也嗜好读书，是位业余诗人，他们常在一起讨论政治和文学问题。在高中的最后一年，刘易斯对学校所教功课的态度变了，他给自己订立了目标：要上哈佛，要通过大学的入学考试。到高中毕业时，刘易斯已成为班上成绩最好的学生，各科成绩平均达到了92分。父亲嫌哈佛大学的学费太贵，也不喜欢哈佛的贵族习气，于是刘易斯报考了东部的耶鲁大学。1901年的夏天时，他萌发了诗样的激情，写了一篇叫《晚声》的诗稿寄给了《青年之友》编辑部，满怀希望地在家等消息。诗稿在一周内就被退了回来，就在那天，他写的学校论文也被退稿。作为宣泄，刘易斯画了一幅掉泪的卡通侧面自画像。但他没有被击垮，他告诫自己："坚持是成功最了不起的要素"①，然后继续投稿。这位反叛的男生逐步具备了消化挫折、自我调整、坚持不懈的成功要素。

从1903年至1908年在耶鲁大学的5年时间里（1906年曾因讨厌学校生活离校1年），一般大学生们的追求，如校园政治、竞技、社交生活等，让刘易斯感到厌烦，始终适应不了。英语系的两名比较年轻的教师给了他很多鼓励，一位是前面提到的昌西·布鲁斯特·廷克教授，另一位是威廉·罗斯·贝内特教

---

① 　Richard Lingeman, *Sinclair Lewis*: *Rebel from Main Street*, New York: Random House, 2002, p. 14.

授。廷克教授后来回忆说："上流社会，尤其是大学社会的那一套习俗和规矩令他讨厌。他的永久不变的兴趣就是削弱它，清除它。"① 第一学期，全年级 400 名同学，刘易斯的成绩进入了前 5 名。让他高兴的是，他的诗稿被声誉最好的耶鲁大学校刊《光明》录用，他成了全年级第一个在此刊发稿的人。后来，他把大部分时间用来为校刊《光明》和《库兰特报》写稿，还兼任《光明》编辑。他发表的第一个故事 "American & up-to-day" 刊登在了《库兰特报》上，这使他欣喜异常。② 故事讲的是一位现代的年轻牧师想知道罪犯的感觉，于是就偷了一只鸡，一名曾得到这位牧师帮助过的警察为他作了不在犯罪现场的证据，于是牧师被从监狱保了出来。这个小故事在一定程度上无疑揭示了司法和宗教的某些黑暗。作为作家的刘易斯开始迈出了他反叛的第一步。

刘易斯大学的两个暑假（1904 年和 1906 年夏）都搭运牲口的船去了英国，通过帮船上干体力活的方式换取船费和伙食费。1905 年的暑假，刘易斯在苏克中心度过，他强烈地感受到了小镇的单调、沉闷和无聊。对于那些不喜欢看书的人来说，其娱乐除了喝酒和打扑克外，就无事可做了。③ 他无意中听到一些居民一问再问："刘易斯大夫干嘛不叫他儿子在农场找个活干，偏要让他围着书桌转，读那一大堆的历史和谁也说不准是啥的那些玩意儿？"④ 乡民的这种褊狭和实利主义进一步刺激了他那不安于

---

① Richard Lingeman, *Sinclair Lewis: Rebel from Main Street*, New York: Random House, 2002, p. 22.

② Ibid.

③ Ibid., p. 24.

④ 谢尔登·诺曼·格雷布斯坦：《辛克莱·刘易斯》，张禹九译，春风文艺出版社 1994 年版，第 53 页。

现状的反叛意识。他在日记中郑重写下了他要写一本"乡村病毒"的书，表现这种病毒怎样浸入了好公民和人间真理的血脉中。① 这期间，威廉姆·D. 豪威尔斯的《一个现代实例》和赫姆林·加兰的《旅行大道》对他有较大的影响，鼓励他相信即使单调乏味的中西部小镇和农场也能成为文学。② 从此以后，刘易斯的最大心愿就是要写出这本书，他要写出乡村小镇的褊狭、沉闷、固执和自我满足，小镇的面貌需要改变，人们需要被警醒。

随着时间的推移，刘易斯的这种愿望越来越强烈。大学毕业后，经过在编辑、记者、广告经理、评论员等职务上的磨炼，及上百部短篇小说和五部长篇小说的写作锤炼后，到 1919 年，时机成熟了，刘易斯开始了这部酝酿已久的现代经典的创造，并于第二年完成。书名从"乡村病毒"改成了"大街"。刘易斯以对"大街"反叛的文化叙事书写了他对故乡"大街"的无比眷恋和热爱之情，作为大街的儿子，这是他的责任，忠言逆耳但利于行。怀着大街儿女的强烈责任感，积蓄已久的各种力量一起勃发，从 1920 年到 1927 年，刘易斯在八年的时间里，把《大街》、《巴比特》、《阿罗史密斯》和《埃尔默·甘特利》四部巨著奉献在了世人的面前，从而美国文学与以往有了很大不同。这位大街的反叛者终于破壳而出。

《大街》写了八十多个人物，其中出场较多的人物就有三十多个。卡萝尔和她的丈夫肯尼科特医生是两位主要人物。两人思想性格不同，优缺点不同。他们对待镇上的不同事件和各种人物持

---

① Richard Lingeman, *Sinclair Lewis: Rebel from Main Street*, New York: Random House, 2002, p. 24.

② Ibid.

不同态度，自己的思想性格也从而展现出来。书中描写的众多人物又以其各自的言行及人际关系，构成了戈弗草原镇这幅五光十色的风俗画长卷。《大街》的主人公卡萝尔是个秀丽活泼而又具浪漫理想的城市姑娘，出生于法官家庭，大学毕业后嫁给了乡村医生肯尼科特，怀揣献身乡镇建设事业的梦想，随丈夫来到了明里苏达的草原小镇——戈弗镇。小镇生活富裕，但气氛沉闷，呆板乏味。市容杂乱无章，镇上的房子极为丑陋，人行道中间还有一大片一大片的烂泥地。新娘卡萝尔决心要改变戈弗镇的面貌。她主张读些诗歌作品，组建剧组上演戏剧，改善公共图书馆以使更多读者能看到更多的书，另建市政厅大会堂来改善戈弗镇的文化生活。但这些最基本的改革要求都一一遭到镇上上流社会保守势力的极力反对，他们认为戈弗镇已尽善尽美，是全世界最漂亮的小镇。卡萝尔开始被视为异端人物，受到暗中监视、造谣中伤甚至威胁，只是她也属于戈弗镇上流社会的医生太太，才没遭受进一步的迫害。她也想同上流社会的太太们搞好关系，参加了她们的妇女读书会、芳华俱乐部，尽量让自己融入她们的社交圈中间，以逐渐灌输一些改革思想。但她得到的只是一些冷嘲热讽。她们附庸风雅、虚情假意、表里不一、搬弄是非的市侩作风，令她倍感孤独、苦闷与绝望。她带上儿子，逃跑似的离开大街，到华盛顿去独自谋生。两年后，在肯尼科特的感召下，卡萝尔又回到了大街。因为她明白了，华盛顿也不过是放大了的戈弗镇，"真正的敌人并不是个别的几个人，而是那些陈规陋习……它们利用种种伪装的形式，把自己贴上什么'上流社会'，'家庭'，'教会'，'健全的企业'，'政党'，'祖国'，以及'优越的白种人'等等冠冕堂皇的名词，使其专制统治暗中得以实现"①。卡

---

① Sinclair lewis, *Main Street*, Harmondsworth: Penguin Books Ltd, 1985, p. 398.

萝尔承认自己的失败，但她决心坚持自己的信仰，以更坦然平和的心态面对大街的挑战。

《巴比特》真实地反映了20年代美国经济膨胀的活跃景象。泽尼斯是个30万人口的兴旺发达的城市，46岁的房地产商巴比特生活舒适，生意兴隆。现代技术为生活提供如此多的时髦用品，巴比特时常为自己能享用那么多的机械装置而兴高采烈。他常在宣扬经商道德的宴会上发表宏论，但他心里的良好伦理道德是以赚取更多的钱为标准的。他眼里的英雄"是了不起的主管销售的经理，在他的玻璃台面的办公桌上有一份商品销售问题分析，他的高贵头衔是'富于积极进取精神的能人'"。他喜欢的政府"是一个稳健有力的、会做生意的好政府"，"好让我们有机会获得相当可观的营业额"。但巴比特也有几分不满足，觉得自己的生活方式太机械。机械的生意——尽快把偷工减料的房子卖出去；机械的宗教——怎样激发会众慷慨捐献，走向新生活；机械的社交应酬——不外乎拍拍肩膀，嘻嘻哈哈；机械的社交娱乐——玩高尔夫球、赴宴会、打桥牌、摆龙门阵。他唯一真心喜欢的朋友保罗·里斯灵因向妻子开枪而入狱以后，万念俱灰的巴比特决心挑战他们那套中产阶级价值标准了。他勾搭上了一位纸商的遗孀，并与她那群玩世不恭的朋友一起寻欢作乐，但很快就因厌烦这群人而断绝了往来。他还竭力抵制加入"良民联"，替罢工的工人说几句公道话。但这些象征性的反叛竟然遭到了全体"良民"的抵制，很快威胁到了他的房地产生意。不得已，他投入了"优秀公民联盟"，重新回到促进会那帮庸俗市侩的怀抱和泽尼斯尔虞我诈的商业秩序中去。

《阿罗史密斯》的主人公马丁·阿罗史密斯是一位追求真理、献身科学、正直不阿的年轻医生。在医学院求学时，深受德国籍教授、细菌学家戈特利布的影响，确立了终身追求科学真理并为之忘我奋斗的目标和方向。毕业后，首先来到妻子的家乡达科他州的偏远小镇开业行医，提出加强对一些疾病的预防，遭到其他同行的嫉妒中伤和抱有偏见的村民们的嘲笑讥讽。于是离开小镇，受邀担任衣阿华州诺梯拉斯市卫生局副局长。其上司皮克博是公共卫生系统上一个不学无术但却能大张旗鼓地为自己捞取政治资本的吹鼓手，很快就走马上任担任更高要职去了。由于阿罗史密斯严格执行卫生法令，又不谙巴结权贵之术，因而得罪了各行人士，被迫辞职，进了芝加哥的郎斯菲尔德高级诊所。但该诊所无视医道的纯商业主义经营作风促使马丁很快离职，来到了美国第一流的研究中心，他的导师戈特利布所在的纽约麦格克生物研究所。在戈特利布的鼓励和指导下，马丁专心致力于抗菌素的研究，在经历了无数个日夜的鏖战、无数次痛苦的失败以后，成功地发现了噬菌体。偕同妻子利奥拉及瑞典好友桑德利厄斯，用噬菌体成功地控制了西印度群岛猖獗的鼠疫，只是爱妻和好友却为此永远长眠于海岛。当马丁载誉归来时，惯弄权术、追名逐利的霍拉博德博士已接任所长，而良师戈特利布已神智混乱，卧床不起。研究所越来越注重同政治、权术、利益的结合，纯科学研究的道路日益艰难，马丁与好友威克特一道退入荒无人烟的大森林中，在自建的简陋实验室里继续从事他们的纯科学研究。

　　小说《埃尔默·甘特利》可以说是震撼美国宗教界的一门大炮，因为主人公埃尔默·甘特利牧师是个混迹于神坛并步步高升的流氓和无赖。还在大学时，他就欺行霸市、喝酒嫖娼、打架滋事，无所不能。靠着他的身强体壮，谁不服从，谁就得趴在他的拳头下。他的贪欲这时就已表露无遗，他想要的东西，无论通过威胁还是通过欺骗，都要据为己有。他是学校里教师和学生见之紧张和愤怒的人物。他从不相信上帝，只相信金钱的魅力。在家乡小镇辛勤操劳的寡母和以学院院长为首的善良的人们，为了感化他，为了驯服这匹烈马，为了显示上帝的感召力，竭尽全力把他拉入了教堂。埃尔默仪表堂堂，声音浑厚响亮，具有某种邪恶的感召力，说起谎来连他自己都要被感动。埃尔默也尝试过其他谋生的途径，但他的欺骗很快露馅，只得落荒而逃。埃尔默认定了，教堂是他施展才华的最佳之地，他渴望着教民们，特别是漂亮的女教民被他的滔滔辩才感动得落泪的场景，渴望着凌驾于教民之上的威风，憧憬着被感动后激动的教民掏空腰包向上帝献爱心的动人场面。他成功了。私下里他与一切罪孽有染，布道台上他向一切邪恶宣战，又用从名家散文录里抄袭来的爱的隽语净化了教民的心灵。他一步步攀升，全国宗教界的高位正在前面向他招手。

我们看到，这位破壳而出的反叛者的文化叙事与其成长背景是紧密联系在一起的。刘易斯的成长环境虽然也有缺陷，如生母的过早离世、父亲的不理解、对周围环境的不满意等，但更多的是后母的关爱、强烈的求知欲和书海漫游的历程，是细密观察环境、犀利解剖环境然后改变环境的磨砺过程。收获的不是恨，而是非凡的观察力、准确的表现力、渊博的知识储备及追求美好、揭示丑陋的意志力和强烈的反叛精神。文化反叛在 20 年代是普遍现象，可以说，刘易斯反叛的方式与他的成长经历分不开，这种成长经历既锻造了他的反叛精神，又赋予了他一种强烈的社会责任感。当时，很多青年用一种颓废的生活方式表示自己对传统文化的反叛，如"波希民"们披头散发、服饰怪诞、酗酒畅饮、性开放等，达达主义就是这一类的极端代表，他们否定道德，否定社会，否定情感，把个人主义推向极端。"迷茫一代"对令人窒息的文化环境也采取一种逃避的方式，用自我流放、回避现实的方法为自己构建一种艺术理想。相比之下，刘易斯却把自己置于火热的社会生活中，给社会以重击的每一部小说都是他走街串户、深入各种社会群体的文化生活中进行生活体验的产物。反叛是必须的，但反叛不应是盲目的，更不应是消极的。刘易斯用文学艺术作为反叛的武器，以达到震醒国人、激励国人的目的，这一点，是同时代其他作家难以与之媲美的。相比于豪威尔斯式的粉饰太平的乡村神话和"迷茫一代"用逃避表示的文化反叛，刘易斯切合实际的对美国社会的犀利批判更多了一份知识分子对母体文化的热爱和责任感，这本身就是一种非常难得和可贵的个性品质。爱默生在《美国学者》中论述学者的责任时说道，学者应当是自由的——自由并且勇敢，他应当迎难而进，检查性质，检索来源。你所耳闻目睹的种种蒙昧、陋习与蔓延不绝的错误，皆因人们的容忍，以及你的纵容。一旦你把它看成是谎言，这就已经给了它致命的打击。① 刘易斯对美国社会的重击就是对爱默生的"美国学者"精神的一种身体力行。

刘易斯来自大街的反叛文化叙事，从埋下种子，到破壳而出，经历了差不多三十年的锤炼过程，由于是来自对社会的精密调研、敏锐观察和对自小就浸润其中之文化的深刻思考，也就无怪乎虽然是大众生活的细细道来，却具有雷霆万钧的力量。门肯为《巴比特》喝彩道："好好地研究巴比特就能更好地了解我们生活其中的这块土地出了什么毛病，这比啃下一千卷沃尔特·里

---

① 拉尔夫·沃尔夫·爱默生：《爱默生集》，范圣宇主编，花城出版社2008年版，第13页。1837年8月31日爱默生在麻省剑桥镇全美大学生荣誉协会上发表了题为《美国学者》的演讲，号召美国文学脱离英国文学而独立，这场演讲后来被称为"美国文化的《独立宣言》"。不少学者认为刘易斯深受梭罗的影响，但笔者认为爱默生给予刘易斯的影响更深远。刘易斯在坚定地奉行爱默生《美国学者》的号召："我们依赖旁人的日子，我们师从他国的长期学徒时代即将结束。在我们周围，有成百上千万的青年正在走向生活，他们不能老是依赖外国学识的残余来获得营养。"刘易斯塑造的主人公阿罗史密斯就是爱默生美国学者精神的忠实践行者。对此，本书在第三章对人物个性特征的分析中，将有详细论述。

普曼的《公众观点》更管用。作为教授的里普曼辛辛苦苦所做的缺乏想象力的事情，刘易斯寥寥数笔就生动地艺术化地完成了……在我读过的所有美国小说中，没有比这部更准确地再现了真正的美国。这是一部高规格的社会文献。"① 艾伦认为："《大街》和《巴比特》产生了势不可挡的巨大影响。刘易斯通过运用无情的文学表现和辛辣的讽刺手法，将美国小镇的丑陋面目揭露无余……知识分子只有在读过刘易斯的著作之后才意识到，美国生活中那些最受他们轻视最让他们害怕的特性，在刘易斯的显微镜下已经受到了无情的检查和分析。乔治·F. 巴比特才是文明人的主要敌人，而正是'大街'式的思想状态阻碍了美国文明的发展。"② 马克·斯高勒也认识到刘易斯小说中所体现的社会历史与社会学的真实性的一面。他说："H. G. 威尔斯在《埃尔默·甘特利》问世不久，发表了一篇同时被各家报纸杂志广为转载的文章，其题目就是'新的美国人'。他把刘易斯的包括《埃尔默·甘特利》在内的许多小说作为他观察美国文化的唯一依据。就好像这些小说根本不是小说，而是最可靠的社会档案资料一样。"③

　　无论是门肯的真心喝彩，还是斯高勒不得已所面对的事实，刘易斯小说的文化叙事所产生的巨大影响是不容置疑的。刘易斯的小说之所以被门肯称赞为高规格的社会文献，准确

---

　　① H. L. Mencken, "Portrait of an American Citizen", *Modern Critical Views*：*Sinclair Lewis*, ed. Harold Bloom, New York：Chelsea House Publishers, 1987, pp. 7—8.

　　② 弗雷德里克·刘易斯·艾伦：《浮华时代：美国20世纪20年代简史》，汪晓莉、袁玲丽译，上海财经大学出版社2008年版，第170页。

　　③ 辛克莱·刘易斯：《灵与欲》，陈乐等译，湖南人民出版社1988年版，第733页。注：陈乐等翻译刘易斯的小说《埃尔默·甘特利》的书名时，偏向意译，把书名翻译为《灵与欲》，本书除了在引用其译文时注解用《灵与欲》的书名，其他时候都用《埃尔默·甘特利》的书名表示。

地、艺术化地再现了真正的美国，威尔斯之所以把刘易斯的小说作为观察美国文化的唯一依据，艾伦之所以认为刘易斯的小说揭示了阻碍美国文明发展的根源，笔者认为，这里潜存着被批评界久已忽略的一个重要主题：刘易斯小说是对美国民族"集理想主义和实用主义于一体"的矛盾文化特性之深刻并且生动的呈现。

第四节 "集理想主义和实用主义于一体"的矛盾文化特征

笔者认为，批评家们长期以来忽略了刘易斯作品叙事所呈现的一个美利坚民族文化主题——"集理想主义和实用主义于一体"的矛盾的文化特征。逃逸是这种文化特征的起源方式和表现形式，美利坚民族主要就是由以英国为主的欧洲各国的逃逸人员组成的。这种主题的忽略，导致对刘易斯作品重要的叙事形式的忽略——由逃逸导致的多元叙事线条。美国作家迈克尔·卡门的专著《自相矛盾的民族：美国文化的起源》因其深刻而独到的见解荣获普利策奖。他指出，美国民族的一个典型特征是："你必须同时拥有理想主义和实用主义。"① 我们认为刘易斯作品的叙事就是对这一民族文化特征的生动阐释。

美国民族文化特征的形成与其特有的民族历史的发展进程息息相关。"17 世纪初，大量的欧洲移民纷纷涌向北美……他们大多为了逃避政治压迫、寻求宗教自由及冒险经历，或是寻找本国无法得到的机遇而来到北美。1620—1635 年间，英国经济困难

① 迈克尔·卡门：《自相矛盾的民族：美国文化的起源》，王晶译，江苏人民出版社 2006 年版，第 217 页。

重重，许多人无法找到工作，即使技术工人也只能勉强糊口……农民由于圈地运动失去了土地，殖民地的扩张为流离失所的农民找到一条生路……政治原因也使很多人移民北美。17 世纪 30 年代，英王查理一世制定的专制法规进一步推动了移民北美的潮流……在欧洲的德语地区，诸侯贵族的压迫政策，尤其是宗教方面的政策，以及长期战乱的蹂躏使 17 世纪末至 18 世纪移民北美的洪流更加汹涌。"① 这股追寻自由和财富的逃亡大军，在悠悠三百年的时间里迅猛发展，从仅有几百人的英国拓殖移民汇集成了百万移民的洪流，并最终经过独立战争，摆脱了宗主国英国的控制，形成了美利坚合众国。各国移民的文化在其中碰撞、融合，组合成了异质的多元文化特质。

迈克尔·卡门认为："从一开始，美国人思维中就贯穿着两股并行的主要潮流：超验主义潮流——兴起于乔纳森·爱德华兹，拉尔夫·沃尔多·爱默生改善了它；以及务实主义潮流——本杰明·富兰克林使之成为人所共知的哲学，19 世纪的幽默作家使它上升为一种娱乐风格。"② 这两股潮流汇集成了美国民族多元文化中一个典型的特征——"务实的理想主义者"③。这个特征本身就是矛盾的，卡门就干脆将其研究美国文化的书名定名为"自相矛盾的民族"，但也正是这种矛盾的特征化解了理想和现实的诸多冲突和矛盾。"从第一次航行和第一艘船开始就有希望。"④ 逃逸之旅就是希望之旅，也是冒险之征程，美国文化的

① 美国新闻署编：《美国历史概况》上，杨俊峰等译，辽宁教育出版社 2003 年版，第 21—23 页。
② 迈克尔·卡门：《自相矛盾的民族：美国文化的起源》，王晶译，江苏人民出版社 2006 年版，第 85 页。
③ 同上书，第 216 页。
④ 同上书，第 218 页。

起源就是由逃逸开启的，逃逸的主要目的，一是避开对自己不利的环境，如经济困窘、政治压迫或宗教迫害，二是寻求更好的生存机遇或开拓更大的发展空间。逃逸不光是对自由的向往，也是对财富的追求，于是理想主义和实用主义集于一身的特征就成了多种异质文化相容后美国多元文化的一个最主要的特征。迎接北美逃逸者的既有北美富饶的沃土、茂密的森林，也有丛林中不可知的种种危险。来自世界各民族的人们，就在这块冒险的乐园里，艰辛奋斗，播种耕耘，书写了人类历史上美利坚民族响亮的文化叙事篇章。

逃逸是美国人集理想主义和实用主义于一体的文化特征的一种表现形式。从"为了逃避国内令人忧心的事而移民北美"①，从为了获得更多肥沃的土地而向西部开拓，从海明威、T. S. 艾略特、辛克莱·刘易斯、司各特·费茨杰拉德、舍伍德·安德森和多斯·帕索斯等西部才子为了逃离生活单调、抱守旧俗的西部城镇而到东部大城市寻找出路，从迷惘一代为了摆脱身心的迷惘、逃避传统文化的束缚、追求精神的自由而流放法国，到四处流动、成为生活在汽车上的美国人，美国人的逃逸和求索历程是从来没有停止过的。迈克尔·卡门说道："快速的自然流动性和社会流动性迅速把美国人从一个地区带向另一个地区、一种地位带向另一种地位，使他们置身于意想不到的环境中，要求他们接受各种各样的可能。……同时，强烈的生活节奏和迅速的变化使美国人置身于矛盾与不确定中，这在他处无法找到，至少程度没那么强。"② 因而，逃逸表现的不是

① 迈克尔·卡门：《自相矛盾的民族：美国文化的起源》，王晶译，江苏人民出版社 2006 年版，第 87 页。

② 同上书，第 88—89 页。

死亡和悲伤，不是一种单纯的被动性的行为，逃逸在美国文化的意义上更多的是一种变动和创新，人们的每一次逃逸主要是受到其理想主义的召唤，是为了不放弃心中的理想，寻求新的生存希望、生活方式和理想的实现途径，是冒险与叛逆的双重内涵。当个体处于生存环境中的巨大压力和孤立的境地之后，人物对社会选择了逃逸的方式，以逃逸的形式在进行着反抗，尽管这是一种消极的反抗，却带着一种不屈的精神，因而又可以说是一种积极的求索，换位思考，以求得理想实现的策略。但如果没有其实用主义讲究实际的内涵在起作用，人们就不会逃逸，而是坚守下来，抗争到底，这样，不可避免地就会产生激烈的冲突，导致不是你死就是我亡的强烈戏剧效果。海明威的《老人与海》，老人对大海的执著和坚守，使他终身一贫如洗。但最后拖回岸边的白骨森森的巨大鱼架，却凸显了老人精神上坚不可摧的巨大魅力。费茨杰拉德的《了不起的盖茨比》中盖茨比对浪漫梦想的忠实——对黛西的坚守，导致了命亡梦碎的强烈悲剧冲突。而刘易斯的小说之所以缺少冲突，其实是在对美国文化进行深刻反思后，对其"实用的理想主义"文化特征进行逼真叙事的一种艺术处理。逃逸削弱了冲突，解决了冲突，理想和现实由此达到了和谐，但理想主义者对现实总归是不会满足的，而在物质至上的社会中，实用主义思想在主流文化中占了上风，他们对理想主义者的不满表现是难以容忍的，于是又引起了新的冲突和逃逸。逃逸表现的既是反抗和叛逆，也是追求和发展，是解决理想主义和实用主义矛盾的充分体现。刘易斯在小说中把美国文化的这种表现形式巧妙地融入其叙事结构中，展示了美国人理想主义和实用主义并存的民族特征，创造出了自己独特的反叛的文化叙事。

小　结

文化是由人类社会实践和意识活动中长期绳缊化育出来的、体现在生活方式上的物质文明、价值观念、审美情趣、思维方式等的总和。刘易斯《大街》等小说就是对 20 年代美国社会生活方式的生动和逼真的呈现。当时的美国正从一个以生产为主体的社会向以消费为主体的社会的转型过程中，代表现代文化思潮的青年与保守的传统文化之间产生了激烈的冲突与对抗，出现了一系列带偏执狂色彩的"非寻常事件"。而当时的文学领域则主要是两种现象的并存：一是占据主流地位的豪威尔斯式的粉饰太平、温文尔雅的"乡镇神话"，二是不满于国内保守的文化氛围、自我流放巴黎的"迷惘一代"的特殊的文学景观。刘易斯正是通过对长期浸润其中的文化的深刻体验、精细观察和理性的思考，以一名斗士的勇气，勇敢地站了出来，一反当时流行的歌功颂德的叙事文风，对其中感受最深的"集理想主义和实用主义于一体"的民族文化特征所呈现的生活方式进行了叙事，用犀利的笔锋揭示了民族文化的沉疴。因为他认为，20 年代的美利坚民族的这种生活方式出了问题，实用主义占了上风，人们变得自满愚昧，物质至上，追求享受，这种状态继续下去，这会削弱美国的强大。由于它所叙述的反叛的文化叙事与 20 年代特殊的文化历史紧密地结合在一起，生动、真实地反映了这一特殊时期民族文化共享的意义、信仰与价值，因此，其所体现的观点获得了广泛的认同，产生了巨大的影响，成为民族文化意识的一部分。而这一切成就绝非空穴来风，又都与作家刘易斯自小的成长经历有着千丝万缕的联系。我们看到，刘易斯的成长环境虽然也有缺陷，如生母的过早离世、父亲的不理解、对周围环境的不满意等，但更多的是后母的关爱、强烈的求知欲和书海漫游的历程，是细密观察环境、犀利解剖环境然后改变环境的磨砺过程。收获的不是恨，而是非凡的观察力、准确的表现力、渊博的知识储备、强烈的社会责任感及追求美好、揭示丑陋的意志力和反叛精神。刘易斯来自大街的反叛文化叙事，从埋下种子，到破壳而出，经历了差不多三十年的锤炼过程，正因有了这些独特的历史语境，辛克莱·刘易斯这位美国人在精耕细作的民族文化沃土上开创出了新的文风——美国式的风格，辛克莱·刘易斯成了美国文学的开路先锋。

第二章　刘易斯小说反叛的文化叙事特征及其多元化叙事策略

第一节　反叛的文化叙事特征

刘易斯的《大街》等四部小说均运用了传统的全知叙述模式，但刘易斯小说的全知叙述模式具有与传统不同的特点，是在传统叙述模式基础上的大胆创新和改造。刘易斯非常出色地发挥了传统全知叙事给予叙述者的客观可靠的优势，使得其文本所建立的道德标准及所显示的对社会之犀利批判获得了读者广泛的认可，产生了巨大的社会文化影响，同时又避免了全知叙述模式中权威性的中介眼光、说教味太浓、作品缺乏逼真感和戏剧性等缺陷，赋予了他的叙述者一种超越传统的特质——一种"多元"的特质，在文本中建构了连接—发展—断裂—连接的多元叙述线条，而不是传统小说中的完整的叙事线条。这种独特的叙事技巧与"集理想主义和实用主义于一体"的文化特征之"逃逸"的表现形式巧妙地嵌合在一起，让刘易斯的作品具有了一种不同于其他小说之"现代现实主义"的叙事特征，使得叙述者在小说虚构的世界里能挥洒自如地编织着美国多元文化的历史画卷，尽量不受叙事文体的限制，达到作者反叛的文化叙事目的。

传统的全知叙述视角具有一些其他视角所没有的优势。由于叙述者没有固定的观察位置，全知视角如"上帝"般的全知全能，叙述者可从任何角度、任何时空来叙述，可以自如转换叙述空间、调控叙述主体与叙述客体的距离、产生反讽效果、达到绘画和戏剧效果，等等。如菲尔丁、奥斯丁、狄更斯、萨克雷等不少小说家之所以能成为讽刺幽默大师就与他们采用的全知叙述模式不无关系。全知叙述者在作品中介入的形式可以是最隐蔽的背景描写，可以是对人物的识别定论；再公开一些，可以是时间性的概括，关于人物未想未说未做的内容的报道；一直到最暴露的解释、判断和概括，以至于玛丽－劳勒·莱恩在其《电脑时代的叙事学：计算机、隐喻和叙事》一文中得出了这样的结论：可以说，第三人称的全知叙述者已经失去了形体的属性。由于第三人称叙述者根本上就是无形无体的，所以"他"可以借用任何形体，租用任何意识，用任何异样的声音说话而不致破坏任何规则，因为没有任何规则规定本体上不完整的实体可以说什么和不可以说什么。①

　　但传统的全知叙述模式也有不少让人诟病的地方。传统的全知叙述中，无所不知的全知叙述者不时发表居高临下的评论，用权威的口吻建立道德标准。为了维持其权威性和客观性，在全知模式中，叙述声音与叙述眼光常常统一于叙述者，叙述者通常与人物保持一定的距离，读者也往往将全知叙述者的观点作为衡量作品中人物的一个重要标准。叙述者往往将信息毫无保留地直接传递给读者，读者无须推测，无须主动作出判断，阅读过程因而显得较为被动和乏味。这种模式能将道德信息明确无误地传递给读者，但难以被具有主动性、不相信高高在上的叙述权威的读者

---

　　① 玛丽－劳勒·莱恩：《电脑时代的叙事学：计算机、隐喻和叙事》，戴卫·赫尔曼主编《新叙事学》，马海良译，北京大学出版社2003年版，第82页。

所接受。① 叙述者有时说教味太浓，有时生硬造作，因而容易破坏作品的逼真感，批评教训式的眼光也容易把人物摆到某种"反面"教员的位置上，使得读者难以在思想情感上与人物认同，叙述者虽然显得客观，但也易显得冷漠。叙述者常常仅注意人物做了什么，采用一些普通抽象的词语来描写人物的言行，对人物的情感因素可谓视而不见，这样就加大了读者与人物在情感上的距离。②

　　刘易斯小说里多元性的叙述者属于全知叙述者，但与传统的全知叙述者又有明显的不同之处。在小说叙述视角的分类中，弗里德曼提出的视角区分被公认为是最为详尽的。在《小说中的视角》一文中，他区分了八种不同的视角类型，其中全知模式的有四种，即：编辑性的全知（叙述者常站出来，发表有关道德、价值判断等议论）；中性的全知（叙述者不站出来评论）；多重选择性的全知（选择在场人物的头脑传递信息给读者）；选择性的全知（只固定选择故事主人公一人的眼光来叙述）。③ 刘易斯的全知叙述者不属于以上四类中的任何一种，他的叙述者不是常站出来发表有关道德、价值判断等议论，也不是不站出来评论，而是偶尔为之；此外，刘易斯也没有选择在场人物的头脑把信息传递给读者，也不是固定选择故事主人公一人的眼光叙述，刘易斯的全知叙述模式的叙述眼光是在连接—发展—断裂—连接的多元叙述线条的串联下，在叙述者和人物的有限视角间不停地转换，叙述声音在多种情况下都是叙述者和人物声音的杂糅，这种全知叙述是弗里德曼上述四种全知模式的糅合，摒弃了每一种中的大部分特征，保留融合了每一种中的小部分特点，从而使得刘易斯的这

---

① 申丹：《叙述学与小说文体学研究》，北京大学出版社 2005 年版，第 262 页。

② 同上书，第 263 页。

③ N. Friedman, "Point of View in Fiction"，转引自申丹《叙述学与小说文体学研究》，北京大学出版社 2004 年版，第 207—211 页。

种全知模式在各种不同事件中呈现出一种多元性的特质。

　　在叙述者建构的多元叙述线条中，刘易斯小说的全知视角经常与人物有限视角及旁观者视角转换使用，使得这根线条时而断裂（正是断裂之后的异质连接造成了其多元的特质），时而让人物与生活中各种科学的、宗教的、政治的、商业的、边缘的、中心的、褊狭的、自满的等各种个人和社会组织相连接，显示了一种异质组合的多元叙事特征，从而生动逼真地呈现出各种迥异的现实生活画面，人物也在这文化叙事的画卷中获得了呼之欲出的鲜活形象。这种叙事手法不但消除了读者与人物之间的距离，甚至达到了使读者与人物融为一体的境界。《大街》出版后，很多妇女写信给刘易斯说卡萝尔就是她们的化身，感谢作者为她们代言，说出了她们的心里话。甚至《埃尔默·甘特利》出版后，也有牧师写信向作者忏悔，说自己就像流氓甘特利，今后一定痛改前非。这根多元叙述线条总是从人物的青年时代开始，结束于人物的壮年时期，也即总是从中间开始，也于中间结束，是敞开的，随时准备让人物与新的外部世界的各种事物相联系，开始新的逃离和追求。这根叙述线条最后交给了读者，形成了开放式的多元叙事结构。

　　以前的研究一致认为，刘易斯是批判现实主义作家。但是，通过分析，我们认为，刘易斯通过"多元"的全知叙述者叙述所创造的作品不但具有反映社会现实的真实性、客观性等现实主义文学最重要的因素；而且其所呈现的强烈反叛传统、标新立异的精神和突出的自我意识也包含了现代主义的某些内核；而作品开放的形式、叙述视角的转换、消解深度的描写、事件的拼贴组合方式、强烈的反讽、断裂的线性结构、消费文化理念和现象的呈现等却又体现了后现代主义的特征。我们把刘易斯的这种多元叙述者所创造的集合了现实主义、现代主义和后现代主义特征的这种文体称为"现代现实主义"。

刘易斯作品所建构的"现代现实主义"的多元叙事特征与詹姆逊的文化研究理论有许多相似的地方。

詹姆逊认为他能够为一种尚未成型的正统的马克思式现代主义理论作出两点贡献，其中一点是一个辩证的悖论，"即作为现代主义的现实主义，或从根本上作为现代性之组成部分的那一种现实主义，因此要求用传统上描写现代主义本身的一些方式来描写之：如断裂，创新，新认知的出现，等等"①。可以说詹姆逊的这种现代主义的现实主义在某些方面揭示了刘易斯的现代现实主义的特点，只是刘易斯的现代现实主义除了具备詹姆逊的现代主义的现实主义的内涵外，还包含有詹姆逊的现代主义的现实主义所没有的后现代主义的特征。刘易斯的现代现实主义是通过连接—发展—断裂—连接的多元叙述线条对各种迥异的异质事件进行组合而展示的。多元性是因为其叙事线条不是传统叙事的完整的叙事线条，而是一次又一次断裂后连接了新的异质事件而产生的。这种连接和断裂的特质，表现出一种互文性出现在詹姆逊的著作中，可以说詹姆逊为其前辈刘易斯的作品阐释提供了比较贴切的术语——"连接"和"解辖域化"。

詹姆逊认为最重要的解辖域化就是："德勒兹和伽塔里称作资本主义公理的东西破解了（decode）旧的前资本主义的编码系统（coding），将其'释放'出来以建构新的更具功能性的组合。这个新术语产生的共鸣可以用目前流行的一个更轻浮，甚至更成功的媒体术语'解语境化'（decontextualization）来衡量；它恰好意味着从原有语境中攫取的任何东西都可以在新的区域和环境

---

① F. R. 詹姆逊：《文化研究和政治意识》，王逢振主编，中国人民大学出版社2004年版，第356页。

中被'再语境化'（recontextualization）。但解辖域化要比那绝对得多。"① 从詹姆逊的阐述可以看出，"解辖域化"就意味着断裂，对旧的不合时宜的东西的抛弃，逃向更有利的区域，通过"连接"，建构新的作用更大的组合，一个展示新的社会风情的黏性平面——社会大舞台。如阿罗史密斯从惠西法尼亚村到诺梯拉斯市公共卫生局，从公共卫生局到芝加哥高级私人诊所，再到纽约麦格克研究所，他的每一次逃逸都连接了另一个社会舞台，建构了一个作用更大的组合。

对詹姆逊来说，"连接"本来指的是骨架的各部分及其联系，但旋即改变了指涉内容，转用于语言表达。连接暗含了一种转折结构，一种各事物之间的离子交换，在这种交换过程中，与某一事物相关联的意识形态动力转过来又与另一事物交叠在一起——不过只是临时性地在"某个特定历史时刻"发生，然后再进行新的组合，被系统地改变并吸收到另一事物中去，在无休止的半死不活的状态中衰朽，或者在一场社会危机导致的大动荡中炸得粉碎。因此，这种连接是一种突发性的，有时甚至是转瞬即逝的总体建构，在此总体建构中，种族、性别、阶级、民族性和性生活交错汇合到一起，形成一个发挥作用的结构。于是，连接成了文化研究的中心理论问题或核心概念的代名词。②

刘易斯便通过解辖域化，通过连接，通过全知叙述者所建构的连接—发展—断裂—连接的多元叙述线条，对 20 世纪初期美国文化的各种事件进行了再叙事化（renarrativization）的生产，

---

① F. R. 詹姆逊：《文化研究和政治意识》，王逢振主编，中国人民大学出版社 2004 年版，第 360 页。

② 同上书，第 21—23 页。

即通过高超的叙述技巧，在小说中对各种异质事件重新加以叙事化，使无意义的、不相关联的、杂糅的事件通过拼贴、组合，在特定的历史时刻发生，使之具有了新的意义，以此展示了美国独特的民族文化风情，并建构了其具有高超艺术性的现代现实主义之反叛的文化叙事特征。这种现代现实主义叙事风格在《大街》等四部作品中的表现形式并不是完全相同的，连接—发展—断裂—连接的多元叙述线条是其基本特点也是四部小说的共同特点，但是多元叙述线条在不同的社会语境中，又演绎出了各自独特的叙事特征，分别体现为：在《大街》中，表现为一种"异质化"的叙事艺术；在《巴比特》的叙事中，表现为一种"肖像化"的叙事艺术；在《阿罗史密斯》中，表现为一种"解辖域化"的叙事手法；在《埃尔默·甘特利》中，作者创造性地运用了一种"自主化"的叙事艺术。本章的下列各节，将逐一探析《大街》等四部小说的多元叙事策略。

其中，我们将借用詹姆斯·费伦的叙事修辞理论始终关注读者的叙事判断在作品的文化叙事研究中的作用。费伦特别强调叙事判断的重要性，因为它们横跨在文本动态和阅读动态之间。文本动态是隐含作者为了某个特殊目的而设计的文本发展的形式特点，阅读动态是作者的读者（作者心目中的理想读者）对文本动态的发展的反应。隐含作者使用文本动态引导作者的读者作出判断，但那些判断反过来又会影响读者在后面阅读中对叙事事件的反应和阐释。费伦认为，作为叙事的读者，我们对人物和讲述者（叙述者和作者）所作的判断对于我们经历和理解叙事形式是非常重要的①，对于多层次的反应行为，

①　James Phelan, *Experiencing Fiction: Judgments, Progressions, and the Rhetorical Theory of Narrative*, Columbus: The Ohio State University Press, 2007, p. 3.

对于我们对形式、伦理和审美之间相互关系的理解也是非常重要的。① 他把叙事判断看做是叙事形式、叙事伦理和叙事审美的交接点②，他认为："读者主要做三种叙事判断，每一种都有可能与另两种有重叠的地方或影响另外两类：对叙述的特点或叙事的其他成分的阐释判断；关于叙述和人物的道德价值的伦理判断；对整体叙事和叙事各部分艺术质量的审美判断。"③本书对刘易斯小说文化叙事的研究将主要建立在对其主题内容和表现形式的叙事分析判断上。

第二节　《大街》的异质化叙事策略

1916 年，刘易斯带着时尚、漂亮的新娘格雷丝·赫格回到苏克镇看望父母。1905 年在头脑中所酝酿的《乡村病毒》，这次回家后，轮廓更加清晰，刘易斯要写作此书的决心也更大了。在1905 年，刘易斯当时构思的主人公是位有学问的青年律师，他怀抱理想，来到小镇开业，在获得小镇认可的过程中，他也浸染上了比癌症还可怕的"乡村病毒"。这次，刘易斯开始从格雷丝的视角观察小镇。格雷丝从小在城里长大，受过良好教育，结婚前，在一家时尚杂志社做编辑，这一点，很像小说女主人公卡萝尔，只不过卡萝尔婚前是在图书馆工作。刘易斯与妻子一起去草原上野餐，引来村民们的窃窃私语，他们视此为极端行为。刘易斯把当时的感受都如实地记录下来。他买了一辆福特车，与格雷丝一起，从明尼苏达驱车走遍了美国中西部的各个地方，再驱车

---

① James Phelan, *Experiencing Fiction: Judgments, Progressions, and the Rhetorical Theory of Narrative*, Columbus: The Ohio State University Press, 2007, p. 6.

② Ibid., p. 7.

③ Ibid., p. 9.

向西，一直到旧金山，收集了大量翔实珍贵的素材。

　　刘易斯在《大街》之前的作品，为了赢得编辑和出版商的好感，能及时发稿换来支撑生活的稿费，主要都是迎合当时流行的歌功颂德的作品。当时，美国作家们的写作环境，就像刘易斯在诺贝尔文学颁奖典礼的受奖演说《美国对文学的恐惧》中说的："美国最敬佩为流行杂志写作的人，这类作家常常都是大唱赞歌，说什么'具有一亿两千万人口的美国，仍然像它只有四百万人口时那样质朴纯洁，那样风光秀丽'；什么'在有一万名雇工的工厂里，劳资之间的关系仍像 1840 年只有五名雇工的工厂时一样和谐'……总而言之，美国经历了从田园式的殖民地到世界帝国的根本性变化，却一点也没有改变山姆大叔那田园般、清教徒式的单纯朴实。"① 但是，这次，刘易斯决心抛开所有这些禁忌，以一种无畏的勇气，揭开温文尔雅的迷人面纱，他要按照自己的意愿来写作了。因为，他担心，长此以往，美国的强大，美国的民主将不能自保。于是，就像女主人公卡萝尔说的，决心要"插手管一管这草原上的小镇，使之美好起来"②。

　　小说前言的第一句话："这是一个坐落在盛产麦黍的原野上、掩映在牛奶房和小树丛中、拥有几千人口的小镇——这就是美国"。看起来，很明显，作者是以局部而代全体，以戈弗镇而指代整个的美国。那戈弗镇到底怎么了？美国到底怎么了？作者接着以第一人称戏谑调侃而又按捺不住的语气作了如下阐述：

　　① James M. Hutchisson, *The Rise of Sinclair Lewis*: *1920—1930*, Pennsylvania: The Pennsylvania State University Press, 1996, p. 237.

　　② Sinclair Lewis, *Main Street*, Harmondsworth: Penguin Books Ltd, 1985, p. 13.

我们故事里讲到的这个小镇，名叫"明尼苏达戈弗草原镇"，但它的大街却是各地大街的延长。在俄亥俄州或蒙大拿州，在堪萨斯州或肯塔基州或伊利诺斯州，恐怕都会碰上同样的故事，就是在纽约州或卡罗来纳山区，说不定也会听到跟它的内容大同小异的故事。

大街是文明的顶峰。多亏当年汉尼拔入侵罗马，埃拉斯慕斯隐居在牛津著书立说，今日里这辆福特牌汽车才能停靠在时装公司门前。杂货食品铺掌柜奥利·詹森对银行老板埃兹拉·斯托博迪所说的都是一些至理名言——对于伦敦、布拉格，以至于一文不值的海上小岛来说，同样是金科玉律；凡是埃兹拉不知道的和不认可的事情，那人们大可不必去了解、思索，因为它们肯定是异端邪说。

我们的火车站是建筑史上不可超越的最高成就。萨姆·克拉克五金店的全年营业额，是本乡四邻人们艳羡不已的对象。玫瑰宫电影院里上映的是一些寓意深刻、连幽默都合乎道德标准的影片。

我们健全的传统基础和坚定的信仰象征，就是如此。如果有人不是照着这个样子去描绘大街，而是妄以为还可能会有别的一些叫公民们感到无所适从的信仰象征，那么，这不正暴露出他自己是跟美国精神格格不入的玩世不恭的人吗？①

原来，戈弗镇的居民认为他们的大街已经是文明的顶峰，他们的火车站是建筑史上不可超越的最高成就，有钱的商人所说的话就是至理名言，金科玉律，连幽默都得合乎这

① 辛克莱·刘易斯：《大街》，潘庆舲译，中国书籍出版社2006年版，第1页。

些道德标准，并且坚信，这些就是美国的精神。这就是发生在戈弗镇及美国的事情。下面，让我们对以上引文作一详细分析。

　　刘易斯首先借助第一人称"我们"的叙述视角道出了一种强大的叙述声音。"我们的"既包括了从戈弗镇到整个的美国的国土面积，也包括了在整个国土上出现的现象，当然也就说明了这种势力的强大，如果谁不识时务地冒出其他想法，那就是异端邪说，就是把自己置于同众人抗衡的危险地步。作者长期身处"我们"这股势力之中，这一人称的使用道出了作者憋屈已久的反叛的文化叙事情结，也直截了当地显示了作者所要揭示的《大街》的文化叙事主题：大街充满了狭隘的乡土观念和浓厚的实利主义，大街人骄傲矜持，盲目乐观，自我陶醉，崇尚金钱、地位。也就是说，美国人集理想主义和实用主义于一体的文化特征在戈弗镇的主流文化中，已经演化成了物质至上的实用主义。可以说，刘易斯十年后在瑞典皇家学院颁奖典礼上的发言再一次呼应了小说中的这种情景。只不过，虚构小说里大街居民的思想和行为转化到了现实中美国文学院和艺术院那些能左右美国的文学命运、控制美国社会文化走向的权威者头脑中去了。《大街》出版后经过成千上万名读者的争相阅读，"大街"的这一主题意义，迅速在美国各地乃至全世界流传开来，获得了国际意义，然后，作为一个新的词汇进入词典，成为一个固定的新概念。那么，这有什么意义呢？这意味着作为一位作家，刘易斯在对其民族文化进行叙事的同时，使原有文化具有了新的文化意义。就为这一点，刘易斯是值得骄傲的，是值得被研究的，因为并没有多少作家能做到这一点。刘易斯的文化叙事的伟大意义还在于它对整个民族起到了强大的警示作用。乔治·E.奥戴尔认为："刘易斯先生在用斜体字印刷的前言里说'这就是美国'……提出了重大的美国问题：我们把它怎么办？"[①] 格雷布斯坦说："《大街》即使对乡村的建筑没有巨大的冲击，对美国人的精神的冲击却是巨大的，美国的知识分子和相当多的平民都变得反省、自觉、自我批评了……"[②]

再细读《大街》的前言，在一反前人对美国乡镇歌功颂德的主流，而显示出如此犀利的批判锋芒的主题意义的叙事中，叙述者并没有直接说出任何大街居民"愚昧、狭隘"之类的字眼，一个这类的字也没有。这一叙事的高超之处在于作者不露痕迹地运用了小说杂语的形式，"用他人语言讲出他人话语"[③]。上面四段引文，可以说第二段和第三段是一种特别的双声语，既是作者在讲述大街居民常见的自我意识的内在思想——他们的文化标准，也是大街居民洋洋自得的自我夸耀之语。作者仿佛作为旁观者在洗耳恭听，而大街老乡则在向过路的外乡人或刚搬来的新居民在自得地炫耀，同时也带着一种善意的提醒和警告。作者的读者[④]当然会跟作者一起对这番话进行判断，但作者已经是"我们"大街的一员，他只是在下一段用戏谑的语言对上面的话语作了进一步补充，也可以说是阐释，与上面的两段形成了对话式

---

① 转引自 Sheldon Norman Grebstein，"Sinclair Lewis"，in *Twayne's United States Authors Series Online*，New York：G. K. Hall & Co.，1999（Previously published in print in 1962 by Twayne Publishers）。

② Ibid.

③ 巴赫金：《小说理论》，白春仁、晓河译，河北教育出版社 1998 年版，第110 页。

④ 本书将采用詹姆斯·费伦的读者模式。这种模式认同四种主要的读者：有血有肉的读者或真实读者；作者的读者（作者的理想读者或隐含作者的理想读者）；叙事读者（真实读者所假定的在叙事世界里的观察者的位置）；受述者（叙述者所与之讲话的读者）。这种模式假定有血有肉的或真实的读者追求成为作者的读者；因此，当本书谈到我们读者在反应叙事文本所做的事情时，指的是作者的读者的活动。参见 James Phelan，*Experiencing Fiction：Judgements，Progressions，and the Rhetorical Theory of Narrative*，Columbus：The Ohio State University Press，2007，p. 4。

的呼应关系，矜持地强化了大街的文化意识。但正是这种双声话语，在表达出说话的大街居民的直接意向的同时，戏剧性地折射出了作品的主题意向，也隐性地建立了作品的叙事伦理标准。这个叙事伦理标准是读者通过对内在对话化的双声语言作出阐释判断得出的，也就是对"我们"大街居民的价值判断的判断——大街人显得愚昧、狭隘，我们要对此进行反抗。至此，作者已成功地使读者接受了他的伦理标准，并邀约读者一起参与叙事进程，与他一起审视批判大街人的自满狭隘的陋习。我们看到，短短数语，就产生了如此显著的叙事效果，显示了如此丰富和重要的内涵，读者因此自然会对作者的叙事技巧产生兴趣的。

另外，第一人称"我们"也很自然地缩短了作者和读者的距离，把作者和读者拉到了一起，愿意听从作者的引导。甚至使读者在对大街的道德标准进行判断、很轻松地体验作者诙谐嘲讽的语感的同时，也对"我们"的大街乡民产生了些许的亲切感，使读者不由得就会反思对照一下自己身边的人和事，对于后面所要听的故事立刻产生了更大的兴趣。同时，也做好准备要检验作者所说是否属实和可信。因为平时，没人指出我们身边的人和事竟然是这样的。这有点令人难为情，但似乎不无道理，且看作者是如何证实的。

从第一章开始，刘易斯改用了第三人称全知叙述者，这一人称的转换很适合人物与环境的关系，也隐含着作者对其主人公的伦理态度。主人公卡萝尔是从城里来到戈弗镇的新娘，戈弗镇的居民，包括叙述者会以一种"他者"的眼光来看待外来者，而外来者也会不自觉地以一种"他者"眼光来审视新的环境。从前言里的第一人称在第一章过渡到第三人称后，一直到故事结束，这一人称都没有再改变，这表明大街还一直把卡萝尔当作外人看待，因为她的"异端邪说"而始终不能接纳她。而已经是两个孩子的妈妈的卡萝尔也一直没有放弃改造大街的信念，也就是说，一直没有完全融入大街的乡民之中，没有被"乡村病毒"所侵蚀，没有成为"大街"人。对叙述者来说，卡萝尔也一直是"她者"。可以说，这个"她者"身份的保持，既包含着叙述者和作者对卡萝尔这位改革者的肯定，也包含着对美国"大街"未来前景所给予的希望。

刘易斯在第一章从卡萝尔的大学时代谈起，对卡萝尔的性格作了概述：这位外表秀丽、娇弱的女孩却是"如此果断有力，如此富于敢想敢干的精神，如此不顾一切地深信自己那还相当模糊的美好憧憬，因而她始终是那样的精力旺盛"①。"纵然她遇到了那些令人泄气的势力，她的目光也决不会变得阴郁、滞重，或者黯然泪下。"②"她总喜欢提问题，追根究底，总是没完没了。不管她将来会变成什么样的人，她永远不会悠闲自在的。"③ 在这里，刘易斯给予了他的叙述者充分评价的功能④，这一功能的运用在作品其后的叙事中就不多见了。这些评价向读者报道了卡萝尔性格的根本特质，为她在后来故事中充当的角色作了很好的铺垫。另一方面，这热情洋溢、永不退缩、永不放弃的斗志与故事的结尾也起到了很好的首尾呼应的作用。而卡萝尔这种性格并不是孤立的，是有代表性的。"披荆斩棘垦荒的日子，少女头戴宽边遮阳帽的日子，还有在开辟杉木林用斧头把熊砍死的日子，都已成为遥远的过去了。如今，附丽在一位叛逆少女身上的，正

---

① 辛克莱·刘易斯：《大街》，潘庆舲译，中国书籍出版社2006年版，第4页。

② 同上书，第5页。

③ 同上。

④ 参见 James Phelan, *Living to Tell about It*, Ithaca: Cornell University Press, 2005, p. 12。费伦认为，叙述者一般起三种主要作用：报道、阐释和评价。

是被称之为富有美国中西部特征的迷惘精神。"① 原来，卡萝尔这种反叛特质是美国传统精神的继承，是拓荒者的开拓精神，是先辈们追求理想、挣脱束缚、渴望自由和美好生活的民族精神的体现。作者通过第三人称叙述者的阐释和评价功能，赋予了他的主人公以民族文化的继承者的身份。

既然先辈们披荆斩棘垦荒的日子和开辟家园用斧头把熊砍死的日子都已成了过去，那他的继承者需要做的事情是什么呢？既然她是"叛逆少女"，那她就具有反叛精神，不会循规蹈矩。无论怎样，她不会满足于现状，坐享其成，"不管她将来会变成什么样的人，她永远不会悠闲自在的"。美国中西部特征的"迷惘精神"附丽在了这位叛逆少女的身上，我们认为这种迷惘精神也就是美利坚民族"实用主义和理想主义聚于一身"的矛盾文化特质的反映。② 通过给予主要人物这种特质，刘易斯把人物置于了有着深远意义的和具有广泛代表性的美国民族文化叙事的情境中。

卡萝尔大学毕业，在芝加哥和圣保罗做了几年图书管理员，与威尔·肯尼科特医生结婚后，怀揣着建设美好乡镇的愿望，来到了肯尼科特的老家戈弗镇。一到家门没多久，扫视了一遍他们的卧室，一种阴郁沉闷的感觉在她心中油然而生，于是，"她从家里逃了出去"③，去查看不久就要征服的地方。

从踏上戈弗镇大街的那一刻起，她就强烈感觉到了市容的丑陋。在 32 分钟的时间里，就把戈弗镇全部走遍了。"她认真地查看了大街的每一个混凝土的十字路口，每一根栓套牲畜的杆

---

①　辛克莱·刘易斯：《大街》，潘庆舲译，中国书籍出版社 2006 年版，第 3 页。

②　本书第三章将详细讨论卡萝尔的这种个体性文化特征。

③　辛克莱·刘易斯：《大街》，潘庆舲译，中国书籍出版社 2006 年版，第 41 页。

子，甚至每一把清除落叶的钉齿耙；她聚精会神地细细琢磨着每一所房子。"①

"大街两旁立着一些两层楼高的砖结构商铺，和一层楼半的木头房子。两条混凝土人行道中间，是一大片一大片的烂泥地……"②

戈弗镇人认为最了不起的大楼——明尼玛喜大旅馆是"一个供外地来客下榻，并给他们留下戈弗镇美丽、富饶印象的地方"，而在卡萝尔看来，"原来明尼玛喜大旅馆是一座破旧不堪、用黄色木纹板盖成的三层楼房……光秃秃的、肮里肮脏的地板，一排好像得了佝偻病的椅子……四处污迹斑斑的桌布和番茄沙司瓶子"③。

"豪兰·古尔德食品杂货店，橱窗里摆着一大堆发黑的、熟透了的香蕉和莴苣，有一只猫正趴在上面打盹儿……"④

"'福特'汽车行和'别克'汽车行，都是地地道道的砖石和混凝土结构的一层楼房子，两家车行摇摇相对。沾满油污的发黑的混凝土地面上，停放着一些新车和旧车……"⑤

"邮局设在一个四处发霉的房间里，仅仅用玻璃和铜栏杆跟他的后半间隔开……一座潮湿的黄砖砌成的小学校舍，院子里铺的都是煤渣……"⑥

卡萝尔看完了大街后，心里大为不悦，不仅仅是因为镇上那些房子的难以容忍的丑陋和呆板乏味，最主要的还在于建造时毫

---

① 辛克莱·刘易斯：《大街》，潘庆舲译，中国书籍出版社 2006 年版，第 41 页。

② 同上书，第 43 页。

③ 同上书，第 42 页。

④ 同上书，第 43 页。

⑤ 同上书，第 45 页。

⑥ 同上书，第 46 页。

无计划，临时凑合，以及那种灰不溜丢的非常难看的颜色。于是，"卡萝尔从大街逃走，径直跑回家去了"。注意，全知叙述者报道卡萝尔出门时，是"从家里逃了出去"（She fled from the house），回家时，是从大街逃走（She escaped from Main Street, fled home）。[①]

在叙述卡萝尔从家里逃出观看大街到从大街逃走回家时，刘易斯一直把他的叙述者限制在报道的功能上，在对大街摄像似的扫描中，第三人称全知叙述模式转换成了第三人称人物有限视角叙述，叙述者放弃了自己的眼光而转用了卡萝尔的眼光来叙述。而"一个人的眼光不仅涉及他/她的感知，而且也涉及他/她对事物的特定看法、立场观点或感情态度"[②]。全知叙述者通过对语言的选择，巧妙地进行了视角转换，使读者直接通过卡萝尔的特定眼光来观察大街，这样就避免了传统全知叙述模式小说中作者有时说教味过浓，破坏作品的逼真感和所述事情之可靠性的弊病。由于换用了卡萝尔的眼光，叙述声音和叙述眼光不再统一于叙述者，也就避免了通过其权威性的中介眼光来观察事物，使读者对卡萝尔与大街的冲突能够获得更为切身、更为强烈的感受，从而有力地加强了主题意义。通过转用人物卡萝尔的眼光来看大街，也不只是单纯的视角转换问题，而是更突出了其叙述声音蕴涵的卡萝尔独特的思维风格以及对大街的审美情感。

卡萝尔在曼卡托度过了整个的童年时代，曼卡托是个美丽的小镇，它位于壁立万仞的悬崖和明尼苏达河之间，"虽然不是一个草原市镇，可它的那些花木扶疏的街道和两行榆树间的通幽小

---

① Sinclair Lewis, *Main Street*, Harmondsworth: Penguin Books Ltd, 1985, pp. 37—42.

② 申丹：《叙述学与小说文体学研究》，北京大学出版社 2005 年版，第 203 页。

径，仿佛跟白绿相映、景色如画的新英格兰一模一样"①。"那时节，她常常爬上那条黑黝黝的大河的堤岸，如饥似渴地听着关于它的种种传说，有的是讲大河以西辽阔的大地上黄水滔滔和水牛白骨的故事，有的是讲大河以南关于两岸大堤、爱唱歌的黑人和棕榈树的逸闻，而那条大河却永远神秘莫测地朝着南方流去。"②父亲是位和蔼可亲、博学多闻的法官。他教导孩子们的原则，"就是让孩子们爱看什么书就看什么书。卡萝尔在父亲那间糊上棕色花墙纸的图书室里，潜心研读了巴尔扎克、拉伯雷、梭罗和马克斯·穆勒的作品"③。

我们看到，卡萝尔从小在家庭管教非常宽松，文化氛围非常浓厚、生活环境非常优雅的情境中长大，且从小就饱读诗书，天真烂漫，富于幻想。既浸润了丰富的美国传统文化，也接受了西方现代的高等教育，她的情趣和理想其实就是美国20世纪初期肩负了建设美好社会使命的现代青年之意识的体现。在大学时，她所阅读的社会学书籍中，就有讨论改善乡镇面貌的书，她当时就下过决心："我可要使每一个乡镇都有街心花园和草坪、小巧玲珑的房子，以及一条漂漂亮亮的大街。"从这些叙述中，我们就不难明白，卡萝尔随丈夫来到戈弗镇，对戈弗镇的大街所产生的所感所闻及今后对改造大街所采取的行动了，就不会轻易地嘲笑和讥讽卡萝尔的行为，而会由衷地钦佩和理解这位可爱的女性所怀有的改造乡镇的美好思想和在世俗面前显得幼稚的改造行为了。

由此，仔细的读者会发现，刘易斯在短短的只有15页的第

---

① 辛克莱·刘易斯：《大街》，潘庆舲译，中国书籍出版社2006年版，第9页。
② 同上。
③ 同上书，第10页。

一章中，在不经意间，已为主要人物的性格和整个故事的发展作好了强有力的铺垫。刘易斯的作品结构并不是松散的，而是具有严密的逻辑条理的，只是其叙事线索呈现一种"多元"的特质潜藏在人物所处的社会生活的大舞台上，时而连接，时而断裂。正是断裂之后的连接造成了其多元的特质，也为更好地展现 20世纪初期美国社会广阔的生活画卷提供了可能性。

我们看到，这种多元特质的叙事结构也是由第一章作者所赋予人物的性格特征所决定的。浸润在传统和现代文化中长大的卡萝尔具有既浪漫又传统，既勇敢敏锐又不完全脱离实际的理想主义和实用主义融于一体的性格特征，也就是作品刚开始叙事所说的是一位富有美国中西部特征的迷惘精神的逆反少女。"逆反"意味着反叛、反抗、摧毁和创新，"迷惘精神"意味着这种反叛和创新会有皱起处，会有矛盾和动摇，会有迷惑和彷徨，会被其他一些物和事所牵挂。因此，叙事的线索就需要具有一种连接和异质混合的原则才能很好地、恰当地、逼真地、自然地表述这种性格特征。"断裂"并不意味着叙事线索没有了，作品的事件像一盘散沙一样混乱无序，而是自然地根据人物的这种性格发展做了相似的跳跃式的新事件的重新组合。

如按照小说叙事的一般规律来说，卡萝尔改造大街应该是小说的叙事中心，是从卡萝尔在认真勘察了大街后就应该着手进行的事情。而叙述者在卡萝尔看完大街，从大街逃走回到家里以后，一直到 100 页的篇幅后，在第十章才开始续写卡萝尔改造戈弗镇的行动。在这断裂的褶子的皱起处，叙述者组合了各种其他不是改造大街的行为事件，我们把不是改造大街的行为事件称为异质事件吧。这些异质事件主要有：来戈弗镇做女佣的乡下姑娘碧雅·索伦森小姐对大街市容的赞叹；肯尼科特的好友，五金店老板萨姆·克拉克为新娘卡萝尔举办的欢迎会；与肯尼科特下乡打猎；在格雷太太的膳食公寓与其他食客一起进餐的情景；雇女佣碧雅，上街购物；学校教师维达·舍温小姐的来访；卡萝尔对客厅的装修布置；浸礼会教友博加特太太的来访；月钱事件；办暖房酒；瑞典人伯恩斯塔姆为入冬检修锅炉和水管；溜冰活动；参加芳华俱乐部活动，因给女佣开的工钱比其他人高而招惹太太们的一致敌意；朋友维达·舍温小姐透露大街人对她这位新来者的背后非议；卡萝尔的深居简出及对大街人对她行为的处处窥视的感受；冥思苦想，决心从家里入手起到唤醒大街僵化自大意识的榜样作用；邂逅无政府主义者和无神论者红胡子瑞典佬伯恩斯塔姆，等等。然后才涉及改造大街的第一次行动——教肯尼科特欣赏诗歌。

　　刘易斯把如此多的看似与叙事中心无关的异质事件组合在一起，使得斯高勒之类的很多评论家批评刘易斯作品结构松散、缺少冲突、缺少深度，由此判断刘易斯作品艺术水平低下。其实，是他们没有理解刘易斯这种异质组合的多元叙事结构的连接、断裂的叙事特点，只是按照传统的叙事标准，寻找完整的叙事线条，激烈的叙事冲突。他们没有认识到，刘易斯是把主要人物卡萝尔与大街的冲突置于了中心事件以外的广阔的外部世界中，把作品叙事的语言与所要陈述的语义和语用内容联系了起来，与集体的表达组合联系起来，与戈弗镇社会领域的整个微观政治联系起来，把人物和艺术的、科学的、宗教的、商业的、边缘的、中心的、褊狭的、自满的等各种个人和组织相联结了起来。这些多元异质事件的组合虽然打断了完整的叙事线条，削弱了激烈的冲突，但是它既充分地塑造了卡萝尔理想主义与实用主义兼而有之的性格中理想主义占主要成分的丰满形象，同时也展现了以戈弗镇为代表的 20 世纪初期美国中西部五彩斑斓的社会生活，更好地揭示了大街人自满保守、狭隘势利、注重实利和等级偏见的主题思想，"大街"的主题意义就是在刘易斯这种多元的叙事线索所组合的异质事件的文化叙事中，获得了广泛的认同而迅速流传开来的。

这种多元异质的叙事艺术是刘易斯小说叙事所建构的现代现实主义的独有特征，是一种融入现实而又超越现实的高超的叙事艺术。正是这一高超的叙事技巧使《大街》及后面的一系列作品获得了前所未有的成功。格兰·拉夫认为："《大街》标志着美国文学中'反叛乡镇'传统的终结。"① 格雷布斯坦说道："《大街》的成就之优异是独一无二的。它是第一部抨击人们热爱的本国制度而大受欢迎的小说。德莱塞的严酷使广大读者不快，安德森的手法又过于笨拙过于造作，门肯的影响仅限于《时髦人士》的读者。刘易斯则突破了公众对令人不快的小说的层层冷漠与敌视。"②

批评界虽然没有认识到刘易斯这种异质组合的多元叙事特征，但也有一些批评家认识到了刘易斯小说的生动逼真，绝非只是对表面现象的叙事就能达到的成就，认为这一件件"琐事"的叙述还是有其一定意义的。戴维·凯利评论道："对于卡萝尔，在戈弗草原的生活是萧瑟的和无望的，当读者发现那里的事物彼此相关的那种神秘方式时，他们会认识到这种叙事模式是最好的。"③ 斯坦顿·A. 卡比勒茨认为："戈弗草原琐细、不变、狭隘的生活被制造成了照相般的真实，而当作者用最细密和一丝

---

①　Glen A. Love, *Babbitt*, *An American Life*, New York：Twayne Publishers, 1993, p. 42.

②　谢尔登·诺曼·格雷布斯坦：《辛克莱·刘易斯》，张禹九译，春风文艺出版社 1994 年版，第 66 页。

③　David Kelly, *Critical Essay on Main Street*, Novels for Students, Vol. 15, Gale, 2002.

不差的细节感知写作时，他带着照相机所没有的敏感和热情透视着表面之下，用一种对于已完全熟悉小镇生活的那些人都能产生兴趣和互文价值的方式阐释生活。尽管都是一些无意义的主体物，但一切都与戈弗镇的生活有关，而人们获得的印象是：简·奥斯丁和乔治·艾略特都不能把过去外省褊狭的英国描写得比刘易斯的现代美国小镇更生动逼真，尤其是小镇的幽默和伤感力，它的低微和它的伟大，它的无数的微小的喜剧和暗藏的贫贱的悲剧。"①

　　我们注意到，全知叙述者报道卡萝尔出门时，是从家里逃了出来，回家时，是从大街逃走回到家。卡萝尔逃出逃进的行为，叙述者也没有任何阐释和评论，而是依赖他的读者通过进程和文体作出阐释和评估。通常说来，当人们感觉到个体处于生存环境的巨大压力和孤立的境地之后，他们才会选择逃亡。卡萝尔的行为，正是出于这样一种境地。走进她的新家，"站在走廊和前厅里，卡萝尔感觉到这座房子昏暗、阴沉，连空气也不畅通"②。满房间陈旧、笨重的旧家具压得她喘不过气来，肯尼科特一到家就上他的诊所去了，"她独自呆在这个陌生而又沉寂的房间里，犹如置身死气沉沉的、受着压抑的思绪笼罩着的阴影里"③。因此，卡萝尔从家里逃了出去。而大街市容的脏乱、呆板、无序和丑陋让她置身于一个更加压抑难受的境地，于是，又逃回了家。但逃离往往只能求得一种短暂的回

---

　　① Stanton A. Coblentz, "A Shelf of Recent Books: 'Main Street'", in *The Bookman* (copyright 1921, by George H. Doran Company), Vol. LII, No. 5, January, 1921, pp. 357—358. Reprinted in *Twentieth-Century Literary Criticism*, Vol. 4, Source Database: Literature Resource Center.

　　② 辛克莱·刘易斯：《大街》，潘庆舲译，中国书籍出版社 2006 年版，第 38 页。

　　③ 同上书，第 39 页。

避，而不能从根本上改变生存困境。因此，我们可以这样判断这一出一进的逃跑行为，认为它预示了卡萝尔改造大街所要面对的不仅有与大街的外在冲突，也面临着与丈夫的内在冲突，预示了故事发展的进程——卡萝尔斗争的失败性，也表露了卡萝尔的一种斗争的方式，以逃逸作为追求自由与美好、反叛邪恶与丑陋的方式。

作者这样安排，也符合卡萝尔这个文化传承者的性格特征。她的祖先就是以逃逸行为开始了叛逆和冒险的生涯，开启了民族的文化之源的。刘易斯又以逃逸作为卡萝尔对大街的反叛行为的开端，而且，开始了以人物的逃跑路线作为他的叙事线条，人物逃到哪里，就跟哪里的人和物发生联系，组合成世界的一个个五彩平面，演绎着他们对生活的创造和渴望。小说的行进过程也是主人公精神逃亡和抗争的过程，逃跑不是直线，会不断的改变方向，以争取更多的自由和美好，因此，逃跑路线就是断裂—连接—发展—断裂的路线，这条路线就是刘易斯的全知叙述者的多元叙事线索。

叙述者的这种叙事有一定的冒险性，让读者也可以从另一个方面来判断。如果没有理解刘易斯是赋予了他的主要人物卡萝尔以美国文化传承者的身份，没有认识到卡萝尔这种"同时具有理想主义和实用主义"的典型性格特征，就会把卡萝尔逃出逃进的行为看做是叙述者和作者对人物慌张幼稚行为的一种嘲笑，读者也会由此用略带讥讽和轻蔑的神情看待卡萝尔的言行举止。在这一点上，就连对刘易斯赞赏有加的赫切森也产生了这样的看法，他认为："就像刘易斯试着要改革的小镇一样，卡萝尔也没有逃脱刘易斯的批评。她是一个堂吉诃德似的梦想家，鲁莽的，有时候是急躁的，但却也是慈善的，好意的和有才智的。刘易斯讽刺的方法依赖于讥讽和同情，漫画和真实，怜悯和轻蔑的某种变化的混合。① 而我们认为这是卡萝尔的性格使然，她身上有罗曼蒂克幻想家的成分，但最主要的是理想主义的特性的表现，更多地表现为一个年轻的不成熟的理想主义者。著名批评家斯图亚特·P. 谢尔门就声称：“卡萝尔的反叛是受到内心的一种饥渴的鼓励，通过从手到意志再到大脑的合适的发展，到目前看来，这是真实的，我判断她的反叛不仅是有意义的，而且是美丽的，不是无希望的。”②

　　亚里士多德这样论述年轻人的特征：“他们很热情、急躁，容易冲动，不能控制自己的情感；他们由于爱荣誉，不能忍受轻慢，一旦受了害，他们就会发怒。他们爱荣誉，更爱胜利，因为年轻人好占优势，而胜利正是一种优势……他们对事物不是加以恶意的解释，而是加以善意的解释，因为他们还没有见过多少罪恶。他们相信别人的话，因为他们还没有上过多少当。”③ 因而，卡萝尔缺乏沉着稳定，显得鲁莽急躁是刻画其真实性格之需要的结果，不是作者对卡萝尔的批评嘲笑，因而学界通常所诟病的刘易斯创作上“对人物既嘲讽又同情”的矛盾态度在此就不攻自破了。不过，倒确实如赫切森说的有怜悯和同情的成分，并且邀请有血有肉的读者也参与到作者的读者的行列，在感受到卡萝尔天真可爱的同时，开始为她身处如此令人不畅的恶劣环境而担心起来。不过，刘易斯就是刘易斯，他没有按照小说叙事的常规顺序和读者惯有的阅读经验发展他小说的情景，紧随其后叙述的不

---

　　① James M. Hutchisson, "Main Street", *American Literature 1870—1920*, eds. Gary Scharnhorst and Tom Quirk, Vol. 2, Detriot: Charles Scribner's Sons, 2006, pp. 656—658.

　　② Stuart P. Sherman, *The Significance of Sinclair Lewis*, Harcourt Brace Jovanovich, 1922, p. 28, Source Database: Literature Resource Center.

　　③ 亚里士多德：《修辞学》，罗念生译，生活·读书·新知三联书店 1991 年版，第 98 页。

是水深火热的卡萝尔和大街的冲突斗争，而是一系列把卡萝尔与大街的文化政治联系起来的舒缓中带有对抗的生活画卷。这就是刘易斯小说不同于一般作家的异质组合的多元叙事特征所呈现给读者的不是现实却胜似现实、超越现实的美国文化大餐。

逃回到家里的卡萝尔调整了自己的情绪，像亚里士多德所说的，对所见所感的一切进行了善意的解释，只是其抗争的决心是没有动摇的。她心里暗自思忖道："恐怕是我想的不对吧。人们在这里还不是照样生活得很好。这个地方总不见得会像我心目中所想的那么丑！一定是我想的不对吧。不过，我暂时还看不出来。不管怎样，我可不能就这样妥协下去的。"① 就这样，卡萝尔没有受到多大影响，调整了情绪后，兴致勃勃地投入到了她的婚姻生活中去了。从这一事件开始至过渡到讲述卡萝尔采取改造大街的行动为止，多元特质的叙述者大约组合了近二十个主要异质事件，这是令不少批评家诟病的地方。作为作者的读者，我们认为，这些看似与中心事件无关的"琐事"，实际上对揭示主题发挥了重要的作用。在呈现具体事件的情境中，往往只是寥寥数笔，便生动真实的描画出了栩栩如生的众多大街的人物形象，我们可以看看其中的几例异质事件。

来戈弗镇做女佣的乡下姑娘碧雅·索伦森小姐对大街市容的赞叹事件。这一事件是看似与主题最不相关的一件琐事，它通过换用乡下姑娘碧雅的人物视角对大街进行聚焦，由于碧雅以前到过的最大市镇，不过是个总共才有六七十个居民的城市，所以得出了与卡萝尔完全不同的对大街的判断：

① 辛克莱·刘易斯：《大街》，潘庆舲译，中国书籍出版社 2006 年版，第47 页。

　　在同一个地方同一时间里竟然会有这么多的人，简直是不可想象的事。我的老天哪！

　　斯堪的亚·克罗辛总共才有三家小铺子，而戈弗镇商店却鳞次栉比，占了整整四个街区！

　　时装公司——没想到会有四个谷仓那么大——我的老天哪！你一走进去，就有七八个伙计看着你，简直会把你吓跑哩……

　　还有一家大旅馆，高极了，比奥斯卡·托尔夫森新盖的红色谷仓还要高，一共三层……有一个旅客正神气十足地在旅馆那里——那个阔佬一定三天两头去芝加哥吧。

　　啊，这里到处都可以看到绝顶漂亮的人儿！……

　　她要是一星期能挣到六块钱，该有多好！只要能住在这里，哪怕给人家白干活，不拿钱，也是值得的。想想看，一到晚上，华灯初上——不是普通的灯，而是电灯，那该是多美的夜景啊！也许还会有一位绅士派头的男朋友带你去看电影，给你买草莓冰激凌汽水呢！①

　　这里，全知叙述视角避开其权威性的中介眼光，又转换成了人物的有限视角，读者通过碧雅的眼光又参观了一次大街，与卡萝尔几乎是在同一时刻所看到的同一条大街②，碧雅对大街却表示了由衷的赞叹和艳羡。而直到现在，全知叙述者仍没有发挥其惯用的权威议论，没对卡萝尔和碧雅对大街的判断作出任何评价，而是把权利让给了读者，形成了多元叙述的开放性叙述特

----

　　①　辛克莱·刘易斯：《大街》，潘庆舲译，中国书籍出版社 2006 年版，第 48—50 页。

　　②　卡萝尔与丈夫乘火车到达大街的时候，碧雅也刚好从家乡到此投奔在戈弗镇当女佣的表姐。

点。在此，由于没有叙述者的权威评价，卡萝尔和碧雅的判断谁对谁错，大街到底是美是丑的判断权利完全交到了读者的手里。

按理说，批评刘易斯一味聚焦美国社会的弊病而忽略了美国社会美好一面的读者一定会赞同碧雅的判断，因为通过她的眼光所记录的大街是很美的、很了不起的。我们在第一章提到安德森曾批评刘易斯是个对生活中的美视而不见的人，按照安德森所表露的观点，他一定是赞同碧雅对大街的判断，刘易斯也总算没有忽视身边微小的美，对这类批评也算是有个交代了。但是很显然，有血有肉的读者会判断：就是批评刘易斯的读者安德森也不会赞同碧雅对大街所作出的判断的。其实，刘易斯并不是没有看到其周围的美，而只是太真切地爱他周围的一切，因而用一种更高的标准来要求和审视周围的一切。刘易斯组合的这一异质事件其实是对其"只批评美国而少赞美美国"的一个绝好的讽刺。

但是，我们清楚，刘易斯不是批评嘲讽碧雅，叙述者没有露出一点儿这方面的意思。在这样的文本动态影响下，作品的读者也绝不会嘲笑和轻视碧雅的，尽管她的判断明显地显示出她审美视野的局限性，但这不是她的过错。读者通过碧雅的眼光，通过隐含着叙述者和碧雅的双声话语，看到的是碧雅的淳朴真实，憨实可爱，也看到了20世纪初期广大的中西部偏远农村乡民们生活原始本真的一面。而如果这些赞美大街之词是出自全知叙述者的叙述眼光和叙述声音的结合，那无疑就会显得是滑稽自大之词或是虚假浮夸之语。其实，就碧雅从小到大的成长环境来说，她对大街的赞美仰慕之心，与卡萝尔批评大街而对景色如画的新英格兰的赞美一样，也可以说与当时流亡法国的"迷茫一代"的作家们对欧洲文化的赞羡、对美国文化的轻贬一样，都是对"美好"和"自由"的追求，这是人类生存赋予年轻人的特权，是民族生存和繁衍发展的动力，也是年青一代义不容辞的责任。这一事件之后，作品对碧雅着墨不多，但看似与卡萝尔改造大街的中心主题毫不相干，甚至显得唱反调的来戈弗镇做女佣的乡下姑娘碧雅·索伦森小姐对大街市容的赞叹事件，经过我们的叙事形式和叙事伦理的分析判断后，显示出了不但与主题有关，而且强化了主题，扩展了主题的内涵，使主题具有了更宽广的文化意义的重要作用。由此，这一事件也就具有了其特有的审美意义。这就是刘易斯多元叙述特质的叙述者技巧高超之处的显现，《大街》中其他的异质事件对揭示主题意义起到的作用就更显著了。

肯尼科特的好友，五金店老板萨姆·克拉克为新娘卡萝尔举办的欢迎会事件。萨姆是卡萝尔丈夫肯尼科特的好友，现在，人们都聚集在他家不久前新盖的房子里欢迎卡萝尔。卡萝尔跟在萨姆后面进了大门，"她看见在他后面的过道里和客厅里，规规矩矩地坐了一大圈客人，好像是特地赶来送殡似的"①。在晚会中卡萝尔还发现："戈弗镇的人甚至连谈谈说说都不会。即使在这次欢迎会上，有最最时髦的少男少女，有喜欢打猎的乡绅们，也有令人敬重的知识分子，此外还有殷实的金融界人士，可以说全部光临了；但他们就是在开心之时还都正襟危坐，仿佛围着一具死尸在守灵一样。"② 为了给大家鼓气，晚会上还表演了节目，叙述者随后做了预述："在这一年冬天，卡萝尔不得不一再看到这些节目的演出，总计药店老板戴夫·戴尔表演'挪威人捉母鸡'七次，银行总经理的女儿埃拉·斯托博迪小姐朗诵《我昔日的情人》九次，犹太人的故事和葬礼演说各两次"③，充分揭示了大街人愚昧刻板的生活。

---

① 辛克莱·刘易斯：《大街》，潘庆舲译，中国书籍出版社 2006 年版，第 50 页。
② 同上书，第 58 页。
③ 同上书，第 59 页。

　　晚会上，男女各自分开在闲聊东家长西家短的琐事。卡萝尔回到丈夫身边，在他们无聊的闲谈中，冒着挨骂的风险，提起了新的话题。卡萝尔问银行总经理斯托博迪先生在戈弗镇是否有很多的劳工纠纷，在引述句里，叙述者用了一个副词"天真地"（innocently）[1] 修饰动词"问"。叙述者用"天真地"来评论卡萝尔的问题，似乎提醒读者，让我们感觉到有关劳工纠纷的这类问题在这种场合可能是不合时宜的，至少不是他们在这种场合经常或者喜欢谈论的话题，或者说这里的人们对这类话题是比较敏感的，或者说他们压根就不喜欢劳工纠纷这个话题，他们鄙夷谈论劳工纠纷。总之，卡萝尔初来乍到，再加上她那不安分守己的性格，就问了这样的问题，而全知模式的叙述者是知道的，但他没有给读者过多的说明，只简单地用了这么一个评论词，让读者作出了各种不确定的推测。

　　斯托博迪的回答比较委婉，他首先直接否定了大街存在劳工纠纷的问题："没有，太太，谢谢上帝。除了各家雇佣的女仆和农场短工之外，劳工纠纷嘛，我们这里倒是没有的。"[2] 然后又谈到跟那些干农活的工人打交道的麻烦事："我们跟那些干农活的外国佬打交道，麻烦可多着呢；你如果一不注意的话，那些瑞典人当然喽，如果他们得到了你的贷款，也许还会像个人，讲一点儿道理。那时候，我就把他们叫到银行里来，好说歹说对他们开导一番。至于说他们想变成民主党，依我看无所谓，可是我决不允许此地有社会党。"[3] 看到这里，我们明白了，原来这里的劳工纠纷并不是没有，而且比较普遍。从斯托博迪最初对劳工纠纷的极力

---

①　Sinclair Lewis, *Main Street*, Harmondsworth：Penguin Books Ltd, 1985, p. 52.

②　Ibid.

③　辛克莱·刘易斯：《大街》，潘庆舲译，中国书籍出版社 2006 年版，第 62 页。

否定中，我们推测到各家雇佣的女仆和雇佣的农场短工与大街有钱的雇主们之间存在着不少的劳工纠纷。而且，从斯托博迪的话语中我们得知，在干活的人中，瑞典籍的农民比较多，这让无论是当时 20 世纪初的读者还是将近一百年后的当代读者，从中了解到了一些当时美国的中西部小镇人员的组成状况。那时很多瑞典籍的移民在这里还比较穷困，没有获得一定的社会地位，大多以务农和打短工为生。我们还知道，这位银行家虽然言语比较儒雅，说是对贷款的农民"开导一番"，但我们可以推测，他的这番开导，其实是很有权威的威胁，因为他掌握着农民农时急需的贷款权，经济大权，掌握着此地的经济命脉。得到贷款是有条件的，至于什么条件我们不得而知，但可以判断最基本的条件应该是对贷款的农工们在道德立场上做了限制，以不准闹纠纷，支持或参加社会党为前提；其次应该是对贷款利率和利润分成或者是产品的销售渠道等做了限制。我们还判断出，斯托博迪对要闹纠纷的劳工是绝不手软的，把闹纠纷的人士一律称为社会党，对社会党充满了仇恨，还表明了他鲜明的政治态度："决不允许此地有社会党"。我们从而明白了，掌握着经济命脉的有钱人斯托博迪们就是这里的统治者，他们有绝对的民主权利，但是讲民主是要看对象的，"顺我者昌，逆我者亡"或许就是他们最好的政治民主。

接着，卡萝尔又大胆地问了杰克·埃尔德利润分成的事情，叙述者用了"大胆地说"（ventured）① 这个引述动词间接地表达了对所报道的问题的评估，说明这个问题按常规又是大街这个统治群体在此时此刻不该谈的话题。杰克·埃尔德是锯木厂和明尼玛喜大旅馆的老板，从他的回答中，我们知道他坚决反对利润分成、劳保福利，以及保险和养老金等说法，认为全是胡扯，而提

---

① Sinclair Lewis, *Main Street*, Harmondsworth: Penguin Books Ltd, 1985, p. 53.

倡在工厂采取这些措施的人都不是好东西，是搞歪门邪道的社会党。他宣称："我，身为企业家，负有不容推诿的职责，就是要打退他们对美国工业的整体所发起的每一个攻击。是的，——女士阁下。我将一直坚持到底，决不罢休！"① 而药店老板戴夫·戴尔则接着话题进一步表示了对社会党的痛恨，凑上去说："说得对呀，一点儿都不错。嘿，应该把那些煽动者都绞死，一个也不剩，这样也就万事大吉啦。"②

我们看到，"欢迎会"这一事件虽仍然脱离于卡萝尔改造大街的中心事件，但却巧妙地与大街的微观政治联系了起来。全知叙述者虽然没有对人物的对话进行评论，作者把他的叙述者主要限制在报道的功能轴上，但我们却从这些话语中，明白了大街现在的伦理标准和政治立场：他们坚决反对社会党，与社会党势不两立，决不容许社会党有损他们的利益。而大街人称为社会党的人，其实就是提倡建立工会，利润分成、劳保福利等有利于社会进步的改革措施的人。而社会党人为什么成了大街有钱人必欲除之而后快的人呢？进一步判断，我们看到是大街人认为这些社会党人站在劳工的立场说话，他们提倡的改革建议妨碍了大街人的利益。从斯托博迪和埃尔德所持的立场，我们也意识到了卡萝尔要改造大街的艰难性。并且，不只是个别的像斯托博迪和埃尔德之类的反对进步者，而是强大的大街集体。叙述者对这一强大集体做了生动地描述："埃尔德先生吼声如雷地做了回答，这时所有在座的人都正儿八经地、节奏一致地点头赞成，如同橱窗里面陈列着的活动玩具，有逗人发笑的中国清代官吏、有法官、有鸭

---

① 辛克莱·刘易斯：《大街》，潘庆舲译，中国书籍出版社 2006 年版，第 63 页。

② 同上。

子、有小丑等等，门一开，一阵风吹过来，这些玩具浑身上下就左右摇摆起来。"① 本来像埃尔德那样的强势回答再加上众人的一致赞成会不可避免地产生一种令人具有压抑感的叙述流，而通过叙述者在人物对话之间插上这么一小段逼真形象的大街群体之讽刺漫画的异质事件，把威武逼人的这股保守统治势力描画成了滑稽可笑的玩偶面具，从而在一定程度上化解了这种压抑凝滞感，创造了一种让读者在轻松、讽刺的喜剧格调中又不得不对其中所述的一切进行深思的叙事风格。在这里，我们看到林奇曼在刘易斯传记结尾时用"才华横溢的有趣的讽刺且也是充满矛盾的爱的讽刺"② 来赞誉刘易斯是恰如其分的。这是非常奇妙的，因为，一般说来，轻松或者讽刺的喜剧就不可能发人深省，让人深思，这绝对是矛盾的，是不能统一的，但刘易斯却天才般地让这"矛盾"珠联璧合地组合在了一起，这是多元叙述者所建构的连接—断裂—连接的叙述线条所创造的效果，让徜徉于大街文化之异质组合的多元性叙事结构融洽了这种矛盾，成就了作者趣味盎然的多元特质的叙述风格——刘易斯的"现代现实主义"。

第三节　《巴比特》的肖像化叙事策略

刘易斯是以《巴比特》获得诺贝尔文学奖的，然而多年来，人们对《巴比特》的艺术手法得出了很多不一致的结论。比较一致的说法有三种：现实主义小说、讽刺小说，或者是现实主义和讽刺文体的矛盾杂糅。有个别论者认为是心理小说。有些批评

---

①　辛克莱·刘易斯：《大街》，潘庆舲译，中国书籍出版社 2006 年版，第 63页。

②　Richard Lingeman, *Sinclair Lewis: Rebel from Main Street*, New York: Random House, 2002, p. 554.

家对《巴比特》的手法感到迷惑，干脆避而不谈，或者断定刘
易斯缺乏必要的叙述手段，只是场景的胡乱拼凑。但无论如何，
刘易斯的艺术成就是谁也抹杀不了的。弗吉里亚·伍尔夫看了
《巴比特》之后，认为刘易斯的小说比得上20世纪任何一部英
语小说。① H. G. 威尔斯认为刘易斯抓住了以前没有人做到的典型
的美国商人特征，他是庸俗的，但也在探索一些更美好的东
西。② 门肯对《巴比特》是如此的喜爱，以至于称赞道："乔
治·F. 巴比特这个人物简直是滴着人类的汁液，他的每一个关
节在向着不同的方向移动，脖颈上露出雀斑，前额上冒着汗水。
我个人早在上世纪做新闻记者的时候就认识他了。当西赛罗从不
梦想过出席商业董事会时我就在听他做那样的演讲了。"③

　　门肯虽然对《巴比特》极尽赞美之词，但也表示了他的迷
惑，认为小说没有情节，没有常见的小说技巧。他说道："对我
来说，他的长篇故事，只是一种彬彬有礼的小说，所有适合散文
故事常用的技巧都没有。没有情节（plot），几乎没有所谓通常
人物发展所运用的技巧，巴比特只是年龄上长大了两岁，在其他
方面他一点都不改变——并不比你和我从1920年以来变得更多。
小说家的任何惯用的技巧都缺乏。"④ 然后，他这样称赞《巴比
特》："这个《巴比特》给了我极大的愉悦，它设计敏捷精巧，
场景安排熟练，写得很好。其细节，就像在《大街》里的一样，
是极为生动逼真的。……在所有这些场景（scenes）中，有远比

---

　　① 转引自 Richard Lingeman, *Rebel from Main Street*, New York: Random House, p.
210。

　　② Ibid.

　　③ H. L. Mencken, "Portrait of an American Citizen" (1922), *Sinclair Lewis: A Col-
lection of Critical Essays*, ed. Mark Schorer, Englewood Cliffs, N. J.: Prentice-Hall, Inc.,
1962, p. 20.

　　④ Ibid., p. 22.

幽默更多的东西，有真理的搜寻，他们显示了一些东西，他们意味着一些东西。"① 我们看到，门肯无奈之下把"情节"一词换成了另一词"场景"来赞美刘易斯小说的高度艺术性，这表明刘易斯的叙述手法确实超出了同时代小说家的表现手法，让当时也让现在的批评家们捉摸不透。

　　格伦·A. 洛佛对刘易斯《巴比特》的艺术手法的诸多特征进行了全面细致的总结，也无法把它与现存的任何一种文类挂上钩。其实，这正是刘易斯作品超时性的一种体现，具有一种多元性的现代现实主义的特质，它是刘易斯博览群书，吸收和融合了文学前辈的各种小说创作手法，并把它们与民族文化特征、时代风云和人物的个性特征相融合的结晶。在《巴比特》中，刘易斯不但对事件进行了连接和解辖域化，而且对小说家惯用的艺术手法也进行了连接和解辖域化。刘易斯通过全知叙述者所建构的连接—发展—断裂—连接的多元叙述线条，破解了传统叙事和文类的编码系统，然后对各种异质碎片重新加以叙事化，将其"释放"出来建构了新的更具功能性的组合。

　　小说《巴比特》中的"泽尼斯市"是小说《大街》中"大街"的延续，是大街的发展。作者和巴比特都是通过逃逸从大街走出来的子民，他们都是通过连接和解辖域化在现实和现代之间摇曳徘徊。只不过刘易斯通过对自己的精神，也就是通过对美国文化的解辖域化，获得了更大的声誉和财富，走向了世界。而巴比特只能从大街走向泽尼斯，在泽尼斯市进行他的跳跃。而泽尼斯毕竟不大，只是个二三十万人口的中等城市，因而巴比特的

---

　　① H. L. Mencken, "Portrait of an American Citizen" (1922), *Sinclair Lewis: A Collection of Critical Essays*, ed. Mark Schorer, Englewood Cliffs, N. J. : Prentice-Hall, Inc. , 1962, p. 20.

行动更多的只能是连接，与各种商业活动的连接。由于第一次世界大战后美国经济的迅速发展，当时的美国社会呈现出前所未有的繁荣景象，繁荣成就了一大批中产阶级的诞生，富裕的中产阶级也造就和进一步推动了社会的繁华。我们看到，由繁荣而滋生的消费主义倾向在悄然而迅速地崛起，作为泽尼斯市一名成功的房地产商，巴比特的房地产行业就与这股前所未有的消费热潮密不可分。于是刘易斯就让其多元特质的叙述者从大街文化画卷转聚于《巴比特》中物质繁荣的消费文化长廊。

刘易斯打算写疲惫不堪的商人，他认为他们是美国的统治者。他是这样设想的：

> 我要这小说成为 G. A. N（伟大的美国小说）而达到使有才能的普通美国人具体化、真实的程度。我看这一点还没人做到；除布斯·塔金顿的《骚乱》与《了不起的安伯森一家》外，别人连碰都没碰过，而他却把一切了不起都浪漫化掉了。巴比特有点像威尔·肯尼科特，但更了不起，活动地盘更大，更富感情，观念更多……他就是我们所有的美国人，四十六岁，顺遂然而苦恼，总要——急切地——先下手占有比有几辆汽车一幢房子更多的东西。他完全不像卡萝尔，从没想过去欧洲住住、喜欢诗歌、当参议员这些事；他甘愿生活、工作在泽尼斯这个大家都熟悉的世上最好最棒的小城市。不过也有过那么一次他似乎喜欢上浪漫爱情那闪烁的火花，也有那么一次为自己给该市留下的不可磨灭的痕迹、为减缓跟竞争对手的鏖战而感到心满意足，而当他心爱的朋友里斯林自杀了（小说的最后版本是鲍尔·里斯林因试图杀害妻子而入狱），他又突然说："哦，见鬼，我兢兢业业地苦干，为之费尽心机，又有什么用。"——也就这么

> 一会儿功夫他感到不满……我要使巴比特在真实性上、在他
> 跟我们大家的关系上都了不起，一点也不特别，然而又富于
> 戏剧性，满腔热情，艰苦奋斗。①

刘易斯本身极具清教徒吃苦耐劳的品质：在五岁时便声称能
吃青草并当即啃光一平方英尺草地，少年时边劈柴边看书，大学
假期在去英国的贩牛船上做苦力，到临终前著作等身然仍在不倦
写作，无不有先辈们优秀传统闪光的印迹。而从他在生活获得了
基本的保障后才投入到《大街》的创作，到他在小说创作的同
时就协同出版商做好作品的销售和促销活动，这一切又无不显示
出刘易斯也适时地吸收了现代人的商业理念。这说明，刘易斯是
个秉承着先辈的优秀素质而又与时俱进的人，不然，就会落入
《大街》中勤劳苦干却不善经营的拓荒前辈钱普·佩里夫妇晚年
时穷困凄苦的境地，刘易斯是用满含敬意然而又是憾意和同情的
笔触描写这对老前辈的。所以，在小说的设计中，刘易斯就把他
笔下的巴比特定义在了是个勤奋而又善钻营的成功的美国人形
象。一个快乐的巴比特，一个惬意的巴比特，一个容易满足的巴
比特，一个想显示自我的巴比特，一个想拥有更多的巴比特。这
时，也只有在想拥有更多一点东西的时候，巴比特才产生些许的
不满。叙事的张力就是围绕着这一不满而展开的。那么，怎样才
能塑造好巴比特这一形象呢？怎样完成以前别人还没做到的事
情，使小说能成为"伟大的美国小说而达到使有才能的普通美
国人具体化、真实化的程度"？

---

① 哈里森·史密斯编：《从大街到斯德哥尔摩：辛克莱·刘易斯书信（1919—
1930）》，纽约，1952 年，第 59 页，转引自格雷布斯坦《辛克莱·刘易斯》，第
67 页。

　　我们认为，在《巴比特》的叙事中，刘易斯运用了一种詹姆斯·费伦称之为"肖像化"的叙事艺术，把叙事成分与人物素描的成分结合了起来，对传统故事情节进行了解辖域化，通过断裂—连接—发展的叙述线条，消解、化解或者说缓解了事件的发展过程。刘易斯使用一个整体的张力，就是巴比特内心兴奋躁动和不满所形成的张力驱动叙事进程，然后利用那种张力的结果，通过巴比特由不满而反叛的故事，刻画了巴比特的形象。而形象的塑造过程不是标志着主人公巴比特的一种变化，而是相当于完成这幅肖像。因而读者才有了门肯式的看法：巴比特只是年龄上长大了两岁，在其他方面一点都没有改变。

　　费伦认为，肖像叙事的进程常常依赖整体张力的引进，那种张力必须在故事结束前解决。不稳定性可能被引进，但它们更可能是局部的，连接着从属于微小叙事的运动而不是混杂作品的更大的轨道。整体张力的出现，可以是从叙述者对人物性格的最初描写开始，也可以从对人物的某种嗜好或习惯开始。[1] 我们认为，在《巴比特》中，整体张力的出现就是从巴比特的那个梦开始的，表现的是对兴旺繁荣的现实的欣喜、期待和期待中产生的不满所导致的对现实的逃避，这是巴比特性格特征的实质，也是其性格的主要成分。[2] 整个的张力就是围绕着这种自满—不满进行，最后由两个微型叙事（外遇与发表自由言论）在故事结束前解决了这一张力，完成了巴比特的形象塑造。这种不满不是很强烈，其反抗也不会很强烈，自然不会形成很强的戏剧冲突。它只是中年的巴比特在享受丰富的的现代物质生活的同时，追求

---

　　[1]　James Phelan, *Experiencing Fiction*：*Judgment*，*Progressions*，*and the Rhetorical Theory of Narrative*，Columbus：The Ohio State University Press，2007，p. 179.
　　[2]　欣喜、期待和不满都是巴比特以实用主义为主兼有一些理想主义的性格特征的体现，我们在第三章中将详细讨论巴比特的这种个性特征。

一点儿自我提高、自我表达的权利，而这不是巴比特生活的主要部分，自然也不会成为他肖像的主要性格特征，虽然是不可缺少的特征。由于批评家们没有充分认识巴比特循规蹈矩、自满得意的性格特征的组成成分，及刘易斯创造这个人物时所用的叙述艺术，才导致了一方面高度赞美《巴比特》的伟大成就，另一方面又产生了《巴比特》竟然没有常见的小说技巧的蹊跷悖论。

全知叙述者用梦启动了整个故事的张力，而梦的出现是需要前期诱惑的背景的，所以，在小说的开端，在叙述巴比特的梦之前，呈现在读者眼前的是一幅欣欣向荣的现代城市风景图：

> 泽尼斯的一幢幢高楼森然耸起，涌现在晨雾之上；这些质朴的钢骨水泥和石灰岩筑成的高楼，坚实如同峭壁，而纤巧却像银笏。它们既不是城堡，也不是教堂，一望而知，是美轮美奂的企业办公大楼。
>
> ……近郊的小山岗上闪现出许多崭新的房子，看来那里家家户户都充满笑声和宁静。
>
> 一辆豪华的小轿车从一座混凝土大桥上疾驰而过，它那长长的车盖晶光锃亮，而且几乎听不见发动机的响声。……大桥下是一条弧形的铁路轨道，无数红绿信号灯使人眼花缭乱。纽约特快列车轰隆隆地刚刚驶过，二十条闪闪发亮的钢轨一下子跃入令人炫目的光照里。
>
> 在一座摩天大楼里，美联社的电讯线路刚关闭。报务员一整夜与巴黎、北京通话之后，疲累不堪地摘下了他们的赛璐珞眼罩。……排着长队的人们，带着午餐盒，迈着沉重的步伐，涌向巨大无比的新工厂：大玻璃窗、空心砖瓦、闪闪发亮的车间，五千人就在同一个屋顶下面干活，推出地道的产品，行销所至，远及幼发拉底河流域，横越非洲南部草

原。汽笛一响，传来了有如四月黎明时万众齐欢的歌声；这是给仿佛为巨人们建造的城市所谱写的一支劳动之歌。①

　　在这幅风景图的后面，全知叙述者叙述的就是躺在气派舒适的住宅里的主人巴比特的梦境。我们认为，伟大的小说家刘易斯是在巴比特做梦的同时，首先隐含地交代了梦主人的梦因：这是 20 世纪 20 年代早期前所未有的繁荣昌盛所带来的、美国消费文化的潮流开启时出现在人们心头的莫名其妙的心灵的悸动，是一种更多的渴求，也是对现实的不满的一种逃避。其实，这幅风景图既是巴比特的梦因，也是小说的一个整体的背景基调，更是另一个长期以来同样为批评家所忽略的《巴比特》的主题之一：对美国的繁荣，对美国在经济上的崛起的讴歌。在这个方面，作者无论是从直接的描绘，就像小说开始的这幅泽尼斯城市舞动的旋律图，还是随着小说进程的深入，潜伏在讽刺的基调之下的间接的歌颂，绝非是对国家或者市民的讽刺，而都是发自作者心底的一种情感，是一种真情的流动②，也是人物巴比特性格中的一个真实成分：对泽尼兹市的热爱，对这一切现代化的热爱。

　　巴比特对城市的兴旺发展是欣喜的，充满热爱和希望的，因为这为他提供了展示自我的舞台：越兴旺，他就能售出更多的房子，获得更可观的利润。巴比特在芙萝岗的家，装饰得舒适美观，充满了现代化的各种时髦装置，芙萝岗家家户户都是这样的。这些现代化的设备是巴比特高兴的缘由之一，让他不时感到

---

　　①　辛克莱·刘易斯：《巴比特》，潘庆舲、姚祖培译，外国文学出版社 2002 年版，第 1—2 页。

　　②　本书第五章将会对作者的这种对现代化的热爱之情进行进一步的分析。

骄傲和自豪。巴比特上班了，他与邻居们打着招呼，驾着一辆漂亮的汽车，奔驰在近郊有草地和树木点缀的大道上。"樱花的花瓣纷纷扬扬地落在溪谷里，已是白花花一片……巴比特使劲地闻着大地的芳香，对着如痴似狂的知更鸟发笑……眼看着建筑物日益增多，这才是他的一大乐事。他大清早的懊丧情绪这时全都消失了。……他已是兴高采烈，满面春风了。"① 巴比特对去交易所的路特别熟悉，对每个街区都赞不绝口，从芙萝岗的小别墅、小树林，以及迂回曲折的行车道，到广告牌林立的街道和车来人往的商业中心，他都非常喜欢。看到这里，作为观察者，我们赞同叙述者的评价：他对他的邻里、他的城市和他的家庭怀有一种纯真的爱。② 此外，我们还得出这样的判断：巴比特对他的房地产生意也充满了希望。在这些方面，我们说隐含作者对巴比特是不含讽刺之意的，这是巴比特肖像真情实意的也是被批评家所忽视的一面。只是巴比特对现代化的热爱过了头，变成了盲目崇拜，因而又成了滑稽的组成部分，讽刺在此基础上随着叙事进程而逐步加深。

从这幅舞动的旋律图中，我们看到，高耸入云的企业办公大楼已经掩盖了昔日瞩目的历史——城堡，也取代了人们精神上的圣地——教堂，成了人们心目中景仰的巨人，特别是巴比特所崇拜的对象，作品后面还多次强调过这种情景。那座高达35层的闪闪发亮的第二国民大厦是巴比特心中最美的景色，一看到它，对它的爱就油然而生，"这座大厦在他看来如同代表商业这一神圣的殿堂的塔尖，一种热烈、崇高、超群绝伦的信仰"③。商业

---

① 辛克莱·刘易斯：《巴比特》，潘庆舲、姚祖培译，外国文学出版社2002年版，第32页。

② 同上。

③ 同上书，第15页。

盈利，也就是说商业巨人变成了巴比特的崇拜对象。那么，这种物质至上的实用主义拜金生活就难免导致精神生活的缺失，导致在追求丰厚利润和享受奢华生活的同时产生精神上的失落感。但如果不随社会潮流而去追求个人精神的自由，家人朋友，特别是他所属的社会阶级肯定饶不了他，因而肯定得付出一定代价和损害宝贵的既得利益（小说后面巴比特略微的反抗所招致的损失就是明证），这对于已献身神圣商业的巴比特自己也绝不会答应的。因而巴比特的逃亡，主要是精神上的逃亡，只有在梦中去逃避一下烦乱的现实生活，弥补一下现实生活的缺陷，调和一下鱼与熊掌不可兼得的矛盾。

从巨大无比的新工厂生产出来的产品已经占据了远至偏僻的非洲南部市场，黎明的汽笛唱响的是万众齐欢的劳动颂歌。在这繁荣欢乐的背景衬托下，巴比特在与梦中的仙女一起神游。他的妻子、他的那些吵吵嚷嚷的朋友，都千方百计想跟住他，但他还是想法脱身逃走了，仙女在神秘的小树林里等他，"仙女说他无忧无虑、英俊果敢，她会等着他，他们将一起航行到远方去"①。然而，晨曦的汽笛声、汽车声，让他从迷恋的梦境中悠忽醒来，想重新钻进梦中，家中那个现代化装置的珍贵闹钟响了，"他没好气地承认，再也无法逃避了"②。美梦被惊醒，他新的一天开始了。然后，刘易斯用了 120 页的篇幅，描述了他一天的生活，并用睡梦中仙女的召唤和远方闪闪发亮的大海结束了巴比特一天的生活。

从上面的叙事阐释我们可以判断，小说开端的现代城市繁荣的律动图是巴比特的梦因，巴比特的梦又启动了整个故事的张

---

① Sinclair Lewis, *Babbitt*, Harmondsworth: Penguin Books Ltd, 1987, p. 8.
② Ibid., p. 9.

力，而这一整体张力又是为刻画巴比特的肖像服务的。

詹姆斯·费伦说："肖像叙事主要是关于性格、特征的揭示，他们聚焦的不是变化，而是在稳定性上，在一种固定情境上的特征和性格上，肖像叙事要求作者的读者保持在观察者和判断者的双重角色中。"① 因而，张力虽然启动了，但其推进的强度却是徐缓的，叙事几乎处于一种静止的状态。人物的性格没有任何发展，读者看到的是巴比特兴高采烈，洋洋自得，偶尔的懊恼不满很快又被其他的事情冲淡，如早晨美梦被扰乱的烦恼在窗前纵目远眺到巍峨耸立的国民大厦时，"紧张烦闷的神色已从他脸上淡出，他带着崇敬的心情抬起了那松弛的下巴颏儿"②。叙述者根据巴比特性格特征的揭示需要，利用连接—发展—断裂—连接的多元叙述线条，连接了泽尼斯商业文化领域的各种画面，让他出现在生活的各种场景，以此展示城市商业文化的多元性。由于作者提供的画面趣味盎然，作为读者的我们尽管只能作为观察者和判断者的角色，但也不由得跟人物一起，兴高采烈起来。就像梅·辛克莱在《来自大街的男人》一文中说的："创造出巴比特这个人物是一个了不起的成就，他是如此的可爱，如此的活灵活现，以致你会带着连续的兴奋、愉悦和激动注视着他。"③

在兴高采烈地观看巴比特时，我们发现刘易斯对巴比特肖像的刻画主要运用了相似于费伦提到的三种肖像性叙事策略，它们

① James Phelan, *Experiencing Fiction*: *Judgment*, *Progressions*, *and the Rhetorical Theory of Narrative*, Columbus: The Ohio State University Press, 2007, p. 179.

② Sinclair Lewis, *Babbitt*. Harmondsworth: Penguin Books Ltd, 1987, p. 16.

③ May Sinclair, "The Man From Main Street", in *The Ne York Times Book Review*, September 24, 1922, p. 1. Reprinted in *Twentieth Literary Criticism*, Vol. 13. Source Database: Literature Resource Center.

是：叙述者对主人公的直接描述、主人公行为的反复叙述和微小叙事的使用。① 此外，仔细观察判断，我们看到，叙述者对泽尼斯市的人物和事态的报道、阐释，似乎全是巴比特的口气，就好像是巴比特的戏剧性独白，就连全知叙述者对巴比特的评估，也是巴比特式的，就好像巴比特对自己的总结，完全符合巴比特的要求。这种叙事形式也正像费伦所论："肖像性叙事通常显而易见的是，尽管不是专有的，处于一种戏剧化独白的形式。"② 而这种叙事方式，在刘易斯前一部引起轰动的小说《大街》中是没有的。显然，刘易斯又在探索新的适合自己表现意图的叙事方法，而巴比特的叙事效果与刘易斯当初写作巴比特的意图是完全吻合的。他成功了，通过对传统叙事手法的兼容并蓄，刘易斯创造了适合表现自己主题意图的叙事方法。

叙述者对巴比特的直接描述有力地强化了巴比特的性格特征。叙述者对巴比特的外貌进行了直接描述："他宽大的额头带点粉红色……他长得并不胖，但营养极佳，两颊圆圆地鼓了起来，一只白嫩的手无力地搭在黄褐色毯子上，显得有点儿浮肿。"③ "从外表来看，他是个地地道道的前去公司上班的经理人物——一个营养极佳的人，戴着一顶正好合适的棕色软尼帽、一副无边框眼镜，抽着一支大号雪茄，驾着一辆漂亮的汽车，奔驰在近郊有草地和树木点缀的大道上。"④ 从这两处的描写中，都写到了"营养极佳"，这是典型的消费过多的反映，与 21 世纪

① James Phelan, *Experiencing Fiction*: *Judgment*, *Progressions*, *and the Rhetorical Theory of Narrative*, Columbus: The Ohio State University Press, 2007, p. 23.

② Ibid.

③ Sinclair Lewis, *Babbitt*, Harmondsworth: Penguin Books Ltd, 1987, p. 8.

④ 辛克莱·刘易斯：《巴比特》，潘庆舲、姚祖培译，外国文学出版社 2002 年版，第 32 页。

的后现代社会的人们形成了连接。营养极佳到微微浮肿，这已是典型的营养吸收过多，消化不良了。这种富裕的中产阶级消费阶层在享受富饶生活的同时，从肠胃到大脑都已经吸饱了时代的产物，因而不时地会引起反胃和厌倦。无论是在外表上把自己打扮成成功人士——一个地地道道的经理，还是内心上自认为自己就是个成功人士，都不能消化这过多的营养，过多的营养对拥有这营养的主人来说就不再是营养，而是有害的垃圾食品。因而，从外表上看，巴比特需要调整这养尊处优、消化不良的生活了。可这一切吃、穿、用的消费显然已成了他那个群体的一种生活方式，是一种身份的标志，成功的标志，作为其中的一员显然是摆脱不了也不愿摆脱，但反胃和厌倦也不由自主地会冒出来，久而久之变成了一种渴望和不满。

叙述者反复地对巴比特的思想进行了直接描述。在他能够为自己想到为金莺谷住宅区开发规划内添修一个公用汽车房时，"他突然感到自己很有能耐，是一个办事干练、善于出谋划策、指挥若定、有所成就的人"①。与邻居利特菲尔德博士闲聊时，直抒胸臆："我们需要一个稳健有力的——懂得经济的——会做生意的好政府，让我们有机会获得相当可观的利润。"② 在阅读自己口授的一封普通商业信函后，他心里就想道："写得那么有劲儿，真过瘾！"③ 在男子服饰用品商店买了一条领带，他"觉得自己很了不起，能花钱买这么昂贵的领带"④。瞧瞧他的开户银行，"觉得自己同如此豪华的大理石宫殿一般的银行有来往，

---

① 辛克莱·刘易斯：《巴比特》，潘庆舲、姚祖培译，外国文学出版社 2002 年版，第 5 页。

② 同上书，第 32 页。

③ 同上书，第 42 页。

④ Sinclair Lewis, *Babbitt*, Harmondsworth: Penguin Books Ltd, 1987, p. 61.

该有多么聪明而又殷实"[1]。泡在浴缸，"瞅着精美的镀镍水龙头，瓷砖铺砌的墙壁，为拥有这个华丽的浴室而感到自豪"[2]。透过巴比特强烈的自我感觉，一个一味追求商业利润和现代时尚生活的沾沾自喜、自满得意的巴比特跃然纸上。刘易斯这种对人物的直接描述呈现了活灵活现的人物形象，这是肖像性叙事的一种技巧，但如果我们仅仅只是看到自满得意的巴比特，那只是完成了作为观察者的角色，就会产生不少批评家的这种类似的看法：刘易斯《巴比特》中几乎无含蓄可言，事事都向我们交代得明明白白。我们参与巴比特的想法与忧虑时是参与其全部；没有更多的深度可探测。[3]

其实，作为判断者，我们有责任不能只根据作者对人物的直接描述来下定义，我们需要思考一下：巴比特为什么要显得那么洋洋自得？作者为什么要把他描画得那么自满得意？这就是作者没有交代得明明白白的地方，这就是留给读者的有待填补的空白，有待进一步探测的深度。我们可以从第十八章对巴比特因吃多了蛤蜊闹病躺在床上时的思想描述中找到蛛丝马迹：

> 他在弗吉尔·岗奇（煤炭商人，泽尼斯市促进会会长）面前，自己脸上总要摆出坚定乐观的神情，但眼下岗奇不在，他发觉——而且几乎自己都承认——他发觉自己的生活方式太机械，机械得简直令人难以置信。机械的生意——尽快把偷工减料的蹩脚房子卖出去。机械的宗教——枯燥、冷

---

① 辛克莱·刘易斯：《巴比特》，潘庆舲、姚祖培译，外国文学出版社 2002 年版，第 61 页。

② 同上书，第 111 页。

③ 谢尔登·诺曼·格雷布斯坦：《辛克莱·刘易斯》，张禹九译，春风文艺出版社 1994 年版，第 79 页。

酷无情的教会，完全脱离市井细民的真实生活，像一顶高筒
大礼帽，虽然道貌岸然，却没有一点儿人情味。甚至于玩高
尔夫球、赴宴会、打桥牌，以及摆摆龙门阵，也都机械得
很。除了里斯灵以外，他觉得跟谁应酬交际都很机械——不
外乎拍拍肩膀，嘻嘻哈哈，就是不敢让友情在默默无言之中
备受考验。

　　他烦躁不安地在床上来回翻身。

　　……

　　"我简直不想回交易所工作去啦，"他一相情愿地想到，
"现在我真巴不得——可连我自个儿都不知道该怎么办。"

　　可是，第二天他就回到了交易所，忙于工作，尽管心绪
不佳。①

　　从引文中我们看到，巴比特其实对自己的生活方式并不满
意，他的志满意得其实只是他乐观坚定外表上的一件外衣，是人
际交往和职业生涯所需要的一种表演，也是当时保守的社会环境
所要求的一种政治面貌。他不敢表示对社会的不满。因而尽管觉
得自己的生活是那样的枯燥乏味，他也只能笑脸以对。再联系小
说第一章开始时巴比特的梦醒到第七章结束时巴比特的重新入梦
来进行判断，答案就更加明显。我们看到，潜藏在自满得意的文
本动态之下的巴比特其实是非常空虚，焦躁不安的。他已经厌倦
了他的所谓现代化的舒适生活，可他又摆脱不了。他只好用拥有
更多的现代化的标志性物品来填塞自己的视觉和味觉②，不时用

---

　　① 辛克莱·刘易斯：《巴比特》，潘庆舲、姚祖培译，外国文学出版社2002年
版，第277—278页。
　　② 巴比特除了置办满屋子的现代化装置，还喜爱大吃大喝，小说在第二章和第
五章都曾间接地提到过。

自我成就感来麻痹自己的心灵感觉。内心深处越是空虚，表面上越是需要乐呵呵地掩饰自己，激励自己，表现自己。如果他真的从内心深处感到乐呵呵，那在睡梦中也会笑出来的，就不会在梦中从朋友和妻子身边逃走，"一阵风似的朝她（仙女）那里跑去"①。看来，现代化物质至上主义的桎梏比数百年前巴比特们的祖先所受的宗教压迫还要厉害。三百年前，他的祖先还能挣脱羁绊，乘坐"五月花"来到美洲，追求自己的自由梦想，而巴比特只能在梦中逃离现实，释放自己的真实情感，追求一下自由的生活。这样看来，内心深处的巴比特不是一个乐呵呵的巴比特，而是一个可怜巴巴的巴比特，是物质繁荣、实用主义枷锁下的现代版的精神奴隶。

叙述者也通过对主人公一些行为的反复叙述来阐释梦因，展现巴比特内心兴奋躁动和不满的矛盾状态，如对巴比特的戒烟、交易所事务的处理、家庭宴会、与已成大亨阔佬的同学麦凯尔维的比较、上康乐会、去缅因州旅游等行为进行了反复叙述，以此深化对巴比特肖像的刻画，推动进程在自满—不满的张力轨道上运行。我们看看对巴比特上康乐会的行为的反复叙述。

巴比特中午几乎都会上自己的俱乐部——泽尼斯康乐会，这是本市最大的俱乐部，有三千会员之多。这里其实就相当于是泽尼斯市的商业联合国，巴比特与他的同伙把它看成是泽尼斯的完美典范。所谓他的同伙，也就是收入与他相差不多的泽尼斯市的那帮商人教授们。他们是：煤炭销售商人、促进会会长弗吉尔·岗奇；赖特维商学院的校董 K. 彭弗里教授；帕彻尔—斯坦百货公司女子服装部进货主任西德尼·芬克尔斯坦；哲学博士，泽尼斯市电车股份公司职工管理部经理和广告顾问霍华德·利特菲尔

---

①　Sinclair Lewis, *Babbitt*, Harmondsworth：Penguin Books Ltd, 1987, p. 8.

德；贾弗林汽车厂代理商埃迪斯·王森；洗衣店老板奥维尔·琼斯；诗人兼广告代理商 T. 弗林克，等等。这些人自称"大老粗"常常围坐一张大桌，对政治、商业及家庭等大事小事大放厥词，他们嘻哈取乐，但从未敢表露心迹。这里可以进行各种健身活动，有弹子房、游泳池、健身房，还有自己的棒球和足球代表队。但会友门大多数把它当作咖啡馆，在里面吃午饭、玩纸牌、讲掌故、同客户会面以及招待外地来的亲朋。

　　第一次上康乐会的叙述。巴比特在与他的同伙嘻嘻哈哈一通玩笑后，就与他的好友、老同学保罗·里斯灵单独找了个座位，叫了满桌子的佳肴，边吃边聊了起来。他俩不久就互吐苦水，说开了在人前不能开口的烦恼和不满，一致决定两人要先于家人，清清静静地到缅因州的风景圣地旅游，让森林和湖水洗去满身的倦意和疲惫。对于第二次康乐会之行，叙述者简短地报道了几个会友对《鼓吹时报》上查理·麦凯尔维宴请英国的多克爵士的报道的议论，巴比特与其同伙的话语满含嫉妒和贬讽。第三次的康乐会之行叙述者报道的内容是：巴比特因越发烦躁不安，偷偷离开交易所的员工看电影去了，不料被岗奇看见，同伙们为此大开巴比特的玩笑，巴比特觉得很恼火，但叮嘱自己倍加小心，缄口不语为好。第四次对巴比特在康乐会之行的描述是：同伙们在诅咒那些罢工者，巴比特出人意料地表露了几句同情的话语，引来岗奇等严肃的盯视。第五次是巴比特公开与同伙们争论，称赞罢工的组织者——以前自己公开咒骂过的狂热分子——律师塞尼加·多恩。第六次在康乐会"大老粗"的那张大桌子上，同伙们的谈话已开始撇开巴比特。

　　这一系列对巴比特康乐会之行的反复描述，每种行为都连接着他周围的社会现象，像一根起伏的链条，又像一面笼罩了泽尼斯天空的镜子，照耀、连接了泽尼斯市融合在时代风云里的商业文化的方方面面，也解构了现代商业结构的肌肉纹理，让读者清晰地感触到了其脉络的起伏搏动。巴比特及其他的同伙，泽尼斯市的殷实公民们，公开场合一个个高谈阔论，背地里干的无不是同行倾轧，欺蒙拐骗行当。就像里斯灵所说的：我们所干的只是掐断对手的脖子，从而教顾客埋单。① 这形象深刻地反映了当时的商业文化伦理：能够赚取最大利润，就是成功的典范。巴比特就认为，地产生意的唯一目的就是让他乔治·福·巴比特赚大钱。这种心态演绎出了他滑稽的伦理观：一个高级的地产经济商是具有高尚的伦理道德的，但是那并不意味着碰到不杀价的大傻瓜时，你就拒绝收取高于房价两倍的钱。② 而这一切，并不是巴比特的初衷。他原本大学毕业时是想当律师的，但现在却成了一名言不由衷的房地产商。有批评家认为刘易斯没有交代巴比特是怎样成为他现在这样的。其实，透过刘易斯对泽尼斯市的商业文化肌理的解剖，不难得出答案。反之，刘易斯为什么要对这些方面进行反复叙述，就是在间接地向我们展示答案：在《巴比特》中，隐含着把主人公托付到了一层新的地狱——一场消费主义的熊熊大火。③这是林奇曼曾提到过的一点看法，我们认为放在这里作为这个问题的答案是非常合适的。美国 20 世纪初迅速发展的社会经济拉开了消费主义的大网，巴比特及其康乐会的同伙无不是这网中之鱼。联合起来，他们就是这大网的主人，可以掀起左右局势的浪潮，有着非常诱人的前景。但如果想突破这张大网，只会是头破血流，为浪潮的弃儿而穷愁潦倒。所以，要想衣食无愁，只有投入这张大网，老老实实呆在里面。就像巴比特与

---

① Sinclair Lewis, *Babbitt*, Harmondsworth：Penguin Books Ltd, 1987, p. 55.

② Ibid. , p. 39.

③ Richard Lingeman, *Sinclair Lewis：Rebel from Main Street*, New York：Random House, 2002, p. 214.

保罗·里斯灵在康乐会密谈中的对话所透露的天机：

> "喂，老保罗，你常常谈到对很多东西都要加以反对，可你行动上却从来没有反对过。那你为什么不反对？"
>
> "谁都不会这么干的。毕竟是习惯势力太强大了。……"①

叙述者在推动故事进程，展示巴比特的性格特征，解释巴比特的梦因，推动自满—不满的张力前行到一定限度的时候，用巴比特的反抗与屈服两个微型叙事在故事结束前解决了整个张力，完成了巴比特的形象塑造。里斯灵失控了，他把所有的不满都发泄在了刁蛮的妻子身上，朝妻子开枪而被判刑关进了监狱。巴比特失去了唯一可以畅谈的挚友，他心里的不满再也按捺不住了，他开始反抗了。首先，他勾搭上了一位名叫丹尼思的漂亮房客，一位纸张批发商的遗孀，并与她那帮纸醉金迷的朋友们混在一起花天酒地，常常玩得乐而忘返，半夜三更才跌跌撞撞赶回家中，与死气沉沉的家庭生活进行了决裂。另外，在康乐会俱乐部和促进会会员的聚餐会上，他开始大胆地说出与以前的老朋友们不同的看法，甚至还满口称赞无政府主义者塞尼加·多恩，并且公开拒绝参加"良民联"。

那么，巴比特的反抗给他带来了什么呢？首先，说了他想说的话，做了以前未敢做的事，他的心里获得了前所未有的自由感，轻松感。但是，烦恼也随之而来。背叛妻子的内疚时而困扰着他，适应丹尼思的要求又给了他新的累赘，于是，他与丹尼思断绝了来往。其次，他的那帮康乐会的老友也开始疏远他，不理

---

① Sinclair Lewis, *Babbitt*, Harmondsworth: Penguin Books Ltd, 1987, p. 56.

睬他，背着他窃窃私语，这使他产生了新的孤独感还有一种恐惧感，他仿佛看见全体良民正从餐厅窗户里偷偷地监视他。接着，原先跟他来往的生意伙伴也另找了他人。巴比特几乎陷入了绝境。这时，作者安排了另一事件：巴比特的妻子生病。妻子生病了，急性阑尾炎，动了手术躺在医院。巴比特对妻子进行了细心照料，患难之情使夫妻俩又重归于好。昔日的老伙伴也纷纷来医院看望，重提请他加入"良民联"的事，巴比特迫不及待地答应了。这样，一切又回到了原来的轨道。巴比特在康乐会又找到了宾至如归的感觉，与他断绝来往的公司又主动回来继续与他合作，毕竟巴比特交易所是具有良好信誉的一家公司。在康乐会的俱乐部里，人们又听到"乔治·F.巴比特与其他会员一起，高谈阔论地大谈塞尼加·多恩的卑劣行径，工会的重大罪行，外国移民的隐患，同时还大谈特谈打高尔夫球的乐趣，道德风尚与银行往来账目——这在整个'良民联'里简直无出其右"①。

这样，由梦开启的张力在故事结束前得到了解决。叙述者在与巴比特一起徘徊迷茫于泽尼斯的消费主义长廊后，在故事结束前驱除了迷茫，回到了坚定的殷实公民的怀抱。故事结束时的巴比特除了年龄长大了两岁，就像故事开始时一样，又是一个循规蹈矩、自满得意的巴比特了。

我们对《巴比特》的肖像性叙事的分析显示，刘易斯的伟大成就在于为世界奉献了一个经典的巴比特形象——自满、庸俗、短视、守旧的中产阶级实业家或自由职业者②，这是词典上对"巴比特"（Babbitt）的解释。除此之外，我们还看到了，刘易斯隐含

---

① 辛克莱·刘易斯：《巴比特》，潘庆舲、姚祖培译，外国文学出版社2002年版，第457页。

② 陆谷孙：《英汉大词典》上卷，上海译文出版社1998年版，第209页。

在文本动态之下的对表面的巴比特形象进行解构了的、另一个长期以来被人忽略的真实的巴比特：一个不满的巴比特，一个并不快乐的巴比特，一个思想被奴役的巴比特。刘易斯通过全知叙述者创造了两个完全不同的巴比特，一个是对另一个的解辖域化。这是刘易斯《巴比特》伟大的艺术成就。对表面的巴比特，刘易斯用讽刺作为批判的工具，而对真实的巴比特，刘易斯用缄默表示了同情和肃穆的态度。看到了两个巴比特，评论界长期以来认为《巴比特》所表现出的对人物的矛盾态度和文体的含混也就解决了。批评界存在的误区主要在于：一是在叙事手法上没有识别《巴比特》肖像性的叙述策略，二是在人物分析上没有在自满—不满的张力之下，找到互为解辖域化的两个不同的巴比特。批评界长期以来只看到那个表面的巴比特，因为他的形象太生动逼真，全知叙述者也一心一意模仿这个巴比特，对人物、事件的报道、阐释和评估都是巴比特式的态度，这种肖像化叙事的恰似戏剧性独白的效果形成了一个强大的巴比特磁场，让读者感到巴比特们的无所不在。这样强大的叙述声音也难怪会掩盖另一个处于弱势的真实的巴比特。然而，这也正更强烈地提出了一个值得警钟长鸣的问题，刘易斯潜文本下蕴涵的一个让所有读者深思的哲理：警醒现代高度的物质繁荣下精神的奴役。

　　刘易斯也并不像人们所说的热爱巴比特，他也不喜欢巴比特，他热爱的是社会繁荣的景象，他只是同情那个真实的巴比特。但叙述者热爱巴比特，完全站在巴比特的立场上，与他同呼吸，共患难。因而，这个全知叙述者是个不可靠的叙述者，他离开作者，与人物站在了一起，完全相信巴比特的所作所为，他变成了巴比特的化身，是巴比特的传声筒。作者对巴比特连同叙述者一起进行了讽刺批判，作者的意图在于这样的讽刺批判声音才够强大，够完全彻底。只是作者这种精湛的技巧如果不细加辨析，便极易化成迷宫，导致多种误读的产生。全知叙述模式在常规下都是可靠的叙述者，而刘易斯的全知模式下却诞生了一个不可靠的叙述者。这个全知叙述者并不张扬，也不武断，他只是在肖像性叙事中传达巴比特的思想。他是全知全能的，他不只知道主人公巴比特的一切，他还知道巴比特不知道的东西，在巴比特睡觉的时候，向读者报道了泽尼斯市发生的其他事情。但他就像润物细无声地浸润了巴比特的一切，这不是人物叙事，叙述者是第三人称全知叙述者。但另一方面，叙述者已经无声无息地化作了人物巴比特，代替人物巴比特讲述巴比特的故事，由此也就站在了人物巴比特的立场上，发出巴比特的声音。因而，叙述者所说的就不一定是客观的，因为它已经深深地打上了人物的烙印。也因此，作为读者的我们就不能完全相信叙述者的报道、阐释和评估，要对此进行自己的判断，要看到叙述流之下的真实性，看到叙述者协同巴比特要竭力掩盖的东西。这个叙述者具有双重身份，身兼两职，既是全知叙述者，又是人物巴比特。这是第三个巴比特，是前面两个巴比特的综合体，他是全知的，所以他知道巴比特的两面性而帮助其遮掩这一两面性，叙述者是双面的巴比特。刘易斯创造了一个三维一体的巴比特，我们读者对此要有清醒的认识。

第四节　《阿罗史密斯》的解辖域化叙事策略

刘易斯在《巴比特》出版之后，去芝加哥拜访他景仰已久的劳工领袖尤金·德布斯，同时为他当时打算写的美国劳工运动的小说收集其他资料。刘易斯对美国社会底层的劳动大众始终怀有一种尊敬和同情，从他的小说中可以看得出来，他从来没有把他们作为嘲讽的对象。但在认识了保尔·德·克鲁夫这位青年细菌学家后，刘易斯改变了计划，改为创作《野蛮人》也即后来的《阿罗史密斯》。他后来也曾多次动过写劳工运动的小说的念头，但终究没有动笔，这可能是刘易斯一生的遗憾。刘易斯请克鲁夫做他的助手，克鲁夫曾是洛克菲勒医学研究所的科学家，由于对研究所处理科学研究的某种方式不满，刚从研究所辞职不久，他可以为刘易斯提供并认证小说中学术上的细节。刘易斯对他的这部小说又充满了自信，他写信给他的出版商哈柯特谈他的想法：“我要使继《巴比特》之后的小说没有任何讽刺性；或许照样有反抗倾向，但主角是崇高的。”①

　　刘易斯的社会背景与医生这一职业有着密切的关系。他的祖父、父亲、伯父和一位哥哥都是医生。刘易斯从小到大的记忆中，行医的印象从没有淡忘过。刘易斯这样自述创作《阿罗史密斯》的意图：

　　　　父亲在门口跟一个病人的谈话唤起了小男孩的回忆，是在午前偶然听到的这么三句话：“哪儿不舒服？嗯？没什么，不过你该早点来找我，可能是得了腹膜炎。”这个小男孩得以偷看一眼诊所里的解剖图和笨重的医学书籍。后来他哥哥上了医学院——聊起毕业班，聊起在夏天当实习医生，聊起外科手术和普通手术。给父亲和哥哥撑腰的还有祖父和大伯，他们也都是医生。

　　　　在这样的背景下，当医生的念头对我来说一向比其他任何念头都更加熟悉，当我开始写小说时……我想过有那么一天让一位医生充当主人公。这抱负由《大街》的肯尼科特

---

　　①　谢尔登·诺曼·格雷布斯坦：《辛克莱·刘易斯》，张禹九译，春风文艺出版社1994年版，第81页。

医生实现了一部分，但他不是主角，而且我要描述一位比肯尼科特更加重要的医生——他能使不能登大雅之堂的行医成为医学的科学基础——应当是对一切生命有无限影响的医生。①

确实，相对于前两部小说《大街》和《巴比特》中平凡的主人公来说，阿罗史密斯是个英雄，他有着崇高的理想，为了科学研究，可以置一切功名利禄于不顾。他这种忠于科学、献身科学的思想是有一个形成过程的。这是刘易斯四部杰作中唯一一部具有明显的情节变化，主人公有个成长过程（尽管小说主要还是从大学时候开始详述）、性格有所变化以至成熟的小说。这部小说一问世，像前两部一样，刘易斯又获得了巨大成功。但这次与前两次相比，反对的声音明显减少，评论界的反响比较一致。赫切森论述道："《阿罗史密斯》平息了长期以来批评刘易斯缺乏'精神的禀赋'的声音。在美国和英国的批评家都一致判断，《阿罗史密斯》是刘易斯最好的小说。几乎所有的评论家都注意到这部小说比《大街》和《巴比特》有更强有力的和更深刻的审美观。例如，《文学评论》（*Literary Review*）说'小说所体现的人性比科学更闪亮'；《大西洋书鉴》（*The Atlantic Bookshelf*）宣称刘易斯'不再是最高级的爵士乐的作曲家了。他已经是一位艺术家了，忠诚的、强大的和有克制力的'。"②

像前两部打破文学神话，开创小说新主题一样，《阿罗史密斯》又为美国小说带来了一个科学理想主义的全新的主题。对

---

① 谢尔登·诺曼·格雷布斯坦：《辛克莱·刘易斯》，张禹九译，春风文艺出版社 1994 年版，第 81 页。

② James M. Hutchisson, *The Rise of Sinclair Lewis: 1920—1930*, Pennsylvania: The Pennsylvania State University Press, 1996, p. 122.

此，一向对刘易斯反感的马克·斯高勒也肯定了这一事实。他论道："先前也有写医生的小说，在罗伯特·赫里克的小说《治病的人》和《生活之网》中，就写到了动摇于开业赚钱和讲求职业诚实正直之间的医生。可是，马丁·阿罗史密斯一开始就主要不是一个医生，而是一个为他那与众不同的诚实正直而斗争的科研战士，除了在刘易斯 1920 年未写成的《去萨嘎普斯的第七个人》这个故事里有一个次要角色与这类似外，在以前的小说里几乎找不到这样的人物。马丁·阿罗史密斯是个新的主人公，科学理想主义是个新主题，科学个人主义是一种新的（但相当不科学的）观点。于是，一部新的刘易斯的小说再一次占据了领先地位。"①

查尔斯·E. 罗森博格非常赞赏《阿罗史密斯》，罗森博格说是弥漫于社会的妥协空气驱赶阿罗史密斯最后离开他的妻子、孩子和纽约的实验室，他对社会及其要求的拒绝并不就是像有些批评家所说的"长不大的浪漫主义"，是刘易斯想要描述其伟大性而认为其存在于美国社会的不可能性所导致的合乎逻辑的结果。② 罗伯特·M. 拉福特和马丁·赖特也对《阿罗史密斯》表示赞赏，但提出了和罗森博格不同的看法。拉福特认为对理想的追求和幻灭的体验是《阿罗史密斯》的中心③，赖特认为《阿罗史密斯》的主题表现为："美国人生活中的骗子、挥霍者和伪善

---

① 马克·斯高勒：《后记》，辛克莱·刘易斯《阿罗史密斯》，李定坤等译，江苏人民出版社 1987 年版，第 560 页。

② Charles E. Rosenberg, "Martin Arrowsmith: The Scientist as Hero" (1963), *Modern Critical Views: Sinclair Lewis*, ed. Harold Bloom, New York: Chelsea House Publishers, 1987, p. 50.

③ Robert Morss Lovett, "An Interpreter of American Life" (1925), *Sinclair Lewis: Collection of Critical Essays*, ed. Mark Schorer, Englewood Cliffs, N. J.: Prentice-Hall, Inc., 1962, pp. 32—34.

者把人从最好的最纯洁的工作中赶走，他的唯一救赎是退却。"①
由此，他认为阿罗史密斯是个堂吉诃德式的英雄，最后退至山林
是败笔，是不明知的处理，是长不大的孩子气的行为。而马瑞
林·M. 赫勒博格则极力贬斥《阿罗史密斯》的艺术性，对刘易
斯给予了完全的否定，认为刘易斯创造的人物阿罗史密斯是不堪
一击的"纸娃娃"②。

　　从赫勒博格的观点看来，他显然无法接受刘易斯对医疗界和
科学界的某些机构和官员的嘲讽和批评。但我们认为，那些现象
非常真实，刘易斯也只是通过艺术创作，让那些现象呈现在读者
面前，仅此而已。可却引来赫勒博格这类批评家的如此不满，这
恰恰从另一侧面说明刘易斯的艺术水平的高超，达到了以假乱真
的地步，刺伤了某些读者的自尊心。

　　我们认为，阿罗史密斯最后退至山林不是理想的幻灭，他也
不是堂吉诃德式的英雄，更不是纸娃娃。他是美国民族精神的现
代传承者。罗森博格的说法比较合理，退至山林是刘易斯想要描
述其伟大性而认为其存在于美国社会的不可能性所导致的合乎逻
辑的结果。我们更认为，刘易斯小说的结尾是开放式的，阿罗史
密斯与威克特退至山林并不是他们不喜欢城市的实验室，而只是
想找个能安静做实验的地方，并没有隔断与外面的联系。他们的
目标都很明确，已牢固地树立起实事求是地坚持科学技术研究的
决心和信心。且他们俩都已打下进行科学研究的坚实基础，并已

---

①　Martin Light, "The Ambivalence towards Romance", *Mordern Critical Interpretations*: *Sinclair Lewis's Arrowsmith*, ed. Harold Bloom, New York: Chelsea House Publishers, 1988, p. 57.

②　Marilyn Morgan Helleberg, "The Paper-Doll Characters of Sinclair Lewis's Arrowsmith" (1969), *Sinclair Lewis's Arrowsmith*, ed. Harold Bloom, New York: Chelsea House Publishers, 1988, pp. 29—36.

取得很大的成功，都已是了不起的科学家，岂有无用武之地？如他们决定另外吸纳六个跟他们志同道合的研究人员组成一个小规模的实验站，"这些人员一方面通过制造血清供给实验站生活开销，另一方面又可以独立地进行各自的研究工作"①。这说明，他们完全有能力获得一定的收入来支持自己的实验和生活，他们心中的理想并不因从繁华都市退至荒林而有丝毫动摇，反而更加坚定。这也说明这两位科学家心灵和性格的成熟，退至山林正是他们科研和创业的真正开始。而他们这种以生产扶持研究的方式也为我们现代科研和产业相结合的模式提供了雏形。

阿罗史密斯在追求他的科学理想的过程中，遇到了很大的困难，他的追求理想的过程，可以说是放弃和逃逸的过程，是世俗利益和科学理想之间的不得已的决策，是贪求眼前个人的实利、失去个人思想的自由还是坚持探求真理、着眼全人类的疾苦是经常摆在阿罗史密斯面前的两难问题。而每次，阿罗史密斯无一例外地做出了继续求索真理的选择，也就是逃跑。但我们认为，他的逃跑是不向世俗利益妥协的标志，不是懦弱，而是正直诚实的人格基础上对权势利益的一种鄙视，对科学真理的一种挚爱和执著。

刘易斯把马丁·阿罗史密斯化作了理想的象征，美国拓荒精神的现代化身，就像格雷布斯坦所说的："这在刘易斯看来是我们本国传统中最有活力的传统。"② 在《大街》的开头，刘易斯曾把这种精神象征性地附丽在了具有叛逆思想的卡萝尔身上。卡萝尔部分地传承了这种血脉，进行了一些不成功的抗争。刘易斯

---

① Sinclair Lewis, *Arrowsmith*, New York: Harcourt, Brace and Company, 1925, p. 445.

② 谢尔登·诺曼·格雷布斯坦：《辛克莱·刘易斯》，张禹九译，春风文艺出版社 1994 年版，第 82 页。

肯定是不满意的，但那是人物性格的发展使然，刘易斯只能服从这种创作规律。在《阿罗史密斯》的开头，有一个独立的小叙事，叙写一位十四岁的小姑娘赶着马车，载着病弱的父亲和幼小的穿着破烂的弟妹，穿过森林和沼泽，摇摇晃晃向着遥远的西部坚定地前行。叙述者告诉我们，这就是马丁·阿罗史密斯的曾祖母。刘易斯再一次把这种光荣的开拓精神传递给了他的人物，刘易斯想让这种他所崇敬的民族核心精神得到完全的展示，这一次他做到了。并且把祖辈们漂洋过海追求自由和财富的开拓精神提高到了一个新的高度和境界，与时俱进地把祖辈们着力于自身生存、物质财富和信仰自由的追求上升到了对尖端知识、科学精神和人格自由的追求，是一种对真理执著追求的无畏精神。我们说刘易斯呈现的这种主题元素才代表了人类文明的真正进步，而不是深陷在文明进步所带来的浮华繁荣的金钱堆里不能自拔。从这一层面去解读，刘易斯的《阿罗史密斯》就提供了《巴比特》未解决的问题的答案[①]：如果巴比特像阿罗史密斯这样去做，他的问题一定能解决。只是巴比特的性格特征决定了巴比特绝对不会这样做的，所以刘易斯没有提供解决问题的办法，其实正是一个更适合巴比特的办法了。一个不能舍弃繁华生活、以赢利为成功标志的人，只能过巴比特式的生活。阿罗史密斯就不是这样的人，他是一位敢于追求真理、舍得抛弃名利、勇于献身科学、坚持正直诚实的青年科学家，是民族开拓精神的继承者。

　　这样一位正面人物的塑造，是极易流于形式化和表面化的，特别是对于全知模式的叙述者来说，也是极易使小说陷入说教式的、枯燥乏味的、令人难以置信的局面的。但刘易斯的《阿罗

---

① 批评界对《巴比特》一个比较一致的批评观点是：刘易斯没有解决巴比特的出路问题。

史密斯》避免了这一切不利后果，显示了其高超的叙事艺术技巧。《阿罗史密斯》的全知叙述者用断裂—连接的多元叙述线条串联起批判—赞美、逃跑—追求、舍弃—获取的叙事情境，串联起了阿罗史密斯跌宕起伏的平凡而伟大的生命乐章。

细读原文，刘易斯的胃口不可谓不大，他的主人公阿罗史密斯身上流淌着世界各民族人民的血液："马丁是'典型的纯盎格鲁——撒克逊血统的美国人'，这就意味着他是德国人、法国人、苏格兰人、爱尔兰人，也许还有一点西班牙人的结合体；不难想象，他具有少许'犹太人'那样的混合血缘，大量的是英国人的血缘，而英国人本身是原始的不列颠人、凯尔特人、腓尼基人、罗马人、日耳曼人、丹麦人和瑞典人的结合体。"[1] 刘易斯的视野和胸襟都是非常开阔的，叙述者的这一阐释使我们一开始就看到阿罗史密斯这一拓荒精神的传承者身上具有的民族多元性特征。他的曾祖母十四岁时肩负起了全家生计的重任，坚定地奔向西去的进程，而阿罗史密斯在十四岁时，表现出了对医学的强烈兴趣，成了他家邻居维克森医生的义务助手，在其指导下，阅读《格雷氏解剖学》，决定了以后要从医的志向，并记下了维克森医生的反复叮嘱：一定要学好基础科学，在上医学院之前要上大学预科。于是，阿罗史密斯在专科毕业后，才进入温尼麦克医学院。在这里，他成了细菌学教授戈特利布的得意弟子，显示了在细菌实验科学研究方面的某种天分和执著。实验室里解剖豚鼠，辨认炭疽杆菌等令常人恶心的枯燥乏味的工作，却使阿罗史密斯产生了非常美妙的感觉。"对马丁来说，这些日子具有一种令人十分愉快的特色；有着一场激烈的曲棍球比赛的那种热情，

---

[1] 辛克莱·刘易斯：《阿罗史密斯》，李定坤等译，江苏人民出版社1987年版，第2页。

草原一般的明朗，美妙乐曲似的迷惑人的力量，还有一种创世的感觉。"① 这段描述是一段多声部的话语，它是人物阿罗史密斯内心愉悦的心声，也是叙述者的概述之声，更是隐含作者的赞美之声。这赞美之声又是文学家刘易斯与医学科学家克鲁夫的双声部的融合。刘易斯聘请克鲁夫做他的助手，认证涉及医学学术上的细节，但作为科学家的克鲁夫对科学的认识和态度不可能不影响刘易斯。赫切森经过仔细研究后认为，克鲁夫对刘易斯写作《阿罗史密斯》有很大的作用，没有他的帮助、建议和他的思想、科学观，《阿罗史密斯》可能就会大不一样。②

我们可以从上面的引述中读出科学家克鲁夫所体验过的真切感受，但此段引述也更有可能还融合了刘易斯从他的父亲和哥哥那里听到的话语。无论多少原因，给我们的感觉是，这是一个充满灵感和想象的灵魂对所崇拜和痴迷的科学事业的非常真切而符合实情的感言。再看另一场景的描述，万籁俱静，医学生阿罗史密斯还在实验室里，寻找引起昏睡病的原因："他在研究老鼠身上的锥体虫——这是一种有八根分枝的瓣形体，染上了多色的亚甲基蓝，其紫色的细胞核，蓝色的细胞，纤细的鞭毛，是一簇像水仙花一样娇美的微生物。他很激动，也有点得意，他给细菌染色染得十分漂亮，而要给瓣形体染色却不破坏它的花瓣体形态是不容易的。"③ 锥体虫是引起昏睡病的一种原虫，非常难对付，非洲的一些村庄里，百分之五十的人患这

---

① 辛克莱·刘易斯：《阿罗史密斯》，李定坤等译，江苏人民出版社 1987 年版，第 44 页。

② James M. Hutchisson, *The Rise of Sinclair Lewis: 1920—1930*, Pennsylvania: The Pennsylvania State University Press, 1996, p. 103.

③ 辛克莱·刘易斯：《阿罗史密斯》，李定坤等译，江苏人民出版社 1987 年版，第 44 页。

种病，毫不例外是要致命的。[①] 这里，我们看到，在令常人惊恐和讨厌的染病的老鼠身上的病菌，在阿罗史密斯的眼里却成了娇美的水仙花，这是医学生阿罗史密斯在从事细菌研究工作时的真切情感体验。我们说这时的叙述者更像一个科学家，作为读者的我们相信，去掉科学研究者爱屋及乌的情感美化因素，在显微镜下，锥体虫的形状肯定与兰花的形状有某种相似之处，而不是与其他的什么鲜花有相似的形状，而作为非专业的人员是不可能把科学与文学结合得如此和谐美妙、绘声绘色的。因此，我们认为，《阿罗史密斯》的全知叙述者的身份具备一名医学工作者的专业素质，这与刘易斯在找到克鲁夫做助手后才开始这部小说创作的实情是吻合的。这同时也说明刘易斯对待文学创作是非常细致严谨的，有一种文学创作的科学态度，这也是他的作品总是那么生动逼真的一个重要原因。反之，如果刘易斯的作品不那么不是现实却胜似现实的真实，就会减弱对社会的批判性，也不会招致那么多"爱国"人士的诋毁之声。从这里，我们也可以判断出，刘易斯作品显示出的对社会的强烈批判性在很大程度上也得力于他作品所体现的真实性甚至于科学性所给予的非凡力量。

我们观察叙述者对待进行科学技术研究的态度，我们说上面那段引文既是阿罗史密斯的真实感受，也是叙述者的评价。可以看出叙述者对待阿罗史密斯在科学技术研究上的出色表现是非常欣赏的，叙述者是一个理解科学工作者、懂得科学、热爱科学并尊重科学的医学专家。那么，作品的伦理标准就很明确了：它一反当时以赢利为目的的社会时尚和标准，建立了自己崇尚科学，

---

① Sinclair Lewis, *Arrowsmith*, New York: Harcourt, Brace and Company, 1925, p. 38.

致力于解除全人类疾苦的崇高目标。致力于这种目标的科学家最基本的品质要求是对待科学研究要有耐心、爱心，要能忍受孤独，要能淡泊名利，此非纸娃娃式的人物能肩负的重任。此外，上述引文也从另一侧面反应了生活的某些真谛，某种人性真实的一面。也就是像阿罗史密斯及他的导师戈特利布这类科学家耐寂寞、忍孤独、淡名利地追求科学的真理，并不是什么被迫的行为，是他们主动为之，他们乐此不疲，享受着身心的最大幸福和快乐，也获得了精神和灵魂的最大自由。他们是普通的人，追求着自己的快乐和自由；他们又是不平凡的人，从事着揭开自然奥秘、解除人类疾苦的使命。这绝不是堂吉诃德式的英雄，堂吉诃德式的英雄把个人建功立业的名誉摆在首位，其次是其方式的不可行性和不切实际性。而阿罗史密斯则是脚踏实地在走着科学研究的道路，经过了漫长的基础知识和专业知识的学习和培训，然后是实验室长年累月的无以计数的精心实验和精确演算，还有对相关各学科的专业知识不断深入的研习。可以说阿罗史密斯这样的科学家是现代科学的开路先锋，绝非堂吉诃德式的幻想者和莽撞者。

　　叙述者对阿罗史密斯是赞美的、欣赏的，但与《巴比特》的全知叙述者是巴比特的化身不同，《阿罗史密斯》的叙述者并不是阿罗史密斯的化身，他是独立的。他除了向读者报道阿罗史密斯的情况，他还用其他人物的声音向读者报道其他人的情况。安格斯·杜尔是阿罗史密斯的同学，他的功课很好，他的目标非常明确，就是做一个高薪的出色外科医生。在实验室上完戈特利布的细菌学课后，叙述者报道了杜尔边走边对另一个同学说的话：

　　　　安格斯·杜尔对一个代伽马会友说："戈特利布是实验

室里一个老而无用的家伙；他没有什么想象力；他株守在这
里，而不出去见世面享受战斗的乐趣。当然他的手很灵巧。
他有极好的技术。他本来可能是一个第一流的外科医生，每
年赚五万美元。实际上，我想他每年最多不超过四千！"①

这与阿罗史密斯的声音完全不同，但叙述者并没有对杜尔所
说的话做任何评论，更没有因欣赏阿罗史密斯而贬斥杜尔，只是
做了一个忠实的报道者。在这里，从杜尔的视角，读者看到了另
一个戈特利布。戈特利布在阿罗史密斯的眼里，是了不起的科学
家，是他崇拜和热爱的偶像。而在杜尔的眼里，却是个老而无用
的家伙，为什么无用呢？因为他穷。杜尔也承认戈特利布的本
事，但却鄙视他，为什么？因为他本可以用自己的技术去赚取高
额薪酬，过上比现在好得多的生活。杜尔的话是很有力量的，他
是用社会上流行的、认可的成功标准来评价的，可以说不是偏
见，因为它代表了大多数人的观点。叙述者不直接进行评论也是
很在理的，他如果说杜尔的话错了，反而是没理了，因为那违背
了大家认可的道理。由于没有叙述者的评价，只能由读者自己去
判断杜尔对戈特利布的判断了，不同的读者会有不同的看法。以
实用主义为目的、以赢利为成功标志的读者肯定会赞同杜尔的看
法。然而，作为读者，我们明白，叙述者其实是不赞赏杜尔对戈
特利布的评价的。通过对阿罗史密斯沉醉于实验室工作的乐趣的
描述与杜尔对戈特利布株守实验室的鄙视的话语描述的对比，叙
述者其实是开启了赞美—批评的叙述之流，呈现了不同的世界
观，拉开了赞美—批评之间的张力所呈现的局部的不稳定，并在

---

① 辛克莱·刘易斯：《阿罗史密斯》，李定坤等译，江苏人民出版社 1987 年
版，第 42 页。

此基础上建立了作品的伦理标准。其后的叙述进程就通过断裂—连接的叙述线条来表现逃逸—追求、舍弃—获取之间的得与失的赞美和批评，解决人物与社会的冲突之间的张力，以获得局部的稳定。

阿罗史密斯结束了大学及医学院的生涯，在医学院，除了学习知识之外，最大的收获有两点：一是认识了戈特利布，受到了戈特利布的实证主义科学观的影响；二是认识了文静、坚忍、朴实的西部姑娘利奥拉，并娶她为妻，这是位无论他做什么，都会永远站在他后面默默地支持他的妻子。安格斯·杜尔曾这样评价阿罗史密斯的爱情："一个聪颖的年轻小伙子，竟然与一个不能提高他社会地位的姑娘结成伴侣，世界上竟然还有马丁与利奥拉之间的这种男女爱情。"[①] 从杜尔的评论中，我们可以判断，阿罗史密斯从某种程度上说是很不成熟的，单纯的，也是脆弱的，与社会的流行规则不适宜，这也预示了他的这种伦理观在社会上必定会碰壁，由此，个人与社会的冲突烽烟四起。

果然如此，阿罗史密斯医学院毕业并在泽尼斯一家综合医院担任两年实习医生后，在利奥拉的家乡惠西法尼亚做了名乡镇医生，但他不善于让别人了解自己，做事过于耿直认真，把同行有时甚至是病人都给得罪了。于是，他远走高飞，离开了惠西法尼亚镇，应聘来到诺梯拉斯市担任公共卫生局长阿尔穆斯·皮克博的助手，并在皮克博高升后接任代理局长。阿罗史密斯想在这里一展宏图，但是，当他认真地实施有利于市民们卫生健康的措施时，又触犯了好些开业医生和一些企业团体的利益，他们开始联合起来散布各种于他不利的谣言，并上诉要求市政府免除他的职

---

① 辛克莱·刘易斯：《阿罗史密斯》，李定坤等译，江苏人民出版社1987年版，第96页。

务。而阿罗史密斯在这种社会习俗的强大阵势面前，他的能力是不堪一击的，只是他的另一种能力，他的真才实学总是有人欣赏，让他能找到安身立命的地方。马丁对他的细菌无论在哪里，总是利用一切条件，抓住一些空隙时间，因陋就简地做些研究，然后写成论文在刊物上发表。这次，马丁又离开诺梯拉斯，来到在芝加哥的郎斯菲尔德私人高级诊所担任病理医生。该诊所是由一些医学专家组成的私人组织，由他们共同投资，分享赢利，安格斯·杜尔现在已是这个著名诊所的主要成员之一。在来芝加哥的路上，经历了这几次惨败，马丁不想再进入实验室和公共卫生部门了，打算就待在郎斯菲尔德诊所，后半辈子就做个营利集团的医生，赚一切可能赚到的钱，希望自己能明智地做到这一点。可是安安静静地待了一段时间过后，他的心忍不住又被他的细菌实验吸引住了，想多少搞一点链球菌溶血素的研究，可是诊所只希望他搞点实际的研究，他觉得很为难。眼看着冲突又起，正在这时，他的关于链球菌溶血素的论文在《传染病》杂志上发表了，他把论文的复印件交给了郎斯菲尔德和安格斯，以为他们会因此高兴一点儿，而放松对他的限制，但他们不感兴趣。他也寄了一份给纽约麦格克生物研究所的戈特利布，戈特利布给马丁回了信，认为这篇论文很说明一些问题，向这位昔日的爱徒发出了热情的邀请，希望阿罗史密斯能去研究所做细菌学研究工作。于是，放弃了做个赚钱医生的想法，阿罗史密斯来到了戈特利布身边，作为一名专职人员开始了他的研究工作。来到分配给他的实验室，阿罗史密斯顿时感到踏实了，他想到再也不会有皮克博或郎斯菲尔德突然闯进来，把他拖出去向大众做解释，搞鼓吹和宣扬了，因而他满心欢喜，认为终于可以自由自在地工作了。

从温尼麦克医学院到麦格克研究所，从表面上看来叙述者让阿罗史密斯一次次扮演了失败者的角色，这种叙述进程的结果导致如马丁·赖特的"退却是阿罗史密斯的唯一救赎"、罗伯特·M.拉福特的"对理想的追求和幻灭的体验是《阿罗史密斯》的中心"的结论。① 但我们认为，潜文本下，叙述者其实是用断裂—连接的叙述线条在演绎着逃逸—追求这一民族文化进程的脉络。阿罗史密斯的一次次逃逸，另一方面也是他的一次次壮大，在舍弃的同时，是更大的收获，这是人物的成长过程。阿罗史密斯是一个英雄，但首先更是一个普通人，他诚实、正直，聪颖，机敏，坚韧，不拘常规，富于想象力、活力和激情，渴望并富有创造性的开展工作的能力。但是他也有不少的弱点，过于单纯急躁，不善表白，忽略沟通或缺少沟通技巧，缺少圆滑变通。他虽然从小就对医学、生物学感兴趣，但并不像他的同学安格斯一样事业的目标非常明确。在医学院三年级由于表现出色担任戈特利布实验室的助手期间，他曾因医学功课和实验室工作的繁忙、想念利奥拉而产生的孤独寂寞而一度变得异常紧张脆弱，在工作出现差错遭到戈特利布的批评时，竟然扭头而去，事后也拒绝向戈特利布认错。从此很长一段时间离开了戈特利布，直到麦格克研究所，阿罗史密斯才回到戈特利布身边，坚定了科学理想主义的信仰，明确了自己科学研究的目标。

叙述者就是利用这种断裂—连接的叙述线条呈现阿罗史密斯通过逃跑来认识自己和自己前一段的生活，厘清自己的生活道路，对自己与社会组合的某个编码系统进行解辖域化的。这是理想主义的召唤，也是性格中些许的实用主义成分产生的作用：逃逸此地，不必斗个你死我活，鱼死网破，退一步海阔天空。通过

---

① Robert Morss Lovett, "An Interpreter of American Life", *Sinclair Lewis: A Collection of Critical Essays*, ed. Mark Schorer, Prentice-Hall, Inc., 1962, pp. 32—33.

对上一情节的解语境化，叙述者最主要的是用"逃逸"来解决叙述进程中的局部冲突，表现人物思想上产生的"断裂、创新和新认知"的认识过程，这是刘易斯现代现实主义手法的典型显现，也是互文性于詹姆斯而贡献于马克思式现代主义理论的一个主要特征。[①] 随着人物新认知的出现，随即就是新的追求，这强烈地表明阿罗史密斯的退却不是阿罗史密斯的失败，而是他与社会某个编码系统的组合出了问题，随着与这个编码系统的断裂，由逃逸而获得了新的追求机会，连接了新的编码系统的组合，新的更有利于理想实现的机会。并且，如詹姆逊所言，"从原有语境中攫取的任何东西都可以在新的区域和环境中被'再语境化'（recontextualization）"[②]，也就是说阿罗史密斯从导致退却的行为中得到了锻炼，获得了经验，这是他的宝贵财富，断裂—连接的逃跑—追求过程，也是阿罗史密斯积累财富和转移财富、寻求发展壮大的过程。因此，阿罗史密斯变得更加成熟，更加强大，更加坚定，对自己能力和兴趣的认识更加深刻，离成长为一个坚强的科学理想主义的英雄也就更近了一步。

由此，我们看到，从断裂—连接的叙述结构中，叙述者逐步建构了一个真实、可信、丰满的英雄人物形象，一个极具个性化的人物形象。四部杰作中，唯有《阿罗史密斯》得到了批评界相对一致的认可，被授予普利策奖，但也唯有这部作品没有获得门肯的钟爱，他倒非常欣赏《阿罗史密斯》中最受讽刺的人物公共卫生官员皮克博，认为他是《阿罗史密斯》中迷人的巴比特，美国各地都可看见他的身影。他认为阿罗史密斯一个重要的失误是：他是个个性化的人物，不具有典型性，他不是一个合适的美国人。[1] 门肯的意思是阿罗史密斯不是大众化的形象人物，这种人物在美国太少。门肯说的确实不错，这种人物在美国太少，戈特利布也是这么认为的。他在学生中发现了阿罗史密斯，夜深时站到埋头做实验的阿罗史密斯身边说道："好极了！你手艺不错。啊，科学里有一种艺术——只是对少数人才有。你们美国人，你们这么多的人都充满了各种各样的想法。可是你们对这种美妙而又单调的长期努力没有耐性。……五年中我一次也没得到懂得技艺、懂得精确性、也许还具有某种对假说的巨大想象力的学生。我想你也许具有这些品质。要是我能帮助你的话——就这样吧！"[2] 门肯的埋怨从另一侧面理解，又是对刘易斯艺术成就的极大的赞扬，这一点也足以反驳批评界有关刘易斯的小说人物简单化、类型化的观点。它说明刘易斯不但能生动逼真地刻画巴比特式的典型人物形象，也能成功地塑造丰满逼真的阿罗史密斯式的个性化人物形象。

门肯坦言阿罗史密斯这样的人在美国很少见，戈特利布在五年中才能发现一个像马丁·阿罗史密斯这样具有从事科学研究品质的学生，刘易斯写作初始的目的也志在写一位"对一切生命有无限影响的医生"，而阿罗史密斯也不负众望，他用发现的噬菌体拯救了西印度群岛圣休伯特岛上染上鼠疫的无数的生命。这个岛虽然是英属殖民地，但人们心中似乎没有多少国界的概念，居民是来自世界各地的人们，这是很有全球化多元文化的象征意义的。此外，叙述者安排德国籍犹太人戈特利布做阿罗史密斯的

---

[1]　Harold Bloom, "Introduction", *Modern Critical Interpretations: Sinclair Lewis's Arrowsmith*, ed. Harold Bloom, New York: Chelsea House Publishers, 1988, p. 2.

[2]　辛克莱·刘易斯：《阿罗史密斯》，李定坤等译，江苏人民出版社 1987 年版，第 45—46 页。

科学引路人，阿罗史密斯后来在麦格克研究所所取得的每一步成功都凝聚了戈特利布的心血。另外，是瑞典籍预防医学家桑德利厄斯帮助阿罗史密斯在圣休伯特与鼠疫作战，并为此献出了宝贵的生命，与阿罗史密斯的爱妻利奥拉一起长眠在这座热带岛屿上。这种人物关系上的叙事结构组合蕴含着作者内心的一种超越国界的文化视野，再联系作品第一章开始时叙述者给予阿罗史密斯身上所流淌的多民族血脉，我们说，阿罗史密斯身上的国界也已经被解辖域化了，他的科学理想主义已经破碎了疆界的辖域，刻上了世界多元文化的烙印。

我们看到，在纵向的断裂—连接的线性叙事进程中演绎的是阿罗史密斯对自己与美国社会的医疗机构的组合的解辖域化，是马丁成长为一个坚定不移的科学理想主义者的磨炼历程；在横向的人物关系的叙事结构的组合中蕴含的是一种解辖域化的全球视野。由此，我们认为，关于全球化，《阿罗史密斯》的可靠叙述者已成功地通过这纵横交错的叙事结构，帮助作者在他的文学创作的实践中先行一步。阿罗史密斯为了不受干扰，宁愿抛弃眼前的功名利禄，退至山林也要坚持全力以赴地进行科学实验，这种事实求是、百折不挠的求索精神无疑就是当年科学家诺贝尔先生及所有诺贝尔奖获得者的真实写照。小说以马丁·阿罗史密斯与特里·威克特躺在荒林小湖里的小船上而结束，在文本的潜流中，佛蒙特荒林小船已和当年"科学疯子"诺贝尔湖上漂荡的实验小船交接在了一起。诺贝尔奖也是没有国界的，刘易斯先生在自己获得诺贝尔文学奖之前，把自己跨越国界、放眼世界的文化视野附注在了拓荒精神的传承者，世界人民的儿子科学家阿罗史密斯身上，把民族传统追求物质财富的拓荒精神提升到了对科学求是精神的追求高度，最后升华到多民族人民共同探索拯救全人类生命疾苦的境界。我们认为，《阿罗史密斯》潜文本下所蕴涵的这种全球化的多元文化元素也是长期以来为批评界所忽略的一个重要主题，它为刘易斯这部小说的研究打开了一扇新的窗口。

第五节　《埃尔默·甘特利》的自主化叙事策略

在《阿罗史密斯》中，刘易斯在从正面歌颂了坚忍不拔的科学家，旗帜鲜明地表明了崇尚科学与进步的态度后，在《埃尔默·甘特利》中，刘易斯把矛头对准了科学的对立面——宗教，对之进行了毫不留情的辛辣讽刺和攻击。

刘易斯早在1922年时，就应一位名叫威廉·史蒂杰的牧师之邀，前往底特律，并且住在他家里，详细地了解牧师和教士们的情况。只是当时刘易斯还没计划马上动手写这部小说。到了1925年底，刘易斯准备写一部关于牧师的小说了。这时，史蒂杰已搬到了堪萨斯城。他认为，堪萨斯城是刘易斯写他的宗教小说的理想的研究地点，因为这里是美国宗教活动的十字路口，他再次邀请刘易斯前往，认为刘易斯可以在堪萨斯城找到他所需要的一切素材。在堪萨斯，刘易斯在史蒂杰本人和另一位名叫L. N. 伯克亥德的牧师身上找到了他主要人物的基本特征及生平背景。刘易斯兴致勃勃，在逗留堪萨斯城期间，到各个教堂去听讲道，还在全城各个教堂，特别是在扶轮社俱乐部①、商会以及各种各样的文学组织中发表演讲，并在下榻之处开展宗教讨论会。他不仅为得到"真实的感受"而到处讲道，而且还调查了

---

①　扶轮社，系当时富有的商人领袖及专门职业者的地方联谊性组织，统一于一个国际组织之下。

该城市所有教堂的宗教活动，以及每一位牧师的公共声誉和私生活。① 这样，在堪萨斯城度过了四个来月即将离开之际，刘易斯已经为这部小说的写作做好了充分的准备，写下了长达两万字的小说梗概。在伯克亥德牧师夫妇的陪同下，刘易斯带着许多参考资料来到了明尼苏达州皮科特附近的大裴利根湖，开始了这部小说的写作。

刘易斯在《埃尔默·甘特利》以前的小说中，就已对宗教进行了某种程度的嘲讽与攻击，格雷布斯坦、赫切森等批评家对此现象都进行过讨论。赫切森指出，刘易斯对教堂的神职人员从来就没有好感，从学生时期发表在《耶鲁文学杂志》上的文章和小说中，就已表现出对宗教界的不恭和不屑。② 格雷布斯坦认为，在《阿罗史密斯》里，刘易斯主要关注科学真理，除一两个次要人物和一两段情节外，对宗教未加理会。但刘易斯在《大街》里宣称他不受通俗小说的束缚时，他抨击宗教风习与宗教伪善便趋于公开了。在《巴比特》中，他已加大了对宗教的攻击力度，如他介绍的一次要人物迈克·门代就是在《埃尔默·甘特利》中所详尽发挥的漫画手法的雏形，只是在后者中对之进行了更加猛烈的抨击。③ 当然，这种攻击无异于重磅炸弹，其表现的强大摧毁力在当时的社会掀起了轩然大波。小说出版后的头十个星期就销售二十万册，而且引起众多事端。堪萨斯城有两名牧师在讲道坛上辱骂刘易斯，声称他们就是小说主人公

---

① 马克·斯高勒：《跋》，辛克莱·刘易斯《灵与肉》，陈乐等译，湖南人民出版社 1988 年版，第 728 页。

② James M. Hutchisson, *The Rise of Sinclair Lewis: 1920—1930*, Pennsylvania: The Pennsylvania State University Press, 1996, p. 128.

③ 谢尔登·诺曼·格雷布斯坦：《辛克莱·刘易斯》，张禹九译，春风文艺出版社 1994 年版，第 96—97 页。

的原型。同时另有一位牧师因《埃尔默·甘特利》在新泽西提出诉讼，要监禁刘易斯，刘易斯可能因《埃尔默·甘特利》而被撵出美国的预言一时似乎会成为事实。① 宗教界、批评界和普通读者分成了鲜明的两派，反对者认为刘易斯不是在攻击某一个人物埃尔默·甘特利，而是在攻击、污蔑整个的宗教界。赞成者认为，刘易斯所说并不过分，他揭露的只是宗教界久已存在的堕落和伪善。大部分的争论围绕的只是小说中所塑造人物的真实性问题，而忽略了对小说的艺术性的探讨。

当时，唯一没有提出问题的是门肯，他以非常激奋的心情看待这部小说，这正是他早就期待的力作。他认为人物的塑造是真实可信的，刘易斯已避免了使小说成为"只是一种激烈的讽刺文章"② 的易犯的错误，他把刘易斯的艺术技巧与伏尔泰相提并论。门肯说刘易斯"把动物都煽动起来了"③。

而作品发表八十年后的今天，批评家们对《埃尔默·甘特利》给予了一致的肯定。里查德·拜瑞恩认为，刘易斯是一个认真的学生和观察者，埃尔默·甘特利在 21 世纪的美国，仍然具有重要的意义。④ 林奇曼认为，刘易斯有一种远见，他是在推测，如果原教旨主义者获得了调整美国的道德、艺术和教育的权利的话，未来可能会发生的事情。甘特利的个人的目的是成为美

---

① 谢尔登·诺曼·格雷布斯坦：《辛克莱·刘易斯》，张禹九译，春风文艺出版社 1994 年版，第 104 页。

② 转引自 Hutchisson, *The Rise of Sinclair Lewis: 1920—1930*, Pennsylvania: The Pennsylvania State University Press, 1996, p. 162.

③ 转引自谢尔登·诺曼·格雷布斯坦《辛克莱·刘易斯》，张禹九译，春风文艺出版社 1994 年版，第 104 页。

④ Richard Byrne, "The good book: the America portrayed by Sinclair Lewis in Elmer Gantry used to be a distant memory. But the novel's surprising lessons are relevant again", *The American Prospect* 16. 3 (March 2005): 57 (2). Academic ASAP. Gale. International Web Demo (Gale User). 19 AUG. 2007.

国道德的独裁者——美国教皇。而很少有评论家认真看待刘易斯的这一想象力，或者即使看到了，也只是把它视为荒谬的，是刘易斯的无神论的怒气的最后发泄。但其实这是刘易斯设计的一种最坏的案例，一种原教旨主义的最坏的一面的反乌托邦的想象：原教旨主义对自由思想的敌对，对强调遵守困苦的《旧约全书》道德的强烈欲望。①

从对《埃尔默·甘特利》众多的评论中，我们可以看到，批评家们更多的是从小说的意识形态的角度上的批评，对小说的艺术性的分析批评并不多见，从笔者所掌握的资料看，更未见从叙事学的角度对作品的艺术质量进行分析。刘易斯是以《巴比特》而获得诺贝尔文学奖的，但 H. L. 门肯、T. 沃尔夫和其他一些批评家却认为《埃尔默·甘特利》是刘易斯最杰出的作品，而更多的批评家，如斯高勒，甚至包括对《巴比特》赞赏有加的著名英国女作家丽贝卡·韦斯特则认为这部小说是刘易斯最糟糕的小说，为什么结论如此大相径庭？我们且从詹姆斯·费伦的修辞叙事理论的角度，结合 F. R. 詹姆逊的文化理论，通过文本细读，在本节中，首先对《埃尔默·甘特利》的叙述手法进行分析。

非常有意思的是，刘易斯作品的叙事缺少冲突，几乎是不争的事实，但其作品的面世却往往引起批评界的最大冲突。之所以往往存在充满悖论的评价，一个主要原因是，即使赞赏刘易斯的批评家，也往往还没能挖掘出刘易斯小说独特的叙事技巧，也因为刘易斯一部接一部的力作对社会的冲击力度太大，使得批评界无形中也忽略了对其艺术性的探讨，而集中于人物的真实性的模

---

① Richard Lingeman, *Sinclair Lewis*: *Rebel from Main Street*, New York: Random House, p. 306.

仿成分的探讨，尤其对《埃尔默·甘特利》这部小说更是如此。斯高勒认为刘易斯的《埃尔默·甘特利》是"一种松散的片段编年史，显得缺少可确定的情节压力，没有关于所有的行为被有序组织的主要冲突"，这话有它的道理，也获得不少批评家的认同；但门肯的《埃尔默·甘特利》"把动物都给煽动起来了"的评论也同样获得评论界的认同。一部严肃题材的小说达到了"把动物都给煽动起来了"的效果，没有高超的叙事技巧显然是不可能的。

　　我们认为，刘易斯的《埃尔默·甘特利》对传统的小说叙事创作进行了改进，他摒弃了"冲突"这一小说创作的关键因素，也打破了完整的"情节"概念，"冲突"和"情节"都让位与了人物埃尔默·甘特利对自我行为和思想的解辖域化，也就是"人物的自主化"。F. R. 詹姆逊说："在把现代主义设定在不同语境里的过程中，我发现依据自主化看待这个特殊过程很有趣和富有成效：以前属于一个整体的各个部分现在变成独立和自足的了。这是在《尤利西斯》的各个章节和次要情节中看到的情形，也见于普鲁斯特的句子。"[①] 按照 F. R. 詹姆逊的文化阐释概念，埃尔默的最大特点是他的独有的对自我认知的快速解码，对自我行为的再叙事化，他用他自认为是公理的东西破解基督宗教和社会公德的编码系统，而为自己建立起一套独立和自足的自主化的观念规则。特拉西的《观念学要素》道："人……当他转回到自身并开始反思时，他就为自己的判断规定规则，这就是逻辑学；为他的话语规定规则，这就是语法；为他的欲望规定规则，这就是伦理学。他那时认为自己已到达

---

　　① F. R. 詹姆逊：《文化研究和政治意识》，王逢振主编，中国人民大学出版社2004年版，第356—357页。

了理论的顶峰。"①埃尔默的自主化话语权就是这样建立的：一遇到与他人他事的冲突，他就转回到自身并开始反思，然后为自己的自私判断和邪恶欲望规定规则，建立起自己的逻辑学和伦理学，并借此获得了权威的话语权。也就是把社会公德转换成了他的自我公德，这就是他的自主化，将其自身的逻辑既凌驾于个体神学家和个体教民之上，又凌驾于整体的宗教教义和布道的逻辑之上。全知模式的叙述者就通过人物埃尔默·甘特利在叙事语境中不断的自主化，串联起了连接—断裂的叙述线条，获得了把"动物都给煽动起来了"的独特艺术效果。

我们来看第一部分中埃尔默对鲁鲁事件的自主化处理过程。埃尔默还在米兹帕神学院读书时，第一次被院长派到离学院 11 英里远的休恩海姆乡下教堂，主持那里的星期天布道和礼拜仪式。在那里，他认识了教堂执事漂亮的小女儿，也是他的教民鲁鲁，便想尽办法诱惑了她。事后，当鲁鲁提出他们什么时候结婚时，震惊之余，他感到一种无名的厌恶，搪塞了鲁鲁后，逃回了自己的房间。

埃尔默面有病色地坐在自己的床上，他愤愤地抱怨道："该死的畜生，我怎么会走得这么远呢？啊哈！我原以为她还会抵抗的，啊哈！真不值得冒这么大的风险。啊哈！她蠢得就像一头母牛，这个可怜的小宝贝！"②埃尔默宽厚待人的慈悲胸怀又重新使他心平气和了。"真替她感到难过呀，可是，上帝啊，她太软弱无力啦，这确实是她的过错。可是——啊！我也是一个傻瓜呀！不管怎么说，每一个人都得行得直立得正，都得诚实地正视

---

① 转引自福柯《词与物》，莫伟民译，上海三联书店 2001 年版，第 113 页。

② 辛克莱·刘易斯：《灵与肉》，陈乐等译，湖南人民出版社 1988 年版，第 191 页。

自己的过错，我有悔过自新的勇气。"①

于是埃尔默便可以心安理得地进入梦乡了，他一面为自己的美德感到自豪，一面几乎也原谅了鲁鲁。

作为作者的读者，我们知道，埃尔默诱惑玩弄了鲁鲁，他只是暂时填充一下自己的欲望。而鲁鲁姑娘却认为这位外表高大魁梧、坚强有力、声音洪亮、显得很有才华的年轻牧师是真的爱她，他们已是热恋中的情侣。她认为他们结婚是理所当然的事情。而埃尔默是拿定了主意现在不结婚："如果他现在结婚的话，那可就会限制了他今后在教堂的神职上的迁升。而且不管怎么说，他也不愿意娶这只毫无头脑的傻乎乎的小鸡，这个傻小妞将来绝不可能帮助他赢得那些有钱的教区居民的尊敬。"② 面对鲁鲁提出结婚一事，埃尔默进行了反思。从反思中，他判断出他和鲁鲁之间的事情，是鲁鲁的过错，是她没有抵抗、她太软弱而造成的。自己的过错则是冒不得不娶鲁鲁的风险是不值得的。反思过后，他建立的伦理学结论是：他有承认自己错误的勇气，一面为自己的美德感到自豪，一面几乎原谅了鲁鲁。从这一番逻辑推理中，他获得了新的话语权：是鲁鲁的过错，因此他不必要承担与她结婚的后果，倘若以后自己什么时候还需要鲁鲁的话，也是可以的，那是因为他也具有原谅怜惜别人错误的美德。这就是牧师埃尔默的德行，他的兀然独立的自主化过程。他解构了社会上男女之间真诚相爱、坦诚相待的社会基本伦理，解构了神职人员应该对教民真诚帮助、爱护，以及应追求道德上的纯洁和至善至美的基本宗教伦理。他就以他自主化了的公理为武器，理直气

---

① 辛克莱·刘易斯：《灵与肉》，陈乐等译，湖南人民出版社1988年版，第191页。

② 同上书，第190页。

壮、慷慨激昂地去处理男女之事，处理与教民和同事的关系，也包括与上帝的关系，以此开拓他的世界，去宣扬美德，谴责邪恶和亵渎上帝的罪行。在小说叙事中，全知叙述者就运用埃尔默·甘特利的这种思想意识的自主化，串联起了连接—断裂的诸多叙事线索。

我们看到了最重要和最致命的自主化就是：埃尔默每每通过这种自主化而给自己注入了新的巨大活力，并用此做武器取得了几乎战无不胜的战绩。他对基督教和社会文化公德的编码系统进行破解，然后将其释放出来，建构起了新的更具功能性的自主化观念组合。在与鲁鲁的事件中，经过了他的自主化过程后，他更加肆无忌惮地操纵和控制着鲁鲁的感情，最后，在背后使用伎俩，牺牲了鲁鲁的感情和名誉，成功地使自己在公众面前成为一个受到未婚妻背叛、孤独凄凉、对爱情认真的小伙子的角色，堂而皇之地摆脱了与鲁鲁的关系，离开了休恩海姆教堂。眼看即起的冲突就这样在人物的自主化中消失了，情节得以在自主化中演绎，冲突得以在自主化中化解，稳定与张力在自主化中得以平衡，而埃尔默也变得更加嚣张和强大了。

人们通常认为，现代主义和后现代主义最大的区别就在于：现代主义是以"自我"为中心，遵循以自我为中心的创作原则，将认识精神世界作为主要表现对象；而后现代主义是以"语言"为中心，倡导以语言为中心的创作方法，高度关注语言的游戏和实验。[①] 而埃尔默的不断"自主化"是在以"自我"为中心的前提下的一种语言游戏，是对代表主流文化的正义和公理的一种解构和逃逸，事实的真相、埃尔默的流氓嘴脸就在他的这种自主

---

① 刘象愚等：《从现代主义到后现代主义》，高等教育出版社2006年版，第21页。

化中烟消云散了。除了埃尔默自己，小说中其他人物对真相一无所知。而作为读者的我们是知道的，读者期盼着埃尔默得到公正的处罚或者什么时候天良未泯，受到上帝的感召，而改邪归正。可是，《埃尔默·甘特利》的叙事并没有按读者的期待视野发展。

埃尔默也有受惩罚的时候。一次是在巧计逃逸休恩海姆教堂后，作为"受害者"，他从神学院院长手里获得了在周末到莫纳克城的一座教堂做牧师的机会。在去莫纳克城的火车上，他隐瞒自己牧师的身份，与一伙放荡不羁的农具公司的推销员打得火热，下了火车后，与他们一起吃喝嫖赌，饮酒作乐，把教堂会众等着他去主持复活节仪式的事忘得一干二净。院长派人去找他，正好看见了他花天酒地的一幕，于是，他被神学院开除了。另一次是在埃尔斯·里德尔夫人的"纽约胜利思想力总部"工作了一年，因私自扣用所募捐款而被开除。可两次被罚，对埃尔默的伦理观念没有任何触动和影响。在投靠了美以美教会后，他很快就平步青云起来。这时埃尔默的自主化已越来越灵巧圆滑，解码和编码的过程已经糅合到了一起，达到了"在瞬间的反观中将其投射出去的能力"。而由埃尔默自主化的过程所串起的断裂——连接的叙述线条，也随之变得越来越隐秘。这根隐秘的线条现在完全由埃尔默那越来越膨胀的私欲和野心牵制着。

弗兰克·沙拉德是埃尔默在神学院的同学，他博览群书，正直、善良，痛恨一切伪善的行为，身为牧师，却对圣经教义产生了越来越大的怀疑，从而让自己陷入了无名的烦恼中。他的一位牧师朋友一次碰到埃尔默时，想到弗兰克与埃尔默是老同学，就跟埃尔默提起这事，想要埃尔默好好地去开导一下他的老同学，别让弗兰克为一些信仰的问题而发愁。而埃尔默一听，马上就想到了这是打击弗兰克，从而把他所属教堂的一个叫做斯苔尔斯的有钱的教友拉入自己教堂的一次绝好机会。于是，他设计诱惑，层层进逼，迫使弗兰克最终辞职离开了教堂。他雇人去弗兰克的教堂记下弗兰克的讲道词，断章取义地利用其中一些言辞制造舆论，首先达到了一个这样的初步目的："在不到一个月的时间里，弗兰克就使泽尼斯的公民们发疯了，因为他在讲道坛上声称，虽然他赞成节欲，但他却并不赞成禁酒；他还声称反酒店团的那些措施实在是一个游说意愿者的卑鄙无耻的措施。"① 然后，在他的题为"伪牧师——不管他们是谁"的讲道中，埃尔默激情地对教民们说："弗兰克·沙拉德是一个说谎者、一个傻瓜、一个他曾经在神学院竭力帮助过的忘恩负义的家伙，和一个正想把基督从这个多灾多难的世界上偷走的贼。"② 最后，在他安排的一个晚餐桌上，他盛气凌人威逼利诱让头脑简单的弗兰克说出了不相信耶稣基督是一位神的话。抓住机会，埃尔默趁机驳斥道：

> "'神秘的崇拜需要'！'不可知的向善力量'！没完没了地搬弄字眼！索然无味的诡辩！难道这就是你的宗教信仰吗！我们有这样一位荣耀无比而又实实在在的耶稣基督，你为什么不崇拜，为什么不信仰呢？"埃尔默咆哮道，"请原谅我，先生们，请原谅我的冒昧，可是，即使我不是一名牧师，而只是一名谦卑而虔诚的基督徒，当我听到一个家伙说他能如此有把握地把整个文明世界信仰了无数世纪的基督扔出窗外去的时候，我便不能不觉得恶心了，恶心得简直都要

---

① 辛克莱·刘易斯：《灵与肉》，陈乐等译，湖南人民出版社 1988 年版，第637 页。

② 同上书，第 638 页。

呕吐！他竟然还想用一大堆像肥皂泡一样的字眼来取代基督
呢！请原谅我，斯苔尔斯先生，可是不管怎么说，宗教毕竟
不是儿戏，如果我们愿意把自己叫做基督徒的话，我们就必
须承认已经证实过的上帝这一事实。请原谅我。"

"不必客气，甘特利博士，我知道你现在的感受。"斯
苔尔斯说，"虽然我决不是宗教权威，但我的感受跟你却是
一样的，而且我想另外几位先生大概也有同感……现在，沙
拉德，你完全可以自由地发表你的见解，但是，我们的讲道
坛上是决不允许你胡说八道的！你为什么不趁早辞了职呢，
难道非要等我们来一脚把你踢出去吗？"①

过后，埃尔默乘机让斯苔尔斯投入了自己的教堂。

在这里，叙述者让埃尔默在小说世界中的公众面前继续扮演
着捍卫宗教的纯洁、一切为教民着想的一位正直、卓越的牧师形
象。作为作者的读者，我们早已知道，埃尔默是个劣迹斑斑、厚
颜无耻的十足的流氓无赖，现在更是一个玩弄权术、愚弄公众、
肆无忌惮的野心家。而他却常常能在布道坛、演讲厅、各种集会
等场合不但是面不改色心不跳而且是激情满怀地歌颂美德、谴责
罪恶，展示自己对上帝及其教民的热爱与忠诚。他把符合自己嘴
脸的一切道德败坏的恶毒言辞，"正义凛然"地用在了弱小善良
的人们身上，而经过他编码糅合后的叙事语境是如此强大，以致
斯苔尔斯原来认为他的牧师弗兰克是个循规蹈矩、令人尊敬的
人，却经不住埃尔默人前人后的话语的煽动，联手埃尔默，赶走
了自己的牧师，并加入了埃尔默的教堂。斯苔尔斯是个富翁，与

---

①　辛克莱·刘易斯：《灵与肉》，陈乐等译，湖南人民出版社1988年版，第
638页。

一般人相比要有头脑，他况且如此，其他普通教民，更是难挡埃尔默的语境压力。

在整个的叙述过程中，叙述者主要被限制在报道的功能上，叙述流就沿着主人公埃尔默·甘特利的自主化语境流淌伸展，而读者也在埃尔默的解码编码中，看到了一个颠覆正义、美德的宗教流氓混迹神坛、操纵民众，成为宗教领袖的全过程。叙事的发展，与读者的期待确实相差太远，最让读者感到着急难受的是小说世界中的教民们不但没有识破埃尔默的流氓嘴脸，而且在埃尔默的自主化进程中，对他愈加信任和爱戴。埃尔默自主化的煽动性越大，读者所感受到的压力也越大，也可以说达到了白热化的程度，在文本世界和读者的世界中形成了一个巨大的张力，横亘在读者面前，压得读者几乎喘不过气来。像上述埃尔默对弗兰克行为的指责，说他恶心得简直要呕吐，看到这里，作为读者的我们，真的要恶心得呕吐了。但当然与埃尔默声称的恶心是完全不一样的。是对埃尔默如此煽动性的、伪善到极点的煽情的恶心呕吐。叙事语境营造到这种程度，叙述者还是不显山不露水地只管报道，没有解释或者评估一下，没有情节冲突来缓解一下读者所承受的叙事压力，隐含作者可以说为了叙事效果对读者显示出了某种忽略和粗鲁的态度。这时读者是多么希望有什么人或者力量来与埃尔默相抗衡啊？哪怕戳穿他，对他痛骂几句也行啊，就是没有。埃尔默的形象越来越高大，眼看着将给他以致命一击的海蒂事件反而使他力量更加强壮，一直到故事结尾，埃尔默在他的挤满教堂的教民面前做着他的虔诚而诱人的祈祷：

> 啊，上帝啊！您从您那高贵庄严的宝座上躬下身来，把您的奴仆从魔鬼撒旦的雇佣兵的攻击下解救了出来！我们千恩万谢地感激您，是因为得救后我们又能继续为您工作了，

我们仅仅只为您效劳！我们将更加坚持不懈、更加热心虔诚地追求道德上的纯洁和至善至美，永生不停止祈祷，永享摆脱了一切诱惑的快乐！

　　这时，就连已对他恶心到极点的读者从他的话语中几乎也辨不清经他邪恶的心灵自主化后流淌出来的话语中的邪恶与美德之别了。这就是刘易斯运用人物自主化作为叙述手段所产生的"把动物都给煽动起来了"的艺术效果。但读者也知道，同时感觉到，其煽动性越大，其所构建的叙事情境的压力也就越大，直到其叙事所蕴涵的对美国宗教界的辛辣批判和讽刺达到了极点。刘易斯就是这样用人物的自主化取代了通过戏剧化情节中的冲突来推进小说发展的常规叙述技巧，生动地叙述了早已成为美国文化历史陈迹的宗教活动，书写了独特的文化叙事，在取得高度艺术性的同时更获得了巨大的社会文化意义。

小　结

　　刘易斯小说融合了现实主义、现代主义和后现代主义特征的"现代现实主义"的反叛的文化叙事特征及其多元化的叙事策略是与"集理想主义和实用主义于一体"的文化特征的"逃逸"的表现形式巧妙地嵌合在一起的，由此建构了连接—发展—断裂—连接的多元叙述线条和具有多元特质的全知叙述者。刘易斯通过他的"多元"叙述者的叙述所创造的作品不但具有反映社会现实的真实性、客观性等现实主义文学最重要的因素；其所呈现的强烈的反叛传统、标新立异的精神却也包含了现代主义的某些内核；而作品开放的形式，叙述视角的转换，消解深度的描写，事件的拼贴组合方式，强烈的反讽，断裂的线性结构，却又体现了后现代主义的特征。多元叙述线条是现代现实主义的基本特点，也是四部小说的共同特点，多元叙述线条在小说所呈现的不同社会语境中，又演绎出了各自独特的多元化的叙事策略。分别体现为：在《大街》的叙事中，表现为一种"异质化"的叙事策略；在《巴比特》中，表现为一种"肖像化"的叙事艺术；在《阿罗史密斯》中，表现为一种"解辖域化"的叙事手法；在《埃尔默·甘特利》中，作者创造性地运用了一种"自主化"的叙事艺术。这种多元化的叙事手法是刘易斯小说如此出色、产生巨大影响的重要原因。以往人们通常认为刘易斯的小说缺少艺术性或艺术性低劣，或者认为刘易斯小说是现实主义和讽刺文学这两种文体的矛盾杂糅，现代现实主义的叙事特征及其多元化的叙事策略的揭示弥补了人们对刘易斯小说艺术性认识的不足，表明刘易斯小说不是缺少艺术性，也不是艺术性低劣，而是极具前瞻性的高超的叙事艺术作品。由此，本书为刘易斯小说艺术的探索提供了一个崭新的视角，同时，刘易斯小说中反叛传统的叙事艺术技巧也是对小说叙事艺术的贡献。

第三章　刘易斯小说中主要人物所表现出的文化特征

关于美国的民族文化特征，迈克尔·卡门概述了一些世界著名学者在经过对美国长期的观察和思考后做出的评论。（1）亚里克西斯·德·托克维尔认识到：个人主义与理想主义、服从大局和物质主义都是美国风格的特性。（2）詹姆斯·布赖斯也发现：美国人是摇摆不定的人，美国人也是保守的人。（3）研究美国文化的学者深受布赖斯和托克维尔这两位大师的影响，评论说种族歧视、市民腐败和暴力就像平等、道德和法律原则一样，同样是美国的传统。他们注意到：美国人比其他人更容易自鸣得意、沾沾自喜，但更严于律己、易受良心责备；美国的道德双重性把对个人物质繁荣的强烈关注、公共道德周期性更新的倾向和宗教热情联系在一起。（4）乔治·桑塔亚纳发现美国人是“从事实践的理想主义者”。（5）范·怀克·布鲁克斯在他对美国文化状况的第一份报告中，发现美国人坦然接受这样一对价值观：高尚的理想和专为赚钱的现实。于是，迈克尔·卡门总结出：美国人的思维中并行着拉尔夫·沃尔多·爱默生的超验主义潮流和本杰明·富兰克林的务实主义潮流。[①] 美国

---

① 迈克尔·卡门：《自相矛盾的民族：美国文化的起源》，王晶译，江苏人民出版社 2006 年版，第 84—85 页。

的著名诗人罗伯特·弗罗斯特也得出了同样的结论，他曾经向肯尼迪总统提出过这样的建议："你必须同时拥有实用主义和理想主义。"[1]

实用主义（pragmatism）是对美国文化特征的一种哲学理论概括，它也是刘易斯小说中那些时尚、得意、富足的人们常抱持的一种生活态度。从辞源学上分析，实用主义来源于希腊文（pragma），意思是行动、行为。作为一种理论，实用主义系查尔斯·桑德士·皮尔斯首先提出。皮尔斯明确论道：判断一个概念的意义，我们应当做的是"考虑一下，我们概念的对象，在实际意义上可能有些什么效果。这样的话，我们关于这些效果的概念就是我们关于这个对象的概念的全部"。这就是人们所谓的"皮尔斯原则"，它成为实用主义的基本原则。[2] 威廉·詹姆斯和约翰·杜威进一步发展了实用主义，使其真正立足于美国的哲学舞台，并成为国际性的哲学思潮。詹姆斯的《实用主义》（1907）一书系统地论证了实用主义的主要原理，把实用主义概括为一种科学方法和真理论。詹姆斯认为："实用主义方法并不表示任何特别的结论，而只表示确立方向的态度。这种态度不理会第一事物、原则、'范畴'想象的必然；而是看重最后的事物、结果、后果、事实。"[3] 他认为，世界上不存在绝对真理，真理决定于实际效用，适合于时代环境而有效用者，即是真理。杜威进一步发挥詹姆斯的思想，把实用主义基本理论具体

---

① 迈克尔·卡门：《自相矛盾的民族：美国文化的起源》，王晶译，江苏人民出版社 2006 年版，第 217 页。

② 转引自徐积平《实用主义与实践唯物主义》，博士学位论文，苏州大学，2005 年，第 21 页。

③ 威廉·詹姆斯：《詹姆斯文选》，万俊人、陈亚军等编译，社会科学文献出版社 2007 年版，第 224 页。

运用到其他科学，特别是教育中。杜威认为，全部教育都是通过个人参与到本民族的社会意识之中进行的。这个过程几乎从人出生之时起已开始无意识地进行，不断形成个人的能力，使他的意识逐渐充实，形成他的习惯，训练他的思维，激起他的各种感觉和情绪。通过这种无意识的教育，个人逐渐开始分享人们已积累起来的智力资源和道德资源。他变成文明储备金的基础者。①

　　而实用主义哲学理论之所以能在美国产生是有其独特的历史文化背景的。强调行动和效果的实用主义的产生和发展与美国人的思想观念、行为准则和价值取向紧密相连。一批批的美国移民离开母国，为追求自由和财富漂洋过海来到北美大陆，在激烈的生存竞争中，在长期的艰苦奋斗中，形成了一种勇于冒险的开拓精神、自强不息的拼搏精神以及面向实际注重实效的实干精神。而讲究实际注重实效的价值取向是开拓精神和拼搏精神等一切美德的出发点和终点，惟其如此，才能在陌生的土地上生存下来，才能实现脱离母国、逃奔异国的目的。富兰克林的《穷理查历书》和《自传》就是这种实用主义哲学的典型体现。历书中的杂文格言等内容涵盖十分广泛，但"实用"、"实效"及"勤劳致富"的思想是贯穿整个历书的宗旨。"像'时间一去不复返'、'节约一便士就是赚得了一便士'、'上帝帮助那些帮助自己的人'、'早睡、早起会使人健康、富裕和聪明'等格言和其他很多类似的陈述在富兰克林所编的历书上随处可见，既幽默风趣，又极富实用教育意义。"②《穷理查历书》为富兰克林带来了丰厚

---

　　①　约翰·杜威：《杜威文选》，涂纪亮编译，社会科学文献出版社2006年版，第390页。

　　②　常耀信：*A Survey of American Literature*，南开大学出版社1990年版，第42页。

的经济效益，而历书中刻画的"穷理查"形象，也成了当时美国理念的文学化身，达到了富兰克林所倡导的"美德"是为了产生"实效"的目的。在《穷理查历书》中所传达的基本信息在《自传》中得到了更加生动全面的体现。马克斯·韦伯是这样评价富兰克林的："富兰克林所有的道德劝诫如今都转向了功利：诚实是有用的，因为它带来信用，守时、勤奋、节俭都是如此，因而都是美德……当我们在他的自传里读到他'皈依'的那些美德故事，以及他严格地保持简朴的外表、刻意隐瞒自己的功绩以博得谦虚的美名的故事时，就必然会得出这样的结论：对富兰克林来说，那些美德，和所有其他美德一样，只有当它们对个人有用时才算是美德。"①

　　富兰克林的这种"美德"和"实用"的结合，无疑是美国实用主义哲学产生的端倪，体现了一种实用的个人主义，历史学家丹尼尔·布尔斯廷就说过："美国实用主义的传统起源于本杰明·富兰克林。"② A. T. 鲁宾斯坦也认为："富兰克林的《自传》和《穷理查历书》为全新的美国提供了一个民主的、悠闲的、实用的个人主义的典范。"③ 这种典范作用日累月积，逐步融进了民族发展的血脉中，成为美国文化不可缺少的重要组成部分。

　　此外，超验主义也是美国文化精神的重要组成部分。超验主义产生于美国 19 世纪三四十年代，是具有深远影响的一股浪漫

---

① Max Weber, *The Protestant Ethic and the Spirit of Capitalism*, trans. Talcott Parsons, Shanghai: Shanghai Foreign Language Education Press, 2004, p. 20.

② Daniel J. Boorstin, *The Image*: *What Happened to the American Dream*, New York: Atheneum, 1962, p. 212.

③ Annette T. Rubinstein, *American Literature Root and Flower*: *Significant Poets, Novelists & Dramatists, 1775—1955*, Beijing: Foreign Language Teaching and Research Press, 1988, p. 16.

主义改革思潮，其基本精神是挑战传统的理性主义和怀疑论哲学，特别是挑战作为清教主义理论基础的加尔文教思想，它表示超越或独立于经验的人类天性。超验主义思想是东西方文化相结合的产物，它受到德国的康德、费希特、谢林等人的唯心主义和神秘论的影响，也受到英国浪漫主义文学及中国、印度等东方民族的古典哲学思想的影响。① 超验主义强调人与人之间的平等，认为人人都能通过内省发现自己心中的神性，来认识上帝，而不需要借助于《圣经》、教会、牧师等中介，从而表达了对一切宗教和世俗权威的怀疑。这种神性可以在一种神秘的状态下达到与人的天性的融合，也可以通过接触发源于"超灵"并体现在自然中的真善美三位一体而获得。这一思想在爱默生的代表作《自然》以及其他一些讲演和论文中，得到了最具代表性的表述。

拉尔夫·瓦尔多·爱默生是19世纪美国最重要、影响最深远的超验主义思想家。首先，爱默生的自然观吸收但是超越了英国浪漫主义诗人的自然观。爱默生的自然不是人们在湖畔田野中寻求到安慰和宁静的自然，也不是人们的灵魂和情感在自然中得以净化的自然，爱默生的自然是人心灵中的自然，自然之美实际是人心灵之美，这种美，超越了人们感官的认知限度，因而是"超验"的。对于爱默生来说，这种心灵与自然的呼应需要仰赖于一种"精神"才能实现，而这一精神，也就是他所说的"将自然通过我们的心灵展现出来"的"最高存在"，也即人们心中的上帝。

其次，爱默生颠覆了加尔文教的上帝的概念。加尔文教认为人类是堕落的，上帝拥有绝对的权威。爱默生在讲演中公开认为

---

① 刘海平等：《美国文学史》第1卷，上海教育出版社2000年版，第272页。

没有必要参加周日的教堂礼拜，公然号召人们"写出你们自己的《圣经》"。在其超验主义的逻辑中，每个人通过自然就可以使直觉与其心中的"超灵"结合，因而也就没必要求助于他人他物，不用求助于加尔文教的独断专行的上帝。上帝就在每个人的心中，因而只要反求诸己，便可显现心中之上帝。第三，爱默生提出并强调个人主义的重要性。爱默生强调人的自立和独立精神，反对任何限制个人独立发展的社会机构，为了使个人发展不受限制，爱默生自己不参加任何政治或团体。他认为，个人是最神圣的，国家政府不能束缚个人的发展，任何既有的思想观念也不能束缚个人的发展。由此，超验主义哲学直接撑起了个人主义的基本框架。"在爱默生的个人主义思想看来，普遍性只有当它以每个个人的特殊性的形式出现时才有意义。社会或任何其他机构化了的组织，也只有当其成员是一个个具体的、独立的个人时才具有最理想的形态和功能。整个社会的发展与进步，以每一个人的发展与进步为标志。"① 拥有个人的自由和独立可以说是美国的第一批移民在从自己的母国逃逸时就怀抱的理想，爱默生强调个性和自立，对于维护民族文化独立乃至整个社会的政治、经济和文化的发展都具有积极的意义。

富兰克林的人生及其《自传》所体现的以个人奋斗、个人的诚实守信而发家致富为核心的实用主义，同爱默生、梭罗等提出的建立在超验主义原则上的个人主义（理想主义）一起，构成了美利坚民族"集实用主义和理想主义于一体"的文化特征的精神核心。这一典型的民族文化特征在刘易斯《大街》等四部小说中的主要人物身上得到了充分体现。

① 刘海平等：《美国文学史》第 1 卷，上海教育出版社 2000 年版，第 285 页。

第一节　卡萝尔的实用—理想主义

在《大街》中，主人公卡萝尔还在大学时就有了这样的理想："要到草原上的某个乡镇去工作，以便使它变得美丽起来……为什么大家都到长岛去新建那么多的花园住宅区？可就是没有人为咱们西北部这样丑陋的乡镇做点事情，除了举办什么复兴布道会和建立收藏埃尔西儿童读物的图书馆。我可要使每个乡镇都有街心花园和绿色草坪、小巧玲珑的房子和漂亮的大街。"[①]后来，在与肯尼科特谈恋爱时，也经常受到肯尼科特的鼓动，要去帮助改造戈弗镇的面貌。卡萝尔婚后同丈夫来到戈弗镇，看到了大街的丑陋后，决心要坚持自己的理想，插手管管大街的事情，使它变得美丽起来。在连接—发展—断裂的多元叙述线条下，叙述者在呈现卡萝尔改革大街的一系列事件中，显示了卡萝尔所具有的以理想主义为主同时又兼有一些实用主义的"实用—理想主义"的文化特征。

一　鲜明的自我意识

卡萝尔在大学时就怀有献身乡镇建设事业的美好理想。来到戈弗镇，应该说可以大展宏图了。可是，一到戈弗镇，还没有开始行动之前，她就因是个新来者，言行举止与大街人不一样，已成为被人暗地里讥笑的对象，一举一动都受到大街人的窥视，更谈不上要改造大街人了。这让卡萝尔苦恼沮丧了好一段时间。但是，"她的'改革'计划，她要美化那条不堪入目的大街的心愿，尽管模糊不清，她却一定要付诸实现。而且她的决心很

---

① Sinclair Lewis, *Main Street*, England: Penguin Books Ltd, 1985, p. 13.

大！……但是她的这个革新运动究竟何时开始，又从何处着手，她自己心里连个谱也还没有呢"，虽然"她是个满脑子想着工作的女人，但她偏偏没有工作可做"①。从叙述视角上看，"她是个满脑子想着工作的女人"是全知叙述者聚焦于卡萝尔后对卡萝尔作出的评论，但从叙述声音来看，也似卡萝尔对自己的总结和赞赏。从表面上看，叙述者似乎采取了中立的立场，在向读者如实地报道他的看法，但作为读者，我们分明也读到了潜文本下叙述者传达的来自当时社会习俗的声音："作为一个女人，不应该满脑子想的是工作。"按照当时戈弗镇的习俗，作为本镇医生太太，卡萝尔管理好家务，照顾好丈夫就行了（当然，生了孩子后，还要照顾好孩子）。有闲暇时，上上礼拜堂表示一下对上帝的虔诚，然后是去妇女读书会和桥牌会凑凑热闹、附庸一下风雅，这样的日子也就别提有多悠闲和自在了。可卡萝尔就是不吃这一套，而且对自己有着工作的热情还保持着颇为欣赏的态度。

这种态度支撑着她的改革理想和信念，使她内心积聚着一股巨大的勇气。

她又在冥思苦想，而且要比最近几个星期里所思考的更加严肃认真。

她又回想到自己曾经立志要改变这个小镇——要唤醒它，激励它，"改造"它。如果说站在她眼前的不是绵羊，而是豺狼，那又该怎么办呢？她要是逆来顺受的话，也许他们就会更快地把她一口吃掉。现在只有战斗下去，不然就要被吃掉。彻底改变这个小镇的面貌，看来比迁就讨好它更容

---

① 辛克莱·刘易斯：《大街》，潘庆舲译，中国书籍出版社 2006 年版，第 106 页。

易些! 他们的观点她是怎么也接受不了的；他们的观点完全是消极的，智力上极其贫乏，满脑子是偏见和恐惧。她应当想方设法让他们来接受自己的观点。她不会像圣味增爵·德保罗[①]那样去治理和教育人民，那又有什么关系呢？要是能改变一下他们不相信美的心理，哪怕是极其微小，也是良好的开端；播下一颗种子，让它发芽、生根，有朝一日它的根子变得粗壮有力，就会把他们平庸无能的那堵墙推倒。她要是不能像自己所希望的那样，高尚欢快地去完成这一项了不起的工作，那么，她就得安于这个微不足道的乡镇现状。她要在这堵空白的墙根里播下一颗种子。[②]

卡萝尔在父亲的图书室里曾潜心研读过梭罗的作品[③]，作为作者的读者，我们明白了，卡萝尔从小宽松、民主的家庭环境、大学的教育及课后广泛的课外阅读，使她具有了鲜明的自我意识。爱默生、梭罗的超验主义思想已经对她产生了很大的影响，这种自我意识是爱默生的"强调人的神圣性"的超验主义思想在美国本土文化土壤中演化和发展的结果，她不愿意接受大街权贵们的保守愚昧的思想，而超验主义者就极力反对个人违背自己的意愿去迎合权势。卡萝尔下决心要播下一颗种子以便有朝一日推倒平庸无能的厚墙。我们看到，卡萝尔已经充分意识到了改革阻力的强大，但她还是义无反顾地坚持自己的改革理想，这是非常难能可贵的。对上引的两段进行阐释判断，我们看到，第二段

----

① 圣味增爵·德保罗（1581—1660），历史上的真实人物，法国宗教领袖，被认为是天主教圣者。

② 辛克莱·刘易斯：《大街》，潘庆舲译，中国书籍出版社 2006 年版，第135—136 页。

③ Sinclair Lewis, *Main Street*, England: Penguin Books Ltd, 1985, p.14.

是自由间接引语，叙述者没有作出任何阐释和评价，只是向读者报道了卡萝尔内心的想法。但读者可以看到，此时此刻，隐含作者、叙述者和人物的伦理态度都是完全一致的，作者没有因为卡萝尔是位年轻的已婚妇女却还抱有坚定地改革乡镇的理想而反对或者轻视卡萝尔，相反却是非常尊重和赞赏卡萝尔的这种改革想法的。

对大街居民的褊狭愚昧卡萝尔已经深有见识，并已被深深刺痛过，还躲在屋角偷偷地哭泣过。她完全可以放弃自己的改革主张，或者一走了之，去她曾经待过的圣保罗、芝加哥一类的地方。"那些地方有那么多的东西，正是自鸣得意的戈弗镇所没有的，在他们的那个世界里，充满了欢乐和冒险、音乐和完整的青铜艺术品、令人难忘的云雾弥漫的热带岛屿、巴黎的夜晚和巴格达城墙，以及社会正义，此外还有一个不靠赞美诗的噱头来说话的上帝。"① 但是，调整心态，擦干眼泪，卡萝尔仍有勇气决心要在戈弗镇保守平庸的空白的墙根里播下一颗种子，叙述者虽然没有发表一句评论，没有说过任何赞美之词，作为作者的读者，我们看到，作者已经为读者塑造出了一位非常可爱、可敬的女性形象。她不屈服于权威，追求个人意识的独立，还要把自己追寻已久探寻到的"知识和自由"（knowledge and freedom）的种子向顽固的民众播撒，并且认为这是一项伟大的工作，自己要高尚地、欢快地去从事这项工作（do a great thing nobly and with laughter）。② 在此种语境中，"great"，"nobly"，"laughter"更加彰显了卡萝尔鲜明的自我意识，把消除愚昧、播撒知识和自由的种子在自己的心灵中上

---

① 辛克莱·刘易斯：《大街》，潘庆舲译，中国书籍出版社 2006 年版，第 136 页。

② Sinclair Lewis, *Main Street*, England：Penguin Books Ltd, 1985, pp. 107—108.

升到了一种崇高而神圣的地位，卡萝尔确实承担起了传播爱默生、梭罗的美国理想的衣钵。有些批评家们批评刘易斯没有交代解决问题的答案，笔者认为，在这里，作者已经作出了最好的回答：卡萝尔（或者其他人）的改革成功与否已不重要，最重要的是她（或者其他人）的自我意识的觉醒、不迎合权势的勇气及播撒知识和自由的种子的决心。就像她自我意识到的：只要能够改变一下人们不相信美的心理，哪怕是极其微小的，也是良好的开端，播下一颗种子，有朝一日也能推倒平庸无能的厚墙。

二　富有主动性和创造性的独特个性

爱默生的超验主义强调个人的价值主要在于人的个性，并反复强调人的个性在于人的主动性和创造性。[①] 而这正是卡萝尔独特的个性之所在。她要进行乡镇改革，没有任何人强迫她，完全是她自己主动为之。改革从何着手，怎样播撒她的知识和自由的种子，怎样解决碰到的困难，这些都是她自己要解决的问题，她所进行的改革的每一种尝试，采取的每一步行动，都来自她的创造性思维活动。首先，针对大街保守势力的顽固性，卡萝尔想到从自己的丈夫身上着手，把自己的家搞得引人入胜，让它来发挥榜样的力量。先做肯尼科特的工作，她要培养肯尼科特对诗的兴趣。"她好像看到他们俩在壁炉旁边，俯身朗读优美动人的诗篇。情景是如此历历在目，连她心中最惧怕的幽灵也都悄然而逝。门儿也不再吱嘎作响了，窗帘上也不再有黑影儿爬动了，取而代之的是暮色投下的一圈圈瞬息万变的阴影，煞是好看。"[②]

---

① 刘宽红：《从超验主义走向个人主义：爱默生对美国文化的影响》，《江淮论坛》2006年第3期，第131页。

② 辛克莱·刘易斯：《大街》，潘庆舲译，中国书籍出版社2006年版，第136页。

作为作者的读者，我们看到，卡萝尔追求的是一种超越自然的美，是一种用知识和艺术所浸染的心灵的美，这是人类所拥有的一种普通的然而也是一种高尚的精神境界，物质主义至上的人对此是难以理解也是难以达到的。对于卡萝尔来说，有了这种心灵的美，自然之美也才会显示出其无限的魅力；没有了这种心灵的美，心中就会是一片黑暗，自然之美也因此会悄然失色，化作鬼魅黑影在悄然作祟。

卡萝尔教肯尼科特灯下欣赏诗歌美的工作以失败而告终，肯尼科特不喜欢也欣赏不了什么叶芝、丁尼生、吉卜林等人的艺术作品，认为自己现在年纪一大把，学不了这些新玩意儿。下一次，卡萝尔下决心利用妇女读书会作为改造戈弗镇的工具，她想改建破旧的市政厅大楼，而妇女读书会里好几位成员的丈夫手里就掌握着戈弗镇政治经济的命脉，卡萝尔认为让她们帮助实现这个理想应该不会碰到多大困难。于是，卡萝尔上门逐个拜访这些有钱或有势的太太和他们的丈夫，动员他们拿出一些资金修建一座漂亮实用的市政大楼，可是处处碰壁，这一改革计划很快就夭折了。看到镇里的一些破烂的棚屋里的一些无助的孤儿寡母和老人孩子，卡萝尔不免无限同情。她开动脑筋，想出了修建一个收容所来帮助镇上的穷人的计划，同样遭到妇女读书会成员的反对。她们认为平时帮助那些穷人已经够多了，创办了农妇休息室，帮助植树、灭蝇等，还给了不少挣钱的活儿让她们干，如把女佣洗不了的衣服送给她们洗。她们认为真正的贫穷，戈弗镇根本不存在，如果说有人贫困，那是因为太懒的缘故。一时间，卡萝尔认为自己彻底输掉了。但是，心里面还坚守着自己的防线，决不会往后退让一步的。接着卡萝尔在大家玩字谜游戏时，又想到了成立戈弗镇戏剧社的主意，寄希望于在舞台上创造美的艺术形象去感化和解决戈弗镇的问题，当时得到了很多人的赞同。作为戏剧社社长和导演，卡萝尔倾注了满腔的热情和浑身的力量，同样是一腔心血付诸东流。要在褊狭、自满、庸俗的大地上结出美的硕果，绝非一朝一夕，一个卡萝尔所能完成的，所以卡萝尔美化乡镇计划的失败是当时社会文化环境下的最接近真实情况的结果。

在戈弗镇，虽然卡萝尔改造大街，进行乡镇建设的改革没有取得成功，但卡罗尔个性中却无处不闪耀着活泼、善良、进取的美德，无处不闪烁着她主动性和创造性的火花。

三　坚强的自立意识

改革的计划一一失败，使卡萝尔非常失望，卡萝尔渴望找到跟自己志同道合的人。镇里小学新来了一位天真活泼、充满青春活力的刚从大学毕业的年轻女老师，卡萝尔与她交上了朋友，可是不久这位善良单纯的女孩就遭到镇上保守、狭隘、尖酸刻薄的博加特太太的诬陷而被解聘了。镇上新来了一位瑞典籍的小裁缝埃里克，他虽然出身贫寒，但不满于现状，富有进取心，热爱艺术，酷爱读书，为此遭到大街人的非议，但却博得了卡萝尔的好感。卡萝尔想帮助他实现做个艺术家的梦想，因而交往频繁，引来镇里一片风言风语。卡萝尔对自己的思想行为也进行了反思，她认为："她并不是喜欢埃里克，她心中梦寐以求的，并不是埃里克，而是无处不在的——比如说，在教室里、在画室里、在办公室，以及在反对现时社会秩序的集会上……所洋溢着的那种欢乐的青春，无处不在的欢乐的青春。"[①] 而充斥在戈弗镇的只是庸俗、沉闷、势利和金钱，卡萝尔在失望和伤心之余，离开戈弗

---

① 辛克莱·刘易斯：《大街》，潘庆舲译，中国书籍出版社2006年版，第436页。

镇，带着只有三岁半的儿子来到华盛顿，在军人保险局找了份工作，安顿下来。

卡萝尔敢于离开丈夫，自己工作独立抚养孩子，不但在经济上，更是在思想上表现了一种独立自主的精神。从思想上看，她坚持自己的理想，决不为了一己之利而违背自己的原则，保持自己对事物的清醒的认识。下一事例更清楚地显示了卡萝尔的自立思想。一位"全国不参战者联盟"的发起人准备在戈弗镇的某个农场主议政的会上发表演说，县行政司法局长亲自率领由商人组成的一大队人马把那个发起人从旅馆里抓了起来，对他进行罚跪、游街示众，然后押上运货物的火车将其驱逐出境。萨姆·克拉克、戴夫·戴尔，包括肯尼科特等一致为此叫好，并认为用私刑处死最好。卡萝尔对他们的言行没有盲目附和，而是扭头就走。回到家里，肯尼科特对她的与众不同的态度表示不满，卡萝尔抗议说：

> 你们之所以反对这位发起人，并不是你们认为他在煽动民心，而是害怕他把那些农场主联合起来，不让你们镇上这些人通过承接抵押、收购小麦和开店经商等方式牟取暴利。当然喽，这会儿正赶上我们跟德国作战，只要是我们不喜欢的事，不管是商业上的竞争也好，还是低级的音乐也好，我们都可以给它扣上一顶"亲德"的帽子。要是我们这会儿在跟英国作战，我说，你们也会管那些激进派叫"亲英派"的。等到战争一结束，我想你们又要管他们叫"赤色无政府主义者"吧。这是古已有之的一种绝招，可以随心所欲地给我们的反对派横加罪名！反正金钱万能，我们总是希望金钱落进自己的腰包里。所以当我们竭尽全力不让他们夺走的时候，常常认为自己是得到上帝恩准的。不论教会也好，

还是政治家演说也好，他们始终是这样认为的。①

在这里，正是卡萝尔的自立意识使她保持了不人云亦云、卓尔不群的独立个性。在这里，我们更认识到，从表面上看，作者给予卡萝尔的是一个不成功的带着点儿幼稚的改革者的形象，但从叙述的深层次上挖掘，作者已经给予了卡萝尔一个乡镇社会的解剖者的角色。上引卡萝尔的这段话是对当时乡镇社会经济和政治相结合以控制农产品市场、农村金融市场、农具市场、土地买卖市场从而对农民进行残酷剥削、获取最大商业利润的深刻揭示。凡是妨碍了戈弗镇有钱人的商业利益的人都可以给他扣上莫须有的帽子进行不合法律的惩罚，还可以美之名为"为了维护美国的利益和美国公民的权利，把日常程序暂时弃之不顾，那也是理所当然的"②。县行政司法官员亲自带队对所谓"亲德"公民违法用刑，这与历史上晚几年发生的萨科—凡泽蒂事件中对萨科·凡泽蒂的处理真有异曲同工之妙。在这里，刘易斯是让卡萝尔做了自己的代言人，在我们佩服作者对美国社会结构犀利的解剖能力和对美国社会形势极有见地的预测能力的同时，作为新一代妇女代表的卡萝尔的形象也以出污泥而不染的自立意识而突显出来。

四　生活中对现实的逃逸和对自我的节制

卡萝尔性格的大部分体现了爱默生、梭罗的理想主义成分，如上述的不违背自己的意愿去迎合权势的鲜明的自我意识、个人

---

① 辛克莱·刘易斯：《大街》，潘庆舲译，中国书籍出版社 2006 年版，第508—509 页。

② 同上书，第505 页。

对生活中美的追求、富有主动性和创造性的个性及坚强的自立意识等。在思想上，可以说卡萝尔是个完全的理想主义者，甚至偶尔还有幻想的成分在支撑着她的改革理想，如："她坐在那里沉思默想，用纤细的手指轻轻地敲着脸颊……她仿佛看到了戈弗镇有一幢乔治风格的市政厅大会堂，形成了一个崭新的乔治风格的市镇，若论优美雅致的景色，并不见得比安纳波利斯，或是华盛顿策马驰骋过的花木掩映的亚历山德里亚逊色。"① 但卡萝尔的性格中还包含有实用主义的成分，这特别表现在日常的实际生活上。

在富兰克林的十三条美德中，有一条美德"节制"（moderation），意思是克制自己，不管你认为对方该多么受责也不发脾气。卡萝尔在生活中碰到惹自己生气或认为对方不对的地方，都尽可能地不发脾气，而是克制自己，不与对方争执。她或是以缓和的语气向对方解释自己的观点；或采取一种逃避的方式，摆脱让自己不高兴的人和事；有时还从当事人的角度去反思，换位思考，以平静自己的思绪，避免极端情绪的产生。

"天色这么晚啦——我得赶快回家去——丈夫也许在等着——今天的会简直太好了——关于女佣人的问题，你们的意见也许是对的——因为我们家的碧雅是那么好，我个人不免有些偏见，像这样别有风味的蛋糕，海多克太太可要把诀窍告诉我，再见啦，今天的会真叫人痛快呀。"② 这段话是卡萝尔第一次参加镇上上流社会太太们组织的桥牌会临走时的客套话，桥牌会还没有结束，因为卡萝尔给家里女佣的工钱比她们每周多开了一块

① 辛克莱·刘易斯：《大街》，潘庆舲译，中国书籍出版社 2006 年版，第 160 页。
② 同上书，第 114 页。

钱，而且在那些太太们对家里的女佣诋毁辱骂时替那些女佣说了公正话，惹得那些太太们一个个对她怒目而视，这是卡萝尔万万没想到的事。这时，卡萝尔心里是非常震惊的，也是非常气愤的。因为这些太太们不把那些做事的女佣当平等的人来看待，认为她们愚昧无知粗鲁无礼，无视她们做人的尊严，认为女佣又懒又馋，都想干最少的活拿最多的钱。戴尔太太竟得意地声称她总是教女佣当着她的面，把她们的箱子打开来看看是否拿了家里的东西。她们这样对待女佣本身就该自责，却认为卡萝尔不对，是在跟她们过不去。如果卡萝尔不对自己的情绪加以节制，那就一定会与这些太太们闹翻的。这时，卡萝尔委婉地向各位辞别并致歉，选择了让步逃避的方式，避免冲突的直接对抗，一个人提前退出回家了。尽管一回到家，卡萝尔就躲到楼上的客房里抽抽噎噎地哭开了，但当时在场时还是克制了自己的情绪，避免了冲突的进一步发生。卡萝尔的所思所想与大街人是那样的格格不入，如果不是采取节制的方式，在大街是一刻也待不下去的，更不用说进行改革的尝试了。

在与丈夫的相处中，卡萝尔也采取了节制的方式。尽管肯尼科特身上有大街人种种的陋习，但卡萝尔总是想到丈夫的种种优点。格雷布斯坦认为肯尼科特是具有戈弗草原许多最优和最劣品质的代表，并对卡萝尔与肯尼科特作了这样一番比较："卡萝尔主张改革——任何改革，肯尼科特主张渐进但实际上对任何新事物都抱怀疑态度。卡萝尔往往傲慢但基本上平等待人，肯尼科特却表现出本能的友好情谊但对等级、阶级和国籍抱有很深的偏见。卡萝尔向往美，肯尼科特则蔑视一切有艺术性和审美性的事物。凡事卡萝尔反复多变、捉摸不定，肯尼科特甘愿为成规卖命。凡事卡萝尔忽冷忽热，肯尼科特便很有恒心。她爱幻想，他专讲实用。她对仪表与习惯很挑剔，他则对此满不在乎。"① 格雷布斯坦对卡萝尔与她丈夫之间的对比较为中肯，但说"卡萝尔反复多变"则有失公正，无论如何，卡萝尔追求美的事物，坚持改革的决心一直没有变。

　　尽管两人性格有这么大的差异，但还是能相处下去，这与卡萝尔性格中的某些实用主义的成分分不开。在很多方面，卡萝尔都能节制忍让，为对方着想。卡萝尔来到了华盛顿，但心里仍然惦记着丈夫。在华盛顿工作的两年中，卡萝尔认识了各行各业的各种人物，特别是与搞妇女参政运动的那些妇女的接触，更让她扩大了视野，增长了见识，重新获得了一种面对困难的新的勇气。卡萝尔对大街有了一种全新的认识，她明白了："真正的敌人并不是个别的几个人，而是那些陈规旧俗，它们利用种种伪装的形式和冠冕堂皇的名词，比方说，什么'上流社会'、'家庭'、'教会'、'健全的企业'、'政党'、'祖国'以及'优越的白种人'等等，使它们的专制得以暗中实现。"② 这种认识，是卡萝尔克制个人对大街的某人某事的不满情绪后把她与大街的冲突从感性的层面上升到一种理性的层面的结果。在华盛顿工作了两年以后，卡萝尔又回到了丈夫身边，回到了戈弗镇，以更成熟的心态坚守着心中的理想，看待大街的人和事。

　　我们认为，卡萝尔的理想主义是她的美德，使她成了在"大街"精神的荒漠中播撒自由和知识的美国民族文化的一位优秀传承者，而她的理想主义中所兼有的一些实用主义的特征也是她性格中闪光的成分，如她所具有的节制的品性就成了她能坚守住心中理想的非常有力的支撑。

---

① 谢尔登·诺曼·格雷布斯坦：《辛克莱·刘易斯》，张禹九译，春风文艺出版社1994年版，第61页。

② 辛克莱·刘易斯：《大街》，潘庆舲译，中国书籍出版社2006年版，第521页。

第二节　巴比特的理想—实用主义

美国人"集实用主义和理想主义于一体"的文化特征在卡萝尔身上的体现是理想主义占了上风，而在巴比特的身上则是实用主义占了上风。在《大街》中，刘易斯没有明确交代具体的时间，只是结束时，读者知道是第一次世界大战结束的两年后，也即 1920 年，刘易斯完成小说《大街》的时候。在《巴比特》中，刘易斯在第一章介绍巴比特时，就向读者交代了时间："他名叫乔治·福·巴比特，现年（一九二〇年四月）四十六岁。事实上，他什么都不会干，既不生产黄油，也不制造鞋子，更不会创作诗篇，但他就是有一手，能把房子以高于一般人出得起的价格推销出去。"① 全知叙述者在向读者介绍巴比特的年龄时，把故事发生的时间也一并告诉了读者，看似无意，但与叙述者随后对人物能力的介绍结合在一起，实则是向读者预告了美国消费主义时代到来的信息。小说开头对泽尼斯市繁荣景象的描述就是在告诉读者，这已不是美国向西开疆拓土的时代，而是城市里福特式大规模化生产创造丰裕的物质财富时代，工厂里机器轰鸣的歌声"就是为巨人们建造的城市所谱写的劳动之歌"②。可以看出，随着时代的变化，人们心目中美国英雄（巨人们）的角色也发生了变化。那么，谁是 20 年代的美国英雄呢？从叙述者对巴比特的介绍中，可以推测出这样的结论：既不是制造商，也不是艺术家，而是杰出的推销商，像巴比特这样能把房子以高于一

---

① 辛克莱·刘易斯：《巴比特》，潘庆舲、姚祖培译，外国文学出版社 2002 年版，第 2 页。

② Sinclair Lewis, *Babbitt*, Harmondsworth: Penguin Books Ltd, 1987, p. 1.

般人出得起的价格推销出去的商人，就是其中的杰出代表。全知叙述者对巴比特的这一番简短的介绍让读者感受到了扑面而来的一股消费潮流的气息。

"能把房子以高于一般人出得起的价格推销出去"，叙述者对巴比特的这一介绍含有如下三层意思：一是以戏谑式的语气称赞现代美国商人巴比特的独特能耐；二是揭示了 20 世纪 20 年代的社会价值观：能赚钱的人就是杰出的人，时代的巨人；三是向读者展示了 20 年代的社会消费观：提前消费的出现，说明分期付款、抵押贷款、信用卡等信贷消费方式开始引诱着人们"用手头还没有的钱购买未来才能享用的东西"。在这悄然兴起的消费浪潮中，推销商们成了时代的弄潮儿，他们是保障经济繁荣的环节中生产商和消费者之间的纽带。巴比特就是其中杰出的代表，集实用主义和理想主义于一体的文化特征在他身上典型地体现出如下以实用主义为主同时兼有一些理想主义的"理想—实用主义"的个性特征。

一　严格遵守有利于赢利的商业道德

巴比特逢人便说："可信赖的商人应尽的本分就是严格遵守道德，成为众人的表率。"① 富兰克林在传授致富的经验时，告诫人们要严格遵守道德以获取他人信用，因为他认为信用就是金钱。巴比特在这点上可谓继承了富兰克林的衣钵。

　　巴比特作为一个地产经纪人——也就是作为一个给人们寻找寓所、给食品商寻找铺面的社会公仆来说——他的主要

① 辛克莱·刘易斯：《巴比特》，潘庆舲、姚祖培译，外国文学出版社 2002 年版，第 74 页。

优点是坚定与勤勉。按照当时公认的标准来看，他是诚实的……他心安理得地深信：地产生意的唯一目的就是让乔治·福·巴比特赚大钱。在促进会的午餐会上，以及"正派人"应邀参加的形形色色的年会宴席上，巴比特都声若洪钟似的大谈其无私地为公众服务、经纪人决不辜负客户的信任，以及谈论到所谓伦理道德时，便说道伦理道德这东西的性质叫人很难捉摸，但是，如果有了它，你就是一个高级的地产经济商；而反过来说，如果没有它，那你就是一个大滑头、一个小瘪三、一个夜间逃债鬼。这些美德的确可以大大地吹嘘一通。反正你有了这些品德，就可以博取人们的信任，去办更大的事业。①

作为读者，我们看到，巴比特很重视道德，他也深刻意识到了商人的道德和赢利之间的关系，但似乎他的道德含义与富兰克林的道德又有一些本质上的差别。富兰克林的经商道德如"信用就是金钱"应该就是中国的"童叟无欺"的意思，而在巴比特这里，商业道德似乎变成了一种符号操纵，其所指的实际内涵可以根据商业的交易情境随意变动，如，你是个诚实的生意人，但在买主不向你杀价时，你就不应该拒绝收取高于房价两倍的钱。而道德的能指则变成了一种可以随意粘贴的标签，贴上了这个标签，就是个"高级的地产经纪商"，当然就能获得顾客的信任，赚到更多的钱。这样看来，巴比特没有做到"童叟无欺"，不是个完全诚实的商人。对于巴比特的诚实与否，叙述者没有作出评论，但叙述者向读者作了这样的报道："按照当时公认的标

①　辛克莱·刘易斯：《巴比特》，潘庆舲、姚祖培译，外国文学出版社2002年版，第50页。

准来看，他是诚实的。"由此，从叙述者亦庄亦谐的话语中（不时地还夹杂着人物巴比特的声音），读者可以看到，在从产业经济向消费经济转型的时期，道德仍然是致富的法宝，但道德的内涵已经随着消费社会的到来发生了变化。道德被高明的商人作为一种可以加以利用的符号，脱离了它原来的本质含义。巴比特就因为能充分利用道德的符号意义，所以常能把房子以顾客买得起的价格销售出去，美国人讲究实效的特征在刘易斯笔下得到了风趣逼真的展示，中产阶级虚伪的道德观也受到了辛辣的讽刺。

二　精心经营有利于赢利的社会关系

巴比特除了重视道德的作用，还非常重视经营有利于赢利的人际关系。他的政治观也与他的经济观分不开，他开宗明义地说道："我们需要的是一个稳健有力的、懂得经济的、会做生意的好政府，让我们有机会获得相当可观的营业额。"[1] 他对上层建筑是这样的要求，对他周围的社会关系也是这种看法，他交往的都是有利于他的生意经营（一个例外，是他的朋友里斯灵）或提高他的身份地位的人，也就是能间接帮助他赢利的人。他加入各种会社团体，除了能和会友们一起吃喝玩乐，最主要的是有利于兜揽生意，因为会社里的会友兄弟往往极有成为他交易所的主顾和客户的可能。另外，在会社举办的各种联谊活动中，他可以认识更多对他生意有利的人士。除此之外，在各种会社活动中的演讲，可以提高他的知名度，为他获得更多赚钱的机会。他拼命地巴结他以前的老同学、现已成为百万富豪的承包商查理·麦凯尔维夫妇，企望麦凯尔维会对他有所提携，并精心准备邀请麦凯尔维夫妇前来参加的晚宴，然后巴望着能够接到麦凯尔维夫妇回

---

① Sinclair Lewis, *Babbitt*, Harmondsworth: Penguin Books Ltd, 1987, p. 27.

请的邀请函，结果一直没有回音，巴比特希望得到新贵麦凯尔维垂青的计划落了空。而混得比他差的一位老同学在热情地请他夫妻俩吃晚饭后，也一直没能等到巴比特夫妇回请的邀请，实用主义至上的商业社会里的人情冷暖从巴比特夫妇所致力于经营的这种嫌贫爱富的社会关系上便可见一斑。

三　一心信奉实用主义的宗教观

　　巴比特对他的宗教信仰问题自己也说不清楚，叙述者是这样向读者报道的："巴比特对于神学上的那些个奥妙问题，很少深思过。他那实用主义宗教观的核心就是：上教堂做礼拜，为的是让人们瞧得起自己，对生意有好处。"① 当他在教堂听牧师布道时，他"睁着两眼打瞌睡"（open-eyed nap），牧师的声音"仿佛巨大的蜜蜂在令人昏昏欲睡的洞穴里发出嗡嗡的响声"②。而当意识到为教堂开办的主日学校出谋划策能为他带来收益时，他就精神抖擞了，特别是能借此跟泽尼斯市第一州立银行董事长威廉·华盛顿·伊桑套上近乎，他就更加卖力了。不出一星期，泽尼斯市三张报纸同时发表文章，报道了巴比特为普及宗教事业所做出的光辉业绩，三张报纸都很巧妙地提到伊桑先生就是巴比特的合作者。"那些文章比什么都灵，给巴比特带来极大好处，他在友麋会、康乐会，以及促进会的声望随之大增……朋友们见了他就远远地向他打招呼，说：'想不到你握过了伊桑的贵手以后，总算还没有嫌弃我们这些普通老百姓呢！'珠宝商埃米尔·温格特终于表示乐意就有关在独翠坛购置住房

---

① 辛克莱·刘易斯：《巴比特》，潘庆舲、姚祖培译，外国文学出版社 2002 年版，第 246 页。

② Sinclair Lewis, *Babbitt*, Harmondsworth：Penguin Books Ltd, 1987, p. 162.

的问题进行洽谈了。"①

　　这时，巴比特参加了电车公司有关汽车终点站的一宗重大且秘密的交易，要是泄露出去，恐怕公众不会谅解。巴比特就去找伊桑先生，得到了伊桑以私人名义给他的贷款，这样，双方都从他们新结成的愉快的关系中受益匪浅。巴比特为此志得意满，他嘱咐他的儿子特德："要记住，孩子，福音派新教会是稳健保守的最强大的堡垒；你自己所属的教会，是你交朋友的最好的地方，因为那些朋友能帮助你在社会上得到应有的地位。"②

　　教堂这神圣的地方，成了巴比特捞取实惠的一块宝地。

四　追随显示身份地位的消费潮流

　　节俭自律和享乐主义分别是美国人在两个不同历史时期的价值取向。节俭是新教道德传统给美国人留下的精神财富，是早期美国社会重要的道德标准之一。然而随着社会经济的发展，充足的物质商品刺激了人们的消费欲望，美国人逐渐忘了节俭自律的传统，开始重视眼下的消费和享受。巴比特与富兰克林时期的实用主义者除了对诚实的不同理解之外，随着现代化的到来，节俭自律的传统也由炫耀和享乐、对身份地位的追求、对自我的确认和陶醉来代替。迈克·费瑟斯通论道："新型小资产阶级者是一个伪装者，渴望比本来状况更好，因而一味地对生活投资。对表达和自我表达的探索、对身份地位的迷恋，使他们力图最大化地扩大可以获得的感觉范围并加以体验，这是新型的自我陶醉。"③

---

① 辛克莱·刘易斯：《巴比特》，潘庆舲、姚祖培译，外国文学出版社 2002 年版，第 262 页。

② 同上书，第 265 页。

③ 迈克·费瑟斯通：《消费文化与后现代主义》，刘精明译，译林出版社 2006 年版，第 132 页。

自诩为最繁荣的泽尼斯市的杰出公民的巴比特在现代化的消费浪潮中，在对金钱地位的追求中，自然不甘落后，炫耀和享乐也正是他实用主义的人生观的落脚之处。巴比特对自己家中的陈设与装潢、自己的衣着用品等都非常讲究，为能充分享用现代化的时新装置及漂亮时髦的着装来显示自己的上层身份而洋洋自得，并以维持这种身份来获得更多抬高自己地位的机会。我们在小说中采撷几处，看看1920年4月的某一天巴比特的生活。

1. 巴比特家的闹钟。巴比特早上七点就被他家现代化的闹钟叫醒了。"这是一种在全国大做广告、大量生产的最佳闹钟，凡属现代化的附加装置都已配备齐全，包括仿大教堂的鸣钟报时、间歇铃响，以及夜光钟面。被这样一个珍贵的装置闹醒，巴比特不禁感到十分自豪。这差不多跟购买昂贵的衬线加固汽车轮胎一样，使人顿时身价百倍。"[1]

2. 巴比特家的浴室。巴比特家一切精美的现代化设备都带上了身份的标记。巴比特家的浴室精美雅致，光艳夺目，叙述者向读者介绍道："巴比特的这座房子虽然不大，但像芙萝冈的所有别墅一样，都有一个第一流的浴室，全套细瓷卫生设备、釉面花砖，以及银光闪闪的金属配件，丝毫不逊于皇家豪华的气派。""浴室里的那块客人专用毛巾，上面绣着三色紫罗兰，老是挂在那里，表示巴比特家乃是属于芙萝岗上流社会的一员。"[2]

3. 巴比特家的房子。房间里所有一切都是按照芙萝冈的最高标准装潢布置的，巴比特夫妇卧室的色调是仿照某某装潢专家的最佳标准设计而配置的，既朴素大方，而又赏心悦目。"整幢

---

[1]　辛克莱·刘易斯：《巴比特》，潘庆舲、姚祖培译，外国文学出版社2002年版，第4页。

[2]　同上书，第5—7页。

房子都跟这间卧室一样，既舒适又美观。简单朴素而值得称道的建筑工艺，以及款式最新颖的各种设备。里里外外，电气取代了蜡烛和不太洁净的壁炉。"①

4. 巴比特的衣着。巴比特精心穿上了衬衣外套、戴上了眼镜、打上了领带、别上了别针，"最后，他把促进会的圆形小徽章别在上装胸前的翻领上。徽章上只有'促进会——加油干！'几个字，可以说寓简洁于伟大的艺术性之中。一戴上这个玩意儿，巴比特确实感到忠贞不贰和自命不凡。它把他和'好伙伴'，以及那些富于人情味的工商界巨子联系在了一起。在巴比特看来，它就是他的维多利亚十字勋章，他的荣誉军团绶带、他的菲·比塔·卡帕学会的钥匙圈"②。

5. 巴比特驾车穿过大街。"路过诺贝男子服饰用品商店时，他左手甩开方向盘，捋了一下他的领带，觉得自己很了不起，肯花钱买这么昂贵的领带，'而且，嘿嘿，又是现钱买的'……他瞧瞧他的开户银行——矿业畜牧国民银行，觉得自己同如此豪华的大理石宫殿一般的银行有来往，该有多么聪明而又殷实……他注意到他的汽车一下子飞也似的奔驰起来，从而感到自己高人一等，强大有力，好像是一支烁亮的钢梭，在一台巨大的纺织机器上来回飞穿。"③

刘易斯以狄更斯式的缜密细致、生动逼真的描写手法刻画了巴比特：一个在极力追求现代化享乐的同时又无时不在竭力显示

---

① 辛克莱·刘易斯：《巴比特》，潘庆舲、姚祖培译，外国文学出版社 2002 年版，第 17 页。

② 同上书，第 11 页。荣誉军团：拿破仑一世于 1802 年创立的一个荣誉社团，对法国有殊勋者可列名为会员。菲·比塔·卡帕学会：成绩优秀的美国大学生及毕业生所组成的荣誉学会。

③ 同上书，第 60—61 页。

自己身份的正处于上升阶段的中产阶级的生动形象。这种中产阶级往往通过自己的勤勉实干而拥有了现在的殷实和富有，但是他们还在竭力往上攀爬，想拥有和享受更富有的生活，渴望自己具有更显赫的身份地位。于是，对他们来说，消费实际上成了一种新的社会价值的符号，一种身份地位的认同。"现代消费是经济活动与心理活动相互联系、密切结合的过程，消费的目的已不仅仅是满足物质和精神的需要，而且是对心理现象的反映，由被动的接受，成为积极主动的关系确立的行为，为的就是在消费过程中寻找认同感、归属感。"①

在这样的一种价值观念的影响下，一个想赢得社会的普遍承认、证实自己在这个社会是有身份地位的人，就得以其带炫耀性的消费行为帮助他们实现这种认同，从中找到自己身份和地位的象征。

五 渴望真实自我的理想主义火花

巴比特在追求和享受现代化所带来的殷实富有之生活的同时，又不时地感受到一种躁动和不安，一种不满和遗憾。他有一种被时代牵着鼻子走的感觉，在浮华的奢侈生活中有一种失落了某种珍贵东西的感觉，那就是他年轻时候的梦想。他读大学时的理想是想毕业后当一名律师。他是个乡村来的孩子，家里经济并不富裕，他一面攻读法律，一面兼做地产推销员。他一个劲地攒钱，住在兼供膳食的寄宿舍，吃得很少。他那时喜欢与人抬杠，喜欢发表长篇宏论："比方说，他将要去从事伟大事业呀，他要保护那些可怜的穷人不受富人欺凌呀，他将要在宴会上发表演说

---

① 奥利维尔·如恩斯：《为什么20世纪是美国世纪》，闫循华等译，新华出版社2002年版，第56页。

呀，以及他将要纠正一般人的不正确思想认识等等。"① 现在他也常发表宏论，可都是有利于如何推销他的房子的高论，如何保护有钱人成为更加富有的言论。一天到晚，一年四季跟随着社会潮流。说的都是《鼓吹时报》中提倡温和保守的调子，用的都是广告里推销的豪华时尚的用品，结果，有时回头一看，不知道原来那个真实的巴比特到哪儿去了。

巴比特想找回原来的自己，可是，想不失去现在体面殷实的生活而同时又能实现原来的梦想已是绝不可能，本书第二章提到巴比特一些软弱的反抗都一一失败，美丽的仙女就只能是巴比特永远的梦想了。笔者认为，反复出现在巴比特梦中的仙女并不只是一个所向往的异性的象征，作者在这里蕴含了一个深刻的美国文化的隐喻特征，她代表了讲究实效的美国人的理想主义的一面。迈克尔·卡门这样论说过："美国通常由两个象征或偶像来代表。两者都在海报和漫画中有所应用，尽管根本搞不清楚哪个更适用于一切特殊环境。其中一个是位极高、极瘦的老先生，蓄着老式的山羊胡，穿着贝齐·罗斯裁剪的正式外套；另一个是位庄重的、充满母性的妇女，裹着平滑的经典式样的长袍，戴着一顶王冠，手握着高举过头的火炬。山姆大叔象征着政府：苛刻，讨价还价，要求奉献；自由女神——又称哥伦比亚——代表着自由与机会的土地：作为富饶之源象征的美洲。"② 巴比特的梦中仙女其实就是他浮华生活中缺乏的、代表着他想要的以便能帮助他实现青年时梦想的——自由和机会——他心中的自由女神。尽管他梦中仙女的形象与纽约的自由女神雕像外形有些差异，但每

① 辛克莱·刘易斯：《巴比特》，潘庆舲、姚祖培译，外国文学出版社 2002 年版，第 105 页。

② 迈克尔·卡门：《自相矛盾的民族：美国文化的起源》，王晶译，江苏人民出版社 2006 年版，第 83 页。

个人心中的自由女神形象都不可能是一样的，就像每个人心中的天堂都不同一样，巴比特就曾无意识地把天堂"描绘成类似一家有幽静花园的高级旅馆"①，自由女神成巴比特的梦中仙女模样就毫不奇怪了。

巴比特的理想主义火花除了以梦中仙女的形式出现之外，就是到缅因州的森林湖畔，像个山中猎人似的自由自在地生活几天，跟个质朴、勇敢又强壮的导游一起踩着羊肠小道进山去，搜奇寻幽。入夜，巴比特从旅舍的小木屋只身来到湖边，爬上了木船，划离岸边。此时，"岸边旅舍的灯光变成了小小的黄色斑点儿，望去有如萨切姆山脚下的一簇簇萤火虫。在满天繁星的黑夜里，那山比平时显得更高大，甚至更安详，那湖就像用黑色大理石铺砌而成，一眼望不到尽头。他觉得自己变得渺小、缄口无语，甚至有点儿不寒而栗，但就是那种微不足道的感觉却使得他忘掉了：他就是泽尼斯市了不起的乔治·福·巴比特先生。他心里真是悲喜交集"②。巴比特此刻的悲喜交集之感就是他刹那间找回了那失落了的真正的自我，刘易斯此情此景的处理，可以说完全契合了爱默生《论自然》中的观点："当商人、律师从市场的嘈杂和奸猾中走出来，看看天空和树林，他又重新具有了人味。在天空和树林的永恒的静穆中，他找到了自己。"③ 只可惜巴比特的回归自我的感悟只能维持片刻，两三天后，他又归心似箭地逃回到喧嚣繁荣的泽尼斯。他对自己的审视结果是："他永远逃避不了泽尼斯、他的家庭和他的交易所，因为他的交易所、

---

① 辛克莱·刘易斯：《巴比特》，潘庆舲、姚祖培译，外国文学出版社 2002 年版，第 246 页。

② 同上书，第 351 页。

③ 拉尔夫·沃尔多·爱默生：《爱默生集》，博凡译，范圣宇主编，花城出版社 2008 年版，第 39 页。

他的家庭、泽尼斯的每一条街道，以及泽尼斯的不安和幻想，都深深地印在他脑海里里了。"[①] 世俗利禄已经充斥了商人巴比特的大脑，浸透了他身体的细胞，那个真实的自我的巴比特只能深深地隐匿起来，变成巴比特梦中的渴望，其实，巴比特渴望的那个仙女就是他在实用主义的尘埃中淹没了的那个有理想的自我巴比特。

第三节　阿罗史密斯的科学—理想主义

本书在第二章中，谈到阿罗史密斯是一位民族开拓精神的继承者，这位继承者诚实，正直，聪颖，机敏，坚韧，不拘常规，富于想象力、创造力、活力和激情，渴望并富有创造性地开展工作的能力；他也有不少的弱点，过于单纯急躁，不善表白，忽略沟通或缺少沟通技巧，缺少圆滑变通。在他的性格中，理想主义始终在导引着他的事业和生命。但第二章主要是从修辞的角度对小说怎样叙述阿罗史密斯的科学—理想主义的叙事策略进行了分析，本章将从文化学的角度，探讨小说中体现的阿罗史密斯的科学理想主义的个体性文化特征。

通常学界认为刘易斯深受梭罗的影响，而忽视了爱默生对刘易斯的深刻影响。笔者认为，对刘易斯的个性品质影响最大的人是爱默生，这种影响除了深置于刘易斯的日常生活中，也体现在刘易斯的文学创作上。笔者认为，1925 年出版的刘易斯小说《阿罗史密斯》的主人公马丁·阿罗史密斯几乎完美地体现了爱默生《美国学者》中理想的学者形象。《美国学者》是 1837 年

---

① 辛克莱·刘易斯：《巴比特》，潘庆舲、姚祖培译，外国文学出版社 2002 年版，第 355 页。

爱默生在麻省剑桥镇对全美大学生荣誉协会发表的演说，爱默生以一个假设的天文学家为例，陈述了他心目中理想的学者所应该具有的责任，也就是说一个美国学者所应具有的品性特征：

（1）他日以继夜，成年累月，有时为了个别数据，而不放弃修改过去的记录——这种人就必须忍受公众的忽视，也不会有及时的名望。（2）在他长期的工作准备时期，他肯定会经常表现出对于流行艺术的无知和生疏，并招致那些能人的鄙视，将他冷落一番。他必定有长时间的言语迟钝迹象，常常为了无用的东西而舍弃该做之事。（3）更糟糕的是，他必须接受贫穷与孤独——往往如此！（4）他本可轻易而愉快地选择旧路，接受时尚、教育以及世人的宗教。可他宁可背起十字架，历经苦难去寻求自己的出路。（5）当然，也为此谴责自己，经受软弱与忧郁的折磨。感到自己在虚耗光阴——这些都是自信自助者前进道路上必定要碰到的磨难。（6）他还会遭遇到一种仿佛是他自己同社会敌对的痛苦处境，尤其是与受教育阶层的不和。什么东西才能抵消这一切的损失与受人轻视？（7）仅在一点上他尚可得到慰藉：他正在发挥人性中最高尚的机能。他是一个将自己从私心杂念中提高升华的人，他依靠民众生动的思想去呼吸，去生活。他是这世界的眼睛。他是这世界的心脏。他要保存和传播英勇的情操，高尚的传记，优美的诗章与历史的结论，以此抵抗那种不断向着野蛮倒退的粗俗的繁荣。①

---

① 拉尔夫·沃尔多·爱默生：《爱默生集》，博凡译，范圣宇主编，花城出版社 2008 年版，第 12 页。

　　为了使爱默生对美国学者的期望与阿罗史密斯的科学理想主义的对比更加清晰，我们把上面的引语分成了七点。爱默生的这场演讲在美国文化发展史上具有重要的意义，被称为"美国在文化上的独立宣言"。爱默生宣称："我们依赖旁人的日子，我们师从他国的长期学徒时代即将结束。"① 刘易斯对这一呼吁肯定是牢记在心，身体力行的，并最终用自己的努力在全世界宣告了美国文学的真正独立，实现了爱默生的愿望。在《阿罗史密斯》里，刘易斯就首先让他的主人公科学家阿罗史密斯践行了爱默生的理想。我们在阿罗史密斯的身上可以完全找到爱默生所赋予的美国学者的禀赋。

一　科学的精确性重于一切

　　阿罗史密斯在麦格克研究所非常勤奋地工作着，经常熬夜，有时甚至通宵在实验室度过，他在研究一种葡萄球菌溶血素。他的研究工作使他将一切置之度外。当他意识到自己身上具有某种像戈特利布所具有的了不起的东西，一种能探究某种神秘的生命之源的东西时，他以更加疯狂的激情日以继夜地拼命工作着，终于，他觉得他就要抓住某种生命之源的东西了，他在观察笔记的结论中写道："我已经观察到了一种要素，暂且称之为 X 素吧，他来自葡萄球菌感染的脓液，它能制止几种葡萄球菌的繁殖，它溶解该脓液里的葡萄球菌。"② 阿罗史密斯发现的这种 X 素具有重要的意义，如果现在写成论文公布结果，立刻就会给阿罗史密斯带来巨大的荣誉和金钱。但他牢记戈特利布的教导，在没有最

---

　　①　拉尔夫·沃尔多·爱默生：《爱默生集》，博凡译，范圣宇主编，花城出版社 2008 年版，第 3 页。

　　②　辛克莱·刘易斯：《阿罗史密斯》，李定坤等译，江苏人民出版社 1987 年版，第 382 页。

后确证 X 素的所有性质之前，仍然默默地，更加废寝忘食地成百上千次地做着实验，记录着数据，求证着结果。极度的操劳甚至让他患上了神经衰弱症，继而是恐惧症，他克服了这些症状，以极大的耐心继续在确证着自己的发现。这时，研究所所长知道了阿罗史密斯的研究情况，催着他尽快写出研究论文，把成果发表出来，抓住这能给他本人及研究所都带来名和利的好机会。但阿罗史密斯想确证每个数据，堵塞每个漏洞之后再公布。就在阿罗史密斯在研究所不断施加的压力下犹豫着是否要先写出研究报告时，巴斯德研究所的德赫列尔率先发表了发现 X 素（在德赫列尔的论文中被称为噬菌体）的学术报告。研究所的其他人都认为阿罗史密斯没有早点儿发表，错失良机，失去了本该属于他的名誉和金钱。阿罗史密斯虽然也为没有享受到好不容易获得的研究成果感到遗憾，但终究对自己不为名利所动而坚持了科学家的原则感到欣慰。这种把科学的良知，也就是科学的精确性看得高于一切的精神正好切合了以上所引的爱默生的第一点："他日以继夜，成年累月，有时为了个别数据，而不放弃修改过去的记录——这种人就必须忍受公众的忽视，也不会有及时的名望。"

二　忍受寂寞，不沉溺于享乐

爱默生认为一名学者的责任还应该是："在他长期的工作准备时期，他肯定会经常表现出对于流行艺术的无知和生疏，并招致那些能人的鄙视，将他冷落一番。他必定有长时间的言语迟钝迹象，常常为了无用的东西而舍弃该做之事。"爱默生的意思就是说，一名学者应该忍受寂寞，不耽于享乐。阿罗史密斯就是这种品性的科学家，并常招致某些朋友的误解、疏远甚至敌意。

阿罗史密斯在诺梯拉斯市当代理局长时，一度和本市的一个有钱的上层人物克莱·特里戈尔德一家来往亲密，成了朋友，似乎成了他那个圈子的一员。可是，马丁渐渐不喜欢他们每个周末都要聚餐娱乐的方式。一个周末，马丁正在实验室苦思冥想，特里戈尔德开着车子想邀请马丁出去参加他们的聚会。

> "我的年轻的阿罗史密斯，这倒是一种消磨月色皎洁的春夜的好办法。走！我们出去跳跳舞吧。把帽子拿上。"
>
> "见鬼，克莱，我想去，但说实话，我不能去，我的工作，非得干不可。"
>
> "胡说，别傻里傻气的了。你工作一向都很卖力。看看老子带来了什么？要理智一点。到外面痛痛快快地喝一阵鸡尾酒，你对事物会有新的见解。"①

阿罗史密斯执意要坚持实验工作，并最后对特里戈尔德强行要他出去聚会发了火。特里戈尔德不免感到很尴尬，认为阿罗史密斯不识相，不值得交往，从此就把他冷落一旁，加入了反对他的那些人的行列。在常人看来，阿罗史密斯为了不能给他带来任何有用的东西的细菌实验而舍弃人间正常的享乐，放弃其他一些该做的能给他带来实利的工作，为此，处处树敌，真是个自命不凡、鼠目寸光的家伙。但我们知道，这正是一种学者追求真理的牺牲精神的体现。

三　甘愿贫穷与孤独

阿罗史密斯在被迫辞去诺梯拉斯市的卫生局代理局长职务

---

① 辛克莱·刘易斯：《阿罗史密斯》，李定坤等译，江苏人民出版社1987年版，第318页。

后，应聘为郎斯菲尔德诊所的病理医生。当他的老同学，现已是一位很有名气，生活也很富足的外科医生安格斯·杜尔发现阿罗史密斯在搞研究，便婉转地劝说阿罗史密斯不要把很多精力浪费在纯粹属于好奇心的研究的事情上，希望老同学利用他的才智搞一点实际的东西。他对阿罗斯密斯说道："比方说，要是你能制一张几百例阑尾炎的血象表，并且发表出去，那倒是会有用的，而且你多少也会使我们的诊所出点名，我们大家也都沾点光——附带提一句，这样，我们或许将你的年薪增加到三千。"阿罗史密斯此时跟妻子利奥拉生活在大都市芝加哥，生活捉襟见肘，非常需要钱。从医学院毕业到现在，由于阿罗史密斯所怀抱的科学—理想主义的信念观与社会生活中的实利主义的处处冲突，阿罗史密斯几乎是处处碰壁，一直过着清贫的生活。现在他的年薪只有两千五，如果能加五百，那对夫妻俩来说，当然是一笔重要的收入，可以改善一下伙食，多炒一道喜欢的菜肴，可以为两人添置一两套像样儿的新外套，或可以去某个度假胜地旅游一次等等，当然能改善一下现在狭窄的居住条件那就更好了。其实，假如阿罗史密斯愿意放弃一直在研究的、志在能使很多人免于死亡的细菌试验，而专心做开业医生的实际工作，或制造能赚钱的什么血清实验，那他的年薪何止三千，三万也做得到。安格斯的话没有打动阿罗史密斯，为了科学，为了更崇高的理想，他甘愿贫穷，而这正是上引第三点爱默生所阐述的学者可贵的精神品性的体现。

四 背负十字架，寻找科学的出路

马丁·阿罗史密斯博士用他研制的噬菌体与西印度群岛圣休伯特岛上的鼠疫进行了殊死的搏斗，好友桑德利厄斯和爱妻利奥拉都被鼠疫夺去了生命。丧妻之痛几乎使马丁疯狂，阿罗史密斯给每个要求注射噬菌体的居民都做了注射，而放弃了戈特利布交代的实验任务：只给一半人注射噬菌体，而把另一半人作为对照病例。如果注射了噬菌体的人没有染上鼠疫，而没有注射的人染上了鼠疫，这样就可以确定噬菌体在治愈致命的鼠疫病上的价值，为以后拯救成千上万的人类的生命负责，从而永远消灭鼠疫。鼠疫的流行终于中止了，阿罗史密斯被岛上的居民当成了救星，他成了有口皆碑的英雄。阿罗史密斯虽然如释重负，但同时为放弃实验，充当救星的角色，没有充分得到关于噬菌体的实验价值而感到不安。回到麦格克研究所，阿罗史密斯被任命为新成立的微生物研究室主任，并被当成英雄人物般看待。阿罗史密斯谢绝了各机关团体让他去作演讲的邀请，谢绝了授予他的诸多荣誉头衔，一头扎进了实验室。他要重新开始，以弥补自己的过失。阿罗史密斯的科学实验越来越精细复杂，"他通过极为复杂的过程……终于找到了一种在死亡细菌身上繁殖噬菌体的方法，这一工作的精细程度就如雕刻宝石浮雕一般，它的难度就像要称星星的重量一样不可能。他的报告震动了整个实验界"①。

　　阿罗史密斯已经是世界上有名的科学家了，而且与漂亮富有的寡妇乔伊斯结了婚，生了儿子，但与妻子繁琐的上层社交生活常常发生冲突，也与研究所惯有的急于求取功名的作风相冲突。所长霍拉博德就要到全美文化机构联盟任职，正在物色一位将接替他所长位置的人，以便跟他们文化机构联盟通力合作，创造奇迹。霍拉博德看上了阿罗史密斯，妻子为即将荣任所长的丈夫感到高兴和骄傲。阿罗史密斯知道，如果他接任了所长职务，地位、金钱、荣誉有了，但是，他工作的自由就将被剥夺，而如果

---

① 辛克莱·刘易斯：《阿罗史密斯》，李定坤等译，江苏人民出版社 1987 年版，第 515 页。

不按照霍拉博德说的去做，就有马上被迫辞职的可能。于是，阿罗史密斯主动辞去了研究所的职务，来到了佛蒙特州的郊外树林里。他的好友特里·威克特是位非常出色的生物化学家，看不惯研究所的实利及官僚作风，已于半年前辞职，在这里搭起了几间简易木屋，独自一人在坚持着不受人干扰的科学实验。阿罗史密斯放弃高官职务和高雅富有的妻子，加入了特里的行列，在冬天里寒风呼啸不止的森林中，与特里一起进行着似乎漫无止境、十分复杂的科学探索。他们知道，他们的探索之路漫长而又艰巨，但他们的科学工作非常重要，可以使人类许多人幸免死亡。由此，我们看到，阿罗史密斯就像爱默生所期望的一名真正的学者那样：本来可以轻松而愉快地选择一条充满荣誉和金钱的道路，接受霍拉博德和妻子乔伊斯给他的名利、时尚、教育以及世人的宗教，可他为了科学理想，宁可背起十字架，历经苦难寻求科学研究的出路。

五　徘徊和忧郁

爱默生认为，学者也不是圣人，在坚持真理，探索真理的道路上，也有徘徊忧郁的时候，也会产生退缩动摇的念头，尤其会碰到好像是他自己同社会敌对、与文雅阶层的不和的痛苦处境。阿罗史密斯就有不少灰心懊恼的时候。在经历了惠西法尼亚和诺梯拉斯的一系列挫折和失败后，马丁有了退缩的念头：

> 我从来没有想到自己会这样地惨败。我再也不想看到实验室和公共卫生部门了。我就赚几个钱算了，除此之外，我什么也不搞了。
> ……我期望自己后半辈子就当一个营利集团的医生。但愿自己能明智地做到这一点。

......

我将死守在朗斯菲尔德诊所，直至我可能挣到三万美元
年薪，然后我就把奥克福德雇来自己开诊所，自己既当内科
医生又当总的头儿，把能捞到的每一分钱都捞到手。①

马丁犹豫沉静了一段时间没有去做他的实验，尽力安安静静
像其他医生一样干该做的事情。这样的日子虽然不会再惹来麻
烦，却让他非常难受。他觉得自己仿佛死去一样。不知不觉，马
丁又开始搞一点链球菌溶血素的研究了，虽然他知道，一点点治
疗和大量的外表的装饰就能博得人们的喜爱和满意，一位医生就
能轻而易举地获得名声和金钱。可是，尽管他明白这一点，也在
受尽委屈、尝够贫困的时候下过决心不再做费力不讨好的事情，
但好好赚钱过日子的想法终究抵挡不了一位科学家要探索事实真
相的诱惑力和要为人类谋福利的良知。马丁又一心扑在了实
验上。

六 人性中最高尚的机能

经历了挫折，也经历了软弱动摇的时刻，阿罗史密斯来到麦
格克研究所，在戈特利布的指引下，作为一个科学家，要下决心
认真工作了。戈特利布认为：科学家具有强烈的信念；一个科学
家要求一切事物都从属于不可抗拒的规律；科学家最鄙视的是那
些一心想把未经证实的科学方法拿来到处兜售，妄想以此给人治
病赚钱，结果反而破坏了科研线索的医生；科学家必须是铁石心
肠，冷静而清醒地看待一切。作为普通人的读者，我们看到，戈

---

① 辛克莱·刘易斯：《阿罗史密斯》，李定坤等译，江苏人民出版社1987年
版，第327页。

特利布给他的学生的诸多教诲和要求中，作为一位真正的科学家几乎要过的是一种苛刻的不食人间烟火的生活，确实不是常人能受得了的，尤其是要保持特别清醒的头脑去反对人们认为可以作为"事实"或"真理"加以接受甚至热爱的那一鳞半爪的真理。如此，科学家哪能费力讨好受人喜爱呢？因此，戈特利布也明确告诉阿罗史密斯，科学家"是一个当然会遭到一切有教养的、性格善良的人们憎恨的人"[①]。那么，到底是什么力量鼓舞着科学家要这样去做呢？戈特利布论道，科学家应做的就是"埋头工作，从事研究，却从不到处叫嚷自己是多么地热爱人们"[②]。从这里，我们明白了，科学家的一切动力只是因为有了不同于常人挂在嘴上当歌唱的，而是深埋于心底的对人类的一种最深层的博爱，也就是爱默生说的：一种人性中的最高尚的机能。这种从私心杂念中提高升华了的人性之精华，是人类世界最珍贵的宝物。拥有了这种宝物的科学家，哪怕成了世界上最穷困、最遭人憎恨的学者，他充当的却是"这世界的眼睛"，"这世界的心脏"；他做的是擦亮世界的眼睛、启动世界的心脏、传播英勇情操的事情；他抵抗着向着野蛮倒退的粗俗的繁荣，歼灭潜藏着的向得意洋洋的人类进攻的细菌杀手，他书写的是人类的传记和历史的结论。学者得到的是如此的无价崇高荣耀，肩负的是如此的使命，所以就磨炼成了常人难有的、任何艰难困苦也难以撼动的科学信念。因而，阿罗史密斯向上帝祈祷以坚定他那能发挥人性中最高尚机能的科学信念，他的祈祷把爱默生所赋予美国学者的意义发挥到了极致："上帝，请赐予我一双洞察一切的慧眼和从

---

① 辛克莱·刘易斯：《阿罗史密斯》，李定坤等译，江苏人民出版社 1987 年版，第 339 页。

② 同上书，第 340 页。

容不迫的作风。上帝，请让我内心深处深恶痛绝一切装腔作势、自吹自擂的行为，憎恨那种工作懈怠和半途而废的恶习；上帝，当我观察的结果尚不等于计算结果时，或当我还没有满心欢喜地发现和批判自己的错误时，就让我惶惶不安，既不能入睡，也不能接受别人的赞扬。上帝，请赐予我力量，使我不去倚仗上帝！"①

第四节　埃尔默的物欲—实用主义

埃尔默·甘特利是个牧师，也是个流氓，也就是说，他是个披着牧师外衣、打着上帝招牌的高明的流氓。他背地里干着流氓的勾当，外表上却充当着上帝的使者，充当着道德家，甚至精神领袖的角色。马丁·赖特认为，埃尔默似乎是恶魔似的人物，他一切是为了钱、享乐和权力，牧师职务是为他提供这一切的事业。② 所以，这种人物是非常危险的，可以说是民族肌体上的毒瘤。林奇曼认识到这是刘易斯所设计的一种最坏的案例：如果埃尔默·甘特利这样的流氓获得了调整美国的道德、艺术和教育的权力的话，未来可能会发生多么可怕的事情。③ 2005 年，里查德·拜瑞恩就《埃尔默·甘特利》发表了一篇联系美国社会现状的文章。他认为，埃尔默·甘特利从来没有在美国消失过，而且，这个类型——活生生的、呼吸着的甘特利，像过去一样，现

---

① 辛克莱·刘易斯：《阿罗史密斯》，李定坤等译，江苏人民出版社 1987 年版，第 341 页。

② Martin Light, "Mantrap and Elmer Gantry", in *the Quixotic Vision of Sinclair Lewis*, Purde University Press, 1975, pp. 98—107. Reprinted in *Novels for Students*, Vol. 22.

③ Richard Lingeman, *Sinclair Lewis: Rebel from Main Street*, New York: Random House, 2002, p. 306.

在又回来了。埃尔默·甘特利又开始在美国训诫了。①从埃尔默的形象和从清醒的评论家们对埃尔默这种角色对社会危害性的认识方面看，埃尔默是值得关注的。那么，刘易斯的埃尔默在美国的民族文化中到底扮演了什么角色呢，他是美国文化的何种产物呢？本书认为，在美国人集实用主义与理想主义于一体的文化特征中，埃尔默·甘特利是实用主义在其身上演化到了极端的一种产物，而理想主义在这种极端实用主义的温床里则又演变成了一种强烈的占有欲，也就是物质欲、美色欲和权利欲，以及为达到占有欲而不择手段的卑鄙伎俩。我们把埃尔默这种劣质特征叫做物欲—实用主义。

一　埃尔默强烈的物质欲

埃尔默从神学院院长手里接受了他的第一次神职任命，到离神学院 11 英里远的一个乡下教堂主持那里的星期天的早布道和星期天学校。埃尔默一听，喜出望外，他心里想："我埃尔默一定要好好地干一场，给他们看看！学院有些家伙以为我只是一个嘴皮子艺术家！我要让他们看看我可以把多少人吸引到教堂里来，看看我可以为教堂募集多少捐款，看看我滔滔的雄辩术可以使多少人从沉睡中猛醒——当然，我还会给多少黑暗的心灵带去拯救的曙光啊！"②埃尔默这番话乍一听，还像是一位正规的神职人员、一位尽忠职守的神学院学生说的话：有抱负，有理想，

---

① Richard Byrne, "The good book: the America portrayed by Sinclair Lewis in Elmer Gantry used to be a distant memory. But the novel's surprising lessons are relevant again", *The American Prospect* 16. 3 （March 2005）: 57（2）. Academic ASAP. Gale. International Web Demo(Gale User). 19 AUG. 2007.

② 辛克莱·刘易斯:《灵与肉》，陈乐等译，湖南人民出版社 1988 年版，第156 页。

想用自己出色的口才为教堂服务，为上帝尽忠，给众多缺少信仰的人带去精神食粮，让他们皈依上帝，以使他们的灵魂得到安抚。如果是这样的话，读者会如何回答下面三个问题呢：埃尔默为什么想把很多人吸引到教堂来？他的给黑暗的心灵带去拯救的曙光是什么意思？他要让人们醒悟什么？很简单，答案就是：让更多的人皈依上帝，让上帝拯救人们有罪的灵魂，也就是让更多的人沐浴在上帝的光辉下以获得永恒的幸福。读者一边看，一边会以为埃尔默现在终于要改恶从善了，尽管还有点怀疑。正要为此感到高兴时，看到如下内容："一个星期赚这十块钱的外快太方便了，而且，如果他能好好地摆布休恩海姆的那些教堂执事，还将有更多的钞票会流进他的腰包。"① 原来如此，埃尔默的上述远大理想都只是为了他的实际利益，为了从更多的教民人数里面赚到更多的钱。作者如此地把人物的理想和物质的欲望结合起来，产生了一种很强大的煽情效果。并且，埃尔默物质欲望的表露采用了自由间接引语的叙述方式，自由间接引语在此产生了一种多声部的杂语共鸣：一是埃尔默内心物质欲的自然流露，二是叙述者对埃尔默这样的神职人员的嘲讽和戏谑的语气，三是高高在上的隐含作者明察秋毫的犀利的批判和鄙视的语气，四是供养着神职人员的无可奈何的上帝的眼光。在这里，自由间接引语的使用，使得埃尔默的这种物质欲望的语意密度更加浓厚，预示着教堂即将成为这位神学院学生埃尔默摆弄教民、愚弄教民、亵渎上帝、攫取金钱的通道。

从下面的叙述中我们可以从另一个视角透视一下埃尔默："天哪，这个城区永远也不会复兴了。这些该死的乌合之众实在

---

① 辛克莱·刘易斯：《灵与肉》，陈乐等译，湖南人民出版社1988年版，第156页。

是太多了。这成群结队的南欧人。这种鬼地方,从十个街区里也找不出一个人肯为教堂捐一分钱。实在无能为力呀!我可不愿意去办一个施舍粥汤的食堂,去让一大群肮脏的流浪汉来皈依耶稣。我永远也不会这么干。"[①] 这是埃尔默初次查看他有可能任职的泽尼斯市旧城区的一所教堂时的想法。我们看到,野心勃勃的埃尔默要拯救的灵魂并不是陷于困苦中的最需要救赎的广大穷苦大众,这可以说是直接违背了耶稣的宗旨。耶稣是与穷人打成一片的,在传播圣经福音的同时,帮助过很多的穷苦人,他还医治过瞎眼的、瘸腿的、患麻风的人和哑巴,并奇迹般地用五饼二鱼喂饱了五千人。[②] 而牧师埃尔默却因为教区民众的穷困竟然就拒绝拯救他们的灵魂,还用鄙视的眼光称穷困民众为"乌合之众"、"肮脏的流浪汉",这说明牧师埃尔默平时常挂在嘴边的"爱"既不是对上帝的爱,也不是对人类的爱,而只是对金钱的爱,这从另一方面衬托了埃尔默物欲的强烈性。

埃尔默的这种强烈的物质欲望使他想尽各种办法从教民手里搜刮钱财:

> 他发现了一个最简单但却又是最需要有天才才能发现的事实——即弄钱的最好方法就是去开口向人家要,要厚着脸皮去要,还要经常去要。如去拜访富人,多搞主日学校班级之间的竞赛,以及向每一位教友发捐款信封……然而,最有用的方法还是,在每个星期天告诉他的教堂会众,威尔斯普林教堂和它的牧师正在做着多么具有划时代意义的好事。如

---

① 辛克莱·刘易斯:《灵与肉》,陈乐等译,湖南人民出版社 1988 年版,第522 页。

② 阿尔文·施密特:《基督徒对文明的影响》,汪晓丹、赵巍译,北京大学出版社 2004 年版,第 1 页。

果他们能提供更多的资金，他又能再做多少好事。而且他要
求他们现在就资助，立刻资助。①

　　从叙述者以上的报道中，我们看到，借助于上帝的名义，埃
尔默已越来越迫切、越来越堂而皇之、明目张胆地把手伸向了教
民的钱包。如此发展到后来，竟然还把贪婪之手伸向了其他教区
的有钱教民。埃尔默用威胁利诱、坑蒙拐骗的方法，把老同学弗
兰克置于绝境，以此连哄带骗，使弗兰克任职教堂的教民，经营
五金器具的巨头威廉·多林格·斯苔尔斯投入了自己的教堂。
《新约·马太福音》第 6 章第 24 节是这样论述神和财利的："一
个人不能侍奉两个主。不是恶这个爱那个，就是重这个轻那个。
你们不能又侍奉神，又侍奉玛门。"② 身为牧师的埃尔默为掏出
教民的钱财如此挖空心思，不择手段，显然敬奉的是财利，而不
是神了。强烈的物质欲望使得牧师埃尔默实际上已经变成了一个
亵渎神灵、利欲熏心且阴险毒辣的披着宗教外衣的恶魔。

二　埃尔默邪恶的色欲

　　小说中很多地方是用圣经所蕴含的寓意来揭示和讽刺埃尔默
的邪恶的。如叙述者向读者做了这样的报道：

　　　　当教堂的前排坐着一排漂亮而又崇拜他的小妞儿时，如
　　果再让他面不改色心不跳地说，不管什么人，只要他看见了
　　一个妇人便对他产生邪念，他就会轰隆一声栽进地狱，这也

---

　　① 辛克莱·刘易斯：《灵与肉》，陈乐等译，湖南人民出版社 1988 年版，第
578 页。

　　② 《圣经》，简化字现代标点和合本，第 11 页。"玛门"是"财利"的意思。

实在很不容易哩。①

在《马太福音》第 5 章第 27 节，耶稣是这样训诫门徒的："你们听见有话说：'不可奸淫'。只是我告诉你们：凡看见妇女就动淫念的，这人心里已经与她犯奸淫了。"② 作为神职人员的埃尔默的所作所为，如果按照耶稣的话语来判断，就是一个十足的大淫棍，是牧师中的典型败类，下一百次地狱都不为过了。当神学院院长因他在去执行神职任务的途中吃喝嫖赌而宣布开除他时，叙述者也让埃尔默引用《圣经》为自己辩解，他和院长间的对话是这样结束的：

> 埃尔默哀声地抱怨道："你不该——你不该这样残酷无情地惩罚我，《圣经》上不是说你应该宽恕七个七十次——"
>
> "这已经是第七个八十次了！你滚出去！"③

这里，埃尔默引用的是《马太福音》第 18 章第 21 节里耶稣对彼得说的话④，作为一个神学院学生，一位牧师，自己犯了奸淫的罪，被人发现，却还在用上帝的话作为要求宽恕自己的理由，这的确是一种对上帝的大不敬。但这也正是埃尔默惯用的一种自主化特征的显示，用自认的公理破解上帝的语言，重新编码

---

① 辛克莱·刘易斯：《灵与肉》，陈乐等译，湖南人民出版社 1988 年版，第543 页。

② 《圣经》，简化字现代标点和合本，第 5 页。

③ 辛克莱·刘易斯：《灵与肉》，陈乐等译，湖南人民出版社 1988 年版，第252 页。

④ 《圣经》，简化字现代标点和合本，第 35 页。

后理直气壮地用作为自己的罪恶进行辩解的武器，让人初看不由得啼笑皆非，继而又会有点不寒而栗，为宗教神坛竟然有这样的败类而担忧。埃尔默这次的自主化用错了地方，院长的简短回答颇有点"以其人之道还治其人之身"的口吻，既暴露了埃尔默的斑斑劣迹，又把埃尔默所用的上帝之语加以发挥而堵住了埃尔默的嘴，刘易斯于此所表现的对语言和语境的驾驭能力真可说是达到了炉火纯青的地步。

埃尔默还是神学院学生时，在周末就常乘火车偷偷到离学校较远的镇上寻欢作乐。埃尔默甚至对房东太太十四岁的小女儿都起过歪心，只是那时他一心想博得端庄秀丽、家底殷实的姑娘克丽欧的欢心，才放过了房东家的小姑娘。在第一次接受神职，主持休恩海姆乡下教堂的星期天布道仪式时埃尔默诱惑了教堂执事的小女儿鲁鲁，然后又卑鄙地设置圈套遗弃了鲁鲁。十四年后，当鲁鲁作为他教堂的一名漂亮的女教民，一名有夫之妇的身份出现在埃尔默面前时，已是有妇之夫的埃尔默利用鲁鲁对他的痴情，编造了一番谎言，又一次把鲁鲁据为己有。埃尔默常在他教堂里的办公室与鲁鲁幽会，在找到新欢之后，又毫不留情地一脚踹掉了鲁鲁。鲁鲁最后终于一蹶不振，成了表情呆滞、衣冠不整、成天在家闲荡的近似精神失常之人。埃尔默为了满足自己邪恶的淫欲，两度欺骗伤害对他痴心爱恋、不明真相的鲁鲁，不惜再三毁掉鲁鲁的名声和幸福，扮演了一个十足的流氓恶棍的角色。而公开场合埃尔默却是一个最声嘶力竭地、最严厉地谴责一切邪恶的最虔诚的牧师，刘易斯让人物埃尔默的真实面貌和公共形象以如此悖论的形式出现，使他小说文本中对牧师的邪恶伪善的批判具有了原子弹爆炸似的威力。

埃尔默为了能跟新近聘任的秘书海蒂厮混在一起，甚至诅咒自己的妻子克丽欧早死，这样他就可以娶海蒂了。他与海蒂在教堂的办公室里为上帝工作着，这是接受教民来访的时段："每当一个愁容满面的寡妇蹒跚地走出了办公室之后，埃尔默总要从办公室的这一头冲到那一头去吻女秘书的柔软的太阳穴，听女秘书对自己喃喃低语：'亲爱的，你刚才在那只庄严的老母鸡面前表演得太出色了；噢，你多么可爱呀！'这简直就是他人生最大的快乐了。"① 埃尔默对上帝和教民的欺骗愚弄，埃尔默的荒唐堕落、道貌岸然在刘易斯的笔下达到了惟妙惟肖的戏剧化程度。不过，埃尔默的表演再精彩，读者也不会哑然失笑，即使是作为异教徒的读者，也只会替上帝感到难过，为什么让埃尔默这样一个毫无羞耻之心的酒色之徒来充当拯救灵魂、传播福音的角色？上帝他看见了吗？由此，刘易斯缄默地达到了尼采的目的：上帝死了。如果不是如此，仁慈万能的上帝是绝不会让埃尔默之流如此恣意妄为、猖狂嚣张的。这也是对作者刘易斯在动笔写《埃尔默·甘特利》之前在堪萨斯城一座教堂的布道坛上所做之事的最好印证：他当时宣布给上帝十分钟把他这位不相信上帝者置于死地，以证明上帝的存在与否。当然刘易斯赢了。② 在小说中，刘易斯以神职人员埃尔默为反面教材，再次证明了上帝的无能为力。

三　埃尔默膨胀的权力欲

　　埃尔默自从由于一次不小心的吃喝嫖赌耽误了主持复活节仪式而被神学院开除以来，可以说在社会上混得一点都不如意，但是，只要一有机会，他马上又是野心勃勃了。这天，在一家旅馆

---

　　① 辛克莱·刘易斯：《灵与肉》，陈乐等译，湖南人民出版社 1988 年版，第 695 页。

　　② James M. Hutchisson, *The Rise of Sinclair Lewis: 1920—1930*, The Pennsylvania State University Press, 1996, p. 138.

的大厅里，一位衣着讲究的老头，在听了埃尔默为了维持生计而
开办的发财致富讲习班上天花乱坠的一次演讲后对埃尔默发生了
兴趣，他就是颇负盛名的负责主持泽尼斯地区的美以美派教会的
威斯利·吐米斯主教。吐米斯主教在被埃尔默极力奉承后，邀请
埃尔默去他家共用晚餐。埃尔默感到一阵狂喜："我今天的表演
真是绝了！对这种孤军作战的把戏我已经腻了。还是去加入一支
像美以美派这样真正的大军吧——也许我得从当小兵开始，不过
我会青云直上的，十年以后我自己就是个主教了，有他们所有的
那些金钱、大教堂、那成千上万的教友以及那所有的一切做我的
后盾……乌拉！噢，主教大人，我让你再尝尝我的迷魂汤吧！"①
作为作者的读者，我们看到埃尔默进入教堂的目的，他要利用教
堂的一切满足他凌驾于他人之上的权力欲望。他给吐米斯主教灌
迷魂汤，也就是说他要察言观色，专挑吐米斯主教喜欢的话来
说，最主要的，是他要尽力地表现自己，还包括美化自己的过
去，竭力掩饰自己的卑劣天性。埃尔默对自己出色的演技、对自
己那庄重的举止风度历来都是非常得意和自信的，对自己在被神
学院开除以前那慷慨激昂、口若悬河的讲道曾使听众们目瞪口
呆、全神贯注的情景更是没齿难忘。现在，他又有了机会，他一
定会用他那振聋发聩的声音、他那扭转乾坤的力量让无数善男信
女把他抬上主教的位置的。

　　埃尔默如愿以偿，短短几年时间之后，他已是泽尼斯地区美
以美派教会很有点名气的牧师了。埃尔默得到了多次提升，教堂
越来越大，年薪也越来越高，从最初只有九百人的班久教区的小
教堂的牧师，现在已经变成了拥有四十万人口的泽尼斯市威尔斯

---

① 　辛克莱·刘易斯：《灵与肉》，陈乐等译，湖南人民出版社1988年版，第
426页。

普林美以美宗圣公会教堂的牧师了。埃尔默决定做些"耸人听闻",也就是"鼓舞人心"的事情,找到大出风头的绝招,以便能更快提升自己的知名度,获得更高的教位。他找到了,那就是,集中火力对罪恶、酒、大腿以及桥牌进行有力的抨击。埃尔默认为这一定会让教民们津津乐道,也一定会吸引新闻记者的注意。埃尔默快活而又有力地伸了伸他粗壮的胳膊:"噢,我可以超过他们所有人!我要建立一座新教堂。我要把他们的新教民统统吸引过来。我要成为泽尼斯唯一的大牧师。然后——芝加哥?纽约?主教?我要什么就会有什么!乌拉!"① 读者看到,埃尔默这时的野心已不只是当一名主教了。泽尼斯市的大牧师这时有很多个,仅美以美派所属教堂中除了吐米斯主教外,就有四个牧师比他名气要大,其他教派的知名大牧师更是不少。埃尔默摩拳擦掌,想战胜挡在他前面的所有这些同行,让他们教堂的教民都投到他的麾下。那么,埃尔默的目的是什么呢?是"要什么就有什么",也就是埃尔默想要"为所欲为",想要一个能让他拥有为所欲为的权力的位置。

埃尔默在他第一次欧洲之行的回程中,结识了全国艺术与出版物纯净协会的执行书记 J. E. 诺斯先生,并获得了他的青睐。他对埃尔默所显示出的热情、正直和精力很是欣赏,当即邀请埃尔默到底特律的基督教青年会去做演讲。埃尔默的机会来了,他想到首先笼络住这个 J. E. 诺斯,直到时机成熟再一脚把他踢开,到那时,"他将把全美国所有的道德组织全部合并为一个协会——也许再过一些时候全世界的道德组织都会被并入他的协会呢。而他将要做这个联合协会的执行主席;他将要凌驾于美国的

---

① 辛克莱刘·易斯:《灵与肉》,陈乐等译,湖南人民出版社 1988 年版,第553 页。

总统之上而做一个超总统呢，而且有朝一日他还会主宰全世界呢"①。埃尔默的野心至此已昭然若揭——他要成为全美国的道德领袖，他要统治美国，甚至要主宰世界。作者在此用了很长篇幅的自由间接引语，构成了一股强大的语流：一是埃尔默·甘特利在展望未来时内心的狂吼乱叫，二是叙述者以一种急不可耐的语气在向叙述对象（包括真正的读者）报道埃尔默内心的想法，似乎在召唤着某个清醒的良知来赶快阻挡住埃尔默迈向他权力宝座的步伐。而隐含作者还是一声不响地注视着、操纵着这一切，让叙述者耐着性子把埃尔默的故事讲完。这个故事不只是说给埃尔默的美国同胞听的，因为埃尔默已经有了要统治全世界的狼子野心，那么，还得有责任让美国以外的其他公民知道这一切。无论叙述者有时是多么的急不可耐，作者始终把叙述者限制在报道的功能上，全知叙述者的权利受到了极大的限制，隐含作者一声不响地把叙述者的阐释和评价的功能交给了读者，构成了一个让世界读者来判断、警醒、阻止恶魔埃尔默迈向权力之巅的疯狂步伐之开放的强大语境。

　　拜瑞恩说："埃尔默·甘特利又开始在美国训诫了，刘易斯又一次产生了重要的意义。刘易斯是一个认真的学生和观察者，他的方法为今天的自由党人提供了经验教训。"② 本书认为，从埃尔默要主宰世界人民之思想道德的野心看来，刘易斯的方法也为作为"他者"的我们提供了难得的反面教材，由此，小说

---

　　①　辛克莱·刘易斯：《灵与肉》，陈乐等译，湖南人民出版社 1988 年版，第687 页。

　　②　Richard Byrne, "The good book: the America portrayed by Sinclair Lewis in Elmer Gantry used to be a distant memory. But the novel's surprising lessons are relevant again", *The American Prospect* 16.3（March 2005）: 57（2）. Academic ASAP. Gale. International Web Demo（Gale User）. 19 AUG. 2007.

《埃尔默·甘特利》不但具有极高的文学价值，也具有极为重要的社会文化意义。

小　结

　　美国人的思维中并行着拉尔夫·爱默生的超验主义潮流和本杰明·富兰克林的务实主义潮流。富兰克林的人生及其《自传》所体现的以个人奋斗、个人的诚实守信而发家致富为核心的实用主义，同爱默生、梭罗等提出的建立在超验主义原则上的个人主义（理想主义）一起，构成了典型的美利坚民族"集实用主义和理想主义于一体"的矛盾的文化特征。这一文化特征在具体的个体性人物身上又有各自不同的具体表现。本章借用富兰克林的实用主义世界观和爱默生的超验主义思想观，分析了这一矛盾的文化特征在《大街》等四部小说中的主要人物身上的个体性表现特征：（1）在卡罗尔身上表现出以理想主义为主同时又兼有一些实用主义的"实用—理想主义"的个性特征：鲜明的自我意识、富有主动性和创造性的独特个性、坚强的自立意识、对现实的逃避和对自我的节制；（2）在巴比特身上表现出以实用主义为主同时兼有一些理想主义的"理想—实用主义"的个性特征：严格遵守有利于赢利的商业道德、精心经营有利于赢利的社会关系、信奉有利于赢利的实用主义宗教观、追随享乐主义的消费潮流、在梦中寻觅理想的火花；（3）在阿罗史密斯身上表现出把理想与科学信念结合在一起的"科学—理想主义"的个性特征，实用主义在其身上化作了支撑其脚踏实地、一丝不苟地坚持科学理想的精神，也化作了其在逃避中化解根本冲突的有利因素，其科学理想主义主要表现为如下特质：敢于追求真理，舍得抛弃名利，勇于献身科学，坚持正直诚实；（4）在埃尔默身上则是一种"物欲—实用主义"的体现：这是实用主义演化到了极端的一种产物，而理想主义在这种极端实用主义的温床里则又演变成了一种强烈的占有欲——也就是物质欲、美色欲和权力欲及其为达到占有欲的目的所施行的不择手段的卑鄙行为。本章对人物的个体性文化特征的揭示显示了小说立体化的丰满的人物形象，说明学界所诟病的刘易斯在作品中对人物的既同情又讽刺的矛盾态度并非作者的败笔而是美国民族矛盾的文化特征在个体性人物身上的体现所导致的艺术家的一种必然应对策略。此外，这种把小说人物的个性精神置于民族文化特征的大背景中的研究视野，更深刻地显示了刘易斯小说的文化叙事为什么能成为美国民族文化意识的一部分的原因。

第四章　刘易斯小说中社会群体的文化特征

　　"集理想主义和实用主义于一体"的文化特征在《大街》等四部小说所反映的社会群体的生活中主要以物质至上的实用主义和由理想主义衍变成的维护既得利益的极端保守主义的特征体现出来。这种保守实用主义倾向在20世纪20年代这个时期打上了很深的消费主义的烙印，就如麦克·费瑟斯通所论："通过推销某种距离审美方式，因而也会有工具理性维度的审美、或功能理性维度的审美。这不是说人们通过传统或习惯而不加反思地接受某种生活方式，相反，新的消费文化的英雄们，在他们设计好并汇合到一起构成生活方式的商品、服装、实践、体验、表情及身体姿态的独特聚合体中，把生活方式变成了一种生活的谋划，变成了对自己个性的展示及对生活样式的感知。人们已经意识到，消费文化中的个体，不仅仅谈论他的服饰，而且还谈论他的家居，家中的陈设与装潢，汽车及其他活动，根据这些东西有无品味，人们就可对它们的主人予以解读或进行等级、类型的划分。"[1] 而在进行等级和类型的划分时，20世纪初期的消费群体

---

　　① 迈克·费瑟斯通：《消费文化与后现代主义》，刘精明译，译林出版社2006年版，第126页。

的消费思想观念则也打上了深深的时代烙印。经济的繁荣、政治文化上的保守、红色恐怖的蔓延所衍生的禁酒令、斯哥普斯审判、萨科—凡泽蒂事件等反映的保守和激进的新旧文化冲突，都在当时处于上升和壮大中的社会上的主要消费阶层——中产阶级的身上得到了具体的体现。费瑟斯通认为："当下层群体向上层群体的品味提出挑战或予以篡夺，从而引起上层群体通过采用新的品味、重新建立和维持原有的距离来作出回应时，新的品味或通货膨胀就引介到场域中来了。"① 而对于刘易斯小说中的消费贵族来说，当下层群体对上层群体的品味提出挑战时，上层群体的反应不仅是通过采用新的品味来重新建立和维持原来的距离，而且还采取一种禁止、打击、威胁和违法的暴力手段来保持自己的优势地位，表现出了当时一种典型的消费文化中的等级、阶级和种族偏见。人们在消费中的满足感，不但"有赖于拥有或消费被社会约束的、合法的（所以稀有或被限制的）文化商品"②，而且还在于满足于依靠打击和压制下层群体或异己分子来维持作为这种上层群体的一员的优势地位。

第一节　褊狭与实利的乡镇社会

社会群体的阶级地位是与其生活方式分不开的。学界对生活方式的研究由来已久。马克思和恩格斯在其著作中多次提到过"生活方式"，对生活方式有两个重要论点：其一，生活方式是区别阶级的重要标志，由不同的家庭经济条件决定的不同生活方

---

① 迈克·费瑟斯通：《消费文化与后现代主义》，刘精明译，译林出版社 2006 年版，第 129 页。

② 同上书，第 130 页。

式、利益和教育程度形成不同的阶级。其二，生活方式与生产方式紧密相连，生产方式决定生活方式。[①]马克斯·韦伯在《阶级、地位和权力》一文中，分析了社会地位与生活方式的关系，把生活方式作为区分阶级及区分社会群体的指标。凡勃伦在《有闲阶级论》一书中，则把生活方式作为阶级地位的标志来研究。《大街》里的戈弗镇，此时正处于20世纪10年代的后期，人们的生产方式改变了人们的经济条件，经济条件又改变着人们的阶级地位，阶级地位又决定了人们的生活方式。在戈弗镇的上层阶级欢迎新娘卡萝尔的聚会上，年迈的爱奥尼克银行总经理埃兹拉·斯托博迪的一阵胡思乱想很好地反映了美国乡镇从19世纪末至20世纪初近三十年的社会群体的阶级及生活变化状况：

　　遥想三十年前，韦斯特莱克医生、朱利叶斯·弗利克鲍律师、公理会牧师梅里曼·皮迪和他本人，在当地都是说了算的头面人物。那当然是毋庸赘述的；那年月，医学、法律、宗教和金融这些学科，都是众所公认的贵族化的职业；这四个北方佬似乎不分贵贱，很讲民主，常常跟那些敢于追随他们的俄亥俄人、伊利诺斯人、瑞典人和德国人闲聊，实际上则是对他们进行统治。可是现在……在这个讨厌的汽车时代，埃兹拉虽然还是乘坐他的那套灰色马拉着飞也似的奔驰的马车，不过谁都不会理会他了。戈弗镇就像芝加哥一样鱼龙混杂，良莠不齐。开商店的是挪威人和德国人。普普通通的商人，却成了社会领袖。卖钉子的和开银行的，都是一样崇高的职业。这些暴发户——克拉克夫妇，海多克夫妇——简直

---

① 参见李彦和《论消费文化与生活方式的关系》，《消费经济》2003年版第4期，第55—59页。

不知自爱。他们的政见是稳健而又保守，但他们又大谈特谈汽车、猎枪和只有天晓得的一些什么最新的时髦玩意儿。①

从斯托博迪的思绪中，我们看到，三十年前小镇的统治阶层是从事医学、法律、宗教和金融职业的人们，而如今从事商业的人却成了社会领袖，人们大谈特谈的是汽车、猎枪和一些最时髦的玩意。这充分说明，当时的商业发达，人们已在追求时尚和品味，商品丰富，消费量大，使得一大批从事商业的人们成为乡镇的富裕阶层，变成了戈弗镇的统治阶层，跨进了有闲阶级的群体，也就是戈弗镇的上层群体。他们谈论的，恰似费瑟斯通所说的，不仅谈论他们的服饰、他们的家居、家中的陈设和装潢，而且谈论汽车以及其他有闲阶级的活动，而刘易斯就充分地利用这些新的消费文化的英雄们这种个性的展示及对生活样式的感知，来表现大街的褊狭与实利，同时也展示了当时新贵们丰裕的生活。

一　对服饰的展示

冬天到了，属于美国中西部明尼苏达州的戈弗镇，家家户户都在翻箱倒柜，拿出带着樟脑味儿的冬令御寒用品：皮褂子、皮帽子、皮手套、几乎齐到膝盖的高腰套鞋、长达十英尺的灰色毛绒围巾、厚实的羊毛袜子、里面絮着鸭绒一般松软的黄羊毛的帆布外套、各式鹿皮鞋，还有专供腕部皮肤冻裂的男孩子使用的深红法兰绒腕套。② 这些描述让我们知道了中西部平原小镇冬季的严寒和人们防御严寒所穿的通常的服饰。可是有钱的人呢，尽管有着同样的防寒目的，但还是不一样了。"人们在冬装方面如同

---

① 辛克莱·刘易斯：《大街》，潘庆舲译，中国书籍出版社2006年版，第61页。
② 同上书，第102页。

在汽车方面一样也有千差万别。境况差的多半穿黄的或黑的狗皮大褂，但是肯尼科特身上却穿着一件浣熊毛皮长大衣，头上戴着一顶崭新的海豹皮帽子，真可以说派头十足。"[1] 而肯尼科特的妻子卡萝尔自己"穿着一件海狸鼠毛皮大衣，走在大街上显得很神气。喜欢用手指尖摸着如同软缎一样光滑的海狸鼠毛皮"[2]。同样是保暖的冬衣，却分明带上了意味着消费者身份的符号烙印和生活样式的心理感知。

镇上新来了一个女裁缝和女帽商，她给丽塔·古尔德做了一件透明的蝉翼纱长袍子，配上了一顶女式小帽，大家看到了，都一致认为好看，于是，那些太太们就都登门拜访这位女裁缝了，"她已在弗洛拉尔大街卢克道森旧宅里租下了好几个房间"[3]。从这可以看出，镇上的上层群体妇女们对漂亮的穿着已经是趋之若鹜了。可要是不合她们品位的或者超过她们自己品位的服饰，她们就会予以讥笑或者嘲弄。镇上新来的瑞典小裁缝打扮得非常漂亮，显得卓尔不群。"他身上套着一件褐色细线衫，里面穿的是白绸衬衫，下身是白色法兰绒裤，脖子间系上一个天蓝色蝶形领结。一见到他，人们禁不住就会联想到海滩，网球场，以及除了被骄阳晒得起了浮泡的大街以外的令人心驰神往的地方。"[4] 这是卡萝尔第一次看见埃里克·瓦尔博格时的印象。可是因为他着装的俊秀漂亮是大街其他太太们的男人们所远远不及的，而且他的身份地位很低，只是裁缝店的一个学徒，竟然还喜欢艺术，没事就捧着书本看，因此，他就成了大街人极尽嘲弄的对象。戴尔

---

[1]　辛克莱·刘易斯：《大街》，潘庆舲译，中国书籍出版社 2006 年版，第 103 页。

[2]　同上书，第 103 页。

[3]　同上书，第 425 页。

[4]　同上书，第 397—398 页。

太太说："他讲起话来总是文绉绉的，哎哟哟，他真会摆架子呢，身上穿着束腰带的夹克衫，凸纹布衣领上插着一枚金别针，甚至脚上短袜子跟领带颜色也配得很协调……照他说话时的神气，真像是美国国会议员……他充其量只不过是个瑞典小裁缝罢了。我的老天哪！人们还说他娇滴滴，真叫人吓坏了——看起来简直就像个小姑娘。那些小男孩都管他叫'伊丽莎白'……哈！哈！我说这真是太好笑了。"① 男士们也跟着太太们一起揭埃里克的隐私，戴夫·戴尔还扮着鬼脸尖叫着说："我的名字，就叫'伊丽莎白'。我是个呱呱叫的裁缝师傅，而且还很喜欢音乐。成千个的女人都拜倒在我脚下。劳驾给我一点儿面包夹牛肉，好吗？"② 穷小伙埃里克的审美品位超过了大街上层群体的生活品位，这是大街的有闲阶层不能容忍的，于是，成了众矢之的。埃里克很快被迫离开了戈弗镇，到大城市闯荡去了。

二　气派的家居

卡萝尔家虽然住得很宽敞了，但因为房子比较旧，肯尼科特说过很多次要盖一所最漂亮的新房子。他平时比较节俭，但他的这种节俭可以说是为了更奢华的消费目的。20世纪10年代的戈弗镇的中产阶级对居家环境看得很重，可以看出在这方面舍得投入，赚了钱的商人们一家比着一家盖起了新房子。肯尼科特的好友，镇上五金店老板萨姆克拉克就在不久前新盖的房子里欢迎卡萝尔的到来。"那里算得上是戈弗镇的深宅大院之一，是一幢结实的四四方方的房子，四周都有很干净的鱼鳞状护墙板，有一个

---

① 辛克莱·刘易斯：《大街》，潘庆舲译，中国书籍出版社2006年版，第391—392页。

② 同上书，第392页。

小塔楼，还有一道有顶棚的大门廊。屋子里铮光明亮，坚硬挺括，叫人见了很愉快，简直像一架崭新的栎木竖式钢琴。"① 主人对客厅里也做了装饰，"这时候，萨姆克拉克的客厅里，花花绿绿的缎子镶板，五光十色的香槟酒，透明的薄纱窗帘，以及枝形水晶吊灯都在熠熠发光，还有一些冒充的寻欢作乐的'公爵夫人'，珠围翠绕，交相辉映，整个屋子浸沉在有如柠檬色泽一般的黄澄澄的光影之中"②。可以看出，虽然是中西部平原的一个小镇，但当时人们在居家方面的消费已经很现代化了，奢侈之风正在悄然兴起。再看看面粉厂老板家的客厅，那个客厅"属于主张把家具摆设塞得满满的维多利亚派……室内每一英寸的地方，都要摆满东西，即使是毫无用处的东西也行"③。再便宜的家具也是用钱买的，因此背离富兰克林勤俭简朴原则的浪费之风无疑开始在戈弗镇的有闲阶层出现。可是，当这些有闲阶层的成员认为谁家的房子装饰超过了公认的基本标准时，他们又毫不客气地开始冷嘲热讽了。卡萝尔对所住房子的起居室进行了一番修饰，特意到大城市明尼阿波利斯购买了家具和装饰品，并在舒适和色彩的搭配上下了工夫，卡萝尔本来就心灵手巧，颇具艺术细胞，布置完毕后的房间显得春意盎然，比以前漂亮和舒适多了。当然也就比其他人家的房间显得时尚和高雅。过路者从窗口看见了，赞不绝口地说："好啊！真是太美啦！"可这又引来了那群太太们的闲言碎语，她们觉得卡萝尔把那个房间布置得太古怪了，她们觉得那个宽大的长沙发和那个日本的什么玩意儿，实在太荒唐可笑，等等。大街上层群体的褊狭、庸俗可见一斑，在追

① 辛克莱·刘易斯：《大街》，潘庆舲译，中国书籍出版社 2006 年版，第 501 页。

② 同上书，第 57 页。

③ 同上书，第 167 页。

逐新奇的消费物品时，她们不去改变或提高自己的审美品位，而只是一味对自己不能拥有的他人之物进行挤兑和压制。

三　附庸风雅的闲暇文化及对精英文化的腌制

金钱权力的一个相对可见的标志是雇佣家庭仆人，在凡勃伦看来，与其说这些家庭仆人是用来做必须的任务和服务，还不如说是用以表明其主人的财富和赋闲。在现代中产阶级家庭里，丈夫作为一家之主而供养一位衣着奢华、生活悠闲而无需工作的妻子的能力，也会成为家庭财富的证明。然而，从社会声望或品位标准的发展与大众化的角度来说，闲暇还有一层间接的意义。从定义上说来，闲暇时间不做任何工作，也不生产任何东西，但是它不等于怠惰。在闲暇时间里，人们忙于与养家糊口没有任何关系的活动如艺术、礼仪、运动等，因为这些活动本身就是财富的一种标志。有闲阶级之所以受社会尊敬，是因为拥有这些嗜好与能力或要懂得和具备怎样举止和穿戴的技能等都需要时间，这本身又是财富的一个直接的象征，而财富是所有尊重的最终对象。

戈弗镇有闲阶级的太太们因为有丈夫赚钱养家，且家里又大都雇有保姆帮忙做家务，因此有很多的闲暇时间。她们成立有芳华俱乐部来开展娱乐活动，此外还设有一个妇女读书协会，主要是进行读书心得交流，或者帮助穷人做一些慈善活动，如开办了农妇休息室、帮忙在小镇的广场附近栽种一些花草等。当然，是要有一定身份地位的人才有入会资格的。戈弗镇芳华俱乐部的会员在14—26人之间，叙述者说它"是戈弗镇上流社会这幢高楼大厦上的一道彩绘飞檐（social cornice）"[1]。谁一旦加入了这个俱乐部，就意味着已经跻身于戈弗镇的上流社会了。俱乐部成员

---

[1]　Sinclair Lewis, *Main Street*, Harmondsworth：Penguin Books Ltd, 1985, p. 85.

十之八九是已婚的年轻妇女，他们每星期举行一次妇女桥牌午会，每月举行一次她们的丈夫也参加的晚餐会和桥牌晚会，这些聚会都轮流由各会员做东，在会员家举行。此外，芳华俱乐部还每年在镇里的共济会大厅举行两次舞会，届时总会在全镇带来轰动性效应。"舞会上，女士们披着透明的纱巾，大跳特跳探戈舞，还卖弄风骚，暗中争风吃醋。"① 每周一次的桥牌会，实际上也成了这些太太们东家长、西家短的杂谈会了。

　　妇女读书会每周有次例会，读书会订了一本叫做《文化须知》的杂志，活动的主题也就按照里面的内容照葫芦画瓢。卡萝尔第一次参加妇女读书会的例会时，那次活动讨论的题目是"诗人"。会员们轮流发言，每人大概花五至十分钟，主要是介绍一至多位诗人的身世生平，再加上几句在某本书上说的大众化的评论就完事了。埃拉·斯托博迪小姐应邀朗诵了一首吉卜林的《赞美诗》，博得了全场喝彩，戈弗镇讨论诗人问题就告一段落。接着宣告大家决定讨论的下个星期的题目："英国小说和散文"。卡萝尔建议把大家已介绍的那些诗人详细地研究一番，特别是要多多引证诗人们自己的诗句，但她的建议没有获得赞同。卡萝尔对妇女读书会的这种不求甚解、典型的附庸风雅的评论非常形象生动："她们认为自己对于文化嘛，好像已经撒上了一把盐，腌过了，就像火腿一样可以挂起来啦。"（They are sure that they have culture salted and hung up.）②

　　妇女们在一次例会上就把英国的诗人都研究过了，比如詹森太太的研究报告内容是"莎士比亚与弥尔顿"；沃伦太太的是

① 辛克莱·刘易斯：《大街》，潘庆舲译，中国书籍出版社2006年版，第108页。

② Sinclair Lewis, *Main Street*, Harmondsworth：Penguin Books Ltd，1985，p. 122.

"拜伦、司各特、穆尔、彭斯等"；莫特太太的是"丁尼生和勃朗宁"；希克斯太太的题目是"论其他诗人"，包括柯勒律治、华兹华斯、雪莱、葛雷、海曼斯夫人和吉卜林。① 读者看到，这些经典作家、精英文化如果变成了大众消费文化的一部分，确实就像腌过后挂起来的火腿，对腌制的主人来说，这些原材料的主人如莎士比亚们，还得满怀感激之心，多亏腌制者帮忙选中了他们。我们看到，妇女读书会的这种对"精英文化的腌制"现象就是后现代消费文化中"艺术和日常生活的消解"特征的体现。费瑟斯通的论述就是对这种腌制文化的极好阐释："与后现代主义相关的关键特征便是：艺术与日常生活之间的界限被消解了，高雅文化与大众文化之间层次分明的差异消弭了；人们沉溺于折中主义与符码混合之繁杂风格之中；赝品、东拼西凑的大杂烩、反讽、戏谑充斥于市，对文化表面的'无深度'感到欢欣鼓舞，艺术生产者的原创性特征衰微了。"②

　　此外，为什么这些消费者们要进行这样的腌制呢？毋庸置疑，是因为这些腌制过的"火腿"具有精英文化的符号意义，象征着高层次高水平的文化艺术，因此有幸被这些太太们选中作为她们文化消费的内容，以此用这些高品位的文化符号提高作为消费者的她们的身份品位。刘易斯这样的叙述让大街上层群体庸俗、自满的市侩气不由得跃然纸上。此外，刘易斯这种关于妇女们对艺术与日常生活之间界限消解的认识具有一种超前的预见性。试问，一个世纪过后的今天，主动或者被动地围绕在消费者身边的不就是随着时代的前进而被漫天放大了的这些腌制符

---

　　① 辛克莱·刘易斯：《大街》，潘庆舲译，中国书籍出版社 2006 年版，第154—155 页。

　　② 迈克·费瑟斯通：《消费文化与后现代主义》，刘精明译，译林出版社 2006 年版，第 11 页。

号吗？

　　在大街上层群体的闲暇消费中，还包括旅游等项目，出门旅游在中产阶级以上的群体中已很普遍，只是中产阶层旅游的范围主要还是局限在国内的各游览区域。从小说的叙述中，看起来游览过的美国各地的风景名胜也成了上层群体的成员夸口炫耀的谈资。卡萝尔由于在大街的一系列烦心事而拉上丈夫出门旅游了近三个半月，他们到处都能碰上来自家乡的游客。"要知道每到冬天，加利福尼亚到处都是来自衣阿华、内布拉斯加、俄亥俄和俄克拉荷马州的游客……他们到处找从自己那个州来的游客交谈，根本无心流连于光秃秃的山岭之间。不论在豪华的列车上，在旅馆的前廊里，或是在自助餐厅和电影院，他们喋喋不休地谈的总是离不了汽车、庄稼收成和本县的施政纲领。肯尼科特跟他们一起议论地产价格，列举出好几种牌号汽车的优点，他跟列车上的侍应生也都搞得火热。"①

　　就在他们从长途旅程回来，下了火车，走在大街上，碰到了经营百货公司的哈利·海多克夫妇，就开始侃起来了。哈利问他们这次都到过哪些地方："当肯尼科特一一念叨着他们去过的地方时，哈利动不动就插进来，扳着指头说哪些地方以前他本人也曾经到过。当肯尼科特夸口说，'我们还去瞻仰过圣巴巴腊的大教堂'时，哈利连忙插嘴说，'是啊，那才是个有趣的古色古香的大教堂。还有，大夫呀，我可一辈子都忘不了圣巴巴腊那家大旅馆，实在是阔气极了'……肯尼科特见过这么多名山大川之后，本想能足以受到他们的一番称赞，可现在只好不作这样的奢望了。"②

---

　　①　辛克莱·刘易斯：《大街》，潘庆舲译，中国书籍出版社 2006 年版，第489—490 页。

　　②　同上书，第 492—493 页。

上引内容既是全知叙述者的视角，也借用了人物卡萝尔的视角，更增加了叙述话语的真实性和浓郁的生活气息。卡萝尔在冷眼旁观，用一种"宰相肚里能撑船"的容忍眼光注视着这一切，并在自信地揣度着哈利和肯尼科特的心思。当然，她也还是希望丈夫的夸口能胜过海多克。这叫人忍俊不禁的爱炫耀的市民习气也正好充分显示了当时美国的中产阶级闲暇消费的内容和品位。

四　消费文化中的等级歧视和偏见

在戈弗镇的社会群体中，显示身份地位的炫耀性消费随处可见。如电影，对戈弗镇当时的殷实富户来说，这个玩意儿几乎跟地产生意、猎枪和汽车一样须臾不可离。① 汽车和桥牌，使戈弗镇每个居民在社会地位贵贱上表现得更加明显，他们认为坐上汽车出去兜风，该有多么阔气，而且一点儿也不费劲。传统的滑雪和溜冰反而被看成是"愚蠢"和"老式"的活动。② 戈弗镇人们心里想的是汽车、电话、成衣、谷仓、紫苜蓿、柯达照相机、留声机、莫里斯式皮圈椅、桥牌奖、石油股票、电影、地产、从来没有读过的《马克·吐温全集》，以及文字写得非常简洁的政治书籍。③ 只是年轻人还有卡萝尔这样的女人对这种生活并不感到完全满意，脑子灵活一点儿的年轻人们都一溜烟似的逃到大城市去了。乡下的年轻女孩也都到城里找工作去了，害得戈弗镇的有钱人家三天两头请不到佣人，姑娘们宁愿到大城市里的工厂打工以求得人格上更大的自由。因为在戈弗镇，这些上层群体对下层群体有一种强烈的歧视倾向，在芳华俱乐部的桥牌桌上，谈到

---

① 辛克莱·刘易斯：《大街》，潘庆舲译，中国书籍出版社 2006 年版，第 239 页。
② 同上书，第 103 页。
③ 同上书，第 319 页。

女佣的问题时，她们都为卡萝尔给她家的佣人工钱太高，主仆关系太好而不满，在她们的意识中表现出一种明显的对下层阶级的蔑视。久恩尼塔·海多克说："她们这号人，统统都是不识抬举的……那些斯堪的纳维亚乡巴佬，既愚昧无知又粗鲁无礼，巴不得你把节省下来的每一分钱都给她们。"①

卢克·道森，戈弗镇最有钱的商人，靠收抵押品，放印子钱，投资铁矿、林地和农场而成了百万富翁。当卡萝尔动员他捐钱改建戈弗镇时，他认为他绝对不会把辛辛苦苦挣来的钱，拿出来给那些一辈子都不晓得节省的穷光蛋造房子。在他眼里，穷光蛋懒惰透顶，是一拨流氓。

在对待下层群体的穷困问题上，戈弗镇的有钱人一致认为是穷人太懒惰造成的。他们认为："真正的贫穷，此地根本不存在。"②"你根本找不到像大城市里常有的贫困现象，这儿有的是就业机会，根本用不着救济，谁要是日子过得不太好，那肯定是因为他太偷懒，得过且过。"③他们甚至认为独自带着十个孩子的沃普尼太太的穷困生活也是因为懒惰造成的。卡萝尔还看到新搬来的一户芬兰人，把一间弃置不用的马厩当作自己的家。当卡萝尔建议把捐赠出去的旧衣服补好，弄得像样点儿时，埃拉·斯托博迪小姐怒气冲冲地说："我的天哪，他们跟我们相比，有的是时间呀。他们只要东西能到手，不管是好是坏，就应该心满意足，朝天叩头了。我手边的事儿可多呢，哪来的闲工夫坐下来，一针一针给那个懒婆娘沃普尼太太缝补衣服。"④

---

① 辛克莱·刘易斯：《大街》，潘庆舲译，中国书籍出版社 2006 年版，第 111 页。
② 同上书，第 174 页。
③ 同上书，第 140 页。
④ 同上书，第 174 页。

这种缺少同情心甚至可以说近似于冷酷的对下层群体的歧视态度，使得戈弗镇的有钱人家在政治上明显地趋于保守，排斥打击一切不利于他们赚钱的言论，并不惜用一切手段保持自己丰厚的利润。戈弗镇的商人与城市里的商人及铁路运输部门勾结在一起，掐断了庄稼人对农产品获得合理收入的对外销路。卡萝尔无意中在她丈夫诊所的楼下听到的一个庄稼人的议论就很能说明问题的实质：

> "真见鬼！我当然给他们弄得走投无路了。这里的运输商人和食品商人，收购我们的土豆就是不肯出公平合理的价钱……明尼阿波利斯那边确实有销路很好的市场，可是，这些小市镇却偏偏不让我们去。咳，说穿了，这些小市镇就是想一辈子搜刮我们。他们要我们按照他们定的价钱，把我们的小麦卖掉，回过头来又要我们按照他们定的价钱，去购买他们店铺里的衣服。斯托博迪和道森拼命取消所有抵押进来的农场的赎回权，马上又转租给别的庄稼人……那些律师老骗我们，敲竹杠。赶上歉收的年份，那些机器经销商也不肯宽放我们几天。你看，他们的女儿身上都穿得花里胡哨的，但把我们却看成是一拨无业游民。他妈的，老子真恨不得放上一把火，让整个戈弗镇通通烧掉！"
>
> 肯尼科特说："韦斯·布兰尼根那个老妖怪，又在信口开河了。我的天哪，偏偏他就是爱嚼舌根！他妈的，该是把那个家伙驱逐出境的时候了！"①

---

① 辛克莱·刘易斯：《大街》，潘庆舲译，中国书籍出版社 2006 年版，第 277 页。

　　戈弗镇的商人千方百计把农户手里的利益转到自己手里，赚取更多金钱，用这些金钱让自己及家人过上丰裕的生活：购买汽车、时尚服装等奢侈品，雇用仆人、参加各种装点门面的协会活动等，炫耀提高自己的地位身份。然后反过来却又极端鄙视自己的衣食父母，除了垄断下层群体的收益外，还要垄断下层群体的思想，垄断下层群体的生活方式：衣着破烂被视为懒惰、贱民；穿着新颖被视为风骚、轻佻；劳动之余的歌舞聚会被认为放纵、堕落；不准他们发表抗议不公的言行，坚持发表不利于上层群体获得稳定的可观收益的人，随时都有被当成激进分子、无政府主义者或社会主义者而被赶出戈弗镇的危险。戈弗镇的商人们平时钩心斗角，但是在涉及上层群体的根本利益这点上，在政治问题上，他们是毫不含糊，一致对外的。"红胡子瑞典佬"伯恩斯塔姆是个能工巧匠，无神论者，靠打短工维持生活。他脾气倔强，爱说真话，敢发表对戈弗镇上层人物不恭的言语，一直被当作贱民、无政府主义者受到戈弗镇统治阶层的排挤，连他的妻儿都受到歧视。当深爱的妻儿染上伤寒不幸死去时，人们不但不同情他，还认为他罪有应得，最后伯恩斯塔姆绝望地离开了戈弗镇。从这一切可以看出，戈弗镇上层群体消费品位的维持靠的是商业的不公平竞争所赚取的高额利润，同时，也包含着对下层群体的偏见、排挤和歧视，"通过对大众的轻蔑，并骄之以高贵的出身以及在服饰、行为举止、个人嗜好甚至家具陈设等方面的优越性，总之，所有这些今天我们称之为生活方式的东西，来煊赫显耀自己"①。金钱万能的实利主义观念浸透了他们的思想，使他

---

　　① R. H. Williams, *Dream Worlds: Mass Consumption in late Nineteenth Century France*, Berkeley: California University Press, 1982, 转引自迈克·费瑟斯通《消费文化与后现代主义》，刘精明译，译林出版社 2006 年版，第 97 页。

们变得褊狭、实利、自满得意，在他们炫耀性的消费中表现出了一种狭隘的等级、阶级和种族偏见。

第二节　标准与赢利的商业社会

在《新教伦理与资本主义精神》一书中，马克斯·韦伯引用了富兰克林所说的一些警句来说明资本主义精神的实质，比如：时间就是金钱；记住，信用就是金钱；记住，金钱天生具有滋生繁衍性：钱能生钱，钱子还能生成孙，如此生而又生。五先令一翻转就是六先令，再一翻转就成七先令三便士，然后一直翻转到一百镑。手头的钱越多，翻转滋生出来的钱就越多，所以获利也就节节高升，越来越快，等等。[①] 韦伯认为，这些警句背后隐喻的是一种具有伦理的实效观、功利观："赚取钱财，只要是以合法的方式，在近代经济秩序里乃是职业上精诚干练的表现与结果。"[②]《巴比特》中的商业社会，就是由这样一群非常得意于自己的精诚干练的殷实商人组成的。只是在琳琅满目的现代社会里，这些一心以实效、功利为目的商人们，也丢掉了富兰克林实用主义中的节俭、纯洁等美德，恣意妄为地享受这丰裕的生活。

一　殷实公民的阶级结构图式

费瑟斯通论道："任何个人都是骨子中浸润了人类文化的人类中的一员，他的表情、行为举止，对他周围的人而言，流露出可以读解的印象与记号。我们可以发现，这些记号不仅镌刻在有

---

① 马克斯·韦伯：《新教伦理与资本主义精神》，康乐等译，广西师范大学出版社 2007 年版，第 25 页。
② 同上书，第 30 页。

专门职业的人乃至娼妓的脸上，同时也流露于艺术家和知识分子的脸上。尽管身躯迅捷流动的人群，也许是一个没有言说的相互遭遇场所，但是，如波德莱尔所说，读解他人面部表情的解码与愉悦的过程，无时不在飞速地进行着的。"①

美国著名的批评家 H. L. 门肯早在 20 世纪 20 年代就读解出，在美国的各个城市到处都挤满了巴比特式的美国公民，他们管理着共和国的事务，他们是国家幻象的鼓吹者和制造者。② 那么，这种美国的统治者的言行举止是怎样的呢？进一步说，他们的阶级结构图式是怎样的呢？巴比特在一次演讲中洋洋得意地对这一群体——殷实的公民——美国的统治者作了阐述，巴比特认为这种人是既有气魄又有文化的美国人的完美典范：

> 我老实告诉各位，真正推动历史车轮前进的，就是每年收入在四千到一万块之间、有一辆汽车、有一个美满的小家庭、住在市郊小别墅里的人！
>
> ……这种人把全副精力都扑在某种生意上、行业上、或者手艺上。到了傍晚，他点燃一支上等雪茄，开着自己的小汽车，也许还咒骂一声汽化器，一溜烟似的赶回家去。他在草坪上修剪了一会儿，或者悄悄地练了几下高尔夫球，然后就准备吃晚饭了。晚饭以后，他给孩子们讲讲故事，或者带上一家人去看电影，或者打几局桥牌，或者看看晚报，假定说他爱好文学，他会拿起一本吸引人的西部牛仔小说，读上一两章。也许隔壁邻居串门来了，他们就坐下来，谈谈朋友

---

① 迈克·费瑟斯通：《消费文化与后现代主义》，刘精明译，译林出版社 2006 年版，第 110 页。

② Glen A. Love, *Babbit*: *An American Life*, New York: Twayne Publishers, 1993, p. 6.

的事儿，或者当天的热门新闻。然后，他愉快地上床安息，问心无愧地深知自己对本城的繁荣和本人的银行存款已经竭尽绵薄之力。①

　　作为读者，我们可以看到，美国实用主义的文化特征在他们身上得到了最好的体现，庸俗、功利的市侩气息浸透了这种殷实公民的全身。作为这一群体形象的刻画者，刘易斯肯定在美国街头巷尾、车站码头的人流中对这一群体进行了观察体验，并对此进行了类似于人类学家和社会学家的解读阐释，使得人们在平时就熟悉的，但是未成形的东西变成了呼之欲出的形象呈现出来。刘易斯曾指出，小说比历史优越，因为小说密切关注日常细节。② 从刘易斯塑造的殷实公民这一美国的统治群体的生动形象来看，确实如此。这种人开的是小汽车，住的是小别墅，抽的是上等雪茄，这既是生活舒适的保证，也是殷实身份地位的象征，是由他们所拥有的经济资本决定的；玩的是桥牌和高尔夫球，看的是晚报，读的是西部牛仔小说，这些工作之余的消遣也是这群殷实公民的地位标志，是他们所拥有的文化资本决定的，显示了这一群体所拥有的文化商品的品位。"而以这一群体所拥有的经济资本与文化资本的构成与数量为基础性结构原则，就形成了这一阶级的或职业的结构图式。当生活方式空间被置于其上时，品味的对立及相关的决定性关系就变得清楚了。"③

---

　　① 辛克莱·刘易斯：《巴比特》，潘庆舲、姚祖培译，外国文学出版社 2002 年版，第 216 页。

　　② Martin Bucco, *Sinclair Lewis as Reader and Critic*, New York：The Edwin Mellen Press, 2004, p.24.

　　③ 迈克·费瑟斯通：《消费文化与后现代主义》，刘精明译，译林出版社 2006 年，第 128 页。

布迪厄曾经提供了这样几个相关的例子：那些具有巨额经济资本的人（工业企业家、商业雇主），以商务宴请、外国汽车、拍卖会、高级别墅、网球、滑冰、巴黎右岸的商业中心为自己的特殊品位；那些拥有很多文化资本的人（高等教育的教师、美术创作者、中学教师）却以左岸的艺术走廊、前卫派的节日、现代节奏、外语、国际象棋、跳蚤市场、巴赫、群山秀峰为自己的品位；那些经济资本和文化资本都很少的人（半熟练、熟练、不熟练工人）则以足球、土豆、普通红酒、观看体育比赛、公共舞会等为自己的品位。① 与布迪厄所举的三种类型比较，我们看到，美国的殷实公民不属于这中间的任何一种，而是介于"具有巨额经济资本的人"和那些"拥有很多文化资本的人"之间的一个群体，这就是美国的殷实的中产阶级，我们且称其为第四种类型。以上巴比特洋洋自得的演讲内容就是刘易斯对这一阶级的生活方式的逼真刻画，他们是拥有一定的经济资本和拥有一定的文化资本的人，也就是殷实公民。我们看到，殷实公民阶层以家庭宴会、国内汽车、小别墅、高尔夫球、电影、桥牌、棒球比赛、休假旅游、晚报、通俗小说等为自己的品味。

"具有巨额经济资本的人"是殷实公民跟随、模仿和嫉羡的对象。殷实公民阶层是社会的统治阶级，但又可以说是"统治阶级中的被统治阶级"。在泽尼斯市，如老银行家威廉·华盛顿·伊桑、巴比特的同学百万富翁查理·麦凯尔维、银行家马克斯·克鲁格、机床制造厂商欧文·塔特、著名外科医生 A. I. 迪林大夫等。他们大都住在皇家岭的高级别墅区，常在富丽堂皇的豪宅开办盛大的晚会，宴请国内甚至国外名流，去欧洲游玩比女

---

① 转引自费瑟斯通《消费文化与后现代主义》，刘精明译，译林出版社 2006年版，第 129 页。

人们回娘家的次数还多。他们的豪宅、协会和俱乐部是殷实公民们削尖脑袋也想挤进去的地方，但吃不到葡萄说葡萄酸的时候多。如在泽尼斯，殷实公民的协会叫康乐会，"这是泽尼斯市最大的俱乐部，它的冤家对头就是保守的协和会（泽尼斯巨富们的协会），康乐会里所有正派的会友都管它叫做'一个蹩脚、势利、沉闷、费钱的破窟窿眼儿——里面连一个嘻嘻哈哈的人都没有——你倒赔我钱，我都不参加。'但是，统计数字表明，当康乐会会友被遴选参加协和会时，从来没有人表示拒绝"①。从刘易斯惟妙惟肖的描述中，我们看到了殷实公民对上层群体的一种嫉羡心态。巨富阶层是他们的统治阶级，是他们要依附的阶层，虽然在同伙中间他们可以把巨富阶层挖苦讽刺一番，表示一下自己的清高，也发泄一下自己的不满。但是在巨富们面前他们是毕恭毕敬、竭力奉承的，因为是他们把持着经济的命脉。就像巴比特见到银行家伊桑时，就不由自主地产生一种敬畏感，因为巴比特心里明白"他有权审查贷方的偿还能力、发放贷款，甚至还能叫某人的生意兴隆或者亏损倒台。在他面前，巴比特呼吸急促，只好自认晚生小辈了"②。

　　而对于第二种"那些拥有很多文化资本的人"来说，他们有可能是殷实公民的组成成分之一。在巴比特的殷实公民的朋友中，就有他的邻居、哲学博士霍华德·利特菲尔德，他是泽尼斯市电车股份公司职工管理部经理和广告顾问。还有 T. 考尔蒙迪雷·弗林克，他是一家流行诗刊的作者，而且是乐观的讲演人和"百看不厌的广告一览"的创始人。在巴比特们看来，在美国，

---

　　① 辛克莱·刘易斯：《巴比特》，潘庆舲、姚祖培译，外国文学出版社 2002 年版，第 63 页。

　　② 同上书，第 245 页。

搞文学艺术的人"如果能把干巴巴的思想内容写成生动有趣的读物，并且，处理他的一些文学货色时，能使寓意与噱头都得到充分表现"①，这些人就会有可观的收入，成为殷实公民的一分子，甚至还可以赚大钱，跟董事长一样的人物平起平坐。我们看到，当时的社会思潮已经充分反映了费瑟斯通"消费文化"的第二层含义：在文化产品的经济方面，文化产品与商品的供给、需求、资本积累、竞争及垄断等市场原则一起，运作于生活方式领域之中。② 此外，反之，我们可以推断出隐藏的意思：那就是，如果某些搞文学艺术的人不能搞噱头，不能把干巴巴的思想内容写成生动有趣的读物，那就只能被拒于殷实公民之外，过穷困潦倒的生活了。我们把它称为第五类：是学问很高、经济资本很少且闲暇的娱乐也很少的人，像巴比特的儿子特德的高中部拉丁文老师就是这类人。他经常熬夜，阅读很多早已翻得油腻腻的书本，老是在那里唠叨什么语言的价值之类的，特德说"那个可怜虫一年才拿一千八百块"③。还有，在《埃尔默·甘特利》里，神学院教希腊语、希伯来语的学识渊博的老教授泽麒麟博士，他最后因埃尔默的捣乱失去了薪资微薄的教职，丧失生活来源，不久就在贫病中死去。这些没有充分利用手中文化资本、不注重实际的学识渊博的学究，也就是不会把手中的文化当成经济资本运作于生活方式领域的人，是无资格充当殷实公民的。

　　按照巴比特的说法，有幸成为殷实公民的文人们之所以能够

---

　　① 辛克莱·刘易斯：《巴比特》，潘庆舲、姚祖培译，外国文学出版社 2002 年，第 217 页。

　　② 迈克·费瑟斯通：《消费文化与后现代主义》，刘精明译，译林出版社 2006 年版，第 123 页。

　　③ 辛克莱·刘易斯：《巴比特》，潘庆舲、姚祖培译，外国文学出版社 2002 年版，第 89 页。

那样一帆风顺，完全是由于得到了像他那样正派的商人的赏识，所以，还得把功劳归诸正派商人，并告诫那些文人们："如果要我们拿出辛辛苦苦挣来的钱养活他们，那么，他们就得帮助我们，让人接受提高效率的思想，并为合理的繁荣捧场叫好！"①由此，对于部分"有很多文化资本的人"，尽管在经济资本上可能够得上殷实公民的资格，但也被巴比特们毫不留情地拒于殷实公民的队伍外，他们就是被殷实公民们看做是对政治稳定构成最大威胁的"自由主义者"、"激进派"、"无党派"、"知识界"等家伙们。殷实公民们认为，应该把那些喋喋不休、吹毛求疵、悲观消极、玩世不恭的家伙们，如大学的这类教师们通通辞掉，应该像打毒蛇似的狠揍他们！这是他们的职责，"正如必须尽力设法售出所有的地产、挣到尽可能挣到的所有的钱，同样是责无旁贷一样"②。

这就是标准的美国殷实公民，他们清理自己群体的成员、建立自己的阶级结构图式始终与赚钱赢利分不开。为此，他们建立了很多商人协会社团，以促进和保证自己的最大赢利目的，促进会就是其中最大的一个。

二　殷实公民的社团文化生活和商业文化观

泽尼斯有数不清的会社"分社"和旨在促进繁荣的午餐俱乐部。殷实公民已经形成了一种习俗：凡是正派人都得参加一个社团，如能加入两三个，那就更好。加入这些社团的理由是：首先是沿袭旧俗入会；其次是有利于兜揽生意；第三是可以得到一

---

① 辛克莱·刘易斯：《巴比特》，潘庆舲、姚祖培译，外国文学出版社 2002 年版，第 224 页。
② 同上。

些荣誉称号；第四是"妻管严"的美国男子，每星期可有一个晚上获准外出。会社文化就这样形成了。而促进会（Boosters' Club）是当时的一个国际性组织，也是泽尼斯最大的商人会团之一，因而泽尼斯绝大部分的殷实公民自然都成了其中的一员。

他们的社团活动开展得非常热闹，如在促进会的午餐会上，会友们相互间只允许使用绰号，否则就得罚款，每次十个美分，这足以显示会友们彼此间的亲密和友爱了。这能起到什么作用呢？实际上，促进会的宗旨在于联络感情，增进友谊，可谁也不避讳这增进友谊的目的是求得生意能更好地发展，多做点买卖。促进会会友的花名册里有一页印了这样恳切的劝告："本会虽然没有明文规定您必须跟您的会友做生意，可是，朋友，要记住——让这么多的钱从咱们这个愉快的大家庭里往外流出去，又有什么好处了？"[1] 在这样的劝告里，亲密和友爱的目的也就明白无误了。

会员们在午餐会上是抓阄入席，八个人一桌。跟巴比特同桌的是：服装商埃尔伯特·布斯、"小囡"牌炼乳公司老板赫克托·赛波尔特、珠宝商埃米尔·温格特、赖特维商学院院长彭佛瑞教授、瓦尔特·高巴特医师、摄影师罗伊·蒂加登，以及照相感光制版师本·凯特。[2] 从这些成员身上我们可以看到20世纪20年代美国各行业的中坚力量，他们在调动一切因素促进自己生意的兴隆，参加商会会团活动可以说是他们把自身作为一种人力资本（Human Capital）进行运作的一种特殊的商业活动，以促进他们的生意更加兴旺繁荣。此时，为了开发更多的经济资

---

[1]　辛克莱·刘易斯：《巴比特》，潘庆舲、姚祖培译，外国文学出版社2002年版，第307页。

[2]　同上书，第306页。

源，他们已非常重视开发文化的商业价值。丘姆·弗林克发言说：

> 如今，文化这个东西，如同柏油马路和银行净利一样，已经成为城市必不可少的装饰和广告。每年吸引顾客去纽约观光的，不是别的，而是它的以剧院、画廊等等形式体现出来的文化。老实说，我们的成就尽管非常辉煌，但我们的文化没法儿跟纽约、芝加哥，或者波士顿相比——至少我们在这方面还是默默无闻呢。作为虎虎有生气的、富于进取心的人来说，我们当务之急，就是拼了命都要把文化抓到自己手里，使文化也变成资本（The thing to do then，as a live bunch of go-getters，is to capitalize Culture：to go right out and grab it）。①

弗林克认为绘画和书籍不会自己跑到街上去大喊大叫，因而他建议要成立一个交响乐团，要把市场上薪金最高的指挥请来，打进纽约和华盛顿，在最好的剧院里为最有钱最有文化修养的人演奏，以达到给城市做高级广告的目的，让泽尼斯的美名远扬，这样泽尼斯就会获得更多投资发展的机会。弗林克呼吁在座各位促进会的好兄弟们："为了文化，为了一个震撼全球的交响乐团大叫吧！"② 我们看到，刘易斯通过对美国商业社会的日常细节的观察，已经非常敏锐地捕捉到了消费社会中"文化资本运作"这一前瞻性的问题了。在21世纪的今天，文化资本理论是西方学界的一个热门话题。在社会学界，"文化资本"这个概念最早

---

① Sinclair Lewis, *Babbitt*, Harmondsworth：Penguin Books Ltd, 1987, p. 202.
② Ibid.

见于格林伍德出版社于 1986 年的《教育社会学研究与理论手册》（*Handbook of Theory and Research for Sociology of Education*）中，在此书中，布迪厄在其著名的论文《资本的形式》当中，提出了文化资本的概念，从而被当成了第一个提出此概念的人。而在经济学界，则是在 1999 年 6 月，在圣地亚哥州立大学召开的经济学与其他学科相互交流的学术研讨会上，人们才第一次提出了文化资本与发展的特殊议题。① 相比之下，泽尼斯市促进会的会员们早在 20 世纪 20 年代初的某个时候就在讨论"文化资本与发展"的议题，发出了要抓住文化，把文化变成资本的口号了。在《一位美国人的肖像》（*Portrait of an American Citizen*）中，门肯称赞《巴比特》是一部高规格的社会文献，确实是名副其实。我们看到，刘易斯以一个文学家的敏锐判断力，捕捉到了社会学界和经济学界在其七八十年之后才意识到的问题，这样看来，刘易斯应该是文化资本的最早提出者了。

布迪厄认为文化资本的存在形式分为三种：它可以以表现的形式存在，如表现的风格、讲话的方式、美；也可以以具体化的形式存在，如文化商品图画、书本、机器、建筑等；还可以以体制化的形式存在，如受教育的资格。② 澳大利亚麦克大学经济学教授戴维·思罗斯比则根据文化价值和经济价值之间的关系，给出了经济意义上的"文化资本"的定义，认为"文化资本"是以财富的形式具体表现出来的文化价值的积累。③ 我们看到，布

---

① 薛晓源等：《文化资本、文化产品与文化制度：布迪厄之后的文化资本理论》，《马克思主义与现实》2004 年第 1 期，第 43—49 页。

② 转引自 Mike Featherstone, *Consumer Culture and Postmodernism*, London：SAGE Publications, 1991, p. 106。

③ 转引自李沛新《文化资本论——关于文化资本运营的理论与实务研究》，博士学位论文，中央民族大学，2006 年，第 22 页。

迪厄和思罗斯比的文化资本主要指的是个人或群体所拥有的一种文化资源，对比布迪厄和思罗斯比的文化资本含义，从弗林克的"如今，文化这个东西，如同柏油马路和银行净利一样，已经成为城市必不可少的装饰和广告"的话语中，及弗林克谈到的纽约的剧院、画廊等文化资本的话题上，我们看到，殷实公民的文化资本含义已经包含了两位所指的文化资本的意义和范围，也已经充分利用了所拥有的文化资本。在此基础上，殷实公民的文化资本的含义还超出了布迪厄和思罗斯比的范围，他们不满足于所拥有的文化资本给他们带来的经济利益，他们要创造文化，要制造能替泽尼斯大吹大擂的文化，为泽尼斯招揽更多商机的文化，如组建世界一流的泽尼斯交响乐团，从而把制造的文化变为资本，转化成丰厚的商业赢利。此外，殷实公民所要创造的文化还具有流动性，这就更增加了这种文化资本的价值率。殷实公民要生产能孵化经济资本的文化资本，他们要把文化当成产品来生产，然后使这种文化产品变成文化资本，最后变成经济资本。弗林克的"为了文化"的呼吁，其实就是"为了金钱"或"为了经济"的呼叫，"文化"在殷实公民的眼里完全变成了"商业赢利"的代名词，一种符号意义。这就是殷实公民的文化观，他们早已把文化当成了一种最高级的广告，而且是其他方法所无法替代的（it gives such class-advertising as a town can get in no other way）。①

三　殷实公民生活中的广告文化

在《消费社会》一书中，鲍德里亚论道："面对着一个混乱、充满了冲突和矛盾的世界，每一种媒介都把自己最抽象、最

---

①　Sinclair Lewis, *Babbitt*, Harmondsworth：Penguin Books Ltd, 1987, p. 202.

严密的逻辑强加于其上，根据麦克卢汉的表达，每一种媒介都把自己作为信息强加给了世界。而我们所'消费'的，就是根据这种既具技术性又具'传奇性'的编码规则切分、过滤、重新诠释了的世界实体。世界所有的物质、所有的文化都被当作成品、符号材料而受到工业式处理，以至于所有的事件的、文化的或政治的价值都烟消云散了。"① 鲍德里亚所讲述的这些现象，在 20 世纪 20 年代初的泽尼斯市已呈现出有过之而无不及的现象，就连最神圣的宗教也被切分成了各种产品，加以处理后向教民兜售。《圣经·新约全书·马太福音》第 28 章的前 10 节叙述了耶稣复活的事情，其中前两节的内容是："安息日将尽，七日的头一日，天快亮的时候，抹大拉的马利亚和那个马利亚来看坟墓。忽然，大地震动，因为有主的使者从天上下来，把石头滚开，坐在上面。"② 泽尼斯的查坦姆路长老会教会的主日学校开办有各种各样巧借名目的培训班，其中的手工劳动班的宣传小册子是这样说的：

> 可供学生自制模型。装有可以滚动的墓门的坟墓——利用一个有盖的方盒，盒盖朝下倒置。把盒盖稍微拉出一些，底下留出一道缝隙。盒壁上开一个方门，再剪一块圆形的硬纸板，要稍微大些，才能把方门遮住。用细砂、面粉，加水混合拌匀，然后将这种混合物厚厚地涂在圆门和墓室上，待其干透便成。这就是妇女们在复活节早上所发现的、墓前"已经滚开的"那块笨重的圆石头了。我们就是要"利用实

---

① 让·鲍德里亚：《消费社会》，刘成富、全志钢译，南京大学出版社 2008 年版，第 115 页。

② 《圣经》，简化字现代标点和合本，第 59 页。

物模型来讲解"《圣经》里的故事。①

我们看到，耶稣复活这样庄严而神圣的事情竟然被教堂用做了职业培训的广告材料，真是匠心独具：既尽了教堂的本分，传播了福音，又给教民传授了实用技能，还为教堂增加了收入。这是一举三得的好事。可是，作为读者，肯定会问，这种方式的福音传播，置宗教的神圣性于何处？可以说，耶稣复活的意义就是学生学会的这门手艺——一个可以滚动的墓门的坟墓手工制品。刘易斯对当时社会唯利是图的讽刺真是鞭辟入里，消费社会实用主义驱动下编码分解世界的力量也可见一斑，绝不可小觑。

从上面所举的手工自制耶稣复活滚动墓门的例子，我们看到，广告在当时也已经是无孔不入，那么，它对当时人们的生活方式影响程度如何呢？叙述者是这样叙述的：

> 正如他是友麋会、促进会和商会会员，正如长老会里那些牧师决定他的全部宗教信仰，那些控制共和党的参议员在华盛顿烟雾弥漫的密室里决定他对裁军、关税和德国应持何种态度那样，全国各大广告商确定了他生活的外表的这一面，确定了他自己心目中所谓的个性。所有这些大做广告的标准商品——牙膏、短袜、轮胎、照相机、快速加热器——都是他地位优越的象征和证据；这些东西最初是欢乐、热情和智慧的符号，后来就成了欢乐、热情和智慧的代用品（at first the signs, then the substitutes, for joy and passion and wisdom）。②

---

① 辛克莱·刘易斯：《巴比特》，潘庆舲、姚祖培译，外国文学出版社 2002 年版，第 250 页。

② Sinclair Lewis, *Babbitt*, Harmondsworth: Penguin Books Ltd, 1987, p. 78.

我们看到，殷实公民们的标准化思想由执政的共和党人的保守思想所把持，而他们的外表、直至个性却完全由广告确定了下来，在这种情况下，殷实公民的独特个性也就消失融合进了被广告所煽动的具有象征意义的符号里去了。可以说，这段文字就是八十多年前刘易斯用文学语言所阐释的有关商品—广告—符号—代用品的后现代消费文化理念。刘易斯虽然没有有关商品—广告—记号之类的理论阐述，但可以看出，他已深刻地认识到，广告这种促销方式已经使得商品失去了其实物意义，变成了一种消费符号，最后成了如"欢乐、热情和智慧的代用品"。也就是说，当人们消费这些商品时，需要的只是想象中的"欢乐、热情和智慧"的符号意义，而不是真的需要这些实物。刘易斯的对商品广告与人的个性的这种认识与当代鲍德里亚、费瑟斯通等人的消费文化理论非常接近，且看费瑟斯通的一段论述："伴随着广告中出现了较为弥散的模糊的对生活方式的想象，多种多样的信息读物被激发出来，它们不断地采用现代主义的甚至后现代主义的格式，采用对读者既教育、同时又阿谀奉承的促销手法。这样，消费文化诚如它一贯的承诺，能更明显地养成人们的个性及与他人的差异。"① 再看鲍德里亚的一段论述："广告的大众传播功能因而并非出自其内容、其传播模式、其明确的目的，也不是出自其容量或其真正的受众，而是出自其自主化媒介的逻辑本身，这就是说它参照的并非某些真实的物品、某个真实的世界或某个参照物，而是让一个符号参照另一个符号，一件物品参照另一件物品，一个消费者参照另一个消费者。"② 我们看到，费氏

---

① 费瑟斯通：《消费文化与后现代主义》，刘精明译，译林出版社2006年版，第126页。

② 让·鲍德里亚：《消费社会》，刘成富、全志钢译，南京大学出版社2008年版，第116页。

和鲍氏的论述简直就是对刘易斯的广告文化内涵的一番读者阐释，一种理论提炼，文学家刘易斯又一次充当了广告文化的符号意义的先行者角色，这使得我们对刘易斯小说文化叙事的研究又增添了新的价值。

我们再看刘易斯文本中一则消费文化气息浓厚的广告，广告的标题是"演说书带来了权力和财富"，内容以一种极真实的故事形式出现，讲"我"在一家豪华餐厅偶遇一位以前讲话结巴、胆小怕事、穷愁潦倒的同事现在正在气派地享用满桌佳肴的故事：

> ……
>
> 我谦恭有加地问他现下在做什么工作。弗雷迪哈哈大笑说："哦，老兄，我猜想你正在纳闷我怎么会变成现在这个样子的。你一定会高兴知道，现在我是老公事房的副监督，走上了通往富裕和权力的康庄大道，而且我满有把握，不久前打算买一辆十二个汽缸的豪华汽车，我妻子正忙于上流社会的交际应酬，孩子们都在第一流学校接受教育。
>
> "事情经过是这样的：有一次，我偶然看到一份广告，介绍一门教程，说是能教会人们谈话时怎样掌握分寸，应付自如，怎样对付人们提出的意见，怎样向老板提出建议，怎样弄到银行贷款，怎样运用妙语警句、幽默诙谐、奇闻逸事、激发鼓舞等等手段，使广大听众着迷……不久我就发现自己能和监督随便聊天了……嘿，老兄，你猜，现在他们给我多少钱？每年六千五百美元啦！……作为老朋友，我奉劝你去索取简章（不附带任何义务）和珍贵的艺术画片（免费奉送），请寄：

衣阿华州桑德皮特

速成教育出版公司"①

　　由于篇幅所限，广告内容被我们省掉了一部分，因而广告的
真实性和生动性受到了一定影响，但我们还是能看到，这则广告
对于那些想摆脱贫困，进入殷实公民行业的消费对象和想让自己
拥有更多财富的殷实公民是极具诱惑力的。但就像鲍德里亚说
的，这则广告参照的并不是一个真实的实际生活中的人物（参
照物），其传播功能只是让消费者参照这位迅速拥有了权力和财
富的消费者代表寄出钱款索取秘诀，以便自己也能像那位消费者
一样，成为权力和财富的拥有者。广告中的消费者完全只是代表
着"权力和财富"的一个符号，这个符号传播着迷人的信息，
激发着消费者对类似的奢华生活方式的想象和向往，这种想象和
向往就是这则广告消费对象心中的代表着"权力和财富"的另
一个符号。这种既教育、同时又炫耀的促销方式，没有消费者看
了不蠢蠢欲动，要模仿尝试一番的。拜读刘易斯的小说，写于八
十多年前的社会情景却如就发生在我们身边，一则这样的广告在
手，我们也不由得跃跃欲试了。

四　禁酒令文化现象

　　禁酒令是美国 20 世纪 20 年代一道特殊的道德与文化风景，
在第一章我们已从历史上谈到禁酒令对 20 年代的社会所产生的
重要影响，现在我们从刘易斯的小说《巴比特》中看看当时社
会有关这一方面的真实情况，看看殷实公民是如何对待禁酒

---

① 辛克莱·刘易斯：《巴比特》，潘庆舲、姚祖培译，外国文学出版社 2002
年版，第 92 页。

令的。

在从泽尼斯开往纽约的快车上，一群推销商人聚集在普尔门高级豪华卧车的吸烟室里，他们在高谈阔论各种商品行情和自己的不俗经历：

> "顺便谈一下，"第一个人说，"泽尼斯这个地方卖酒可方便呢。依我看，简直到处都有卖的。我可不知道你们诸位对禁酒持什么态度，不过，我总觉得，禁酒对那些毫无意志力的穷光蛋来说是天大的好事，而对我们这些人来说——这简直就是侵犯个人自由啦。"
>
> "这确实是事实。国会无权干涉我们的个人自由。"第二个人帮腔说。[①]

从这群殷实公民的谈话中，我们看出当时虽然实行了禁酒令，但市面上实际还是能买到酒的。殷实公民们对禁酒令是既赞成又反对，赞成应该对穷人实行禁酒，认为他们意志力薄弱，而对自己这样的殷实公民也实行禁酒，则表示出不满的情绪，认为是对个人自由的侵犯。从伦理的角度，作为读者，我们还感觉到了殷实公民对下层群体的一种强烈蔑视的态度，同时也感觉到了殷实公民中的一种庸俗自满的市侩气息，还夹杂着一种荒唐可笑的逻辑：穷人是没有个人自由权利的。刘易斯笔下生辉，短短数语，就写出了百态人生。那么禁酒法实行时期，人们是怎样获得酒精饮料的呢？

从小说的叙述中，读者看到巴比特来到了一片破旧的街区，到处是被煤烟熏黑的仓库和屋顶厢楼，寄宿舍、分间出租的廉价

---

① 辛克莱·刘易斯：《巴比特》，潘庆舲、姚祖培译，外国文学出版社 2002 年版，第 165 页。

公寓和娼寮随处可见，从隐没在这里的一个公开只卖软饮料（soft drink）的酒吧间买到了他们家开家庭宴会所要用的酒精饮料（alcohol）。主人的防范意识比较强，装模作样地显得很傲慢，巴比特颇费周折地解释一番，并递上自己精致的名片才让主人相信他就是主人的某某朋友介绍来的巴比特先生。巴比特在出发来这之前，想好了只给七美元一夸脱，这时也由于害怕得不到想要的地道酒精饮料而任主人宰割了：

　　"十二块钱。"主人喊道。

　　"嗳，嗯，可是大老板，贾克认为你能按八九块钱价格供应我一瓶呢。"

　　"不。十二块钱。这是真货。从加拿大走私进来的。不是坊间那种掺上一两滴杜松子汁的中性酒精。"那个诚实的商人说的倒是心里话，"如果你要的话——十二块钱。你当然懂得，我这还是看贾克朋友的情面哩！"

　　"当然！当然！我懂！"巴比特感激不尽地掏出十二块钱来。汉森打了一个呵欠，数也不数就把钱塞进那件颇为耀眼的马甲口袋里，大摇大摆地走了。巴比特觉得能跟这么一位伟人打交道很光彩。①

　　我们看到，平时自以为是的巴比特在销售私酒的小老板面前表现得很谦恭和急切，而私酒老板则显得不以为是，抬高价钱，一副皇帝的女儿不愁嫁的傲样儿。巴比特以比预想的最高价几乎还高了一半的价格才买下了那瓶酒。这些生活细节的描述真实地

---

　　① 辛克莱·刘易斯：《巴比特》，潘庆舲、姚祖培译，外国文学出版社 2002 年版，第 128 页。

展现了禁酒令时期的社会情况。禁酒只是殷实公民公开对外装扮的情景，背地里他们照样饮酒作乐，只是毕竟是遮遮掩掩的行为罢了。正是他们的这种对禁酒令的态度让社会上私酒贩卖有了市场，并能以昂贵的价格销售出去，成了一门不受国家控制的利润极高的赚钱行业。可想而知，这样高利润的黑市行业无疑催生了无数的罪恶勾当。这中间肯定存在一条违法酿酒—违法运酒—违法售酒—违法买酒—违法喝酒的罪恶通道，刘易斯在文本中没有更进一步涉及违法运酒这种罪恶勾当。但刘易斯小说中透露了如下现象：中产阶级群体喜欢偷偷地喝酒解闷，同时也不乏享受一下不受法律羁绊的个人自由之乐趣的想法（这也是消费中的一种满足感）。这些现象让读者们推测到了，这背后一定存在着一个庞大的贩卖私酒的犯罪网络，并且遍布全国各地，在禁酒法令签署的那一刻起就形成了，也就是说禁酒法令的施行与地下酒吧的盛行是一对具有讽刺意义的矛盾但又是无可争议的事实。从这里，读者也就可以体会禁酒令所蕴涵的独特历史文化风情了。我们从美国著名的历史文化学家 F. L. 艾伦的笔下可以看到禁酒令时期夜幕掩映下的更大更刺激的犯罪场景：装满酒的船在限定的 12 英里之外的海面上飘摇，夜色中，船上的一箱箱威士忌被转移到走私快艇舱中；偷运啤酒的卡车在连接不同城市的道路上被手持汤姆逊机关枪的匪徒劫持；违法酿酒厂生产出的酒装满了一辆辆货车；时尚人士出席的晚餐聚会总是以禁运的鸡尾酒开始；女士和先生们到地下酒吧时，都得接受来自拉着窗帘的网格窗后的仔细盘问；而阿尔卡彭，芝加哥私酒酿造人士中的一个千万富翁，乘着一辆配备着装甲钢板和防弹窗的汽车行驶在大街上。① 禁酒法令后面掩

---

① F. L. 艾伦：《浮华时代：美国 20 世纪 20 年代简史》，汪晓莉、袁玲丽译，上海财经大学出版社 2008 年版，第 182 页。

藏着的就是这样令人发指的违法场面。

第三节 科学与名利的医学社会

在医学领域，实用主义的功利观也大为盛行，以舆论与消费市场为导向的各色医学人士，为了功名利禄，让科学也不能幸免于难而染上了斑斑铜锈。

一 医学院的实用医学观

在医学院，埋头于实验室的科学研究并且从不打算把成果当成商品出卖的教授，像马丁·阿罗史密斯最崇拜的细菌学家戈特利布博士，是属于甘愿清贫的人：埋头于纯科学的研究，探究各种细菌的物质组成和化学过程，探索它们的生存和灭亡的规律，以及那些经过其他生物学家的繁忙努力之后，大部分仍然还不为人们了解的基本规律。虽然从科学的宏观意义上看来，"他属于人类的大恩人之列，因为在以后的任何时代，无论哪种结束大流行病或小传染病的艰苦尝试，都必将受到他的研究的影响"[①]。可是，戈特利布却住在一个油漆已经剥落的狭小的房间里，去实验室工作时，骑的是一辆发出吱吱嘎嘎响声的破旧自行车。而"那些个江湖医生们，专卖药制造商们，口香糖推销员们，做广告的高级牧师们——他们住的是高楼大厦，乘的是高级轿车，有仆人伺候着，还可带着他们的神圣亲友们出国观光。"[②] 这就是科学和实用的区别。因而，在医学院，很多学生就都接受了耳鼻

---

① Sinclair Lewis, *Arrowsmith*, New York: Harcount, Brace and Company, 1925, p. 125.

② Ibid. , p. 126.

喉科教授罗斯科·吉克博士的实用医学观点。作为耳鼻喉科医生，吉克博士认为，"扁桃腺在人体内存在，是为了给专科医生提供专用汽车的"①。这里可以看出，医生为了多赚手术费，可以切除健康病人的某种可有可无的器官。吉克博士在一次有名的演讲中说：

> 知识是医学界最宝贵的东西，可是，如果你不能把它卖出去，它就一点用处也没有。而要把知识卖出去，你就必须首先使那些有钱人对你的重要性留下深刻印象。不管病人是新朋友还是老朋友，你始终都必须对他使用点"商业手腕"（salesmanship）。你要向他，同时也要向他的担惊受怕的家属，解释你对他的病所花费的辛劳和心血，从而使他感觉到你已经或打算对他做好事，你做的这种好事比打算要索取的手术费用更重要。这样，他拿到你的账单时，就不会误解或抱怨了。②

吉克博士把他的这套实用医学哲学观毫无保留地灌输给了他的学生。可以看出，这种实用医学的精髓就是把医学知识当作一种文化资本在经营，把自身当作一种产品在推销使用。这种实用医学的"推销术"，似乎比推销商业产品更多了一分诡秘性，也可以说是欺骗性、诱惑性，也就是说这种医学推销术充分利用了医生的特殊身份和病人治病心切的心态，来达到推销成功的目的。真可以说是医学和心理学的完美结合。可以推测，其推销步

---

① Sinclair Lewis, *Arrowsmith*, New York: Harcount, Brace and Company, 1925, p. 83.

② 辛克莱·刘易斯：《阿罗史密斯》，李定坤等译，江苏人民出版社 1987 年版，第 102 页。

骤是：首先，把自己装扮成一位医术高明的医生，然后是一位关心病人的医生，第三步是一位负责任的医生，第四步是一切为了病人着想的医生，第五步手术对病人的健康是至关重要的，第六步虽然手术费用比较高，但相对于健康的重要性来说是很便宜的。如此这样，推销的成功率是居高不下的，那么，这样的一名医生的收入自然就非常可观了。

吉克博士是这样一位头脑灵活的科学家，他自己的事业当然是很成功了。不久，他就调任有势力的泽西市新理想医疗器械和设备公司副总经理的职位，为了庆祝他的荣升，他还向医学院全院学生作了一篇关于"诊所装备之艺术与科学"的告别演说。他给亲爱的学生们的最后忠告是："真正有价值的人就不只是一个乐观处事的人，而且是一个受过哲学训练，特别是受过实用哲学训练的人。这样，他就不至于一味空想，成天大谈'伦理道德'和'慈善事业'。尽管'伦理道德'可谓冠冕堂皇，'慈善事业'堪称高尚美德，他也绝不会忘记，不幸的是世人是依据一个人能够积蓄多少响当当的现金来评价他的。"[1] 我们看到，这种科学家的实用医学观的铜臭味一点都不比《巴比特》中的商人们的少。吉克博士不但向学生们推荐医学权威的书籍，还嘱咐学生读某一名家的《怎样给推销术增加活力》一书。最后，吉克博士特意强调了能让病人掏出"适当的"诊疗费用的理想的接待室的重要性：要有盆栽棕榈和漂亮的图画，洁白的莫里斯安乐椅上，配上浓艳的金色或红色坐垫！淡玫瑰色边沿的白漆地板罩布！白色的桌子上放的是许多新近出版的、洁净无污的、有美术封面的昂贵杂志。而一名医生之所以要如此重视诊所的外

---

① 辛克莱·刘易斯：《阿罗史密斯》，李定坤等译，江苏人民出版社1987年版，第103—104页。

观，在于"这一切给人一种只有真正的才能和知识才创造得出来的殷实富裕的印象"①。

　　读者看到，作为一名医学院的教师，吉克博士始终都没有向学生强调真正的医学知识的重要性、认真诊断病情然后对症下药的重要性，而是一味强调抓住病人心理，把自己成功推销给病人，掏出病人诊疗费的重要性。这样的教授能培养什么样的医学学生呢？有多少病人会为可做可不做或者根本不必要做也许根本就不能做的手术付出昂贵的诊疗费呢？看到这里，读者不由得会感到不寒而栗。而叙述者的笔调却是非常的轻快，还带点严谨和庄重，丝毫没有嘲笑和讽刺之意，更没有任何的评价之词。读者在思考之余不由得感到无可奈何，渐之由激动恢复到了平静。这时，才似乎对叙述者的无动于衷感到有所理解，原来吉克博士的这种实用医学观在当时的日常生活中已是司空见惯，谁也无能为力了。到此，读者才又一次鉴赏了刘易斯在热情欢快且充满希望的气氛中所达到的对医学社会实用主义至上的歪风邪气的犀利批判风格，同时，对其叙事技巧充满了钦佩之情。

　　我们看到，吉克博士实用医学观的推销术是充分利用了医学科学的神圣性和病人对身体健康的重视的现象来达到赢利目的的。这种神圣性和重视都是丰裕社会病人的一种消费心理，是社会中由于对医疗的崇拜而存在的一种状态。正如鲍德里亚所论述的，在消费社会，医生和病人健康的地位是在"心理"面和地位面这两个方面重新构建起来的。而且只是到了现在，通过对身体的"重新发现"和个体圣化，随着身体成为名望和救赎的物品、成为基础价值，医学性才获得了大规模发展。不管就何种方

---

① 辛克莱·刘易斯：《阿罗史密斯》，李定坤等译，江苏人民出版社 1987 年版，第 104 页。

式而言，医生和药物除了治疗功能之外更具有了一种文化效力，而且作为"潜在"神力被消费。人们必须向进行自我修养一样进行自我护理：在某种意义上这是体面的标志。于是医生的本位则兼具了由于其作为内行而获得的尊敬及由于其职业的神圣地位而获得的尊敬。①

二　唯利是图的高级私人诊所

刘易斯随后对城市里的私人诊所的叙述不多，但很有代表性。其中谈到了阿罗史密斯的两位开私人诊所的大学同学的情况，一个是欧文·沃特斯，一个是安格斯·杜尔。他们与马丁·阿罗史密斯一样，都曾经是戈特利布和罗斯科·吉克博士的学生，只是，阿罗史密斯极为讨厌吉克博士的那一套实用医学观，而成了细菌学家戈特利布的信徒，在科学的道路上艰难地攀爬着。而沃特斯和杜尔则完全接受了吉克博士那一套实用医学观。

沃特斯在诺梯拉斯市开了家私人诊所，虽然毕业只有三四年，他的诊所也只开了三年，但显然，他已经跨入了诺梯拉斯市殷实群体阶层的生活了。他宴请了刚来本市卫生局任副局长的阿罗史密斯，他告诉阿罗史密斯："你要参加乡村俱乐部，打打高尔夫球，这是世界上结识一些殷实市民的最好机会。我就在俱乐部里碰上了不止一个出身上流社会的病人。"② 从这位私人诊所医生的话里，我们看到，他的社交活动及其娱乐活动都与他诊所的赢利挂上了钩。他积极地参加上流社会的娱乐活动，这样就可以结识更多富有的朋友，多对这些朋友给予一些一位医学专家的

---

① 让·鲍德里亚：《消费社会》，刘成富、全志钢译，南京大学出版社 2008 年版，第 133 页。

② Sinclair Lewis, *Arrowsmith*, New York: Harcount, Brace and Company, 1925, p. 211.

职业关怀，谁也免不了会头痛脑热的，不是吗？于是，这些富有的朋友就成了他诊所慷慨的病人了。看来，吉克博士的医学实用观在他学生的大脑里生根发芽了，沃特斯把他老师的推销术与实际生活相结合，进行了更出色的发挥。吉克博士告诉学生要对去诊所的病人使用一些营销策略，使之掏出合理的诊疗费，而沃特斯还把推销的对象扩展到俱乐部里的娱乐伙伴中去了，不能不说是青出于蓝而胜于蓝啊。

沃特斯向阿罗史密斯抱怨卫生局所辖的卫生院减少了私人诊所的收入："那些卫生院——令人难以容忍——那些付得起钱的人竟然也去那看病！……有时候我认为，如果没有卫生局，老百姓的健康状况还会好些。因为卫生局使很多人养成不找私人医生而上免费卫生院的习惯，减少了医生的收入，减少了医生的人数，因而留心疾病的人也少了。"沃特斯尽管诊所收入不错，但还在尽量扩展病人来源，竟然在为一些能付得起诊费的人去了免费卫生院不上他的诊所让他赚钱而感到愤愤不平，这是什么逻辑！我们看到，吉克博士的实用医学观在沃特斯身上已经发展成为一种极端的利己行为了。作为医生，他没能免费医治穷人的疾病也就罢了，可当看到那些手头拮据的贫民不用挤干家里的最后一分钱而能在卫生院得到一些免费的基本治疗时，他却认为这是不公平的，意思是病人的最后一分钱也是应该让作为私人诊所医生的他赚到手的，这种讲究实利的风格堪称医学领域的葛朗台了，只不过葛朗台不是用攫取的金钱享受医生们奢华的生活罢了。人物沃特斯与同学的寥寥几句日常聊天之语，就让一个活生生的利欲熏心的医生形象浮出了水面，读者不得不感叹刘易斯似神来之笔的高超技艺。

安格斯是个有着坚定的生活目标的人，还在医学院时就下了决心，那就是做一个拥有高收入的一流外科医生。毕业后他的事业稳步发展着，他现在毕业已经四年，在芝加哥的郎斯菲尔德诊所工作，这是一些医学专家的私人组织，由他们共同投资，分享赢利。这也是一家有名的私人高级诊所，诊所候诊室里有一个引人注目的用石块砌成的大壁炉，那气派和华丽宛如石油大王家里的客厅，而诊所的接待室比候诊室更加富丽堂皇，使在那等着见老同学安格斯医生的阿罗史密斯医生越发感到局促不安。这种对就诊环境的刻意装饰（这正是吉克博士所特别强调的）能达到什么效果呢？叙述者没有多费笔墨，只是用这样一句间接引语描述了一下在那等着安格斯的阿罗史密斯的心理："当时他是那么害怕，如果诊所里的外科医生认为他有什么病并需要动手术的话，他都会同意的。"[①] 读者看了，不由得忍俊不禁，阿罗史密斯自己都是个医生啊，他只是到芝加哥办事顺便来看看在那里工作的老同学的。而从开始进入气派的候诊室，到递上写上名字的纸条后进入更加华丽的接待室，阿罗史密斯竟然产生了愿意马上接受手术治疗的想法，犹如被施了魔法，愿意乖乖地听从医生的神圣指令。阿罗史密斯尚且如此，为了健康到这来的病人会产生什么样的心理、会怎样考虑医生的尽管昂贵的治疗提议就可想而知了。所以，不用说这家诊所的生意肯定是异常的火暴。叙述中虽然没有提到一个病人，可让读者在哑然失笑之余，却仿佛看到了诊所手术室门口被推出推进络绎不绝的病人。可以推测，如果换成直接描述在诊所有多少病人怎么样在医生的提议下怎么样又接受了手术的治疗的话，即使不惜笔墨，也达不到这一句话的效果。何况，这是跟叙事的中心人物阿罗史密斯关系并不密切的事件，笔墨太多，不免偏题，再说，能有这样集风趣、幽默、讽刺

---

① 辛克莱·刘易斯：《阿罗史密斯》，李定坤等译，江苏人民出版社 1987 年版，第 322 页。

于一体的艺术效果吗？看到这里，读者又一次见识了刘易斯似乎是点石成金的叙述手法和语言技巧。

鲍德里亚在分析消费社会的医生和病人的关系时说，医生被病人当成了行使忏悔仪式的巫师或教士。人们的生活越富有，越看重自己的身体，身体成了要救赎的物品，身体没了，这一切荣华富贵不都化为乌有了吗？因而对财富地位的崇拜转化为对健康的崇拜，而这种崇拜仪式的完成就是在医生的诊所进行的。鲍氏论道："借助身体表现的中介就像借助名望和财富一样，变成了对地位的功用性苛求。由此，它进入了竞争性逻辑，并且表现为对医疗、外科、药剂服务的无限要求。"[1] 于是，人们在自己的身体上汇集了各种对自我的关切、祈福祛邪、强壮秀美等祭祀符号或愿望，而这种符号和愿望的堆积就成了医疗消费的主要推动力。那人们为什么要遵从这种祭祀愿望呢？"不就是这种您必须（而且只要）做出一些付出以期健康在交换之中突然降临的根深蒂固思想在作祟吗？这里，仪式化、祭祀化的消费比治疗措施更为重要。"[2] 于是，对于人类宝贵的身体而言，就从传统的身体为个体服务（如身体是劳动工具，具有神奇的力量等）的传统伦理转换成了与之相反的当代的伦理，要求个体为自己的身体服务。

"身体成为名望和救赎的物品，而医生则成了赦罪教士"的论述确实非常精彩，但是鲍德里亚似乎一味强调了病人的主动作用，而忽略了医生在形成这种状态中的主导作用，要知道，在这种医疗的消费大潮中，医生是最大的受益者，是消费大潮的

---

[1] 让·鲍德里亚：《消费社会》，刘成富、全志钢，南京大学出版社 2008 年版，第 132 页。

[2] 同上书，第 133 页。

"循循善诱"者。正是他们的循循善诱，才使自己成了病人的赦罪教士的角色。在刘易斯的小说中，就充分反映了这种医生使自己成为病人身体的赦罪者的现象。

> 在郎斯菲尔德这样一个最完备、最干净、兴旺和盲目的医疗工厂里，马丁是一名忠于职守的"技工"。不过他没有什么可抱怨的。也许，这家诊所对那些患社会性"脱白"的妇女进行的 X 光检查太多，她们更需要的是孩子和拖地板，而不是小巧的 X 光片；也许他们，把所有扁桃体确实是看得太悲观、太可怕了；然而，确实没有任何一家工厂有那么好的设备，收费像它那样昂贵却又令人满意的；也没有哪一家工厂能把当作"原料"的人那么迅速地通过那么多道"工序流程"。①

"最完备、最干净"是获得病人、实施治疗的必要条件，这是无可指责的，但"兴旺和盲目"（brisk and visionless）就值得琢磨，隐藏玄机了。叙述者为什么要把这两个互相之间没有任何关系的词放在一起呢？接着看下去，读者便明白其中的奥秘了。这家高级诊所是把自己定位在流水作业的医疗工厂的位置上（medical factory），那些来到这里的忏悔者一个个被赦罪医生当成了产品原料在流水线上进行加工改造，因为工厂为病人热情服务的宗旨（lyric faith）是"那些据信人们缺少了它们也能照常生活的组织器官，应该统统切除掉"② 这样一种科学观。看到这

---

① 辛克莱·刘易斯：《阿罗史密斯》，李定坤等译，江苏人民出版社 1987 年版，第 328 页。

② 同上书，第 329 页。

里，作为读者马上就会脱口而出说道：这样的看法未免太片面了吧。由此，明白了"兴旺和盲目"在此处的含义了，这两个词用来形容这家诊所，不，应该说"病人修炼厂"真是再妙不过了。它们互为因果，这家工厂的兴旺是因为对"材料来源"选材的盲目上：只要是病人（来看病的人），不管三七二十一，都是 X 光下的摄影对象；只要还长有扁桃体，就都是扁桃体摘除器下的切割对象。如此盲目的选材标准，制造的产品怎么不多，工厂怎么不会兴旺发达呢？而这兴旺是建立在把病人当成生产材料的基础上。其实，"兴旺和盲目"也还隐喻了来此行忏悔仪式的病人们对身体的崇拜状态。这是收费昂贵的高级诊所，来此的求医者不是达官显贵，就是商贾巨富或者最少是殷实人家，因而他们目前的家境都是"兴旺"的。由于家财兴旺，因而身体成为他们（她们）的名望和要救赎的物品而受到了他们特别的珍视，他们以为来到这里，就能使身体得到救赎，岂知这是一家把他们崇拜的身体当作宰割原料的工厂。我们说，病人的这种虔诚的崇拜行为不也是非常"盲目"的吗？把病人当成了加工的原料（raw human material），实用医学观驱动下的唯利是图行为是多么可怕，使得在医学领域本应居于中心位置的科学在名利为导向的医学实践中被极度地边缘化了。

三　两手同利的公共卫生官员

《阿罗史密斯》显示，在医疗公共卫生系统，虽然卫生官员也做了一些卫生、疾病防御方面的工作，但并没有真正按照科学卫生防御的要求去做，去脚踏实地地为公民服务，而是在一些利益冲突面前睁只眼闭只眼，置民众的长远利益于不顾。并且这些官员在所做的工作中，都打上了强烈的个人名利思想的烙印，而且尽可能地利用公众心理，借助现代新闻媒体，不切实际地大吹大播，为自己捞取政治资本。曾任诺梯拉斯市的卫生局长，后来的国会议员阿尔穆斯·皮克博医生就是其中一个典型代表。

鲍德里亚认为，使消费社会带上特点的，是大众交际中社会新闻所具有的普遍性。所有政治的、历史的和文化的信息，都是以既微不足道又无比神奇的相同形式，从不同的社会新闻中获取的。它整个地被加以现实化，也就是说，用戏剧性的方式加以戏剧化——以及整个地加以非现实化，通过交际的中项产生距离，而且缩减为符号。因此，不同社会新闻并不是其他范畴中的一种，而是我们神奇思想中的、神话中的主要范畴。① 皮克博医生就是炒作和操纵社会新闻力量为自己的仕途打开通路的政治高手。

皮克博到处演讲，各种报纸和宗教团体的刊物甚至企业期刊都为他发表了文章和社论，同时刊登他本人及家庭的照片。他的宣传演讲中总是喜欢引用一些统计数字作为科学依据，使他的演讲显得既生动又有力，当阿罗史密斯隐隐约约地提出某种批评时，皮克博总是说："即或我引用的数据不总是那么确切又怎么样？即或某些人认为我搞的宣传、我与公众开玩笑都是低级庸俗的，又怎么样？这些都是有益的，都是对的。不管我们采用什么方法，如果我们能使公众呼吸更多的新鲜空气，把庭院打扫得更干净，少喝一点酒，就证明我们做得对。"② 作为一位卫生系统的官员，为了宣传的目的，竟然认为可以随便杜撰统计数字作为科学依据进行官方宣传——而且这种杜撰在现实中居然也大受欢迎，被当成确凿无疑的科学事实——然后通过各地新闻报刊迅速

---

① 让·鲍德里亚：《消费社会》，刘成富、全志钢译，南京大学出版社 2008 年版，第 10 页。

② 辛克莱·刘易斯：《阿罗史密斯》，李定坤等译，江苏人民出版社 1987 年版，第 274 页。

地在市民中传播——最后到了市民头脑中，就演变成了这样的符号意义：皮克博医生真行，他又让肺结核的发病率下降了这么多，等等。这充分说明当时的美国政府部门中存在着严重的大吹大擂、弄虚作假的不正之风。我们看到这里，就不由自主地对皮克博以及相关部门作出否定的伦理判断，而作者却没有在叙述中有任何对皮克博或者政府机构的批评之词，这种不着一词就巧妙地达到了叙事目的的高超技艺让我们不得不折服，由此极大地促成了我们对作者叙述艺术的肯定的审美判断。

皮克博在宣传鼓动中，为了赢得各种社团和人物的支持，用了不少人际交往的公关技巧，以致赢得了各方人士的称赞。阿罗史密斯极不情愿地观察到在皮克博热情的雄辩中有着可鄙的铜锈：皮克博在教会或慈善团体中大谈的是什么"健康在使生活更加欢乐方面的价值"；而在商业午餐会上讲话时，则调子一变大谈起什么"雇佣健康、不酗酒、从而拿一样工资能干更多活的工人所换来的美金价值"来了；在家长协会上他开导人们只有及早地纠正孩子的不良习惯，才能节省医疗费用；但对于医生，他却保证进行公共卫生活动，只会更加普及人们定期找医生检查的习惯。① 我们感觉到，皮克博的话非常中听，也显得非常诚恳，表示了自己宽阔的胸怀和对各种人士的关切和热爱。可是，我们就是感觉不到皮克博自己的原则在哪里，他的真正的态度是什么。在教会和慈善团体中他歌颂他所开展的工作能给生活带来更多的欢乐，能让他们更愿意听从牧师的布道，从而让教会等团体支持他的工作；在商业团体中他就大谈他的工作使工人变得更加健康，健康的工人则能为老板们赚得更多的金钱；在学生家长面前承诺他的工作

---

① 辛克莱·刘易斯：《阿罗史密斯》，李定坤等译，江苏人民出版社 1987 年版，第 277 页。

能替他们减少医药费；而在开业医生们面前却保证能增加医生们的诊疗费。仔细分析，仍然摸不清这位卫生局长的态度是什么，只是看到了热情洋溢中掩藏着的铜臭味、两面性及欺骗性。终于，马丁·阿罗史密斯逐渐看出了点儿门道："马丁逐渐地由阿尔穆斯·皮克博联想到了军队的首脑、王国的君主、大学的校长以及教堂的牧师们，他发现领导人中大多数人都是皮克博式的人物。"①我们看到，刘易斯在这里已经把对这种八面玲珑、千人千面的政客作风的讽刺触角由一个卫生系统的皮克博而伸向了合众国所有的官僚们。就是说这种两面性已经成了一种民族性，民族的文化特征了，也即是"集理想主义和实用主义于一体"的特征的一种典型体现。我们似乎在美国当代慷慨陈词的雄辩家们的演说词中仍能看到刘易斯所说的这种让每位观众都能满意的陈言。迈克尔·卡门在对美国的文化特征进行多年的研究后也得出了与文学家刘易斯相似的心得体会："矛盾的美国人是野心勃勃和两手同利的；但是两手同利的外观——至少对有些人来说——暗示着两面派和欺骗的危险。这个故事讲的是一位美国参议员在一个星期天下午接见新闻媒体。'参议员，您对保守的态度如何？'一个公开讨论小组成员问。这位参议员开始局促不安。'好吧，我会告诉你，'他说，'我的有些选民支持保守，有些选民反对保守，而我坚定不移地站在我的选民背后。'"② 我们一直找不到皮克博在向各界宣讲卫生科学时的态度，是向着哪方神圣，是科学重要，还是各方的利益重要。现在明白了，关键是皮克博想要两手同利，结果是科学和民众都受到了欺骗。

---

① 辛克莱·刘易斯：《阿罗史密斯》，李定坤等译，江苏人民出版社 1987 年版，第 277 页。

② 迈克尔·卡门：《自相矛盾的民族：美国文化的起源》，王晶译，江苏人民出版社 2006 年版，第 217 页。

四　以名利为导向的科研机构领导

位于纽约的麦格克生物研究所是美国著名的科学研究机构，具有世界一流的研究装置，它能为研究人员提供工作所需要的一切设备，但它的领导者身上似乎仍然摆脱不了一股迫切的名利欲望。

阿罗史密斯发现了一种抗菌素，他把这种尚未确证的抗菌素叫做 X 素，正在默默地、紧张地、有条不紊地做着 X 素的实际验证工作。所长塔布斯博士知道后，非常兴奋，告诉阿罗史密斯他将会被提升为生物病理研究室主任，薪金将由现在的五千提升为每年一万美金，以此想要阿罗史密斯以他们两人的名义尽快把发现公布出去。他对阿罗史密斯说："我的朋友，我们也许已经发现了真正的东西——另一种洒尔佛散（salvarsan 抗梅毒药）！我们将共同把这个发现公布出去！我们将使全世界都来谈论这件事……马丁，作为你的同事，我从没想过贬低应该属于你的伟大功绩，不过我必须说明，倘若你过去能同我更密切地合作，你也许早已使你的研究工作获得了实际的验证和成果了。"① 而塔布斯的心腹，生理学研究室主任普顿·霍拉伯德博士也急切地在拉拢阿罗史密斯，想要阿罗史密斯与他通力合作，他说得更加直白："我们三个人（包括所长），有一天，我们会有能力建起一个合作科学的上层结构来，这个上层结构将不仅控制麦格克研究所，而且将控制全国每个研究所和每个大学的科学部门，从而开展真正有效的科学研究工作。"② 塔布斯和霍拉伯德的话语之意

---

① 辛克莱·刘易斯：《阿罗史密斯》，李定坤等译，江苏人民出版社 1987 年版，第 393 页。

② 同上书，第 394 页。

充满了雄心勃勃的科学理想，想要控制全国的科学界，可他们谈论的内容除了急迫的名利意识之外，却没有一点儿属于科学的内容，如果说，还要再在他们话中找出一点儿什么的话，那就是要巧取豪夺不属于自己的科学成果。

鲍德里亚透过大众传播观察到这样一种情况："各类新闻中的伪善煽情都用种种灾难符号（死亡、凶杀、强暴、革命）作为反衬来颂扬日常生活的宁静。而符号的这种冗长煽情随处可见：对青春和耄耋的称颂、为贵族婚礼而激动不已的头版头条、对身体和性进行歌颂的大众传媒——无论何处，人们都参与了对某些结构的历史性分解活动，即在消费符号下以某种方式同时庆祝着真实自我之消失和漫画般自我之复活。家庭在解体吗？那么人们便歌颂家庭。孩子们再也不是孩子了？那么人们便将童年神圣化。老人们很孤独、被离弃？人们就一致对老年人表示同情。"[1] 我们看到，鲍德里亚观察到的问题的实质是：人们竭力宣传赞美的是人们缺少的东西，也就是美好的、珍贵的东西。而通过宣讲，人们似乎就拥有了这种东西，作为这些东西的制造者的宣讲的主人似乎首先就成为这些东西的拥有者而达到了名利双收的目的。塔布斯和霍拉博德就是抱着这种目的行事的。他们想要的，是神圣的科学，这是媒介所极力追捧的和民众虔诚仰视的似神力般宝贵的东西。阿罗史密斯的一项科学发现让塔布斯们多么激动啊："我们将使全世界都来谈论这件事。"因而要马丁即刻把这个发现公布出去！塔布斯的意图是要通过媒介达到把全世界都给煽动起来的一种状态。为什么他自信能触动人们的神经达到如此煽情的目的，因为这是前所未有

---

[1]　让·鲍德里亚：《消费社会》，刘成富、全志钢译，南京大学出版社2008年版，第86页。

的科学发现，这种宝物能医治疾病，挽救生命啊。世上还有比这更珍贵的东西吗？而马丁不公布，就没有大众传播的中介作用，虽然这项科学发现还是同质的科学发现，或者它也用来治愈了多人的疾苦，但没有让全世界都来谈论这件事情，塔布斯和霍拉伯德能爬上科学的高位，能统治科学界吗？可以说，现代大众传媒的流程就是：缺乏—煽情—目的—利用。事件则是小到对一名无助老人表示的同情，大到一项造福人类的科学发明都可收入到大众媒体的煽情范围之中。

当然，这是对利用媒体者来说的流程图式，对马丁·阿罗史密斯之类的人来说要的则是拼命避开媒体，避开那会遮蔽探索世界的眼睛的矫揉造作、夸夸其谈，更不用说利用媒体煽情的宏大场面了。所以，阿罗史密斯最后之所以离开设备精良的研究所，与同他志同道合的科学家特里·威克特跑到佛蒙特山区自建的简陋实验室继续科学研究，不是其他的原因，就是因为新所长霍拉博德总是逼迫他们发表还没有最后确证无疑的研究成果。这种无视科学的严谨性的科学观，也就是主要注重的是科学的煽情性的科学观让真正的科学家阿罗史密斯和威克特难以忍受。

阿罗史密斯在英属西印度群岛的圣休伯德岛上用噬菌体战胜鼠疫的事迹使阿罗史密斯成了众所皆知的英雄，阿罗史密斯自己竭力回避这一用科学、智慧和勇气甚至生命所换来的荣誉。因为他的实验只进行了一半，因妻子的死使他情绪失控，而给几乎所有想要注射的人都注射了噬菌体，没有留下可进行对比的参照物，也就是说没有忍心留下由于不注射噬菌体而随时可能被鼠疫夺取生命的人群做实验对比。因此，从严格的科学的角度看来，可以说是阿罗史密斯的噬菌体消灭了鼠疫，也可以说是鼠疫到一定的时候自己停止了。尽管圣休伯德岛上的居民都自发地把阿罗史密斯当成救命恩人，岛上的总督又写信又致电纽约麦格克研究所表示万分感谢，但阿罗史密斯为没有把实验坚持下去而感到不安。他只是据实整理资料写了一份向麦格克研究所总部的汇报材料后，又一头扎进了实验室，而拒绝向外界发表他用噬菌体消灭了圣休伯德岛的鼠疫的学术报告。

阿罗史密斯的这趟西印度群岛之行为研究所争得了无限的荣誉，尽管阿罗史密斯本人并不认为确实是他治愈了鼠疫，但研究所理所当然地接受了总督代表岛上人民的致谢也接受了新闻界的宣传祝贺。随后，阿罗史密斯与威克特的研究一有什么动向，如当听说他们有可能发现了一种治愈肺炎的抗体时，霍拉伯德就要赶快发表他们的研究成果，因为"本研究所正希望获得治愈这种可恶疾病的荣誉"，"是该让世界知道你们在干些什么的时候了"①。霍拉伯德把研究所需要这种科学荣誉当作科学研究的目的，并力争要改变阿罗史密斯他们对科学的这种实用性嗤之以鼻的做法。他念念不忘的就是经过媒体炒作之后所带来的名利，把科学当做一种炒作符号，在炒作科学、用科学煽情的同时，真正的科学被置于了边缘化的地步。我们推测，刘易斯正是有感于科学界这种实用科学观所导致的名利思想对科学的危害性，这种通过发表不成熟的研究成果，把公众煽动起来以获得名利的结果最后会遮蔽了科学的真相，名义上是歌颂了科学，建构了科学，其实是解构了科学，因而是非常危险的。所以刘易斯让阿罗史密斯和威克特躲进了森林，以换得一个不受伪善煽情影响的清净环境，来保证科学的纯洁性，建构真正的科学。

---

① Sinclair Lewis, *Arrowsmith*, New York: Harcount, Brace and Company, 1925, p. 422.

第四节　信仰与商业的宗教社会

1904 年，马克斯·韦伯在美国各地考察，他观察到，在美国，宗教和商业的结合非常密切，不到一个时代前，刚要到职场上立足的商人在建构社会关系时，总是被问到这样的问题——一个不着痕迹却似乎又随机拈来但绝非偶然被提出来的问题："你属于哪个教会？"① 在火车上，一位商人向韦伯作了这样的解释："先生，对我来说，任何人都可以随自己高兴信仰什么或不信；但是，如果我碰到个农夫或商人，他不属于任何一个教会，那么我连五十分钱也信不过他——干嘛付我钱，如果他什么也不信。"② 也就是说，美国商人的商业信誉最初是建立在宗教信仰的基础上，成为教派的一员意味着人格的一纸伦理资格证明书，特别是商业伦理上的资格证明。从这可以看出加入某个教会对美国人特别是商人的重要性。既然是如此重要，那么，不管你相信还是不相信上帝，为了你的信誉，也就是说为了你的利益，你也得加入某个教会，归属某个教堂。因而，反过来说，为教民提供信仰服务的教堂和牧师的存在也是非常必要的。然而，1904 年后的日子里，随着经济的日益发展，宗教也开始发生质的变化。费瑟斯通论道："马克斯·韦伯在《新教伦理》中关于宗教的著名比喻，大步跨入世俗事务的市场后，宗教就关上了身后修道院的大门；在现代社会中因为与其他的意义复合体一样被牢牢置于消费市场上，因而宗

---

① 马克斯·韦伯：《新教伦理与资本主义精神》，康乐等译，广西师范大学出版社，第 194 页。
② 同上。

教发生进一步的转型。"① 我们且看看 20 年代前后刘易斯小说中处于这个转型时期的牧师们的工作和生活状态，看牧师们是怎样处理宗教信仰和商业利益的关系的，这也是韦伯在《新教伦理与资本主义精神》中落笔很少的地方。

一　作为一门谋生职业的宗教

众多的教民催生了众多教堂的存在，而众多的教堂必然又让更多的民众成为耶稣的子民，归属于某个教堂听某个牧师做礼拜。牧师，被很多人当成了一门养家糊口的职业。埃尔默当初成为一名牧师的原因就是他找不到其他合适的职业，因为当时除了到堪萨斯州托卢卡地方他表兄的那个阴暗的律师事务所里整天读法律宗卷外，他再也没有别的什么就业指望了。"埃尔默到哪里还能找到比牧师的社会地位更高的工作呢——成千上万的人听他讲道——被邀请到宴会和所有的大场合。比别的那些工作要容易得多……但是同时，这又是高雅而优越的工作，可以读书，有高尚的思想情操，也许还有城市或乡村最漂亮的女士陪伴。这比律师职业的训练费用也低得多。"② 埃尔默夸夸其谈，到处招摇撞骗，曾因吃喝嫖赌被发现而被神学院开除，离开了牧师行业一段时间，做推销员，办培训班，但都不怎么成功，只能过着朝不保夕的生活。后来回到牧师行业，改掉了喝酒的恶习，利用三寸不烂之舌蛊惑教堂民众，才逐步发迹，混上了宗教领域的高位。这说明，教堂又是最容易被无耻之徒利用作为谋利发迹的地方。

牧师人群中很多人自己做了半辈子甚至一辈子的牧师，对上

---

① 迈克·费瑟斯通：《消费文化和后现代主义》，刘精明译，译林出版社2006 年版，第 164 页。

② 辛克莱·刘易斯：《灵与肉》，陈乐等译，湖南人民出版社 1988 年版，第105 页。

帝的存在也是半信半疑的，甚至是不相信的，那为什么还要做牧师呢，因为这是他们谋生的职业。米兹帕神学院六十岁的教务长和院长一起为埃尔默祈祷，帮助埃尔默终于"获得了"神灵的感召。回到家，他若有所思地问妻子："爱玛，请告诉我：如果我现在是他（指埃尔默）的年纪，在今天这个世道你认为我还应该做牧师吗？"这问话委婉地表露出教务长对自己信仰的迷惑性，如果他有坚定的宗教信仰，就不会对自己从事了大半辈子的神职存在疑问。我们再看看教务长的心里话，就更明白了：

> 不管怎么说，我进神学院之前做地毯生意的那两年自己干得也不怎么样。也许做一辈子地毯生意也不一定有现在挣的钱多。但是如果我能——也许我能做个大化学家呢？……做一个化学家难道不比年复一年地教学生同样的混淆不清的问题要好得多吗？……做化学家难道不比年复一年地站在教堂的讲道坛上讲道要强得多吗？你心里明明知道教民们七分钟以内就会把你说的话忘得干干净净，可你嘴里还要拼命地大讲耶稣基督、天堂地狱，那个滋味儿有多难受啊！①

我们看到，教务长到神学院做牧师之前做过地毯生意，但并不景气，比他现在挣的钱要少，尽管他现在也不太富裕。这一比较，可以说教务长也是为了谋生才做牧师的，并且长期的牧师生涯让他过得并不痛快。主要原因是自己虽然是一个神学院的教务长，但并不是一个虔诚的基督教徒，对《圣经》的教义并不是那么深信不疑，可却得在学生面前、教民面前日复一日地反复讲

---

① 辛克莱·刘易斯：《灵与肉》，陈乐等译，湖南人民出版社 1988 年版，第116 页。

述自己都不相信的天堂地狱。而且看起来教务长并不是像他的学生埃尔默那样是个喜欢讲假话的人，出于谋生的需要而不得不违心地讲假话，因而感到非常难受。比起那些七分钟之后就可以把牧师所说的话忘记得干干净净的教民，像教务长这样的牧师实在要可怜得多。教务长的岳父是位退休的老牧师，当女儿把丈夫的话拿来问老父，问他如果还是个年轻人的话愿不愿意去做牧师时，这位老牧师回答女儿："我当然愿意！多么愚蠢的问题啊！牧师是年轻人所能从事的最光荣的职业。你怎么会问这种问题呢！"① 可背着女儿，老伴是这样数落老牧师的："真见鬼，你以后不要在我面前引用那一句屁话了'我信仰宗教，因为这是不可能的！'信仰它是因为它不可能！我的天哪！牧师就是这种怪人！"② 可见，古稀之年的老牧师夫妇也没有坚定的宗教信仰，可在女儿面前还得装腔作势，这是多么可悲的事情啊！看来，宗教的最大受害者还是某些牧师，他们并不虔信宗教，但为了谋生，走上了牧师这一看起来神圣光荣的职业；他们并不擅长说假话，也不喜欢说假话，可却不得不靠说假话谋生。这是令人多么痛苦的生活，无异于对人性的一种摧残，久而久之，必将导致人格的分裂，变成老牧师的妻子所感叹的"怪人"。而这种不信仰宗教、却靠宗教谋生的"老实"牧师还不知道有多少，教务长和这位老牧师就是这一代又一代遭受宗教信仰迷乱痛苦的牧师们的缩影。

二　作为敛财之道的福音传道

刘易斯的小说为读者提供了当时活跃在美国各地的福音传道

---

① 辛克莱·刘易斯：《灵与肉》，陈乐等译，湖南人民出版社 1988 年版，第116 页。

② 同上书，第118 页。

团的情况。着重描述了女福音传教士莎龙·费尔肯纳福的福音传道团。据格雷布斯坦的研究，莎龙这一人物的轮廓与当时历史上的女福音传教士艾米·森普尔·麦克弗森有些相似，都证明了20年代某些时尚教派似乎变得与帐篷下的马戏表演相宜而跟圣职相悖了的丑象。①

我们看到，当时的福音传道确实已与商业表演紧紧地联系在了一起。莎龙的福音传道团每到一地之前，都派一位先遣广告宣传员去进行鼓动宣传。莎龙的广告宣传员采取的策略一是对当地的宗教机构的代表软硬兼施，让他们不得不接纳莎龙传道团的到来；二是神化莎龙，举办有美酒款待的记者招待会。在招待会上，大肆渲染莎龙国色天香的美貌，讲她那家族的光荣，讲她靠祈祷使多少怙恶不悛的罪人悔过自新的神奇力量。把本是一个砖厂泥工的女儿，一个以前的速记员，变成了一个古老贵族的后裔，祖父是费尔肯纳将军，在南北战争中是"南方联盟军"总司令的顾问，等等。"这样等莎龙和她的传道团到来时，各家报纸便争相报道，大街小巷和各家商店的橱窗上都贴满了红色的标语，整个城镇会兴奋得连气都喘不过来，时常还会有千把人聚集到火车站去迎接她的光临。"② 看到这里，当代的读者还会有种感觉，这种福音传道方式就像是现在的新歌或电影新片投入市场之前的发布会，十足的后现代文化的商业炒作行为。当然，比现在的炒作还多了蛊惑和欺骗的行为。

为了使布道会上能有更多的听众，布道团的工作人员经常要到各家商店、批发仓库以及工厂等场所去为莎龙招徕顾客，在人

---

① 谢尔登·诺曼·格雷布斯坦：《辛克莱·刘易斯》，张禹九译，春风文艺出版社1994年版，第97页。

② 辛克莱·刘易斯：《灵与肉》，陈乐等译，湖南人民出版社1988年版，第331页。

家的办公室里就地举行午间讲道会，宣讲不归顺上帝，就不能逃脱下地狱的可能性。为了能使讲道词符合各色听众的口味，布道团一班人马，拿出各家本事为莎龙准备讲道词。阿尔博德为讲道词提供诗歌，同时也提供许多富有哲理的新奇思想；"个人工作部"的女主任编造酒鬼和不可知论者弥留之际的逸事用作反面教材；钢琴手提供以前曾经看过的几位科学家的故事，从中提炼一些数据驳倒进化论；短号手提供许多虽然粗俗，但却也符合道德规范的缅因州的故事，迎合疑虑重重的生意人的口味。然后埃尔默把这些组合起来编成讲道词。为了渲染布道会上的气氛，使更多的人受到感召，在莎龙召唤听众们皈依上帝的关键时刻，常有会唱会跳的歌手或乐手在舞台和人群中穿上跳下，如负责音乐的阿德伯特常一面拍着听众们的肩膀，一面跟听众一起唱一些赞美诗的合唱部分。然后顺势说着这些使人不得不激动的话语："今天晚上你们大家都要成为福音传道者。你们每个人现在就是啦！请跟站在你右边的人握手，问一问他的灵魂是否已经得救。"[①] 这样每次他从听众中回到舞台上时，总要带回来三四个上帝之剑的俘虏。一边把他们带上舞台，一边唱歌般地高声喊道："他们来啦——他们来啦！""而这个头一开，便时常会引得更多的皈依者蜂拥般地冲上祭坛。"[②] 布道会后，就有专人填写夸大的统计数据，如有多少得救者走上祭坛，发表过多少次演说，去贫舍中做过多少次祈祷。这些数据一是拿到报社做宣传报道，二是用做下次抬高讲道价位跟地方委员会讨价的起点。看到这里，读者会觉得阿德伯特的声音非常熟悉，就像现在独唱会上

---

① 辛克莱·刘易斯：《灵与肉》，陈乐等译，湖南人民出版社 1988 年版，第 340 页。

② 同上书，第 339 页。

或晚会上听到的：朋友们，我爱你们！你们欢迎我吗？请把你们的手伸出来，我们一起唱好吗？从刘易斯布道会上的描述，我们看到了西方现代演唱会的滥觞。

这中间也许潜藏着很多令人思考的问题。虽然这帮布道人员动机并不纯正，信仰并不虔诚，听众也并不一定听了布道后，就诚心诚意地皈依上帝了，但只要福音传教士手段得法，总会有大量的会众赶来布道场所，也总有人被感动到痛哭流涕的地步，当时有名的一些福音布道团也总会得到各地教会组织和有钱人的支持。我们认为这个中奥秘分析起来主要有两点：一是有钱人希望通过宗教信仰麻痹会众的精神，让会众在宗教中找到精神寄托，老实接受自己穷困的命运。由于美国传统的商业和宗教信仰的关系，有钱的商人基本上都信教，即或他们中很多人去教堂并不是那么勤快。从当时的斯哥普斯案看出，原教旨主义者还很猖獗，正在与进化论者争夺民众，而在大部分城镇中进化论还不是那么深入人心。有钱人认为如果雇员们接受了进化论的思想，就不会老老实实地卖力干活。因而他们希望更多的民众能皈依上帝，规规矩矩接受自己现有的社会角色，为他们继续卖命。福音传道者就正好利用了有钱人的这种心理，形成了他们互惠的商业利益关系。二是福音传道者去的地方多数在小城镇，当时的现代休闲娱乐还不太多，一般的工人或农民阶层除了电影，还很少有其他富人们的网球、高尔夫球等休闲活动，而且电影也经常遭到教会人士的谴责。这样，福音传道团五花八门的宣传表演花招也在一定程度上弥补了他们娱乐消遣贫乏的空缺，起到了一定的精神麻痹的作用。于是，类似莎龙这样的以商业赢利为目的的福音传道团就有了表演的市场。这应该说是宗教转型时期的特有产物。

霍华德·班科克·宾奇博士是比莎龙更有名声的一位伟大的福音传道家，是浸信会的原教旨主义卫道士，担任宗教工作者正统福音训练学校的校长，还兼任着《葡萄园的守护人》杂志的编辑。有一次他们在一起共进午餐讨论有哪些有效方法能迫使人们走上祭坛。宾奇博士说："我的座右铭就是，一个人可以使用任何方法，只要能达到目的就行，也就是我们的专业术语所说的，'只要能卖掉货就行'。"[①] 我们看到宾奇博士把宣讲基督教义当成货物出售，也就是说他们把宗教福音据为自己赚钱的文化资本，经过他们巧用名目，精心包装，出色表演后，在布道台上出售给民众。打动民众的心，就是撼动了民众的钱袋，也就是宾奇博士的达到了卖掉了货物的目的。什么曲子最能打动听众的心也是他们交谈的内容，宾奇博士说："那种优雅的、很有艺术气味的、缓慢的和忧伤的曲子，它常常可以使人们进入这样一种心境，可以使他们感动得走上祭坛，把他们的心和金钱都一股脑儿地掏出来献给上帝。"[②] 这就是福音训练学校校长之金钱观和宗教观，对于这些福音传道士来说，宗教完全成了商业赢利的一种手段。

艾伦在其出版于 30 年代的《浮华时代：美国 20 世纪 20 年代简史》一书中叙说道："确实，商业与宗教之间的联系是这个时代意义最为深刻的现象之一。当美国个人信用调查协会在纽约举行年度大会的时候……S. 帕克斯·卡德曼博士题为《商业中的宗教》的布道则大大地振奋了这些信用调查员们的精神。同样，当广告俱乐部联合会在费城集会的时候，卡德曼博士发表了题为《想象与广告》的基调演说；而在教堂广告部的集会上，讨论的话题包括'广告中的精神原则'以及'通过媒体和广播

---

① 辛克莱·刘易斯：《灵与肉》，陈乐等译，湖南人民出版社 1988 年版，第 356 页。

② 同上书，第 359 页。

为天国进行广告宣传'。"① 从艾伦的记述中，可以看出刘易斯小说中对以商业赢利为福音传道目的的现象描述并非是空穴来风，而是来自他对当时宗教社会的深入观察和体验。

此外，这些福音传道者们当众在布道台上大肆攻击饮酒、跳舞等为堕落行为，而背后却是这些方面的行家里手和爱好者。莎龙布道团的成员常在所租的房子里关起门来唱歌、跳舞、喝酒等，房主们常向地方委员会申诉说："这些上帝的工作者们一定在他家里跟魔鬼打过仗。他抱怨自己的家具被圣徒们用烟蒂烧坏了，地毯上撒满了威士忌酒，椅子也被弄散了架。"而艾伦在他的简史中也叙述道："虽然会议期间每个晚上的 23：00 到凌晨 2：00，酒店都会为这些虔诚的代表们提供各种歌舞表演，而大西洋城的选美大赛也在现场举行，但这个事实只不过说明，即使是怀有崇高信仰的人，也得拥有自己的娱乐生活。"② 这一切表明，刘易斯确实讽刺嘲笑了宗教转型时期的宗教人员不择手段的利用宗教坑蒙拐骗、榨取钱财的丑恶现象，但其实刘易斯的本意更在于让读者深思产生这种现象的原因：时代的进步潮流是谁也抵挡不住的，原教旨主义者虽然在拼命地抵挡进化论的科学思想，但其自身内心的宗教信仰还是受到了撼动，随着社会上物质产品的日益丰盛、生活的日益富饶，扑面而来的商业气息同时在挤兑着他们业已脆弱的宗教信念，可要转而放弃宗教，接受进化论的科学思想，又是他们不能面对和不愿面对的，因为为宗教服务是他们的职业。于是他们转而利用宗教，把福音传道作为致富的途径、作为文化产品在经营运作。为此，转型期的宗教伦理开

---

① 弗雷德里克·刘易斯·艾伦：《浮华时代：美国 20 世纪 20 年代简史》，汪晓莉、袁玲丽译，上海财经大学出版社 2008 年版，第 131 页。
② 同上。

始发生本质性变化，被更多的商业成分所侵蚀，就如艾伦的结论："对教堂来说，要想抵制住这股对商业的滚滚热情也是非常困难的事情。"[①]

三　作为商业营运的教堂

艾伦论述道，在20年代，"人们看待商业本身也带有了崇敬之情。过去，人们曾经认为做生意没有那些有学问的职业高贵威严，但如今人们认为，如果一位牧师被称为优秀的生意人的话，那就是对他给予了很高的评价"[②]。这与韦伯在1904年观察的情况确实有了变化。那时的美国商人还以宗教信仰为荣，以宗教信仰作为商业信誉的基础。而到了20年代，变成了牧师以具有商人的能耐为荣，这就使宗教步入了商业运行的轨道，牧师们纷纷开发所拥有的宗教资本的经济价值。

奥托·希肯鲁珀博士是泽尼斯市中央大教堂的牧师，他的那座教堂里不仅有技术工人培训班和体操训练班，而且还举办神圣的化装游行、绘画讲习班、法语班、蜡染制作班、性卫生班、簿记班以及短篇小说写作班。[③]泽尼斯市的威尔斯普林教堂也进行着上述例常活动，而自从埃尔默来了之后，他又把这个数字翻了一番。因而，威尔斯普林教堂里办有技术工人训练班、家政科学讲习班、体操训练班、鸟类研究班，这些班都是为旧城区穷人家的孩子们举办的。教堂里还有男孩童子军俱乐部和女孩篝火俱乐部两支大军，另外还有妇女协助会，妇女传教协会，祈祷会之前

---

①　弗雷德里克·刘易斯·艾伦：《浮华时代：美国20世纪20年代简史》，汪晓莉、袁玲丽译，上海财经大学出版社2008年版，第130页。

②　同上。

③　辛克莱·刘易斯：《灵与肉》，陈乐等译，湖南人民出版社1988年版，第547页。

的例常教堂晚餐，为主日学校教师办的一所《圣经》培训学校，一个缝纫协会，为病人和穷人提供的护理和免费食物，六七个青年男女俱乐部，六七个家庭主妇的小团体，一个每月聚餐的男人俱乐部。①

为什么办有这么多活动团体呢？了解一下埃尔默牧师的想法就明白了："再也没有什么比这些活动更能带来同情、声誉和捐款了。那些从不上教堂的殷实富裕的老财主，只要你向他们描述一番那些戴着披肩的母亲们如何泪流满面地来到牛奶站的情景，他们也会慢吞吞地挤出个百把块、或者甚至五百块的捐款来的。"② 因而，活动团体越多，吸引到教堂来的教民就越多，得到的捐款也就越多，由此，该教堂牧师的薪俸也就越高。埃尔默的年薪已经从不到 4000 美元提升到了 7500 美元。可以看到，牧师的成功与否已经与他的经营能力密切联系在了一起，就连向教区内穷人施粥的摊点也成了替牧师们赚钱的财路，牧师们可说是已把教堂商业赢利的途径发挥到了极致。

对商业的热情拥抱让牧师们想尽办法，吸纳会众成为自己教堂的教民，参加教堂的活动，为上帝献爱心献金钱。艾伦查阅到当时这方面的真实记录，他写道："人们从 20 年代的《美国信使》中得知，纽约的瑞典以马利公理会向所有那些为教堂建造工作捐款 100 美元的人颁发了'投资天国首选股本的证明文件'，从而承认了商业比精神需求更具优越性。而纽约住宅区一个教堂的公告牌上也出现了同样具有说服力的话语：'到教堂来

---

① 辛克莱·刘易斯：《灵与肉》，陈乐等译，湖南人民出版社 1988 年版，第 537 页。

② 同上书，第 536 页。

吧。对基督教的崇拜可以提升你的效率。基督徒 F. 赖斯纳牧师'。"① 不知是牧师太贪婪，还是教民太势利，为了鼓动教民的捐款热情，竟然打出了天国股份公司的招牌，宗教术语与商业术语庄重诙谐地结合在了一起，构成了一道别具一格的风景，宗教的出马需要打着商业利益的招牌，宗教的优越性已经完全被商业所取代。

为了哗众取宠、招揽民众，牧师经常在讲道的内容和题目上下工夫，绞尽脑汁想出如上面写在教堂公告牌上的"对基督教的崇拜可以提升你的效率"之类的噱头。他们还经常为自己的讲道刊登广告，从《埃尔默·甘特利》中可以看到，当时的各种报纸开辟有宗教广告专栏，埃尔默就常常利用广告，刊登一起耸人听闻、引人注目的讲道题目。他在威尔斯普林教堂的第一次讲道之前，在各家报纸的宗教广告栏上都用两栏的篇幅刊登讲道的广告，他所讲的是一个很引人入胜的题目："外地人能在泽尼斯找到罪恶的场所吗？"② 这个题目是与他教堂的执事里格先生，当地一位有名的律师，一起商量定下的。在里格先生家，里格一边调制威士忌酒，一边说："这个题目一定会使他们感兴趣的。没有什么能比一场公正的和生动有趣的谴责罪恶的讲道更能吸引听众了。是的，先生！对所有这些日益猖獗的酗酒和可怕的性放荡来一次毫无畏惧的鞭挞。"③ 在当时的禁酒令时期，这位有钱的教堂执事，与他的牧师一样，自己一面在做着违法犯罪的事情，一面又在大肆地谴责罪恶。埃尔默的第

---

① 弗雷德里克·刘易斯·艾伦：《浮华时代：美国20世纪20年代简史》，汪晓莉、袁玲丽译，上海财经大学出版社2008年版，第130页。

② 辛克莱·刘易斯：《灵与肉》，陈乐等译，湖南人民出版社1988年版，第532页。

③ 同上书，第531页。

二个讲道题目是："在我们周围是否有一个长着角和蹄子的真正魔鬼在徘徊呢？"① 诸如此类的噱头让埃尔默的教堂听众迅速增加，各家报纸争相报道，埃尔默教堂的捐款直线上升，他的俸禄也一涨再涨，埃尔默在泽尼斯市的众牧师中很快就出了名，站稳了脚跟。然后，野心勃勃地朝着宗教界更高的教位进发。

除了教民，当然是特别有钱的教民是牧师极力拉拢的对象之外，新闻界的记者也是牧师们极为重视的人物。

"在泽尼斯，几乎没有一位牧师不喜欢新闻界的那些年轻记者……因为泽尼斯的新闻界对宗教界并不比对商业界更恭敬，随时都可能对他们进行攻击。然而，在所有的牧师中，却没有一个人像埃尔默·甘特利牧师那样对新闻记者们如此热情、如此友好、如此称兄道弟。他同行的那些竞争对手们只是在新闻记者们前来采访时对他们热情而已，而他埃尔默却会主动给人家送上门去。"② 从引语中，我们看到，牧师们之所以喜欢记者，是因为害怕媒体的负面报道，害怕对他们的言行进行攻击。俗话说，身正不怕影子斜，宗教界本是从事神圣职业的地方，如果牧师们在堂堂正正地做着为上帝及其子民服务的工作的话，又怎会招来攻击，出现"泽尼斯的新闻界对宗教界并不比对商业界更恭敬"的局面呢？作者的话里面隐藏着深奥的玄机。也就是说，在这物欲横流、物产丰盛的繁荣时代，宗教界的拜金主义现象比商业界更胜一筹。尽管他们打着基督的招牌，巧立名目，冠冕堂皇地尽力掩饰自己的商业目的，但由于太过贪婪，还是有不少能让新闻界抓住把柄的地方。但为什么说牧师都喜欢新闻界的记者，特别

---

① 辛克莱·刘易斯：《灵与肉》，陈乐等译，湖南人民出版社1988年版，第534页。

② 同上书，第575—576页。

是那些年轻记者呢？一是年轻记者初生牛犊不怕虎，攻击起来火力猛烈，不计后果；二是年轻记者毕竟阅历肤浅，对于这些老奸巨猾的牧师们来说，比较容易拉拢利用，转过笔头，不但不攻击自己的污秽之处，反而为自己的施教纲领、营利行为进行美化宣传，这怎么不是令那些道貌岸然的牧师喜欢的事情呢？尤其是埃尔默，对新闻界更是极尽笼络、奉承、利用之能事。他最初想拉拢一位资深老记者比尔，但比尔对"跟他讲起舞厅里的那些最刺激的故事……却好像并不感兴趣"①。于是，埃尔默便把目光转向了那些更年轻的记者，"他们还嫩得很，一位能说'见鬼'的牧师的亲密是足以取悦他们的"②。对现代媒体的信息传播功能的充分利用也是埃尔默在泽尼斯的宗教界能迅速崛起的主要原因，是牧师们能攫取荣誉、争取教民、获得高额收入的重要手段。

小　结

社会群体的生活方式是与其阶级地位分不开的。刘易斯小说社会群体的文化叙事特征主要以物质至上的实用主义和由理想主义衍变成的维护既得利益的极端保守主义的特征体现出来。而社会群体的这种保守实用主义倾向在这个时期：一是打上了很深的消费主义的烙印——赚取更多的金钱以满足炫耀和享乐主义的生活方式；二是打上了20年代新旧文化激烈冲突的烙印——表现出了一种典型的消费文化中的等级、阶级和种族偏见。当下层群

①　辛克莱·刘易斯：《灵与肉》，陈乐等译，湖南人民出版社1988年版，第577页。
②　同上。

体对上层群体的品味提出挑战时，上层群体的反应不只是通过如费瑟斯通所说的通过采用新的品味来重新建立和维持原来的距离，而是还采取一种禁止、打击、威胁和违法的暴力手段来保持自己的优势地位。

　　把消费文化理论与刘易斯小说社会群体的文化特征结合起来开展研究是学界尚未进行的。这一研究视角既显示了美国民族文化特征在中产阶级这一社会群体中的本质表现，又把社会群体的文化特征置于20年代的特定的历史背景中，让人们看到了20年代美国社会群体所表现出来的物质至上的实用主义和保守主义的原因，社会经济的繁荣推动历史从以生产为主体的社会向以消费为主体的社会的转型，而消费社会的享乐主义生活方式又促成了社会的保守与腐败。在这特殊的转型期，连最神圣的宗教也被切分成了各种产品，加以处理后向教民兜售。传统的宗教开始发生本质性变化，被更多的商业成分所侵蚀，与商业社会融为一体被牢牢地置于消费市场上。此外，这一研究视角还显示，刘易斯对消费文化方面的许多看法，如殷实公民的阶级结构图式、商品广告与人的个性塑造的关系、艺术与日常生活之间的界限的消解的认识以及文化资本、把文化资本化等这些与后现代主义契合的消费文化概念的提出和认识都表现出了他对社会和文化具有一种超前的预见性和认知性。

第五章 刘易斯小说中隐含作者的叙事伦理

文学作品的叙事伦理研究正引起越来越多批评者的重视。文学研究的伦理转向是近二十年的事情，詹姆斯·费伦认为，这一转向可以与文学研究体系中的更大的发展联系起来看。伦理转向是对耶鲁解构派的形式主义普遍予以回应的一部分，这发生在保罗·德曼第二次世界大战期间发表的文章被揭露出来之后。另外，女性主义批评及其理论，不断上升的非洲裔美国人的影响，后殖民主义、多元文化和怪异批评及其理论，它们均以伦理—政治目标为立论的基调。叙事研究中的伦理转向也是对叙事的跨学科影响乃至"日常生活"中的用处越来越重视的结果。①

查克里·纽顿在他所著的《叙事伦理》（*Narrative Ethics*）一书中从叙事学的角度探讨了叙事与伦理的关系以及二者结合在一起的逻辑性和必要性。纽顿说，他有意把"叙事设想为伦理"，并描述了叙事的三种伦理结构：叙述伦理（narrational ethics），是与讲述活动相联系的伦理因素，在作者、叙述者、受述者到读者的叙事传递线上展开；再现伦理（representational eth-

---

① James Phelan, *Living to Tell about It：A Rhetoric and Ethics of Character Narration*, Ithaca and London：Cornell University Press, 2005, p. 21.

ics）是与"虚构人物"或塑造人物过程相联系的伦理因素；解释伦理，与阅读和阐释相联系的伦理因素，是读者和批评家对文本承担的道义责任。[①] 韦恩·布斯早在 1961 年在其《小说修辞学》中就说过："小说修辞的最终问题是，决定作者应该为谁写作。"[②] 布斯甚至强调，伦理渗透于文学批评的始终。《我们相伴：虚构的伦理》（*The Company We Keep：An Ethics of Fiction*）一书集中体现了布斯对叙事伦理的理解。布斯认为伦理批评是意在描述故事讲述者的文化精神与读者或者听众的文化精神的碰撞，也就是说写作和阅读如何使作者与读者的心灵得以交汇。他指出伦理批评不需要以评估意图开始，但是它们的批评总是需要评价被描述的东西的价值：没有中立的伦理范围，负责任的伦理批评会使有关人类行为的故事中那些隐含的评价明确化。[③] 布斯和纽顿一样，把焦点放在阅读伦理上，研究阅读行为如何引起伦理思考和回应。

詹姆斯·费伦已在多部著作中论述叙事伦理。像布斯和纽顿一样，费伦也同样非常重视读者的阅读行为，但他更关注技巧与读者的认知理解、情感反应以及伦理取位的关系（ethical positioning）。他把叙事伦理定义为四种伦理位置的动态互动：（1）故事世界里人物的伦理情境；（2）叙述者的伦理情境，与讲述行为及读者相联系；（3）隐含作者的伦理情境，与讲述行为以及作者的读者相联系；（4）真实读者的伦理情境，它们与价值系统、

---

① 转引自詹姆斯·费伦、玛丽·帕特里夏·玛汀《威茅斯经验：同故事叙述、不可靠性、伦理与〈人约黄昏时〉》，戴卫·赫尔曼主编《新叙事学》，马海良译，北京大学出版社 2002 年版，第 47 页。

② Wayne C. Booth, *The Rhetoric of Fiction*, Harmondsworth：Penguin Books Ltd, 1987, p. 396.

③ Wayne C. Booth, *The Company We Keep：An Ethics of Fiction*, California：University of California Press, 1988, p. 8.

信念系统和运作在上面1—3种伦理情境的位置相联系。①

我们看到，以上三位批评家主要都强调了伦理在从作者或隐含作者、叙述者、人物到读者的叙事传递线上的重要性。我们现在主要聚焦《大街》等四部小说中隐含作者的叙事伦理。综合以上批评家的叙事伦理概念，本书"隐含作者的叙事伦理概念"是：与讲述行为以及作者的读者相联系的伦理情境，隐含作者选择采用某种叙事策略和叙事内容而不是另一种将影响读者对所述人物和事件的伦理反应，每一种选择也将传达作者对所述人物和事件的伦理态度。其中，"作者的读者""指的是作者理想的读者概念"②；"隐含作者"则既是作者在写作时创造的"第二自我"③，也是读者在阅读中所建构的作者，是作者和读者一起完成的作者形象，他与真实作者也有千丝万缕的联系。本书隐含作者的概念不完全等同于布斯提出的"作者的自我建构"的概念，这样更加大了读者的阅读责任和权利，笔者觉得这样更适合刘易斯小说的分析，也更适合当代自我意识强烈、认知和审美能力都已提高了的广大读者的阅读动态。

我们前面几章的内容已重点探查了刘易斯对美国社会毫不留情的批判，他旗帜鲜明地对传统文化的反叛的叙事伦理已非常明确，因此本章的重点在于，如布斯所说，使得叙事中那些"有关人类行为的故事中隐含的评价明确化"，即使得叙事中刘易斯希望和赞赏的那些东西明确化。至今，对众多的批评家来说，尽管对刘易斯小说的评价及其研究视角各有不同，但刘易斯小说是

---

① James Phelan, *Living to Tell about It: A Rhetoric and Ethics of Character Narration*, Ithaca and London: Cornell University Press, 2005, p. 23.

② Ibid. , p. 4.

③ Wayne C. Booth, *The Rhetoric of Fiction*, Harmondsworth: Penguin Books Ltd, 1987, p. 71.

对美国社会的犀利批判这一点是有目共睹、一致公认的。然而，却很少有批评家对刘易斯肯定和认同的东西进行分析。布斯认为"伦理"不只是像诚实、体面或宽容等很有限的道德标准，应该是一个更宽泛的主题，是对于"特质"或"个人"或"自我"的整个的影响范畴。"道德"判断只是其中很小的一部分。对于很多人来说，"伦理"只指它所建议选择的赞同的一面，也就是正确的选择，"非伦理"的对立面。对我们来说，"伦理"这个词肯定包含作者和读者在个人品质和文化精神方面的所有的特性，不管这些被判断为好还是坏。① 也就是说，我们不能简单地像过去常出现的"伦理"的或"道德"的批评一样，假定自己唯一的责任是为叙事贴上有害或有益的标签，我们除了要看到刘易斯小说民族文化叙事中的批判性的一面，还要看到刘易斯对民族文化特性的赞赏的一面，因为伦理包含作者和读者的个人品质和文化精神的好或坏的全部特性。而尽可能地进行辩证分析，尤其是让"故事中隐含的价值明确化"，这是作为读者应该担当的一种伦理责任，是叙事伦理不可或缺的组成部分。作为进行文学批评的研究者来说，我们更应该义不容辞地负起这个责任。

第一节　乡镇社会的叙事伦理

在 1922 年，舍伍德·安德森这样评价刘易斯："刘易斯先生所写的作品只给了我微乎其微的快乐，我无法逃避地坚信，由于某种原因，刘易斯本人在我们的生活中或者在他为把我们的生活反映到他的作品里去而做的努力中，也几乎找不到什么快乐的东

---

① Wayne C. Booth, *The Company We Keep: An Ethics of Fiction*, California: University of California Press, 1988, p. 8.

西。毫无疑问，用其敏锐的新闻记者的嗅觉捕获着我们的表面生活的这位男人，已经发现了有关我们和我们在小镇和城市生活方式中的很多事情，但是我相信在这个国家的男女老少的生活中，存在着似乎已经逃避了刘易斯先生的注意的动力……毕竟，即使在戈弗草原或者在印第安纳波利斯，印第安纳州，男孩们在夏天的下午去小河游泳，在工厂围墙下的荫凉处玩耍，老人们挖小虫一起去钓鱼，爱情至少也会在几对男女中发生。"①　长久以来，对刘易斯持否定态度的批评家，包括在80年代末编辑出版了两本刘易斯论文集的哈罗德·布鲁姆，几乎心里都对他们的这位同胞有一股难以言表的怨恨之情，只不过从阅读伦理角度来看，不管他们多么不满于刘易斯对本民族的个人品质和文化精神的不留情面的揭示，他们毕竟谁也没有公开声明过刘易斯对社会的批判言过其实，或者根本不是事实。作为一位读者和批评家，这一点基本的阅读伦理责任他们是做到了。但他们还有没做到的一部分。J. H. 米勒论道，所谓阅读的伦理，"指的是阅读行为必然会产生对某事物的回响，某种责任，某种敏感反应，某种尊重。产生一种要求：我必须这样做或我不能做等。但如果这种反应是建立在能够自由地做想做的任何事情的基础上的话，例如，随个人的喜好任意地解释一部文学作品，这种阅读就不是伦理的。另一方面，阅读导致一种行为，伴随阅读者步入社会的、机构的和政治的领域，例如，教师在课堂对学生讲的内容，批评家进行评论时所写的东西"②。

　　反感刘易斯毫不留情的批判风格的批评家们由于带上了一种

---

　　①　Sherwood Anderson, "Sinclair Lewis", *Sinclair Lewis: A Collection of Critical Essays*, ed. Mark Schorer, Englewood Cliffs, N. J.: Prentice-Hall, Inc., 1962, p. 27.

　　②　J. Hillis Miller, *The Ethics of Reading*, New York: Columbia University Press, 1987, p. 4.

怨恨的情绪，这样，在阅读刘易斯的作品时，不免就会像米勒所批评的，在随个人的喜好解释一部文学作品时，就会产生一种不公正的任意性。因而，安德森他们没找到刘易斯作品中美好的东西，从而在读者伦理的责任方面留下了遗憾的一面。那么，刘易斯果真像安德森说的在乡镇和城市就没有发现一点儿值得歌颂的生活之乐趣吗？我们先在《大街》这部小说里寻找一番。

其实隐含作者在卡萝尔致力于建设美好乡镇的一系列失败的改革举措中，就已经把一种对美的向往的情愫传递给了读者，其中，读者也一次次为卡萝尔善良纯朴的心灵和其丈夫尽力为穷困的农户送药治病、救死扶伤的职业美德而感动，而这种体会带给读者的就是一种隐含作者通过人物传递的文化精神与读者的文化精神相碰撞的结果。通过这种碰撞，读者产生了一种愉悦的情绪，受到了感动，从而达到了一种感情的升华，这已经是包含甚至超越普通的快乐的感受了，是由于作者高超的叙事形式所导致的一种阅读中的审美愉悦。

一　隐含作者对劳动群众的敬重和同情

卡萝尔跟随丈夫打猎在一农户家休息后，对丈夫谈了自己的感受："我心里一直在想：这些庄稼人说不定比我们更了不起，他们是那样单纯，那样吃苦耐劳。大城市就是靠着他们才得以生存下去。我们这些城里人都是——寄生虫，可我们却自以为比他们优越。昨天晚上，我听见海多克先生在谈什么'乡巴佬'。显然，他瞧不起庄稼人，因为，论社会地位，他们还比不上卖针线纽扣的小商小贩。"从卡萝尔的话中，我们看到，卡萝尔不但不像大街的其他有钱人那样鄙视庄稼人，相反，她对庄稼人还怀有一种质朴的感情，一种敬重之情。也就是说卡萝尔的价值观不是从人的外表、从金钱的角度来判断人的贵贱低劣，而追求的是一种内在品质，在当时一味追求金钱、时尚，以貌取人的社会中，这种情感和认识是非常可贵的。当我们看到卡萝尔能有这样的情感和认识时，不由得产生了对人物的一种赞赏和认同感，从而达到了与人物在个人品质和文化精神上的一种交流，由此就获得了一种满足和愉悦的阅读体验，且感觉到隐含作者显然也是非常赞赏人物的这种个性特质的，并通过直接引用人物话语这种叙述形式，表述了作者自己对劳动群众的一种同情、敬重的伦理态度。这些同时性的反应极大地促成了我们对整个故事的肯定的审美判断。

　　与戈弗镇其他的有钱太太们相比，卡萝尔对女佣表示出了一种消除等级、阶级隔阂的平等待人的伦理取向。她与女佣碧雅亲密无间，就像两个相处友好的朋友。她顶住了来自戈弗镇上流太太们的围攻，坚持给碧雅的工钱比别人高，因为她认为女佣的工作太辛苦了，值得拿更高的工资。后来，碧雅成了家，生了孩子，大街有钱的太太们从不到碧雅家串门，而卡萝尔一直与碧雅家保持来往。当卡萝尔夫妇为戈弗镇上的孩子做健康检查时，也不顾那些有钱太太们不满的目光，按照健美检查的标准把最健美儿童评给了碧雅的孩子。在碧雅母子染上伤寒的时候，卡萝尔不顾被传染的危险，充当护士，到碧雅家细心照料母子俩。镇上的拓殖老前辈钱普·佩里在老伴死后，无依无靠，本来在谷仓公司做小麦收购员，由于老眼昏花，被谷仓公司辞退了，生活一下失去了着落，又是卡萝尔四处奔走求情，为钱普在面粉厂找到了份守更的差事，使他有了个栖身之处。卡萝尔这种不计阶级差别、平等待人、对穷苦人充满深深的同情和关怀的美好品质也正是隐含作者极力赞赏的美德，是隐含作者所建构的与反叛的文化相对立的另一种伦理原则，这也是一种民族文化精神的体现，是隐含作者所提倡和赞许的美好的民族文化精神。

　　隐含作者的这种伦理取向与现实生活中的作者刘易斯的价值取向有着非常一致的地方。林奇曼记录了这样的情景：在写完《巴比特》后，刘易斯陪同其他朋友到苏格兰的港口城市格拉斯哥进行调查，当刘易斯看到很多极端穷困的人们无助地躺在屋檐下、水沟旁和胡同里时，刘易斯表现得非常愤慨，留下了无比同情的泪水。他喊道："我再也不能容忍了。让上帝惩罚允许这种穷困的社会吧！让上帝惩罚代表这样一种腐臭体制的宗教吧！让上帝惩罚这一切！"① 这说明刘易斯是一个具有强烈的正义感和同情心的人。1926 年，刘易斯回家参加了父亲的葬礼，当时他正在创造《埃尔默·甘特利》，父亲的过世对他打击很大。尽管父亲在生前及在遗嘱里都已把足够的酬劳费给了这几年照顾自己的特德一家，但离开老家时，刘易斯还是特意送了特德家 1000 美元以示感谢。② 这一方面显示了刘易斯对父亲的深爱，另一方面也充分显示了刘易斯对劳动群众的一种尊重和关爱。

二　对自然的热情讴歌

　　在《大街》中，有很多对戈弗草原上自然美景的描绘情景。下面是一副春意盎然的春景图：

　　　　她顺着碎石堤跑下去，向提着小篮子采花的孩子们频频微笑，又把一束鲜艳的海棠花插在她洁白罩衫的前胸口袋里……她沿着小麦低畦和裸麦田之间的小沟往前走去，眼望着一大片裸麦被微风吹拂，闪现出点点碎银一般的光影。她

---

①　Richard Lingeman, *Sinclair Lewis*: *Rebel from Main Street*, New York: Random House, 2002, p. 198.

②　Ibid. , p. 289.

在燕子湖畔发现一块草地，到处都是五颜六色的野花，而印第安人种的烟草上，则开着洁白如雪的绒花，一眼望去，就像是一块举世罕见的古代波斯地毯，奶油色、玫瑰色、淡绿色相映成趣。野荆在她脚跟边发出悦耳的喧闹声。洒满阳光的燕子湖上，和风轻拂；绿草如茵的湖边，浪花四溅。她纵身一跃，跳过了一道落满了柳絮的小溪，来到一个嬉闹的小树林，那里有许许多多白桦树、白杨树和野栗子树。①

引文中的"她"是卡萝尔，这里全知叙述者的眼光和人物有限眼光交替使用，有时则完全融合在了一起，展现了一幅生机盎然、姹紫嫣红的春天景象。一位年轻美丽、风姿绰约的少妇在春色如烟的小溪、田野、湖堤和树林中穿行，与在花丛中嬉戏的孩子们一起融入景色如画的大自然中。人因为美丽的春天而陶醉，春天因为可爱的人们而更加充满生机和活力。各色花草树木热闹非凡、争先恐后地向人们展示着其迷人的色彩，就连闪耀着阳光的湖水、叮咚流淌的溪水连同和煦的春风也不甘落后争相汇入这春天的交响乐中。这是多么让人陶醉的美丽画卷啊！而这一美丽的交响乐的创作者和总指挥就是隐含作者，这也是隐含作者、叙述者、人物与春天水乳交融的大合唱。显然对大自然没有深爱之情的作者是不会创作出这饱含深情的春天奏鸣曲的。

戈弗镇的冬景也是非常美丽的，作品中多次提到人们在冬天乘着雪橇去树林和湖面上滑雪的情景。在以前，滑雪是镇上人们最喜欢的娱乐活动之一，现在由于跟随大城市里的时尚活动，戈弗镇上流人士的大部分闲暇时间都花在了桥牌、电影等活动中。

———————————

① 辛克莱·刘易斯：《大街》，潘庆舲译，中国书籍出版社 2006 年版，第177 页。

一个月色融融的夜晚，卡萝尔一行二十个人，坐着长长的雪橇从湖面上一直开到湖边别墅去。他们一会儿从雪橇上跳下来，在雪上奔跑着，一会儿又爬到雪橇上坐下来，雪橇上的小铃铛发出的声音在人们的欢歌笑语声中显得格外清脆嘹亮。在人多嘴杂的一片喧闹之中，卡萝尔领略到了静得出奇的情趣：

> 大路两旁橡树枝的阴影，倒映在雪地上，就像是乐谱上稀稀朗朗的小节线……这时，月光宛如高山瀑布一般，倾泻在这一望无际的令人耀眼的湖面上，倾泻在一堆堆坚硬的冰层上，倾泻在一条条泛着绿光的冰丘上，倾泻在有如海滩上波涛连涌的雪堆上。月光如炬，映照着皑皑白雪的大地，甚至把湖畔的树木都变成了火红色的水晶一样。①

这是一个多么令人心旷神怡的夜晚，一个多么令人陶醉的冰雕玉琢的晶莹世界。山河的秀美在作者笔下化成了水晶宫一样的童话世界，不是曾经身临其境的人们是描绘不出这样一番冬日美景的，不是对自己的国土深深热爱的人们也不会有如此动人的诗情画意的歌唱热情的。并且，这冰清玉洁的严冬世界并不寒冷，还有湖边在月色映照下闪着火红光芒的树林，让人慨叹自然之神的鬼斧神工竟把酷暑的热带风情融入了严寒的冰冷世界，这样的胜景让人遐思无限，以至于"卡萝尔好像根本没听到周围的喧闹……她仿佛意识到宇宙万物和亘古以来的所有一切奥秘"②。卡萝尔的心灵受到自然美景的洗涤，达到了一种情感的升华状

---

① 辛克莱·刘易斯：《大街》，潘庆舲译，中国书籍出版社 2006 年版，第248 页。

② 同上书，第 250 页。

态。这里，隐含作者、叙述者、人物又一起经历了一次大自然的
陶冶，虽然叙述者没有发表任何言论，而是让人物视角代替了自
己的视角，然后静悄悄地向读者报道了卡萝尔所看到的梦一般的
景色，仿佛唯恐惊扰了卡萝尔和让卡萝尔陶醉的世界。作者就这
样又一次借人物之视野情操表示了自己对祖国河山的热爱之情。

三　对乡村医生的职业精神的肯定

卡萝尔的丈夫肯尼科特医生虽然有着大街人惯有的保守、实
利、褊狭的一面，但他又具有勤劳、正直、美好的一面，特别对
病人无论穷富，一律平等对待，病人随叫随到，哪怕三更半夜的
冰雪天气，只要有急诊病人，也会冒着风雪，赶往偏远的农家治
病救人，显示了作为一名医生的精湛的医术和良好的职业道德。
通过对这些感人情景的多次描述，隐含作者借此表示了自己对乡
村开业医生这种救死扶伤精神的提倡和肯定。

有一次，积雪很深，汽车没法开出去，卡萝尔与丈夫乘着马
车到乡下一农户家出诊完刚要回家，接到镇上药店老板的电话
说有一位庄稼汉在修理牛棚时被一根柱子砸伤了胳膊，伤势很严
重，需要动手术。这时，冬日的太阳已经落山，肯尼科特二话没
说，嘱咐药店老板戴尔派人把所需外科器械等东西从镇上送到患
者家，他们自己驾着马车直接赶往病人家。在受伤的庄稼人那又
低又小的炉灶间，肯尼科特为病人实施了截肢手术。卡萝尔临时
充当手术的麻醉师，负责让充当麻醉药的乙醚一点一点地滴在罩
在病人脸部的一个半球形面具上，而让农户妻子举着一盏灯站在
旁边照明。卡萝尔看到丈夫在摇曳不定的昏暗灯光下，眼明手快
而又从容不迫地进行截肢手术，一边还在安慰和鼓励着她和那位
农户的妻子，因为看到病人血肉模糊的伤口和听到锯子在活人骨
头上发出来的一阵阵吱嘎吱嘎的声音，她俩都早已被吓得头昏脑

胀，面无人色了。看到艺高胆大的丈夫那么从容不迫地做着救死扶伤的工作，卡萝尔不由得对丈夫万般敬佩。事后，卡萝尔还得知了更让她对丈夫刮目相看的事情。做完手术后，他俩在农夫家住了一宿，第二天往家赶的路上，碰到了暴风雪，被困在路边的一座谷仓里面，卡萝尔的脚已冻得发痛，肯尼科特一面不断地呵出热气烘暖妻子冻得发紫的手指头，同时用两只有力的大手来回地搓擦着她的脚丫子。卡萝尔对丈夫说道：

> "你是那么强壮有力，又精明能干，不论见到了血也好，还是碰到了大风雪，你一点儿都不怕——"
>
> "家常便饭啦。昨儿晚上，我最担心的是，乙醚万一来了个爆炸，真不知道该怎么办呢。"
>
> "我可不懂你的意思。"
>
> "原来是戴夫那个窝囊废，没照我跟他说的要把氯仿送来，而是给我送来了乙醚。你知道，乙醚这个东西很容易着火，特别是昨儿晚上那盏灯正好就在桌子跟前。可是尽管这样，我当然还得照样做手术，病人的伤口里塞满了谷仓里的脏东西。"
>
> "那时候你始终都知道——你和我俩说不定就被炸死了吗？"①

　　肯尼科特几次出诊救治病人的情况，隐含作者都大量采用人物卡萝尔的有限视角，让读者主要从卡萝尔的眼里来了解肯尼科特尽力救治病人的情景。作者这样做的目的是让卡萝尔代替叙述者对肯尼科特的尽忠职守的职业道德进行评价，这样也给了读者

---

　　① 辛克莱·刘易斯：《大街》，潘庆舲译，中国书籍出版社 2006 年版，第235 页。

很大的自由度参与到对人物肯尼科特的行为进行评价的阅读动态中来，读者可以赞同卡萝尔对肯尼科特的评价，也可以不赞同而自己直接重新评价肯尼科特的行为。这样，在文本和读者之间就形成了一个可以自由伸缩的宽敞的伦理维度。作为读者，对于上述事例我们都非常感动和敬佩，感动之情甚至有可能超过身临其境的卡萝尔。肯尼科特医生是在冒着自己的生命危险的情况下给病人动完了手术，其高尚的医德真是可敬可佩。这样，读者同时完成了对肯尼科特夫妇俩人的评价，使得叙事的伦理维度具有了一种立体的效果。上述事例还让读者对肯尼科特夫妇的夫妻情深有了进一步的了解，由此在对肯尼科特由衷敬佩的同时，还对他们的夫妻恩爱产生一种欣慰喜悦的心情。再者，在此事件中，也同时对卡萝尔增添了一份尊重。因为，她尽管被那血腥的场面吓得半死，但一直尽力坚持配合丈夫进行手术，即使在事后知道丈夫是在拿夫妻俩的生命为代价救治病人，作为妻子，卡萝尔不但不责备丈夫，而是更加敬佩丈夫，这说明卡萝尔是深明大义的，而且也是一位勇敢而了不起的妻子。这样的妻子同样会得到读者的赞许的。读者在这一系列的反应中，也完成了对这一系列事件的肯定的审美判断。就这样，作者通过全知叙述视角与人物视角的转换，通过把叙述者限定在报道的功能上，把判断的功能交给了人物和读者，利用文本中的人物和阅读中的读者的互动关系，即赞美了肯尼科特医生救死扶伤的职业美德，也赞扬了医生妻子深明大义的美好情操，还讴歌了相互扶持、夫妻情深的感人画面，表示了自己对乡镇儿女优秀品质极为赞赏的伦理态度。

第二节　商业社会的叙事伦理

　　J. 希利斯·米勒在《狄更斯的小说世界》中论证说："狄更

斯希望把城市（即生活本身的丰富内涵）吸收进他的想象，然后通过小说人物和事件加以再现……在他整个生涯中，狄更斯从一本小说到另一本小说，孜孜不倦地向隐藏在事物表面以下的真实逼近。不过，他追求的真实并不是径直绕到表象背后，而是采取了面面俱到地把这个表面写透，因为表面背后的真实是无法直接获得的。揭示人物内心的隐秘未必就能离开这个不为人知的城市更近一步，因为对每一个人物来说，城市是隐而不宣的。狄更斯的想象有一个特点，那就是他认定只要通过一点一滴这个表面的全部描述后，就能够深入到表面的背后。"① 格雷布斯坦曾经把刘易斯与狄更斯进行了详细比较，认为狄更斯对刘易斯的影响很大，他们两人在作为人、作家、思想家是极为相似的。② 我们认为米勒对狄更斯的以上认识在某个方面正好可用于说明刘易斯的小说特征。那些批评刘易斯小说"缺少深度"的批评家其实是没有看到这全部现象描述背后所透视的现实的"本质"，人物内心隐秘的揭示透视出的未必就具有"深度"的本质，只不过是作家自己体验后转移到人物身上的"内心的揭示"，如果这样才有"深度"的话，作家就不用深入生活，观察生活了，只要一味地揣摩和杜撰出各种"内心激烈的思想"就行了。"人们都按照自己的恐惧、幻想、意见去进行阐释，结果把世界歪曲了，真正的城市是谁也看不到的。"③ 其实，人物内心不必由作者武

---

① Elmer Borklund（ed.），*The Contemporary Literary Critics*（second edition），New York：Macmillan Publishing Limited，1982，p. 413，转引自盛宁《二十世纪美国文论》，北京大学出版社 1994 年版，第 156 页。

② 谢尔登·诺曼·格雷布斯坦：《辛克莱·刘易斯》，张禹九译，春风文艺出版社 1994 年版，第 18 页。

③ Elmer Borklund（ed.），*The Contemporary Literary Critics*（second edition），New York：Macmillan Publishing Limited，1982，p. 413，转引自盛宁《二十世纪美国文论》，北京大学出版社 1994 年版，第 156 页。

断地"告诉"读者，而应由作者通过逼真地展示人物的言语行为，由读者通过人物的言行，在文本动态和阅读动态的互动中，对人物的内心思想进行判断，从叙事伦理的角度上来看，这样才是对人物、对读者负责，这样的阐释更真实、更人性、更准确。也可以说，被批评家所诟病的"刘易斯追求表面化，无深度"的"缺点"为读者参与叙事文本的创造留下了更宽广的空间，是刘易斯对读者充分尊重和信任的表现。

在前面几章有关《巴比特》的分析中，已重点讨论了作者所呈现的有关反叛的文化叙事方面的内容，在此，我们主要探讨在反叛的主题下隐含作者对个人品质和文化精神给予的肯定。

一　对友谊的赞美

对于巴比特与他的老同学保罗·里斯灵之间的友谊作者从来没有讽刺过，展示在读者面前的是一副真实的兄弟般的真实情谊。

巴比特约好里斯灵一起在康乐会吃午饭，巴比特先到，在与其他康乐会成员闲聊着，等着里斯灵。当一看到保罗·里斯灵进来，巴比特就穿过门厅迎上去。

> 这时候，他既不是睡廊里的赌气孩子，也不是早餐桌上一家的暴君；既不是莱特——珀迪洽谈时那个老奸巨猾的钱商，也不是康乐会里吵吵嚷嚷的"好伙伴"和爱开玩笑的"正派人"了。巴比特一下子成为保罗·里斯灵的大哥哥，动不动就保护他，对他倾注着比女人的爱情有过之而无不及的一种自豪和轻信的爱慕之情。[1]

---

[1]　辛克莱·刘易斯：《巴比特》，潘庆舲、姚祖培译，外国文学出版社2002年版，第67页。

　　叙述者的这番评论充分说明了巴比特与里斯灵之间亲密的友情关系。有些批评者认为，巴比特与里斯灵的这种关系似乎是暗示着一种同性恋的关系，本书不赞成这种说法。

　　作为作者的读者，我们首先分析一下上面所引用那段话的含义。"睡廊里的赌气孩子"应该说的是巴比特在他与梦中仙女的关系中所充当的角色；"早餐桌上一家的暴君"指的是巴比特在家庭中充当的角色；"莱特——珀迪洽谈时那个老奸巨猾的钱商"指的是巴比特在房地产生意中的职业角色；"康乐会里吵吵嚷嚷的'好伙伴'和爱开玩笑的'正派人'"是巴比特在社交圈中作为殷实公民的角色；"保罗·里斯灵的大哥哥"是巴比特在与里斯灵的密友关系中的角色。这种无话不谈的亲密关系是从大学相识以来日积月累形成的。他俩互相知根知底，惺惺相惜。巴比特的理想是做一位为穷人代言的了不起的律师；里斯灵擅长于拉小提琴，他的理想是成为一名艺术家。可大学毕业后都由于生活所需而改变了初衷：巴比特做了一位房地产商，里斯灵继承父业，成了一位油毛毡批发商。所以，他俩常在一起倾诉自己的苦衷，为自己和对方不能成为大律师和大艺术家而惋惜，畅所欲言地发泄着在妻子和其他嘻嘻哈哈的朋友之间都不能说的话语，最主要的是他们彼此之间不用伪装成"巴比特"式的"正派人"的模样，还自己一个本来面貌。

　　巴比特向里斯灵倾诉说："我常常在麦拉和孩子们面前吹嘘，说自己是个了不起的地产经纪商，可是，有的时候，我暗自寻思——我终究不是我想假装出来的那个皮尔庞特·摩根呀。""反正今天我总是觉得整天不痛快。当然啰，我不会对那一桌子大老粗们诉苦的，可是你——保罗，你有过这种感觉吗？我仿佛觉得有点儿莫名其妙似的：凡是我该做的事，差不多全都尽力做到了；是我养活了一家子，购置了一幢好房子和一辆六个汽缸的车子，而且还开起了一个小小的事务所；而且，除了抽烟以外，我也没其他什么特别的坏习惯……此外，我还入了教会，为了不发胖，我使劲儿打高尔夫球，而且我只跟正儿八经的好人来往。可是，即使这样，我知道到头来我还是不能完全满意！"[①] 而里斯灵也大谈他的苦恼，还说出其他那些看起来过着非常幸福生活的康乐会成员们内心的苦恼秘密。里斯灵建议如果公开承认生活枯燥这一点，而不是温驯、耐心、忠贞地过下去，说不定会生活得更有趣。并且出主意说，他们俩推说去纽约出差而比家里人早几天到缅因州，这样，两人就可以东游西逛，随便抽烟，随便说粗话。"他们的谈话越来越玄虚了……有的时候，巴比特突然同意保罗的说法，结果却跟他为天职和基督教忍耐精神声辩时所作出的种种论证大相径庭，所以，每次承认的时候，他都感到一阵奇怪的、大有豁出去的快乐。"[②]

　　我们看到，他们实际上并不像平时看起来那样生活快乐、满足和充实，而是枯燥无趣。对这个社会和自己在生活中所充当的角色，他们有诸多的不满，这是后来里斯灵再也不能忍受以至失去理智向妻子开枪的原因。但是又无法逃避，更无法在大庭广众之下表白，甚至于在妻子和孩子们面前也得掩饰自己的真实思想，以至于内心已是疲惫不堪。因而两人时常聚在一起，抱怨一番以起到发泄的作用，彼此又安慰一番，好像是舐舐伤疤，重新积蓄一股能量，然后回到各自的社会角色，继续"快快乐乐"地生活下去。而在他们这种惺惺相惜、无比信任

---

　　① 辛克莱·刘易斯：《巴比特》，潘庆舲、姚祖培译，外国文学出版社 2002 年版，第 70 页。

　　② 同上书，第 76 页。

的关系中，巴比特为什么充当的是大哥哥的角色呢？这是他们的性格决定的。在大学时，他们是同室好友，里斯灵清瘦儒雅，说话犹犹豫豫，经常郁郁不乐，只是一味爱好音乐，说话豪迈、精力旺盛的巴比特就一直把他当自己的弟弟，给予他关爱和保护。同时，巴比特也很欣赏里斯灵的艺术天赋，巴比特认为这是了不起的东西，是他自己所没有的。能给予里斯灵以保护，这使巴比特感到自豪；而他们长期亲密无间的友谊使巴比特毫不犹豫地相信里斯灵；对里斯灵艺术才华的欣赏使巴比特加倍珍惜里斯灵。所以，就有了叙述者的评价：巴比特对他倾注着比女人的爱情有过之而无不及的一种自豪和轻信的爱慕之情。

他们的这种交往，这种友谊所起的作用使得彼此成为对方精神上的调节器，这也是后来里斯灵由于伤害妻子入狱，巴比特失去这份友情的慰藉后铤而走险进行"反叛"的一个原因。这是20年代这个实用主义至上、褊狭保守的社会文化笼罩下的产物，也是生活在殷实公民们自己所建的摩天大楼的阴影下的产物。叙述者很少发表评论，而以上巴比特对里斯灵的"爱慕之情"的评论可说是为了成就自满得意的"巴比特"形象而对表面之下的真相的一番掩饰，这是隐含作者检验读者阅读水平所设下的一道诱饵，读者且不可掉以轻心。同时，这也是揭开巴比特真实形象的一道机关。越过诱饵，打开机关，就是自满、快乐、庸俗、短视、守旧的巴比特的另外一面。巴比特与里斯灵的友谊是真诚的，隐含作者对此没有丝毫的讽刺，而且不惜用有可能让读者误解为同性恋倾向的亲密友情来肯定这份友情的重要性。同时，隐含作者又借用这份友情，显示了巴比特的真实的另一面：不满意的一面、缺少快乐的一面、反叛的一面。

二　对现代化的颂歌

在第二章分析《巴比特》的叙事策略时，本书曾提到过批评界长期以来忽略的一个主题——作者对美国的繁荣，对美国在经济上崛起的讴歌，但没有对此展开分析，在本小节，我们将对刘易斯小说中在这个方面的内容作进一步的探讨。

历史文化学者艾伦对统计学家有关第一次世界大战后十年的经济涨落的图表进行了分析，他发现，1920 年的时候，商业活动的曲线达到了一个锯齿状的高峰，到 1920 年底和 1921 年却陡然下降到了谷底，经过 1922 年弯弯曲曲的攀升，1923 年再次达到峰顶，而 1923—1929 年基本上都是不规则却相对稳定的平原。这块平原代表了将近七年时间的空前繁荣与富足。在这将近七年的时间里，繁荣号客车一直沿着"大街"不停地前进。① 《巴比特》的故事时间开始于 1920 年，结束于 1922 年。从以上艾伦的历史记录来看，1920 年美国社会的繁荣景象已经开始出现。刘易斯的《巴比特》也非常敏感地反映了这一历史现象。在小说中，作者通过巴比特家装修时髦、宽敞舒适、充满现代化设备的住宅显示了一大批上升中的中产阶级的富足生活，也隐含着赞颂了快速发展起来的国家的繁荣前景。小说的开始，呈现在读者眼前的就是一幅欣欣向荣的现代城市风景图。我们看到，一座座拔地而起的高楼正把低矮破旧的老式房子从商业中心撵走，混凝土大桥上是疾驰而过的豪华轿车，大桥下有二十条闪闪发亮的钢轨，一列列特快列车从此轰隆隆地穿行而过，从巨大的工厂里生产出来的产品远销于世界各地。在第三章、第六章、第十七章等

①　弗雷德里克·刘易斯·艾伦：《浮华时代：美国 20 世纪 20 年代简史》，汪晓莉、袁玲丽译，上海财经大学出版社 2008 年版，第 116—117 页。

都有对城市繁荣景象的描述。"史密斯街上一些商号店铺、大型玻璃橱窗和崭新的黄砖墙面真是光彩夺目……广告牌上色彩鲜红的大美人高达九英尺，为电影故事片、板烟丝和爽身粉大做广告……铁路轨道对面那一带都是工厂，高大的水塔、烟筒林立——生产炼乳、纸盒、照明设备和汽车。然后是商业中心区，可以看到风驰电掣的来往车辆，乘客好不容易从拥挤的电车里下来，以及有大理石和磨光花岗岩砌成的高大的门廊。"① 虽然叙述中没有直接出现对繁荣景象的赞美之词，但读者能强烈地感觉到，隐含作者通过叙述者对这些景象的描述，在表达着自己对这繁荣局面的欣喜之情。在小说的其他部分，这种叙述并不多见，这与作者的写作原则很有关系，因为刘易斯认为"作家们要写使读者对他们的国家的缺点保持警惕的小说"②。由此《巴比特》中，尤其是开篇中对繁荣气象的描述更显珍贵，也更突出了作者对国家富强的欣喜心情。

三　对罢工者的同情

在《大街》中，作者就表露出了对乡镇劳苦大众的深切同情，而在《巴比特》中，作者把这份同情之心转向了穷困的工人和为工人撑腰的激进主义者。这些激进主义者被殷实公民们看成是政治稳定的最大威胁，是危害他们利益的敌人。在小说中，叙述了一次泽尼斯市的罢工事件：

　　　　将泽尼斯市分裂为白色、赤色两大敌对阵营的大罢工，

---

　　① 辛克莱·刘易斯：《巴比特》，潘庆舲、姚祖培译，外国文学出版社 2002 年版，第 36 页。

　　② Richard Lingeman, *Sinclair Lewis：Rebel from Main Street*, New York：Random House, 2002, p. 130.

最先是女电话接线员和线路工人怠工，抗议削减工资。接下来是新近成立的乳品工人工会也罢了工，一是为了表示声援，二是要求每周工作四十四小时。最后卡车司机工会也跟上来了。各行各业陷于停顿，全城惶惶不可终日，都在谣传，说电车工人、印刷工人也要罢工，最后来个总罢工。①

　　在这段引文中，叙述者只是向读者报道了罢工的情况，没有作任何评论，看不出隐含作者的态度到底是同情罢工者还是谴责罢工者。其后，叙述者让读者通过巴比特的视角了解了一些真相，在巴比特的了解过程中隐含地表明了隐含作者的伦理态度。

　　首先，巴比特像所有殷实公民一样，认为那些邪门歪道的煽动者应该统统枪毙。"可是，他看到一份传单，上面说即使不削减工资，女接线员们照样还得挨饿，他就有些茫然不知所措了。"② 在此，读者和巴比特还有叙述者一道，开始了解一些真相，心中的天平开始转向那些罢工的女工们。不削减工资都要挨饿，那削减工资不是更没法活了，这样看来，是有必要站出来进行抗议，争取活下去的自由。巴比特还是不太相信传单上说的话，因为，全市所有的报纸，除了一家以外，全都反对罢工者。此外，巴比特恨那些罢工者，他之所以恨他们，就是因为他们穷，从而使他感到自己岌岌可危。巴比特在驱车去交易所的路上，停下车来，他本来是为那些正驱散游行的罢工者的民兵加油助威的，可是，在示威游行的人群里，他突然看到他的老同学，律师塞尼加·多恩跟一个身躯魁梧的青年工人并排站在一起，还

---

　　① 辛克莱·刘易斯：《巴比特》，潘庆舲、姚祖培译，外国文学出版社 2002 年版，第 366 页。
　　② 同上书，第 368 页。

有州立大学历史系主任布罗克班克教授，这位两鬓斑白的老人是马萨诸塞州名门望族的后裔。看到这一幕，巴比特惊愕不已：

> 我的老天哪，像他这样鼎鼎大名的人物——也跟罢工者在一起？还有咱们的老塞尼加·多恩也在那儿！他们真傻，跟这一帮子人混在一起了。准是沙龙里空谈的社会主义者！不过，他们胆子可不小。尽管对他们自己毫无好处，一个子儿都捞不到！原来我以为所有的罢工者全是坏蛋。可是现在看来，他们都是普通老百姓，跟咱们完全一样！①

从巴比特以上的心理活动，我们看到，他对罢工者终于有了新的认识，读者也借助于他的观察视角对罢工者有了更深刻的了解，对巴比特对罢工者的判断可能并不完全同意。由于读者心里没有巴比特以前偏激的看法，认为罢工者都是坏蛋，统统应该关进监狱或统统应该绞死，因而，读者对罢工者的同情要更甚于巴比特，因而会有更深刻的认识。作为作者的读者，我们会同意巴比特的这一判断：他们都是普通老百姓，跟咱们完全一样。但是，我们不会像巴比特一样，从商人的实用主义至上的赢利角度去判断著名的律师塞尼加·多恩和老教授布罗克班克参与罢工游行的行为，显然我们不能就此判断做"一个子儿都捞不到"的事情的人就是傻瓜。罢工的工人们并没有过分的要求和过激的行为，他们只是要求辛苦的工作能换来吃饱肚子的薪水，这是完全合理的要求。多恩及老教授显然是出于正义和仁道，出于对工人们的理解、同情和支持而参与罢工，这正是美国公民应该具备的

---

① 辛克莱·刘易斯：《巴比特》，潘庆舲、姚祖培译，外国文学出版社 2002 年版，第 371 页。

一种正直、无畏的个性品质和崇尚自由、民主的民族文化精神的
体现。

　　殷实公民们既赞成应该给工人们尽可能少的工资，又鄙视
工人们的穷困，怕他们因为太穷而闹事，影响他们手里的收入。
当促进会员们在议论要采取暴力对付这些在罢工的社会主义者
和暴徒时，巴比特替罢工者说了两句公道话，不料立即遭到了
同伙的抢白，彭佛瑞教授怒气冲冲地嚷道："这帮子恶棍想把我
们一家老小的面包和黄油通通抢走，难道你还要替他们说好
话？"① 这就是殷实公民们对罢工工人的看法。按照彭佛瑞的逻
辑，罢工工人完全可以这样说："你们夺走我们一家老小的面包
和黄油，对这样的恶棍行为，难道我们不能提出抗议吗？"在
此，我们也看到，通过这一事件，也反映了 20 年代保守势力的
愚昧和猖獗以及劳资之间的激烈冲突，这些矛盾与社会的繁荣
如影相随，没有停止。由此我们看到，隐含作者通过有意识地
把叙述者限制在报道的功能上，没有发表任何评论，而是借用
人物的有限视角，让人物协助充当叙述者的角色②，引导读者通
过人物的所看所思及通过判断人物的所看所思，积极地参与到
文本动态和阅读动态的互动活动中来，作出了自己的判断：这
些罢工工人是值得同情的，他们的抗议行为是正当的。由此，
我们对罢工这一事件的叙事作出了肯定的阐释判断和伦理判断，
结果，这些判断极大地影响着我们情感的、伦理的和审美方面
与叙事的融合。

---

　　①　辛克莱·刘易斯：《巴比特》，潘庆舲、姚祖培译，外国文学出版社 2002 年
版，第 372 页。
　　②　人物叙事属于不可靠叙事，这样迫使读者参与到叙事进程中来，作出自己的
叙事判断，并对人物的判断重新进行判断。

第三节　医学社会的叙事伦理

前面几章已经探讨了作者对阿罗史密斯科学理想主义的歌颂和医学领域里实用主义至上的名利思想的批判，现在我们看看在《阿罗史密斯》的潜文本下隐含的对一名科学家的成功起着有力的促进作用的一些因素，这里也浸透着作者的一些理想的爱情观、友谊观及社会机构与科学家之间的理想的合作观。这为普通读者打开了一扇了解科学家的窗口，也为国家和社会科研机关怎样更好地管理和对待科学家、科学家本人怎样更好地反观自己以获得更有利于科研的工作生活环境等方面也提供了可资借鉴的宝贵经验。

一　科学家理想的伴侣

在《阿罗史密斯》中，有很多女性人物出现，虽然有的只是几笔带过，但性格特性也能活灵活现地突显出来。最令人难忘的是戈特利布的妻子和阿罗史密斯的妻子利奥拉这两位女性。利奥拉常是引起读者和批评界注意的一个人物，如马瑞林·M.赫勒博格认为，利奥拉是能鼓励渴望进行科学工作的研究者们理想的婚姻伴侣。① 格雷布斯坦评论说，利奥拉文静、坚忍、朴实、绝对忠诚，有点儿笨，完全无私地献身于丈夫的事业。② 刘易斯自己也说过，他忠于爱情与友谊的品质都注入了该小说中的利奥

---

① Marilyn Morgan Helleberg, "The Paper-Doll Characters of Sinclair Lewis's Arrowsmith", *Sinclair Lewis's Arrowsmith*, ed. Harold Bloom, New York: Chelsea House Publishers, 1988, p. 32.

② 谢尔登·诺曼·格雷布斯坦：《辛克莱·刘易斯》，张禹九译，春风文艺出版社1994年版，第84页。

拉身上。① 我们也赞成批评界的看法，认为利奥拉就如格雷布斯坦所说，是一个非常可爱的妻子形象，在其身上可以明显看出隐含作者对她的赞赏和喜爱的伦理倾向。利奥拉确实是作者所创造的科学家的理想伴侣形象，我们在此不再赘述，让我们把焦点转向小说中另一位从未被研究者提起过的利奥拉式的人物。

在小说中，利奥拉有一位前辈，就是戈特利布的默默无闻的妻子。无论是在文本世界中，还是在读者世界中，这都是一位从来没有被重视过或被注意过的人物。尽管小说中提到她的地方只有四次，既没有介绍她的名字，也没有记录她的只言片语，更没有她的内心活动的呈现。但是她是小说中除了阿罗史密斯之外作者所竭力赞颂的对象戈特利布的妻子，全知叙述者为什么要隐瞒那么多有关她的信息，这与她身份的重要性比较起来显然有点不合常规。作者不应该这样轻视一位女性，难道她的位置真的这样无足轻重吗？这些问题促使我们对作者对待这一人物的叙事伦理作进一步的探讨。

这位人物第一次出现时读者获得的信息是"一位非犹太商人的任劳任怨、寡言少语的女儿"②，第二次出现时她是以戈特利布的妻子身份出现的：戈特利布的妻子身材粗壮，行动缓慢，少言寡语，六十岁的时候还没有学会说流利的英语。她近来身体不太好和消化不良，但仍然不断地干家务活。③ 第三次出现是她病情严重，开始吐血了，于是"便哭着求他帮助"④。第四

---

① 谢尔登·诺曼·格雷布斯坦：《辛克莱·刘易斯》，张禹九译，春风文艺出版社 1994 年版，第 186 页。

② 辛克莱·刘易斯：《阿罗史密斯》，李定坤等译，江苏人民出版社 1987 年版，第 149 页。

③ 同上书，第 153 页。

④ 同上书，第 160 页。

次出现是一句话："接着，他的妻子死了，死得是那么安静，以至直到从墓地里回来之后，他们才意识到她已不在人世了。"① 这么多年里，她为戈特利布养育了三个儿女，此外，她对戈特利布的作用是："他靠她管家，并依靠她为他烘热他那老式的睡衣。"② "他总是依靠她那默默的、然而却使人放心的陪伴，度过了一个又一个疲惫的夜晚。"③ 从这些简短而又零碎的信息中，我们看到了一位最平凡的女性，然而也是一位甘愿清贫、默默无言地支持丈夫的孤寂的研究工作的可敬可佩的女性，同时，也是一位由于其如此辛苦地默默操劳一生，对世界没有提出任何要求就完成了作为人的旅程而让人们感到心酸的女性。

其实，从文中的寥寥数语中，我们还是能看出她对戈特利布及其一家的重要性，三个孩子及其戈特利布的饮食起居全靠她一个人在操持，而且多年来她还是戈特利布恢复身心疲惫的港湾，戈特利布的实验工作虽然孤寂，然而却是非常繁重和劳累的。可以说，这夫妻俩是心心相印，心照不宣的恩爱夫妻。从来也没存在什么口角，一切都在默默无言中。也就是说，小说中，妻子的无语或者说失语由两种可能性组成：一是她本来的性格，这也是立志献身科学的戈特利布娶她或者爱上她的原因，因为除了沉默寡言外，她还有任劳任怨的美德，这些都是科学家所具有的也是科学家理想的妻子所需要的甘愿寂寞、甘愿清贫、甘愿奉献的独特素质。二是戈特利布的工作需要，除了长年累月在实验室的孜孜以求，回家以后的就餐就寝时间也

---

① 辛克莱·刘易斯：《阿罗史密斯》，李定坤等译，江苏人民出版社 1987 年版，第 170 页。

② 同上书，第 153 页。

③ 同上书，第 161 页。

是他大脑总结工作的时间，小说中有这样一句话："如果说他不向她吐露心里话，如果说吃饭的时候由于他久久地陷入沉思而把她忘在一边，都不能说他不体谅她或不耐心。"① 这句话是叙述者向读者报道夫妻俩的生活情景，说明了她无言的必要性及其事实性，同时这句话似乎也是叙述者替戈特利布所做的让妻子处于这样一种生活方式下的一种辩解或者说明；另外这句话又可以说是戈特利布早年对妻子的解释，然后变成他们夫妻之间多年来的默契和约定。我们想想，有多少女性能够胜任科学家戈特利布的妻子的这种角色呢？

而这种角色的重要性绝非像她的主人的沉默寡言那样无足轻重，不留痕迹。书中对戈特利布这样写道："他属于人类的大恩人之列。在以后的任何时代，无论哪一种结束大流行病或小流行病的艰苦尝试，都必将受到麦克斯·戈特利布的研究的影响。"② 因而，对于一生奉献给戈特利布的妻子，我们可以说，她的丈夫戈特利布的成就也就是她的成就，戈特利布对人类的贡献也就是她对人类的贡献。只有理解和了解了丈夫工作的重要性，她才能这样长此以往地支持丈夫的研究，含辛茹苦、精打细算地坚持这种默默无语的清贫生活，没有鼓动本可以赚大钱的丈夫放弃清苦的研究工作而去赚钱。于是，我们完全可以这样说，这位女性也属于人类的大恩人之列，她没有说话，她的话语都化作了丈夫那精雕细刻的数量不多但无不闪烁着科学光辉的论文符号以及融入她丈夫终年累月所探索的攻克人类疾病的抗毒素里去了。

---

① 辛克莱·刘易斯：《阿罗史密斯》，李定坤等译，江苏人民出版社 1987 年版，第 153 页。

② 同上书，第 151—152 页。

　　她死了，她的小女儿，十八岁的朱利娅姆代替妈妈，担负起了照顾父亲的角色，"她始终为她的父亲感到自豪，懂得他所从事的科学具有神秘的、不可思议的动人力量"。我们相信，戈特利布的妻子，这位平凡而又伟大的女性，也正是因为有了这份对丈夫的理解，对科学的崇拜，进而对从事科学的丈夫的自豪感，才能如此坚忍地扮演着把自己置于如此无声无息的位置的角色。她和丈夫一样，是精神的富翁，心里闪耀着的科学精神的光芒就是他们无价的财宝和无上的荣耀，科学精神早就给这位女性戴上了光闪闪的花冠，也许是她在成为戈特利布的新娘时，当意识到戈特利布的妻子的使命时，就戴上了这顶花冠，因而，面对世上的一切荣华富贵再无他求。此刻，站立在我们面前的这位妻子，再也不是无声无息的平凡得不能再平凡的女性，而是闪耀着人类文明光辉的一位高贵的皇后，她们就是人类文明的科学之母。这就是隐含作者默默无言为这位妻子设置的叙事位置，也是作者所建立的一种伦理原则：科学之神的光辉是献给那些虔诚的科学信徒的，科学的求索是要以无价的奉献作为代价的。也正是这样，我们不愿那位女性就这样无声无息地离开世界，我们把代表人类文明的花冠献给她，镶上泪水化成的珍珠。我们认为，这应该是作者给予科学家妻子的最高的敬意。作者的叙事意图就在于用这种超常的叙事风格，激发起读者对人物的同情而去追索人物的真正价值和意义，从而与作者一起完成人物的创造过程，也让读者的心灵受到一次精神的洗涤和净化。

二　科学家理想的朋友

　　培根论道："友谊对人生是不可缺少的。如果人群中没有伙伴，没有友情，人群的面孔和画廊里教堂里宗教人物画上的人物一样缺乏意义，人们的交谈和叮当作响的铃声一样漠不相关，那样的生活是没有爱的存在的。"① 对于一个生活在社会群体中的人来说，友谊是不可缺少的，朋友是非常重要的，对于在科学领域艰难跋涉、披荆斩棘的科学家来说，朋友更是非常珍贵的。培根认为，除了能够调剂人的感情之外，"友谊的另一种作用则是增进人的智慧，完善人的认识。因为友谊不但能使人摆脱感情上的狂风暴雨走向晴朗的天空，而且能使人摆脱理解上的混乱黑暗而走入光明与理智的思考，这不仅是因为一个人能够从朋友那儿接受忠告，而且在与朋友的交流和讨论中，能把搅扰着你心头的一团乱麻般的想法和思绪整理得井井有条，澄澈明朗"②。在《阿罗史密斯》中，作者就赞颂了这样一种美好的友谊。

对于马丁·阿罗史密斯来说，尽管在追索科学真理的道路上遇到了很多挫折，但他又是幸运的，他有善解人意的妻子利奥拉理解他、鼓励他、照顾他，又有严格的导师戈特利布导引着他、督促着他。他还有不少的好朋友帮助过他，如在大学时的同学克利夫，在诺梯拉斯卫生局时的奥克福德，在圣休伯特同他一起与鼠疫作战的桑德利厄斯、斯托克斯等，但对他帮助最大，最志同道合的朋友是特里·威克特。

特里·威克特面相难看，相貌粗俗，满头红发，沙哑的嗓音听起来很刺耳，但为人非常正直，尤其讨厌不学无术、华而不实的人物，是位非常有才华的生物化学家，常常通宵达旦地工作。为了喜爱的科学研究，他放弃了一切，都快要四十岁了，仍然没有结婚。阿罗史密斯刚认识威克特时，对他并没有好感，因为他毫不留情地在阿罗史密斯面前指出塔布斯所长和霍拉伯德博士的

① F. 培根：《培根论人生》，苏菲译，团结出版社2004年版，第134页。
② 同上书，第140页。

缺点，这让刚来研究所对塔布斯尤其对漂亮优雅的霍拉伯德颇有好感的阿罗史密斯感到几分不快。但是，随着交往的加深，阿罗史密斯对威克特有了进一步的了解，并且认为威克特对人对事的见解确实还是非常深刻的。威克特对戈特利布非常尊重和理解，他和戈特利布一样，也非常赏识阿罗史密斯那份对科学的热情和所具备的那份科学探索者的天赋。他协助戈特利布，帮助阿罗史密斯认识自己的不足，改正一些浮躁的对科学研究不利的毛病。阿罗史密斯把在学校学的数理化知识都忘得差不多了，而他自己则一点儿都没意识到数学、物理、化学知识对他的科学研究的重要性，威克特和戈特利布毫不客气地指出阿罗史密斯的这一知识面的不足及对他做好研究工作的不利后果。虽然阿罗史密斯刚开始感觉到自尊心受到了伤害，但最后还是接受了他们的建议，在做完实验晚上回到家后，开始刻苦学习数学然后是物理、化学知识。威克特还自愿下班后去马丁家免费辅导他，并在他有所懈怠的时候督促他：

> 马丁阅读物理科学方面的经典著作：哥白尼、伽利略、拉瓦锡、牛顿、拉普拉斯、笛卡尔、法拉第等人的著作。他对牛顿的"流数"完全入了迷。他和塔布斯谈起牛顿，发现这位赫赫有名的所长对牛顿一无所知。他兴高采烈地把这件事告诉特里。而特里对他这种自满情绪进行了严厉的训斥，骂他"才学了一点东西就沾沾自喜，是一个典型的喜欢反复无常、三心二意的人"。因而他又开始了那种结果必会令人满意的工作，因为那是一种没有止境的工作。①

---

① 辛克莱·刘易斯：《阿罗史密斯》，李定坤等译，江苏人民出版社 1987 年版，第 366 页。

　　他们之间的友谊就这样开始了。我们看到特里·威克特直率、耿直，还有点粗鲁、火暴，但判断事物敏锐、深刻，对待工作专心致志、持之以恒，并且还具有坚定沉着的处事风格，在马丁面前就像一位严格的兄长，督促着弟弟学业的长进。后来的岁月证实，这些数学、物理、化学知识对阿罗史密斯在细菌学研究方面所取得的突出成就具有非常重要的作用。在此，叙述者虽然没有发表任何对威克特的评价之词，但我们看到，通过对威克特和阿罗史密斯之间的亲密无间的友谊的报道，显示了威克特对科学、对朋友的忠诚和热爱，导致我们对威克特的言语和行为作出了肯定的阐释判断和伦理判断，非常赞赏甚至开始喜爱威克特这个人物，由此，这些同时性的反应又极大地促成了我们对整个故事的肯定的审美判断。我们认为，对于一名在科学的崎岖山路上艰难行走的科学家，要不断锤炼自己，使自己日臻完善，攻克一道道难关，最后到达科学的顶峰，像威克特这种能毫不留情地指出自己的不足并毫无私心地热情鼓励和帮助自己的朋友，是非常重要的。

三　科学家理想的管理者

　　在第二章，我们讨论过批评家及本书对阿罗史密斯最后退至山林的看法。我们认为，阿罗史密斯与威克特退至山林并不是他们不喜欢城市的实验室，而只是想找个能安静做实验的地方。反过来从另一个视角来思考这一事件，可以说：如果研究机构有设备齐全的实验室供他们一心一意地做研究，他们肯定是非常乐意的。那么，就这一问题，我们有必要探讨一下对献身科学使命的科学家来说很重要的理想的管理者问题，科学家是人类文明进步的使者，因而这一问题的探讨对整个人类进步来说都是很有意义

的。我们从小说提供的两种模式中探索这一问题，从否定中求索
肯定的答案。

　　麦格克研究所的塔布斯所长到美国文化机构联盟任职去了，
戈特利布被任命为麦格克研究所新所长。戈特利布原打算每天只
用一小时处理公务，可实际上每天的行政事务要拖长两小时，三
小时，以至四小时。"他冒火起来了，他被许多错综复杂的人事
问题和经济问题搅糊涂了，他变得越发独断专行，性子变得越发
急躁；研究所的那些亲爱的同事们，过去在塔布斯软硬兼施的手
段下表面上显得平静无事，现在却公开吵吵闹闹起来。"① 戈特
利布为了有更多的时间从事科研，把所有的决定权给了副所长肖
尔泰斯。而副所长认为所得到的荣誉反正不属于他，于是也就继
续进行他自己的科研，把一切决定权又给了秘书罗宾斯小姐。罗
宾斯小姐态度温和，却不能让研究人员得到研究工作所需的材
料，所以一切就都乱了套。原因是什么呢？"所长这个职务耗费
了戈特利布很多时间，破坏了他的宁静，妨碍他在专一性的本质
方面对越来越深奥的问题继续进行探讨，而他从事的探讨又妨碍
他对研究所的事务给予足够的关心，使研究所免于崩溃。"② 从
叙述者的评价中，我们看到，尽管作者使戈特利布在小说中几乎
具有科学之神的地位，但作者显然否定了这位科学之神充当研究
机构的管理者的职务，因为对科学的痴迷使他无法专心于管理好
行政事务，协调好各方利益冲突关系。而没有及时处理好的行政
事务中越来越多的隐患问题又影响他对科学研究的专心探索，因
而，一位优秀的科学研究者显然难于同时又是一位称职的科学工

---

　　① 辛克莱·刘易斯：《阿罗史密斯》，李定坤等译，江苏人民出版社1987年
版，第409页。
　　② 同上书，第410页。

作的管理者。

霍拉伯德接替戈特利布当了麦格克研究所的所长，他是个热衷权力并非常讲究实用的科研工作者。对于科学研究，他自从起初在生理学方面热情研究了一阵子以后，就只是做些摆摆弄弄装装样子的工作了。① 当马丁·阿罗史密斯与特里·威克特向他要求一万美元的经费购买做研究用的猴子时，他答应了，我们看看作为管理者的他对这件事的处理：

> （1）真见鬼，特里，还有你，马特，可别这么自私自利！（2）想不受干扰地搞研究的科学家不只是你们两个。（3）你们这帮可怜虫知道不知道，我也何尝不想抛开这个在信件公文上签名盖章的差事而再去摆弄我的描波器滚筒呢！（4）那样长时间地去探索真理可多美呀？（5）我为了能使你们二位有自由自在地进行研究的机会，和董事们进行了多少周旋哪！（6）要是你们知道这些就好啰！（7）好吧，你们要猴子就给你们猴子吧。②

为了便于分析，我们在这段引文的句子前加上了数字序号。我们看到，作为所长的霍拉伯德的这番话内涵非常丰富，这就是一位地道的科研机构的管理者对下属说的话，既不失分寸，也很得体；既有警告，也有利诱；既诉说了自己的苦衷，也摆了自己的功劳，还表示了对下属的亲热、慷慨和笼络。我们看看这一番话的真假。第一、二句话带点责备或是威胁，但是用了非常亲热

---

　　① 辛克莱·刘易斯：《阿罗史密斯》，李定坤等译，江苏人民出版社 1987 年版，第 512 页。

　　② 同上书，第 517 页。

的称呼，减缓了责备的口气，但还是起到了威慑的作用，又不会让对方反感到会愤而攻之的地步。这句话不能说是假话，它代表了霍拉伯特的内心想法。第三、四句话不是霍拉伯特的真心话，他其实早就醉心于权术，而对实验不感兴趣了，阿罗史密斯到麦格克研究所没多久，就奇怪"为什么一天到晚总是听到霍拉伯德这样一位热情的病理学家在和塔布斯一起商量事情，而不是在他自己的工作台上紧张地工作"①。而霍拉伯德为什么要说假话，做这样的申明呢？这玩弄的是一种权术，一是表示自己为给大家服务，做出了多么大的牺牲，仿佛是让出了自己做研究的权利给部下们；二是说明自己不能做出研究成果来是因为把时间都用在了为大家服务的行政事物上去了，要部下们必须明白他为大家所做出的牺牲。第五句话有可能是真，也有可能是假，不管是不是真需要和董事们进行很多周旋，这么说的作用在于强调了在部下们用来做研究的资金所换来的做研究的自由中，他这位所长起到了多大的作用，付出了多大的心血和努力。第六句话既埋怨了部下的不善理解，又显示了自己的委屈，也提醒部下对他付出心血的重视。而第七句才是回答部下问题，解决部下问题的关键句子。对于阿罗史密斯和威克特来说，他们要的只是最后面这句话。如果是戈特利布所长或者阿罗史密斯所长的话，肯定就是直截了当地说："好吧，你们要猴子就给你们猴子吧。"而对于霍拉伯德所长来说，前面几句话很重要。这就是恩威并施的管理艺术。在这一番话面前，就连平时认为霍拉博德是个伪君子的威克特也在腼腆地与态度坦率大方的霍拉伯德握了握手之后，和马丁一起悄悄地溜走了。

---

① 辛克莱·刘易斯：《阿罗史密斯》，李定坤等译，江苏人民出版社1987年版，第362页。

　　叙述者对于霍拉伯德的以上话语没有任何评论。我们说，阿罗史密斯和威克特从霍拉伯德所长那里获得了实验所需要的动物，对于这样的结果，作为科学研究人员的他们两个还是很满意的，而霍拉伯德也履行了管理者的职责。所以，以上话语除了似乎有点儿自命不凡，小题大做之外，也没有什么可指责的，因而可以说，霍拉伯德在这件事情的处理上，是个合格的管理者，因而作者的态度也是肯定的。如果照这样下去，也就是说能这样不受干扰、自由自在的进行研究的话，那阿罗史密斯和威克特是绝不会离开研究所的。

　　当阿罗史密斯和威克特关于治疗肺炎方面的研究有了一定的突破，正在艰难地进行进一步的确证时，霍拉伯德知道了，又是称赞，又是发怒，一股脑儿向他们袭来，说本研究所正希望获得治愈这种可恶疾病的荣誉，他要他俩立即发表他们的研究成果。威克特请求再给一年时间，能发表的时候立刻发表，但没有获得霍拉伯德的同意，霍拉伯德此时非常强硬，说如果不现在发表，就要解除职务。于是威克特就这样离开了麦格克研究所，到佛蒙特的山林里的"鸟儿之家"去了。在那，他用自己的小笔积蓄建了一个实验室，打算靠有限地出卖血浆和他的药品，度过他从事科学研究的一生。① 马丁因妻子怀孕了，暂时留在了研究所，一年多以后，也加入了威克特的行列。

　　我们看到，促使阿罗史密斯和威克特最后离开研究所的原因是所长从实用主义的角度出发，在一项科学研究尚未最后确证的时候强迫他们发表其研究成果，这种一心追求名利而忽视科学研究的科学性的官僚作风使霍拉伯德也失去了成为一名理想的科学

━━━━━━━━━━

　　① 辛克莱·刘易斯：《阿罗史密斯》，李定坤等译，江苏人民出版社1987年版，第520页。

管理者的资格。

　　作者对研究所存在的这种一切从实用出发的管理作风给予了批判，对戈特利布作为管理者不是待在办公室处理事务而是待在实验室做实验的不管不顾的管理作风也给予了否定。这两种管理方式的教训都是非常深刻的。戈特利布的管理方式让有志于科学研究的科学家获得了自由，但这宽泛的自由又使得那些阴谋家们乘机上蹿下跳，让威克特他们专心致志的研究工作也受到了严重干扰，最痛心的结果是戈特利布这位坚强的科学之神的心志在古稀之时也倒在了他权杖之下放任自流所盛开的阴谋之花下。① 而霍拉伯德式的管理虽然使研究所看似井然有序，但研究者却失去了研究的自由，科学家的良知遭到摧残，真理的科学性受到威胁，如果照此下去，科学也就不复存在。因而，在文本动态的引导下，作者的读者毫不犹豫地对以上两种管理都作出了否定的阐释判断。我们上文已经说过，刘易斯强调的是"作家们要写使读者对他们的国家的缺点保持警惕的小说"，到此，作者的叙事目的似乎已经达到，读者已经受到了教育。那么科学家理想的管理者到底应是怎么样的呢？开明的作者并没有让他的全知叙述者作出武断的决定。从作者的叙事目的看来，理想的管理者应该是取这两种管理者之长，避这两者之短。至于怎样扬长避短作者相信他的读者一定会从这些事件中吸取教训，作出正确的判断的，因而把这权利连同信任与责任一起留给了他给予厚望的读者，留下了给读者深思的开放式的审美空间，这也正是作者的叙事伦理中所蕴涵的美好希望之所在。

---

　　① 　戈特利布由于没有把精力放在研究所日常事务和复杂的人事管理上，最后成了研究所争权夺利的阴谋家们的攻击对象和派系斗争的牺牲品，长期在科学的崎岖山路上攀登的傲慢心智承受不了阴谋家们对他精神的攻击，罹患老年痴呆症，智慧的大门再也无法开启。

第四节　宗教社会的叙事伦理

在小说《埃尔默·甘特利》中，作者叙述了恶棍似的人物埃尔默借助教堂而爬升到了全美道德界的高位的故事，对宗教社会进行了摧枯拉朽的批判。也就是说，埃尔默越邪恶，小说的讽刺批判性的力度就越大。而埃尔默之所以能这样节节高升，是与他掩人耳目、充满激情的表现力和感染力分不开的。这使他一方面得到了像美以美派的吐米斯主教、奸猾的教堂执事 T. J. 里格律师和全国艺术与出版物协会的 J. E. 诺斯执行书记的青睐和扶助，另一方面又获得了他教堂会众的支持和爱戴。埃尔默这个一言一行都在亵渎上帝、利用上帝的人却具有极好的表演天分，把整个的宗教社会都当成了他恣意妄为的大舞台。此外，作者在展示埃尔默这位流氓的猖狂和得势的同时，还通过穿插描述了一些教民参加宗教活动的情况和其他牧师对上帝的阐释情况，表示了对被埃尔默愚弄的教民的同情和悲悯，也展示了与埃尔默迥异的正直、诚实的其他牧师的精神特质和他们各自不同的上帝观念。这些内容在埃尔默强大的话语权下并不显眼，历来都没有引起批评界的注意，但对决定小说的叙事伦理取向、增强小说的艺术性及全面展示当时的宗教面貌方面也有着不可忽视的重要作用。

一　民众对真理和爱的渴望

培根曾经说过："使人们在追求真理的过程中受欺骗的原因，不仅由于探索真理的困难，也不仅由于真理使人的幻想破灭，而且是由于假象更适合人性中喜欢自我安慰、自我欺骗的习性。"[1]

---

[1]　F. 培根：《培根论人生》，苏菲译，团结出版社 2004 年版，第1—2 页。

埃尔默也正是利用了人们的这一弱点达到了他蛊惑人心的目的。他百发百中地能感动教民的布道词是剽窃自无神论作家英格索尔的《罗伯茨·英格索尔文集》中关于爱的论述，埃尔默对之稍加改动后便变成了他的来自上帝耶稣的爱的布道词：

> 什么是爱？听着！它是彩虹，它光荣无比，它呈现出各种美妙的色彩，它照亮了我们乌云密布的人生，它给我们带来欢乐。它是清晨的启明星和傍晚的长庚星，它放射出快乐的光辉，照耀在敬畏的地平线上，召唤着大自然的精灵，使之升腾，使之欢欣，使之与上帝那奇迹般的苍穹融为一体！婴儿在摇篮里安静地酣睡，他的慈爱的母亲如痴如醉地垂视着他的睡态，啊，这就是爱的奇迹在闪光！而在我们悲伤地结束人生的旅途后，爱的光辉仍然会照耀我们寂寞的坟墓，安慰我们永远不朽的灵魂。①

在小说中，我们看到，只要是听到了这种爱的布道词的教民们没有不被埃尔默牧师所渲染的爱的力量所征服和感动的。这一内容在小说中反复出现过多次，埃尔默自己无恶不作，由他嘴里所说出的这些关于人类圣洁的爱的道德之词，是对爱的最大的亵渎，因而也就起到了最大的讽刺作用；但是，同时，我们看到，作者在痛快淋漓地讽刺埃尔默的同时，对教民们喜欢这种爱的表露并没有丝毫嘲笑的成分，而埃尔默之所以每当在不同的地方，面对新的教民时都不免用上这番爱的布道词，最主要也是有民众渴望和珍视人间真情的原因在里面。民众对真情道义的珍视与埃

---

① 辛克莱·刘易斯：《灵与肉》，陈乐等译，湖南人民出版社 1988 年版，第 466 页。

尔默对真情道义的玩弄构成了一股强烈的冲击波在文本动态和读者动态中旋转，这是一个巨大的隐喻和悖论：它象征着异教徒英格索尔对爱的感悟和赞美、象征着教民对爱的渴望和珍视，它也不无意味着隐含作者对爱的理解和赞同，这种爱的光辉已经不是哪个人的情感体验，而是一种民族的个性品质和文化精神的体现了，而这种文化精神却在埃尔默这里遭到了空前的扭曲和蹂躏，变成了他肆无忌惮地钳制人们心灵、蔑视民众灵魂的象征武器。

当埃尔默隐瞒自己牧师的真实身份，为助酒兴在酒桌上给十一位酒酣耳热的皮科特农具公司的推销员们发表这番模仿牧师布道的爱的宣言的时候，这种蔑视达到了令人发指的地步：

　　"喂！"十一勇士中最世俗，最不敬神的一位抗议道："我想你不该嘲弄教堂。虽然我自己从来不上教堂，不过，如果我当真去的话，也许我会变成一个更好的人。所以，我当然就尊敬那些上教堂的人们，而且我还送我的孩子们上星期日学校呢，我敢对天起誓我绝对没有说谎！"
　　"见鬼！我根本没有嘲弄教堂！"埃尔默抗议道。
　　"见鬼！他没有嘲弄教堂，他只是在嘲弄那些牧师。"埃德楼科斯帮腔道。①

就连不信神的推销员也忍受不了埃尔默对教堂其实也就是对上帝的嘲弄，因为他们觉得这种纸醉金迷的场合是不配提到教堂和爱的美德的，他们虽然生活放荡不羁，但教堂对他们来

---

　　①　辛克莱·刘易斯：《灵与肉》，陈乐等译，湖南人民出版社 1988 年版，第247—248 页。

说还是神圣的，爱的美德也是神圣的，是心灵深处的一方净土，是不容随意亵渎和侵犯的。可是身为神职人员的埃尔默却把这爱的美德糟蹋到如此随心所欲的地步，最世俗的商人都比他诚实、高尚和圣洁。小说结尾时，埃尔默在 T. J. 里格的帮助下，成功掩盖了他的又一次差点儿暴露他的邪恶的桃色事件。他来到教堂，不知教民是否还会相信他的纯洁和美德。"教民们纷纷起立，向他欢呼——欢呼——欢呼。他们的脸上没有问号——那是一张张友好的容光焕发的脸。"① 教民们对埃尔默牧师是那样信任，以至于他们用"惊天动地的'哈利路亚'的胜利的欢呼声"回答埃尔默的高声叫喊："你们大家相信我的清白无辜吗？你们相信诬陷控告我的人的穷凶极恶吗？请你们用'哈利路亚'来回答我吧！"教民们惊天动地的欢呼表示了对埃尔默的信任和对上帝和美德的崇拜，同时教民们渴望真理和美德的真诚和热切也达到了极点，作者就用这一爱的美德的隐喻彰显了在民众（还有英格索尔）和埃尔默之间这一正一邪的两股并行但却完全相悖的价值趋势。埃尔默发迹的顶峰也同时是民众对真理和美德的渴望所达到的顶峰，对埃尔默的痛恨和讽刺的高潮也是对民众的同情和悲悯的高潮，也是引得读者心潮澎湃久久难以平静的高潮。埃尔默他绝没有这样愚弄民众的权力，谁也没有这种权力！向民众揭穿埃尔默之流的真实嘴脸成为读者最想做的一件事，这是作者邀约读者共同享有和承担的责任：扫清邪恶，还民众一片纯净的天空，让民众在对真理和美德的追求中能真正地享有和沐浴爱的光辉，获得高尚的没有被污染的精神的力量。

---

① 辛克莱·刘易斯：《灵与肉》，陈乐等译，湖南人民出版社 1988 年版，第 724 页。

二　纯洁的彭吉利神父

在维纳马克州，有一个只有一千八百人的卡陶巴镇，弗兰克·沙拉德从神学院一毕业，就被派到了这个小镇的浸信会教堂担任牧师。在这个镇的美以美教堂，有一位被弗兰克称为彭吉利神父的牧师。这是一位周身都散发着诚实、博爱思想的老牧师。老牧师的正直使他常要插手制止镇上的一些歪风邪气，如当镇上的老处女乌代尔小姐偷偷摸摸造谣中伤爱米·多夫小姐时，就遭到老牧师的指责。从老牧师主持公道的口气中可以看出，他对自己在镇上居民中的威信是非常自信的。他还狠狠训斥过一个刚到镇上来就对所有牧师的信仰进行嘲弄的一个杂货店老板。除此之外，彭吉利牧师几乎能对其他一切人和事报以友好微笑。弗兰克看到，彭吉利神父甚至时常把镇上那位无神论者——莱姆·斯特普尔斯医生请到家里来聊天，当莱姆当着他的面嘲笑教会的那些吝啬鬼和怙恶不悛之徒时，神父不急不恼，等莱姆说完后，再微笑着对莱姆的话进行解释或者反驳。

彭吉利牧师是参加过南北战争的老兵，读书不多，他是用心去体验上帝的。老牧师年轻时，结过婚，在结婚一年后妻子就因难产去世，他因对妻子的深爱而一直独身。彭吉利牧师对于弗兰克提出的有关《圣经》中有些自相矛盾的问题，回答说《圣经》中解释不通、自相矛盾的地方是上帝为了考验人们的信仰而故意设置的障碍物。他告诉弗兰克，对上帝不要苛求太多，就像看待即使是一个天文学家也不知道多少火星人的事情一样，人们应该用自己的心灵和信仰来接受耶稣基督，来感受上帝对我们生活的影响。因而，"彭吉利神父不仅在自家的花园里，而且在树林里、在河边，他都发现了自然中的上帝"①。对他来说，生活中的上帝比书本中的上帝更加真实。钓鱼是他最大的嗜好，弗兰克时常跟他一起划着一艘长满青苔的大平底船在柳荫下的平静的回流死水中漂行，老神父一边等着鱼儿上钩，一边嘴里哼着歌曲："上帝的天恩像海洋一样宽广"。②

　　怀着这样一种上帝心态，他努力尽到了一名灵魂指引者的责任，教民们爱戴他，听他的话，只是由于老牧师肯定较少提及为教堂募捐的事，因而他的薪俸从来没有被给足过，对此，也不见老牧师有任何的埋怨。他对弗兰克说过，身为牧师，能拯救世界就是一种很大的报偿。他和教民们处于一种鱼水似的和谐关系之中。"教民中的那些高大健壮的女士们时常争着为他扫地、擦灰、弄乱他的书籍和他那些笔迹像母鸡脚印一样的讲道词，以及在雨天穿胶鞋和冬天穿法兰绒等事情上对他颐指气使。她们不让他自己开伙——而让他忍受轮流到各家去吃客饭的痛苦。"③ 老牧师的爱得到了教民的回报，我们看到，教民们完全把他当成自己的家人一样看待，对他的生活给予了无微不至的关怀，老牧师除了会做炒鸡蛋以外，就没做过任何其他菜了，这些肯定让爱戴他的教民不忍心他过这样的生活，于是就"强迫"他到各家轮流吃饭。如果不是真切的关怀和亲如一家的关系，谁也不愿把一个不喜欢的人请到家跟自己一起吃饭的。

　　我们看到，彭吉利牧师的这种自然平静的上帝心态似乎是岁月积累之后的一种超脱，是来自生活经验中的一种上帝的概念，当他带着弗兰克在树荫下平静地等着鱼儿上钩的时候，时常讽刺

---

　　① 辛克莱·刘易斯：《灵与肉》，陈乐等译，湖南人民出版社 1988 年版，第416 页。

　　② 同上书，第 417 页。

　　③ 同上书，第 411—412 页。

弗兰克说："年轻人，难道你还要到书本中去寻找上帝吗！"① 对于彭吉利牧师来说，上帝就等同于生活中的善良、博爱、宽容、诚实等一切美好的品德，也等同于生活中花草、树木、空气、流水、游鱼等一切美好的物质。如果世间仍然有不相信上帝者，仍然有邪恶之徒存在，不管是基督教徒还是其他异教徒，那也毫不奇怪，那正好是牧师存在的理由："如果整个世界都已得救，那还要牧师干什么呢？"② 彭吉利牧师是这样认为的。在此，虽然没有任何对彭吉利牧师的赞许之词，但我们认为，隐含作者对老牧师的人品是敬重的，对老牧师与教民的真挚关系是欣赏的，对老牧师对待其他异教徒的态度是满意的。对老牧师的带点儿超灵的来自美国民间的朴实的上帝观念也是理解的。呈现在我们面前的是一位正直、善良、宽厚、纯洁的传统牧师形象。这位老牧师对生活没有任何要求，只求能做好一个福音传播者的工作，让人们信仰上帝，感受生活的美好，一心向善就行了。这与一心为了增加教堂捐款、凌驾于教民之上的埃尔默之流形成了鲜明的对比。

三　诚实的弗兰克牧师

我们说，隐含作者对彭吉利老牧师的精神品质是持肯定态度的，但作者也并未认同老神父的生活即上帝的概念。通过弗兰克·沙拉德牧师，作者引导读者对上帝进行了又一次探索。弗兰克是一位老牧师的儿子，20世纪初期神学院的高材生，在接受父辈的上帝的同时也接受了大量其他的文明成果，他承接了父辈

---

① 辛克莱·刘易斯：《灵与肉》，陈乐等译，湖南人民出版社1988年版，第417页。

② 同上书，第415页。

正直、善良、文雅的品性，但也养成了自己爱思考、喜反问、善怀疑的性格特征。

弗兰克作为一名浸信会的牧师在卡陶巴小镇的浸信会教堂待过一段时间，认识了彭吉利牧师，对老牧师的为人非常敬佩，老牧师的上帝也曾深深打动过他，但弗兰克是个爱看书爱思考的小伙子，他博览群书，吸收了20世纪初期大量的文明成果。所阅读的神学、哲学、社会学、文学、心理学等各种知识、在日常生活和传道的实践中所遇到的各种问题和所看到的各种现象在他的大脑中碰撞、挤压，使他对上帝及为上帝服务的工作充满了不满和疑问。

正直、诚实让弗兰克的牧师生涯充满了痛苦。牧师的责任之一是为教区内死去的教民主持葬礼。高利贷者亨利·山姆过世了，他老婆请弗兰克去为其丈夫主持葬礼，这让弗兰克格外痛苦。他知道亨利夫妇并非善良之辈，是贪婪的商人又是偷税漏税的常客，弗兰克向来他家拜访的牧师朋友菲利浦·麦克加利说道："然而，对这样一个人，我明天还得站到那里去告诉他的朋友们，说他是一个多么好的道德榜样和多么伟大的知识巨人，而他这位可怜的小孀妇又是多么悲伤。好啦，不要悲伤啦！根据我对这个女人的了解，不出半年她就会改嫁的，而且如果我明天去尽一个好牧师的职责，去为这个死者歌功颂德，也许我还能得到一笔报酬呢！可是，上帝呀，菲尔，这算是什么工作呀，简直是说谎和向罪恶妥协，你让我怎么做这种牧师呀！"① 他认为为品性不端者如亨利·山姆这样的饕餮之徒歌功颂德，就等于是鼓励年轻人去效法他们，而这样一来，这种野蛮的文明就会恶性循

---

① 辛克莱·刘易斯：《灵与肉》，陈乐等译，湖南人民出版社1988年版，第620页。

环、永无止尽了。对此，作为一名牧师，和律师、政治家、军人
甚至教师一样，有不可推卸的责任。① 显然，诚实正直让弗兰克
不愿说谎，也让他鄙视罪恶，然牧师职责又让他不得不在葬礼上
说谎赞美不值得赞美的死者，这让他极为痛苦。一是违背自己做
人的诚实本性，二是玷污了在文明进程中起着表率作用和在青年
人的行为中起着精神导师作用的牧师身份。

　　弗兰克的最大痛苦是在讲道中面对教民阐释《圣经》的教
义。他看到了一个近似于滑稽的事实：今天的禁酒主义者把当年
被主教们骂为浪荡儿和酒鬼的耶稣选为自己的神，实在是开了历
史的一个大玩笑。随着对《圣经》阅读次数的增多和阅读的细
致程度的加强，他惊讶地发现"上帝耶稣并不是一个特别令人
钦佩的人物"：耶稣很容易发脾气，当一棵可怜的光秃秃的无花
果树木没有能给他提供食物时，他便对树施行暴虐；耶稣既说过
要给人类带来和平又没有拒绝给人类带来战争，既赞同世俗的君
主制又号召人民起来造反；耶稣出尔反尔，他既教导人们："你
们的光也当这样照在人前，叫他们看见你们的好行为，便将荣耀
归给你们在天上的父。"可是，五分钟以后他又这样说："你们
千万要小心，不可将善事做在人的面前，故意叫他们看见，若是
这样，你们就不能得到你们天父的赏赐了。"② 弗兰克发现了被
基督教奉为金科玉律的《圣经》中这么多自相矛盾的地方后，
就很难把耶稣当成一个十全十美的圣人去顶礼膜拜了，在讲道中
就很难再把耶稣的救苦救难的教导和高尚的人格这种基督教的灵
魂的东西向教民解释清楚了，再难尽牧师本分，鼓吹宗教，坚信

---

① 辛克莱·刘易斯：《灵与肉》，陈乐等译，湖南人民出版社 1988 年版，第
621 页。

② 同上书，第 633—634 页。

牧师能用宗教拯救世人了。

我们看到，弗兰克牧师与埃尔默之流的最大区别在于他们从事宗教活动的目的的不同。弗兰克想真正地信仰上帝，沐浴上帝的天恩，然后，尽到牧师的责任，传播福音，让教民感受上帝无尽的真爱，获得宝贵的精神食粮。他认为这一切都应该是一种牧师与上帝、牧师与教民及教民与上帝之间最诚实、最真挚的精神活动。而当发现上帝并不是从传统文化上所接受的那样一个十全十美的上帝时，他对上帝的信仰动摇了，他的诚实的品质也让他做不了口是心非的事，不能自己心里不信上帝了，却开口闭口还让教民崇拜上帝。这与埃尔默之流形成了巨大的反差。埃尔默的信仰上帝完全只是他口头上的一种炒作，一种表演，是他获得金钱与权力的一种招牌和工具。埃尔默的心里从始至终都没有相信过上帝，没有相信过天堂地狱（尽管他时常忘不了用地狱之火去威胁利诱教民信奉上帝），否则他就不会背着教民不停地干着邪恶勾当。

弗兰克在牧师中是孤立的，他被埃尔默借机排挤出牧师队伍。当时的保守势力非常猖獗，发生了"达顿城进化论审理案"（也就是斯哥普斯事件），禁止在所有由州政府资助的中、小学校和大学里教授任何未经福音传道者们同意许可的课程。[1] 一些学者也发起不少组织反对猖獗的保守势力，弗兰克受一自由科学学会的邀请去美国西南部的一个城市发表演讲，对原教旨主义者的危害性进行揭露。在演讲前弗兰克就接到恐吓的纸条和电话，但他还是勇敢地到演讲厅进行演讲，结果遭到一伙暴徒的毒打，失去了视力。我们看到，小说中逼真地再现了20年代那个保守

---

① 辛克莱·刘易斯：《灵与肉》，陈乐等译，湖南人民出版社1988年版，第653—654页。

的由小地方主义、禁酒运动、红色恐怖和 3K 党主宰的时代，一个倒行逆施、政治反动的时代。埃尔默就是这个时代保守文化的支持者、主宰者和得利者，弗兰克则是这个时代保守文化的反对者和受害者。在对埃尔默施以犀利批判的同时，隐含作者对这位弗兰克牧师给予了深深的同情和怜悯，弗兰克身上体现了埃尔默所没有的优秀的个性品质和精神特质：正直、诚实、善良、纯洁、坚贞及对知识和真理的勇敢求索精神。这些个性品质是一个民族得以发展壮大的重要特质，作者用弗兰克对上帝的质疑及弗兰克勇敢面对原教旨主义者的威胁的勇气让读者看到了一个与埃尔默完全不同的牧师形象，一丝正义的曙光。

小　　结

　　本书认为隐含作者的叙事伦理是与讲述行为以及作者的读者相联系的伦理情境，隐含作者选择采用某种叙事策略和叙事内容而不是另一种将影响读者对所述人物和事件的伦理反应，每一种选择也将传达作者对所述人物和事件的伦理态度。隐含作者既是作者在写作时创造的"第二自我"，也是读者在阅读中所建构的作者，是作者和读者一起完成的作者形象，他与真实作者也有千丝万缕的联系。本书隐含作者的概念是在布斯提出的"作者的自我建构"的概念基础上的扩大，这样更密切了文本与真实作者、历史语境及与读者的联系，加大了读者参与的权利和责任。通过分析，我们看到了小说中长期被学界所忽视的作者叙事伦理的另一面：在《大街》乡镇社会的叙事伦理中，隐含作者显示了其对劳动群众的真切敬重和同情、对自然的热情讴歌和对乡村医生的良好职业精神的赞美；在《巴比特》商业社会的叙事中，隐含作者对真诚的友谊进行了赞美，对现代化进行了歌颂，对罢工者表示了同情；在《阿罗史密斯》医学社会的叙事中，浸透着作者对科学家理想的爱情观、理想的友谊观及社会机构与科学家之间理想的合作观的探索；在《埃尔默·甘特利》宗教社会的叙事中，隐含作者显示了民众对真理和爱的渴求的一面，也显示了对一些纯洁和诚实牧师的肯定和同情的一面。长期以来，学界主要聚焦于刘易斯《大街》等小说对美国文化的犀利批判这一伦理层面，本章对刘易斯小说对美国社会文化精神肯定一面的探索，无疑有助于更全面地了解刘易斯这位文化反叛者的叙事伦理态度、他对美国社会所抱有的一种知识分子的强烈社会责任感和荣辱感，也有助于从刘易斯小说中更全面地了解美国的民族文化精神特质。

结　　语

　　巴拉比·康拉德（Barnaby Conrad）认为林奇曼所写的传记
对刘易斯的评价比斯高勒更公正。他是与刘易斯一起生活过而目
前还活着的唯一的人（1947 年，他 25 岁时，曾给当时 62 岁的
刘易斯做过短期秘书），自从林奇曼的传记发表以来，他发现自
己在不断地向这位贤哲求教。他说道：“海明威曾说过：‘辛克
莱·刘易斯并不重要’，但是我怀疑，一百年以后，当人们想知
道 20 世纪上半叶美国是什么样子的时候，他们不会去求教海明
威的令人厌倦的侨民们，而是转向卡萝尔、巴比特、多滋沃斯、
阿罗史密斯和埃尔默·甘特利。”①
　　康拉德的话一点都不为过，作为一名中国人，如果我们想了
解美国，了解美国社会，了解美国民族文化特质的话，我们就不
妨去阅读辛克莱·刘易斯的小说。八十多年前的美国著名文学批
评家们很早就认为刘易斯的小说是对美国社会艺术性的再现，是
高规格的历史文献，英国著名小说家、历史学家和社会学家
H. G. 威尔斯也把刘易斯的小说作为他观察美国文化的唯一依

<hr>

①　Barnaby Conrad, “Sinclair Lewis: Rebel from Main Street（Arts and Letters）”, *The Wilson Quarterly* 26. 2 （Spring 2002）: 114 （1）. Academic OneFile. Gale. International Web Demo（Gale User）. 16 Aug. 2007 < http: //find. galegroup. com/itx/start. do? prodId = AONE > . 2002）

据。目前世界上最强大的美国，无论从政治、经济、文化等哪个角度来说，都是我们应该了解的对象。而要了解一个民族，了解其文化可能比了解其政治经济状况更为重要。知己知彼，方能使我民族长盛不衰。因而把文学研究与文化研究结合起来对刘易斯小说进行多维研究，就显得尤为重要。从文学批评的角度来看，研究美国第一位诺贝尔文学奖获得者刘易斯具有必不可少的文学史的意义，再联系刘易斯的小说为我们提供了一扇了解美国文化的重要窗口的角度来看，研究刘易斯又具有了更深层次的文化意义。刘易斯的作品已经成为了美国人国民意识的一部分，这一点是没有几个作家能做到的。

刘易斯的小说也绝对不是只突出了文化意义而缺乏艺术性的作品。马丁·巴库指出，刘易斯努力使得美国小说既是艺术的描绘又是一种美国生活的严肃批评。而且也正如罗伯特·麦克拉夫林所说的不是因为刘易斯有美学上的缺陷，而正是因为他艺术上的成就，他的小说才如此出色。那么刘易斯是以怎样出色的艺术手法，呈现了什么样的美国文化特征呢？带着这一目的，本书对刘易斯小说的文化叙事进行了研究。

文化是由人类社会实践和意识活动中长期纲缊化育出来的、体现在生活方式上的物质文明、价值观念、审美情趣、思维方式等的总和。文化是通过叙事来展示的，文化本身就是一种叙事，它是同一种文化成员中的共同的故事，也就是"一个共同整体的一系列共享的意义、信仰与价值"①。从文化学和叙事学的视角出发，我们认为，"文化叙事"是某种文化通过运用适合其文化形式的叙事策略，被以具体的叙事形式进行的叙事呈现，源自

---

① 迈克·费瑟斯通：《消费文化与后现代主义》，刘精明译，译林出版社 2006年版，第 187 页。

艺术家主体的叙事行为对某种文化以某种表现形式进行的艺术展现过程，小说艺术就是作家对某种文化以小说文本形式进行的艺术展现过程。这也意味着小说的文化分析和叙事特征分析应该建立在叙事了怎样的文化特征和如何叙事这种文化特征的互动阐释中。

　　刘易斯从美国民族的乡镇、商业等文化群体中撷取一些最具代表性的故事，通过运用适合其文化形式的叙事策略在小说中把它展示出来。由于它所叙述的故事生动、真实地反映了这些文化群体共享的意义、信仰与价值，使得此前只能被人们体验和感觉到的无形的习俗成为了有形的习俗，因此，其所体现的观点获得了英语世界各民族文化成员的广泛认同，产生了巨大的影响，成为民族文化意识的一部分。而这一切成就又都与作家刘易斯自小的成长经历有着千丝万缕的联系。我们看到，刘易斯的成长环境虽然也有缺陷，如生母的过早离世、父亲的不理解、对周围环境的不满意等，但更多的是关爱、强烈的求知欲和书海漫游的历程，是细密观察环境、犀利解剖环境然后改变环境的磨砺过程。收获的不是恨，而是非凡的观察力、准确的表现力、渊博的知识储备、强烈的社会责任感及追求美好、揭示丑陋的意志力和反叛精神。刘易斯《大街》等来自大街的反叛文化叙事小说，从埋下种子，到破壳而出，经历了差不多三十年的锤炼过程，正因有了这些独特的历史语境，辛克莱·刘易斯这位美国人在精耕细作的民族文化沃土上开创出了新的文风——美国式的风格，辛克莱·刘易斯成为美国文学的开路先锋。①

---

　　① Erik Axel Karlfeldt, "1930 Nobel Prize in Literature Presentation Speech", *Dictionary of Literary Biography*, Volume 331: *Nobel Prize Laureates in Literature*, Part 3: *Lagerkvist-Pontoppidan*, ed. Richard Lingeman, A Bruccoli Clark Layman Book, Gale, 2007, pp. 66—91.

　　通过仔细阅读刘易斯的小说文本，并把刘易斯小说的文化叙事与刘易斯从小成长的小环境和美国整个的历史和文化发展的大环境联系起来进行研究，本书认为，刘易斯《大街》等四部小说是对美国民族"集理想主义和实用主义为一体"的矛盾文化特征的深刻并且生动的呈现。刘易斯对这一文化特征的叙述方式"不是从文学传统中借取形式，而是从历史演变过程中发现形式"①。美国人的思维中并行着拉尔夫·爱默生的超验主义潮流和本杰明·富兰克林的务实主义潮流。富兰克林的人生及其《自传》所体现的以个人奋斗、诚实守信而发家致富为核心的实用主义，同爱默生、梭罗等人提出的建立在超验主义原则上的个人主义（理想主义）一起，构成了典型的美利坚民族"集实用主义和理想主义于一体"的矛盾文化特征的核心精神。刘易斯把这一文化特征"逃逸"的表现形式同与之相契合的连接—发展—断裂—连接的多元叙述线条巧妙地嵌合在一起，形成了自己独特的融合了现实主义、现代主义和后现代主义特征的"现代现实主义"的反叛性文化叙事特征。刘易斯的作品是对 20 世纪20 年代美国社会生动逼真的反映，具有反映社会现实的真实性、客观性等现实主义文学最重要的因素；其所呈现的强烈的反叛传统、自我意识的突显、标新立异的精神却也包含了现代主义的某些内核；而作品开放的形式、叙述视角的转换、消解深度的描写、事件的拼贴组合方式、强烈的反讽、断裂的线性结构、消费文化理念和现象的呈现却又体现了后现代主义的特征。多元叙述线条是现代现实主义的基本特点，也是四部小说的共同特点，但是多元叙述线条在小说所呈现的不同社会语境中，又演绎出了各

---

　　①　华莱士·马丁：《当代叙事学》，伍晓明译，北京大学出版社 2006 年版，第52 页。

自独特的多元化的叙事策略。

1. 在《大街》的叙事中，表现为一种"异质化"的叙事策略。在《大街》中，刘易斯创造了一种"异质化"的叙事艺术。如按照小说叙事的一般规律来说，卡萝尔改造大街应该是小说的叙事中心，是从第四章卡萝尔在认真勘察了大街后就应该着手进行的事情。而叙述者在卡萝尔看完大街，从大街逃走回到家，一直到 100 页的篇幅后，在第十章才开始续写卡萝尔改造戈弗镇的行动。在这个与叙述主线断裂的地方，叙述者组合了 17 种不是改造大街的异质事件，刘易斯这种异质组合的多元叙事结构的连接、断裂的叙事特点，把主要人物卡萝尔与大街的冲突置于了中心事件以外的广阔的外部世界中，把作品叙事的语言与所要陈述的语义和语用内容联系了起来，与集体的表达组合联系起来，与戈弗镇社会领域整个的文化、政治、经济联系了起来。这些与中心事件看似无关的多元异质事件的组合虽然打断了完整的叙事线条，削弱了激烈的冲突，但是它既充分塑造了卡萝尔理想主义与实用主义兼而有之的性格中理想主义占主要成分的丰满形象，同时也展现了以戈弗镇为代表的 20 世纪初期美国中西部五彩斑斓的社会生活，更好地揭示了大街人自满保守、狭隘势利、注重实利和等级偏见的主题思想，"大街"的主题意义就是在刘易斯这种多元叙事线索所组合的异质事件的文化叙事中，获得了广泛的认同而迅速流传开来。

2. 在《巴比特》中，表现为一种"肖像化"的叙事艺术。在《巴比特》的叙事中，刘易斯建构了一种詹姆斯·费伦称之为"肖像化"的叙事艺术，把叙事成分与人物素描的成分结合起来，通过断裂—连接的叙述线条，消解、化解或者说缓解了事件的发展过程。刘易斯使用一个整体的张力，就是巴比特内心兴奋躁动和不满所形成的张力驱动叙事进程，然后利用那种张力的结果，通过巴比特由不满而反叛的故事，刻画了巴比特的形象。我们对刘易斯小说《巴比特》的肖像性叙事的分析显示，刘易斯的伟大成就不仅在于为世界奉献了一个经典的巴比特形象——自满、庸俗、短视、守旧的中产阶级实业家或自由职业者。[①] 除此之外，我们还看到刘易斯隐含在文本动态之下的对表面的巴比特形象进行解构了的，另一个长期以来被人忽略的真实的巴比特：一个不满的巴比特，一个并不快乐的巴比特，一个思想被奴役的巴比特。这样就提出了一个值得警钟长鸣的问题，刘易斯潜文本下蕴涵了一个让所有读者深思的哲理：警醒现代高度的物质繁荣下精神的奴役。

　　3. 在《阿罗史密斯》中，表现为一种"解辖域化"的叙事手法。刘易斯让叙述者利用断裂—连接的叙述线条呈现人物阿罗史密斯通过逃逸，通过对自己与社会组合的某个编码系统的解辖域化来认识自己和自己前一段的生活，厘清自己的生活道路。而叙述者则通过人物的解辖域化，解决叙述进程中的局部冲突，表现人物思想上产生的"断裂、创新和新认知"的认识过程，这是刘易斯现代现实主义手法的典型显现。随着人物新认知的出现，随即就是新的追求，这强烈地表明阿罗史密斯的逃逸不是阿罗史密斯的失败，是他与社会某个编码系统的组合出了问题，随着与这个编码系统的断裂，由逃逸而获得了新的追求机会，连接了新的编码系统的组合。并且，如 F. R. 詹姆逊所言，"从原有语境中攫取的任何东西都可以在新的区域和环境中被'再语境化'"，也就是说阿罗史密斯从解辖域化，从导致退却的行为中得到了锻炼，获得了经验，这是他的宝贵财富，断裂—连接的逃

---

① 陆谷孙等主编：《英汉大词典》上卷，上海译文出版社 1998 年版，第209 页。

跑—追求过程，也是阿罗史密斯积累财富和转移财富，寻求更大发展壮大的过程。因此，阿罗史密斯变得更加成熟，更加强大，更加坚定，对自己能力和兴趣的认识更加深刻，离成长为一个坚强的科学理想主义的英雄也就更近了一步。

4. 在《埃尔默·甘特利》中，作者创造性地运用了一种"自主化"的叙事艺术。我们认为，刘易斯对传统的小说叙事常规进行了改进，他摒弃了"冲突"这一小说创作的关键因素，也打破了完整的"情节"概念，"冲突"和"情节"都让位给了人物埃尔默·甘特利对自我行为和思想的解辖域化，也就是人物的"自主化"，这也是刘易斯现代现实主义手法的典型显现。按照 F. R. 詹姆逊的文化阐释概念，埃尔默的最大特点是他独有的对自我认知的快速解码，对自我行为的再叙事化，他用他自认为公理的东西破解基督宗教和社会公德的编码系统，而为自己建立起一套自主化的观念规则。埃尔默的自主化的话语权是这样建立的，一遇到与他人他事的冲突，他就转回到自身并开始反思，然后为自己的自私判断和邪恶欲望规定规则，建立起自己的逻辑学和伦理学，并借此获得了权威的话语权，也就是把社会公德转换成了他的自我公德，这就是他的自主化，将其自身的逻辑既凌驾于个体神学家和个体教民之上，又凌驾于宗教教义和布道的逻辑之上。全知模式的叙述者就通过人物埃尔默·甘特利在叙事语境中不断的自主化，串联起了连接—断裂的叙述线条，获得了把"动物都给煽动起来了"的独特艺术效果。

以往学界通常认为刘易斯的小说缺少艺术性或艺术性低劣，或者认为刘易斯小说是现实主义和讽刺文学这两种文体的矛盾杂糅，现代现实主义的叙事特征及其多元化的叙事策略的揭示弥补了人们对刘易斯小说艺术性认识的不足，表明刘易斯小说不是缺少艺术性，更不是艺术性低劣，而是极具前瞻性的高超的叙事艺术。现代现实主义的叙事特征的揭示为刘易斯小说艺术的探索打开了一扇新的窗口。

连接—发展—断裂—连接的多元叙述线条的最大优势是能把人物置于外部的现实世界中，与生活中各种艺术的、科学的、宗教的、政治的、商业的、边缘的、中心的、褊狭的、自满的等各种个人和社会群体相联结，从而生动逼真地呈现出各种迥异的现实生活画面，体现了"集理想主义和实用主义于一体"的矛盾的文化特征在个体性人物和社会群体身上的各种同中有异的表现特征。

其中，在《大街》等四部小说中的主要人物身上的表现特征为：在卡萝尔身上表现出以理想主义为主同时又兼有一些实用主义的"实用理想主义"的个性特征：鲜明的自我意识、富有主动性和创造性的独特个性、坚强的自立意识、对现实的逃避和对自我的节制；在巴比特身上表现出以实用主义为主同时兼有一些理想主义的"理想实用主义"的个性特征：严格遵守有利于赢利的商业道德、精心经营有利于赢利的社会关系、信奉有利于赢利的实用主义宗教观、追随享乐主义的消费潮流、在梦中寻觅理想的火花；在阿罗史密斯身上表现出把理想与科学信念结合在一起的"科学理想主义"的个性特征，实用主义在其身上化作了支撑其脚踏实地、一丝不苟地坚持科学理想的精神、也化作了其在逃避中化解根本冲突的有利因素，其科学理想主义主要表现为如下特质：科学的精确性重于一切；忍受寂寞，不沉溺于享乐；甘愿贫穷与孤独；背负十字架，寻找科学的出路；徘徊和忧郁；人性中最高尚的机能。在埃尔默身上则是一种物欲实用主义的体现：这是实用主义演化到了极端的一种产物，而理想主义在这种极端实用主义的温床里则又演变成了一种强烈的占有欲——也就是物质欲、美色欲和权利欲，以及为达到占有欲的目的所施行的不择手段的卑鄙行为。从富兰克林的实用主义哲学观和爱默生的超验主义思想观的角度对主要人物的个体性文化特征的揭示显示了小说立体化的丰满的人物形象，说明学界所诟病的刘易斯在作品中对人物的既同情又讽刺的矛盾态度并非是作者的败笔，而是美国民族矛盾的文化特征在个体性人物身上的体现所导致的艺术家的一种必然应对策略。此外，这种把小说人物的个性精神置于民族文化特征的大背景中的研究视野，能更深刻地显示刘易斯小说的文化叙事为什么能成为美国民族文化意识的一部分的原因：刘易斯的文化叙事是对美国民族典型的文化特征的深刻而且生动的呈现。

此外，在社会群体身上的表现特征主要为以物质至上的实用主义和由理想主义衍变成的维护既得利益、经济繁荣的极端保守主义的特征。社会群体的这种保守实用主义倾向在这个时期一是打上了很深的消费主义的烙印：赚取更多的金钱以满足炫耀和享乐主义的生活方式；二是打上了20年代新旧文化激烈冲突的烙印：表现出了一种典型的消费文化中的等级、阶级和种族偏见。当下层群体对上层群体的品味提出挑战时，上层群体的反应不只是通过如费瑟斯通所说的通过采用新的品味来重新建立和维持原来的距离，而且还采取一种禁止、打击、威胁和违法的暴力手段来保持自己的优势地位。把消费文化理论与刘易斯小说社会群体的文化特征结合起来开展研究是学界尚未进行的。这一研究视角既显示了美国民族文化特征在中产阶级这一社会群体中的本质表现，又把社会群体的文化特征置于20年代特定的历史背景中，让人们看到了20年代美国社会群体所表现出来的物质至上的实用主义和保守主义的原因：社会经济的繁荣推动历史从以生产为主体的社会向以消费为主体的社会的转型，而消费社会的享乐主义生活方式又促成了社会的保守与腐败。在这特殊的转型期，即使宗教也开始发生本质性变化，被更多的商业成分所侵蚀，与商业社会融为一体被牢牢地置于消费市场上。此外，这一研究视角还显示，刘易斯对消费文化方面的许多看法，如殷实公民的阶级结构图式、对精英文化的腌制、广告文化的符号意义以及文化资本、文化资本化等这些与后现代主义契合的消费文化概念的提出和认识都表现出了他对社会和文化具有一种超前的预见性和认知性。

　　另外，循着连接—发展—断裂—连接的多元叙述线条，我们还看到了小说中长期被学界所忽视的作者叙事伦理中对社会群体的文化精神肯定的一面：在《大街》乡镇社会的叙事伦理中，隐含作者显示了其对劳动群众的真切敬重和同情、对自然的热情讴歌和对乡村医生的良好职业精神的赞美；在《巴比特》商业社会的叙事中，隐含作者对真诚的友谊进行了赞美、对现代化进行了歌颂、对罢工者表示了同情；在《阿罗史密斯》医学社会的叙事中，浸透着作者对科学家理想的爱情观、理想的友谊观及其社会机构与科学家之间的理想的合作观的探索；在《埃尔默·甘特利》宗教社会的叙事中，隐含作者显示了民众对真理和爱的渴求的一面，也显示了对一些纯洁和诚实牧师的肯定和同情的一面。长期以来，学界主要聚焦于刘易斯《大街》等小说对美国文化的犀利批判这一伦理层面，从叙事伦理的角度对刘易斯小说对美国社会文化精神肯定一面的探索，无疑有助于更全面地了解刘易斯这位文化反叛者的叙事伦理态度、当时美国宗教社会的整体面貌，也有助于从刘易斯小说中更全面地了解美国的民族文化精神特质。

　　我们说，刘易斯对其感受最深的民族文化特征的文化叙事是成功的，其成功也在于他对叙事艺术的贡献，他的现代现实主义的叙事特征及其多元叙事策略的建立为其对民族文化特征的深刻揭示提供了有力的表述手段。刘易斯灵巧娴熟地驾驭这一工具，对美国文化所呈现的五彩斑斓的生活方式进行了生动逼真的叙事，使读者身临其境，就犹如"他把一块大陆存放在了我们的想象中"[①]。他用犀利的笔锋揭示了民族文化的沉疴，同时也推崇了民族文化中坚韧、开拓、创新的独立精神。他一再声称他要写使人民保持警醒的小说，他达到了目的。通过他小说的文化叙事，他让人们看到了：美利坚民族的这种生活方式出了问题，实用主义占了上风，人们变得自满愚昧、物质至上、追求享受，这种状态继续下去，就会削弱美国的强大。就如谢尔登·诺曼·格雷布斯坦所说的："刘易斯猛烈抨击美国是出于爱而不是恨，他的用意不是给我们脸上摸黑而是激励我们摆脱可怕的贪图舒适、自鸣得意的麻木不仁状态——仍然是我们达到最高度文明的主要障碍。"[②] 也正如 1930 年诺贝尔文学奖授奖辞所说的："'大街'首先是属于美国特有的，但就其精神氛围而言，这座小镇在欧洲也能找到。"[③]

　　我们要加以补充的是，不但是在欧洲，在东方、西方都能发现它的踪影。

　　① E. M. Forster, "Our Photography: Sinclair Lewis", *Sinclair Lewis: A Collection of Critical Essays*, ed. Mark Schorer, Englewood Cliffs: Prentice-Hall, p. 95.

　　② 谢尔登·诺曼·格雷布斯坦：《辛克莱·刘易斯》，张禹九译，春风文艺出版社 1994 年版，前言第 3—4 页。

　　③ Erik Axel Karlfeldt, "1930 Nobel Prize in Literature Presentation Speech", *Dictionary of Literary Biography*, Volume 331: *Nobel Prize Laureates in Literature*, Part 3: *Lagerkvist-Pontoppidan*, ed. Richard Lingeman, A Bruccoli Clark Layman Book, Gale, 2007, pp. 66—91.

主要参考文献

一 英文目录

Allen, B. "Sinclair Lewis: The Bard of Discontents", *Hudson Review*, The Spring, 2003.

Anderson, S. "Sinclair Lewis", *Sinclair Lewis: Collection of Critical Essays*, ed. Mark Schorer, Englewood Cliffs, N. J. : Prentice-Hall, Inc. , 1962.

Anthony, G. *Satire and Character Development in the Five Most Notable Novels of Sinclair Lewis*, diss. , St. John's University, 1986.

Barnaby, C. "Sinclair Lewis: Rebel from Main Street (Arts and Letters)", *The Wilson Quarterly* 26. 2 (Spring 2002): 114 (1), Gale International Web Demo (Gale User), 16 Aug. 2007.

Blake, John T. *Sinclair Lewis's Kansas City Laboratory: The Genesis of "Elmer Gantry"*, diss. , University of Missouri, 1998, ProQuest document ID: 73446044, 1999.

Bloom, H. "Introduction", *Modern Critical Interpretations: Sinclair Lewis's Arrowsmith*, ed. Harold Bloom, New York: Chelsea House Publishers, 1988.

Boorstin, Daniel J. *The Image: What Happened to the American*

Dream, New York: Atheneum, 1962.

Booth, Wayne C. *The Rhetoric of Fiction*, Harmondsworth: Penguin Books Ltd, 1987.

Booth, Wayne C. *The Company We Keep: An Ethics of Fiction*, California: University of California Press, 1988.

Borklund, E. (ed.) *The Contemporary Literary Critics*, second edition, New York: Macmillan Publishing Limited, 1982.

Bradbury, M. "Style of Life, Style of Art and The American Novelist in the Nineteen Twenties", *The American Novel and the Nineteen Twenties*, ed. Malcolm Bradbury and David Palmer, London: Edward Arnold, 1971.

Brown, Daniel R. "Lewis's Satire: A Negative Emphasis", 1966, *Modern Critical Views: Sinclair Lewis*, ed. Harold Bloom, New York: Chelsea House Publishers, 1987.

Bucco, M. *Sinclair Lewis as Reader and Critic*, NewYork: The Edwin Mellen Press, 2004.

Byrne, R. "The good book: the America portrayed by Sinclair Lewis in Elmer Gantry used to be a distant memory. But the novel's surprising lessons are relevant again", *The American Prospect* 16.3 (March 2005): 57(2). Academic SAP, Gale, International Web Demo (Gale User), 19 AUG, 2007.

Chatman, S. *Story and Discourse: Narrative Structure in Fiction and Film*, Ithaca and London: Cornell University Press, 1980.

Coard, R. "Sinclair Lewis, Max Gottlieb, and Sherlock Holmes", 1985, *Modern Critical Views: Sinclair Lewis*, ed. Harold Bloom, New York: Chelsea House Publishers, 1987.

Coblentz, Stanton A. "A Shelf of Recent Books: 'Main Street'", in *The Bookman* (copyright, 1921, by George H. Doran Company), vol. LII, No. 5, January, 1921.

Conroy, Stephen S. "Sinclair Lewis's Sociological Imagination", 1970, *Modern Critical Views: Sinclair Lewis*, ed. Harold Bloom, New York: Chelsea House Publishers, 1987.

Deleuze, Gilles and Felix Guattari, *A Thousand Plateaus: Capitalism and Schizophrenia*, trans. and forward by Brian Massumi, London: The Athlone Press Ltd, 1988.

Dooley, D. J. *The Art of Sinclair Lewis*, Lincoln: The University of Nebraska Press, 1967.

Doren, Van C. "St. George and the Parson", *Saturday Review of Literature*, vol. 143, 9 April 1927.

Decker, Mark T. *Flexible Commonplaces: the Reshaping of American Middle-class Ideology*, 1890—1940, diss. , The Pennsylvania State University, 2001. UMI Microform 3036022, Copyright 2002 by ProQuest Information and Learning Company.

Featherstone, M. *Consumer Culture and Postmodernism*, London: SAGE Publications, 1991.

Forster, E. M. "Our Photography: Sinclair Lewis", 1929, *Sinclair Lewis: Collection of Critical Essays*, ed. Mark Schorer, Englewood Cliffs, N. J. : Prentice-Hall, Inc. , 1962.

Friedman, N. *"Point of View in Fiction"*, in P. Stevick, op. cit. Sheldon N. Grebstein, "Sinclair Lewis" , in *Twayne's United States Authors Series* , Twayne Publishers, 1962.

Grebstein, Sheldon N. "Sinclair Lewis", in *Twayne's United States Authors Series*, Twayne Publishers, 1962.

Hamilton, William T. "Reviews", *Sinclair Lewis: New Essays in*

Criticism, ed. Hutchisson, James M. Troy, NY: Whitston Publishing Company, 1997. *Rocky Mountain Review*, Fall 1999.

Helleberg, Morgan M. "The Paper-Doll Characters of Sinclair Lewis's Arrowsmith", 1969, *Sinclair Lewis's Arrowsmith*, ed. Harold Bloom, New York: Chelsea House Publishers, 1988.

Homi K, B. "Introduction: narrating the nation", *Nation and Narration*, ed. Homi K. Bhabha, London and New York: Routledge, 1999.

Horton, Rod W. and H. W. Edwards, *Backgrounds of Amercan Literary Thought*, 3rded, Englewood Cliffs, New Jersey: Prentice-Hall, 1974.

Hutchisson, James M. *The Rise of Sinclair Lewis: 1920—1930*, Pennsylvania: Pennsylvania State University Press, 1996.

Hutchisson, James M. "Main Street. " *American Literature 1870—1920*, ed. Gary Scharnhorst and Tom Quirk, vol. 2. Detriot: Charles Scribner's Sons, 2006.

Karlfeldt, Axel E. "1930 Nobel Prize in Literature Presentation Speech", Richard Lingeman, *Dictionary of Literary Biography*, A Bruccoli Clark Layman Book, Gale, 2007.

Kazin, A. *On Native Ground*, New York: Harcourt Brace Jovanovich, 1942.

Kelly, D. *Critical Essay on Main Street*, Novels for Students, vol. 15, Gale, 2002.

Krutch, Wood J. "A Genius On Main Street", *Nation.* Vol. 120, 1 April 1925.

Lewis, S. *Hike and the Aeroplane*, New York: Stokes, 1912.

Lewis, S. *Our Mr. Wrenn*, New York & London: Harper, 1914.

Lewis, S. *The Trail of the Hawk*, New York & London:

Harper, 1915.

Lewis, S. *The Job*: *An American Novel*, New York & London: Harper, 1917.

Lewis, S. *Free Air*. New York: Harcourt, Brace & Howe, 1919.

Lewis, S. *Arrowsmith*, New York: Harcourt, Brace and Company, 1925.

Lewis, S *Elmer Gantry*, New York: Harcourt, Brace and Company, 1927.

Lewis, S. *Main Street*, Harmondsworth: Penguin Books Ltd, 1985.

Lewis, S *Babbitt*, Harmondsworth: Penguin Books Ltd, 1987.

Lewis, S. *Dodsworth*, New York: Harcourt, Brace and Company, 1929.

Lewis, S *The Minnesota Stories of Sinclair Lewis*, ed. Sally E. Parry, Minnesota: Minnesota Historical Society Press, 2005.

Lewis, S. *Minnesota Diary*: 1942—1946, ed. George Killough. Idaho: the University of Idaho Press, 2000.

Lewisohn, L. "A Review Of Babbitt", *The Nation*, New York, vol. CXV, No. 2985, September 20, 1922.

Light, M. "Chapter 6: Main Street", *The Quixotic Vision of Sinclair Lewis*, Purdue University Press, 1975.

Light, M. "Mantrap and Elmer Gantry", in *the Quixotic Vision of Sinclair Lewis*. Purde University Press, 1975.

Light, M. "The Ambivalence towards Romance", *Mordern Critical Interpretations*: *Sinclair Lewis's Arrowsmith*, ed. Harold Bloom, New York: Chelsea House Publishers, 1988.

Lingeman, R. *Dictionary of Literary Biography*, A Bruccoli Clark

Layman Book, Gale, 2007.

Lingeman, R. *Sinclair Lewis: Rebel from Main Street*, New York: Random House, 2002.

Love, Glen A. *Babbitt: An American Life*, New York: Twayne Publishers, 1993.

Lovett, Morss R. "An Interpreter of American Life", 1925, *Sinclair Lewis: Collection of Critical Essays*, ed. Mark Schorer, Englewood Cliffs, N. J. : Prentice-Hall, Inc. , 1962.

Maglin, Bauer N. "Woman in Three Sinclair Lewis Novels", 1974, *Modern Critical Views: Sinclair Lewis*, ed. Harold Bloom, New York: Chelsea House Publishers, 1987.

McLaughlin, Robert L. "Mark Schorer, Dialogic Discourse and It Can't Happen Here", *Sinclair Lewis: New Essays in Criticism.* ed. James M. Hutchisson, New York: The Whitston Publishing Company, 1997.

Mencken, H. L. "Consolation", 1921, *Sinclair Lewis: Collection of Critical Essays*, ed. Mark Schorer, Englewood Cliffs. : Prentice-Hall, Inc. , 1962.

Mencken, H. L. "Portrait of an American Citizen", *Modern Critical Views: Sinclair Lewis*, ed. Harold Bloom, New York: Chelsea House Publishers, 1987.

Miller, J. H. *The Ethics of Reading*, New York: Columbia University Press, 1987.

Mumford, L. "The America of Sinclair Lewis", 1931, *Sinclair Lewis: Collection of Critical Essays*, ed. Mark Schorer, Englewood Cliffs, N. J. : Prentice-Hall, Inc. , 1962.

Parrington, Vernon L. "Sinclair Lewis: Our Own Diogene",

1927. *Sinclair Lewis: Collection of Critical Essays*, ed. Mark Schorer, Englewood Cliffs, N. J. : Prentice-Hall, Inc. , 1962.

Phelan, J. *Living to Tell about It: A Rhetoric and Ethics of Character Narration*, Ithaca and London: Cornell University Press, 2005.

Phelan, J. *Experiencing Fiction: Judgements, Progressions, and the Rhetorical Theory of Narrative*, Columbus: The Ohio State University Press, 2007.

Prince, G. *A Dictionary of Narratology*, Lincoln & London: University of Nebraska Press, 1987.

Psherman, S. *The Significance of Sinclair Lewis*, Harcourt Brace Jovanovich, 1922.

Rosenberg, Charles E. "Martin Arrowsmith: The Scientist as Hero", 1963, *Modern Critical Views: Sinclair Lewis*, ed. Harold Bloom, New York: Chelsea House Publishers, 1987.

Rourke, C. "Round Up", 1931, *Sinclair Lewis: Collection of Critical Essays*, ed. Mark Schorer, Englewood Cliffs, N. J. : Prentice-Hall, Inc. , 1962.

Rubinstein, Annette T. *American Literature Root and Flower: Significant poets, novelists and Dramatists* 1775—1955, Beijing: Foreign Language Teaching and Research Press, 1988.

Schorer, M. *Sinclair Lewis: An American Life*, New York: McGraw-Hill Book Company Inc, 1961.

Schorer, M. "Sinclair Lewis and the Method of Half-Truths", 1956, *Mordern Critical Views: Snclair Lewis*, ed. Harold Bloom, New York: Chelsea House Publishers, 1987.

Sherman, Stuart P. *The Significance of Sinclair Lewis*, Harcourt Brace Jovanovich, 1922.

Simpkins, D. *Lewis and Bryant Library*, From the Sauk centre Herald, http://www. saukherald. com/ftp/lewis/stories. html # anchor1330147, 2009.

Sinclair, M. "The Man From Main Street", in *The New York Times Book Review*, September 24, 1922, p. 1. Reprinted in *Twentieth Literary Criticism*, vol. 13. Source Database: Literature Resource Center

Weber, M. *The Protestant Ethic and the Spirit of Capitalism*, Trans: Talcott Parsons, Shanghai: Shanghai Foreign Language Education Press, 2004.

West, R "Babbitt", 1922, *Sinclair Lewis*: *Collection of Critical Essays*, ed. Mark Schorer, Englewood Cliffs, N. J. : Prentice-Hall, Inc. , 1962.

Williams, R. H. *Dream Worlds*: *Mass Consumption in late Nineteenth Century France*, Berkeley: California University Press, 1982.

Wipple, T. K. "Glass Flowers, Waxworks, and Barnyard Symphonies of Sinclair Lewis", 1928, *Modern Critical Views*: *Sinclair Lewis*, ed. Harold Bloom, New York: Chelsea House Publishers, 1987.

Wolfe, T. "Stalking the Billion-Footed Beast", *Harper's* 279. Nov. , 1989.

二　中文目录

弗雷德里克·刘易斯·艾伦:《浮华时代: 美国 20 世纪 20 年代简史》, 汪晓莉、袁玲丽译, 上海财经大学出版社 2008 年版。

拉尔夫·沃尔多·爱默生:《爱默生集》, 博凡译, 范圣宇主编，花城出版社 2008 年版。

埃默里·埃利奥特主编：《哥伦比亚美国文学史》，朱通伯等译，四川辞书出版社 1994 年版。

巴赫金：《小说理论》，白春仁、晓河译，河北教育出版社 1998 年版。

让·鲍德里亚：《消费社会》，刘成富、全志钢译，南京大学出版社 2008 年版。

艾伦·布卢姆：《美国精神的封闭》，战旭英译，凤凰出版传媒，译林出版社 2007 年版。

陈华文：《文化学概念》，上海文艺出版社 2006 年版。

程倩：《历史的叙述和叙述的历史——拜厄特〈占有〉之历史性的多维研究》，博士学位论文，北京大学，2005 年。

约翰·杜威：《杜威文选》，涂纪亮编译，社会科学文化出版社 2006 年版。

詹姆斯·费伦：《作为修辞的叙事：技巧、读者、伦理、意识形态》，陈永国译，北京大学出版社 2002 年版。

托斯丹·本德·凡勃伦：《有闲阶级论》，蔡受百译，商务印书馆 2007 年版。

迈克·费瑟斯通：《消费文化与后现代主义》，刘精明译，译林出版社 2006 年版。

福柯：《词与物》，莫伟民译，上海三联书店 2001 年版。

谢尔登·诺曼·格雷布斯坦：《辛克莱·刘易斯》，张禹九译，春风出版社 1994 年版。

戴卫·赫尔曼主编：《新叙事学》，马海良译，北京大学出版社 2002 年版。

海登·怀特：《形式的内容：叙事话语与历史再现》，董立河译，北京出版社出版集团、天津出版社 2005 年版。

华莱士·马丁:《当代叙事学》,伍晓明译,北京大学出版社 2005 年版。

马克·柯里:《后现代叙事理论》,宁一中译,北京大学出版社 2003 年版。

阿瑟·林克、威廉·卡顿:《1900 年以来的美国史》上,刘绪贻等译,中国社会科学出版社 1983 年版。

刘宽红:"从超验主义走向个人主义:爱默生对美国文化的影响,"《江淮论坛》2006 年第 3 期。

刘海平、王守仁:《新编美国文学史》第 2 卷,上海外语教育出版社 2002 年版。

刘海平、王守仁:《新编美国文学史》第 3 卷,上海外语教育出版社 2002 年版。

刘象愚等主编:《从现代主义到后现代主义》,高等教育出版社 2002 年版。

辛克莱·刘易斯:《大街》,潘庆舲译,中国书籍出版社 2006 年版。

辛克莱·刘易斯:《巴比特》,潘庆舲、姚祖培译,外国文学出版社 2002 年版。

辛克莱·刘易斯:《灵与欲》,陈乐等译,湖南人民出版社 1988 年版。

辛克莱·刘易斯:《阿罗史密斯》,李定坤等译,江苏人民出版社 1987 年版。

李彦和:"论消费文化与生活方式的关系",《消费经济》2003 年第 4 期。

李沛新:《文化资本论——关于文化资本运营的理论与实务研究》,博士学位论文,中央民族大学,2006 年。

迈克尔·卡门:《自相矛盾的民族:美国文化的起源》,王晶译，江苏人民出版社 2006 年版。

J. 希利斯·米勒：《解读叙事》，申丹译，北京大学出版社 2002 年版。

马新国：《西方文论史》，高等教育出版社 2002 年版。

美国新闻署编：《美国历史概况》（上、下），杨俊蜂等译，辽宁教育出版社 2003 年版。

尼采：《查拉图斯特拉如是说》，黄明嘉译，漓江出版社 2007 年版。

F. 培根：《培根论人生》，苏菲译，团结出版社 2004 年版。

阿尔文·施密特：《基督徒对文明的影响》，汪晓丹、赵巍译，北京大学出版社 2004 年版。

奥利维尔·如恩斯：《为什么 20 世纪是美国世纪》，闫循华等译，新华出版社 2002 年版。

申丹等：《英美小说叙事理论研究》，北京大学出版社 2005 年版。

申丹：《叙述学与小说文体学研究》，北京大学出版社 2005 年版。

孙康宜：《我看美国精神》，中国人民大学出版社 2007 年版。

哈里森·史密斯：《从大街到斯德哥尔摩：辛克莱·刘易斯书信：1919—1930》，纽约，1952 年。

盛宁：《二十世纪美国文论》，北京大学出版社 1994 年版。

《圣经》，简化字现代标点和合本。

阿尔文·施密特：《基督徒对文明的影响》，汪晓丹、赵巍译，北京大学出版社 2004 年版。

王宁：《超越后现代主义》，人民文学出版社 2002 年版。

雷蒙特·威廉斯：《文化与社会》，吴松江、张文定译，北京大学出版社 1991 年版。

马克斯·韦伯：《新教伦理与资本主义精神》，康乐等译，广西师范大学出版社 2007 年版。

薛晓源、曹荣湘："文化资本、文化产品与文化制度：布迪厄之后的文化资本理论"，《马克思主义与现实》2004 年第 1 期。

虞建华等：《美国文学的第二次繁荣》，上海外语教育出版社 2004 年版。

F. R. 詹姆逊：《文化研究和政治意识》，王逢振主编，中国人民大学出版社 2004 年版。

威廉·詹姆斯：《詹姆斯文选》，万俊人，陈亚军等编译，社会科学文献出版社 2007 年版。

张首映：《西方二十世纪文论史》，北京大学出版社 1999 年版。

徐积平：《实用主义与实践唯物主义》，博士学位论文，苏州大学，2005 年。

亚里士多德：《修辞学》，罗念生译，三联书店 1991 年版。

张文红：《伦理叙事与叙事伦理：90 年代小说的文本实践》，社会科学文献出版社 2006 年版。

后　记

　　《辛克莱·刘易斯小说的文化叙事研究：以〈大街〉等四部小说为例》是在博士学位论文的基础上经过认真修改之后完成的。书稿问世之际，历经的种种艰辛在我的心中都化作了温馨和感激，同时，也感觉到了作为一名中国人文学子的沉甸甸的责任。因而，书稿写完了，却没有一点如释重负之感，甚至觉得我的学术之路还没有真正开始，自己还只是一个咿呀学语的孩子。世界之大，世界民族文化思想源远流长、宏阔浩荡，我想把她尽收囊中，当然这是不可能的，但我确实又有这一愿望，不为别的，只是因为人类文明的灿烂星河太绚丽迷人。而为我打开这扇迷人窗户的就是我的那些学贯中西、可敬可亲的老师们！感谢北京语言大学的高旭东教授、王宁教授、李庆本教授、张华教授和张淑贤教授，感谢湖南师范大学的白解红、、蒋洪新、王玉霓、肖明翰、赵炎秋、谢则融等诸位教授，他们的教导、鼓励和严格要求是我顺利完成学业的有力促进力量。

　　最应该感激的当属我的博士生导师宁一中教授，导师渊博的学识、严谨的学术风范和启迪心智的谆谆教诲成了督促学生驱除愚昧的动力，使我在学海泛舟的征程上不敢存有丝毫侥幸和懈怠之心。几年来，我学业上的每一点进步都凝聚着导师的心血，学位论文更有赖于导师的直接指导、严格要求才得以顺利完成。特别感谢的是我的硕士生导师王崇义教授，是她导引我走上了学术之路，并一直关心着我的生活和学业上的成长。

感谢美国刘易斯研究协会主任莎莉·E. 葩蕾博士为我"走近"辛克莱·刘易斯提供的无私帮助；感谢师母段江丽老师对我学习与生活的关心、支持和帮助；感谢师弟杨文为我在美国不辞辛苦地搜集论文研究资料；感谢师姐潘建对我的鼓励和爱护；感谢北京语言大学比较研究所的赵冬梅老师、徐立钱老师和黄悦老师；感谢师兄唐伟胜为我提供论文研究所需要的詹姆斯·费伦最新学术成果；感谢在母校北语与我一起度过美好时光的所有师兄师姐师弟师妹们——关重、刘丹、柳晓、刘燕、罗朝晖、韩小梅、郭国旗、侯岩、庄美芝、方丽、朱静、张飞龙、高慧，没有你们的相帮相携，书稿的完成也是不可能的；特别感谢我的师姐谭惠娟，感谢她给我的热情鼓励和真诚有力的帮助。

书稿刊行之际，我要向盲审时批阅我博士论文的未知姓名的专家们和博士论文答辩委员会专家陈永国、郭英剑、李庆本、封宗信、曹莉诸位教授表示衷心的感谢，感谢你们对论文提出的宝贵意见，你们给予论文的高度评价增添了我发表本书的信心和勇气。本书的大部分内容已在《国外文学》、《外国语文》、《求索》、《湖南社会科学》等刊物上发表，我在这里也要向这些刊物的素昧平生的编辑老师们表示感谢！中国社会科学出版社的有关领导和工作人员对本书的出版给予了关怀和帮助，尤其是郭沂纹女士和刘志兵先生付出的智慧和辛劳，为书稿增添了色彩，请接受我诚挚的谢意！此外，还要对未相识的虞建华教授表示谢意，书稿的完成也有从虞教授的学术成果中获取的信心和养分。

感谢我的家人，你们的理解、支持和关爱是我完成学业的精神支柱。丈夫的厚爱是我永远的港湾；妈妈的絮语是滋润我心田的乳汁。哥嫂帮我照顾孩子，大姐代我侍奉父母，兄姐的帮扶使我免除了后顾之忧，他们是助我实现梦想的坚强后盾。最感内疚的是对不起两年前不幸去世的父亲，请原谅女儿忙于学业而在您重病的几年时间里都没能侍奉左右的不孝之举。最感欣慰的是可爱的儿子杨舜清，他开始理解妈妈对知识艰难求索的真正意义，我把从攻读硕士到博士八年来所撷取之人类思想火花打造成一颗闪光的希望之星，作为礼物送给正在步入成年新生活的儿子，聊表我作为母亲对未成年时期的儿子疏于照顾的歉疚之心。

再次感谢博士母校北京语言大学为我们构建的跨越东西方的学术视野和连接世界的学术舞台，感谢硕士母校湖南师范大学所蕴涵和浸染的浓郁湖湘文化给予我走上学术之路的灵气、信心和责任。感谢伟大的小说家辛克莱·刘易斯，他的极具民族特色的小说助我圆了探索美国文化的梦想。小说中，美国人自傲于世界的眼界是让我印象最深的地方，这是美国文化很重要的一个特色，值得我们进一步探究和重视。我知道，这部书稿的完成只是我探索之路的起点。路漫漫其修远兮，吾将上下而求索；而欲诚其意者，必先致其知；致知在格物。

杨海鸥

2010 年 7 月 20 日

外国文学研究丛书

● 荒原与拯救——现代主义语境中的劳伦斯小说　　　　刘洪涛/著
● 西方悲剧的中国式批判　　　　　　　　　　　　　何辉斌/著
● 政治变革与小说形式的演进——卡尔维诺、昆德拉
　　和三位拉丁美洲作家　　　　　　　　　　　　　裴亚莉/著
● 迷失与折返——海明威文本"花园路径现象"研究
　　　　　　　　　　　　　　　　　杜家利　于屏方/著
● 俄国"白银时代"文学概观　　　　　　　　　　　李辉凡/著
● 漂泊与追寻——欧美流浪汉小说研究　　　　　　　李志斌/著
● 现代主义语境下的契诃夫研究　　　　　　　　　　马卫红/著
● 莎士比亚戏剧分类研究　　　　　　　　　　　　　张　丽/著
◎ 辛克莱·刘易斯小说的文化叙事研究：以《大街》
　　等四部小说为例　　　　　　　　　　　　　　　杨海鸥/著